COLLECTION FOLIO

Jules Renard

Poil de Carotte

SUIVI DE LA COMÉDIE EN UN ACTE
QUI PORTE LE MÊME NOM,
D'UNE CONFÉRENCE
ET DE

La Bigote

COMÉDIE EN DEUX ACTES

*Édition présentée
par André Fermigier*

Gallimard

PRÉFACE

Giraudoux raconte que, rendant visite à Jules Renard un dimanche où « il fait très beau... où le bonheur de l'hiver éclate même sur la gare Saint-Lazare », et trouvant l'écrivain morose, distrait, pas du tout causant, il lui propose de revenir un jour où il serait moins occupé. « Je ne suis pas occupé, dit Jules Renard. Je suis malheureux. Non. Tout le monde va bien chez moi. Ma femme m'aime, mes enfants sont charmants. Mes amis sont dévoués. Ma pièce a du succès. Mes livres se vendent. Le chien de la concierge aussi m'adore. La famille, l'amitié, le travail, tout me réussit. Mais je suis malheureux. Non. Je vais bien. Je vous remercie. J'aime déjeuner, dîner, souper. Le printemps me plaît, et l'été, et l'automne, et l'hiver. Aucun agrément du monde ne me reste caché. Dans les musées, je goûte les chefs-d'œuvre au centuple. Mais je suis malheureux. J'ai tout ce qu'il faut pour parer au malheur, on m'a doué d'ironie, de méchanceté, de style. Et je pare chaque attaque particulière merveilleusement, j'ai paré la solitude avec une femme, une fille et un fils, l'incompréhension avec Mirbeau, Tristan Bernard et Suzanne Desprès. Mais je suis malheureux. »

*Et, pour conclure, devant un Giraudoux sans doute
interloqué, d'autant qu'il n'avait pas sollicité l'entretien, que c'est Jules Renard qui lui avait demandé de
passer le voir dans sa rue du Rocher :*

« *Il n'y a pas de remède. Pour que j'en arrive à vous
dire à brûle-pourpoint à quel point je suis [malheu-
reux], à vous que je ne connaissais pas voilà dix
minutes, c'est qu'il n'y a pas de remède. En tout cas,
cela me soulage de n'avoir pas à jouer l'homme comblé
et satisfait avec vous... Je vous remercie donc de
m'être inconnu et comme vous ne reviendrez jamais me
voir, je ne suis pas fâché que quelqu'un considère qu'en
me voyant il a vu le malheur même* [1]. »

*Le malheur même ? Quel malheur ? Difficile à dire,
puisque c'est le malheur même et que l'absolu ne
s'analyse pas. Essayons tout de même dans deux
directions : le malheur d'être un écrivain et le malheur
d'être Poil de Carotte.*

*Le malheur d'être un écrivain, un homme de lettres,
l'homme de lettres qui fut le plus homme de lettres de
toute l'histoire de la république des lettres. Chacun sait
que l'écriture rend fou. Prenez le plus normal des
êtres, le plus modeste, le plus résigné, le plus bénin.
Sitôt qu'il a vu dix lignes de sa prose (pour la poésie,
c'est pire encore) publiées, n'importe où, livre, journal,
la plus confidentielle des petites revues, feuille ronéoty-
pée ou compte d'auteur, vous avez désormais affaire à
un grave malade mental, à un écorché vif, à une
conscience ravagée, hystérique, jouant à cloche-pied
entre la dépression, la paranoïa et la mégalomanie. Il
n'y a pas d'écrivain modeste et, en dehors de quelques
monstrueux imbéciles, il n'y a pas d'écrivains heureux.*

---

1. Jean Giraudoux, *Souvenir de deux existences*. Grasset, 1975.
Giraudoux date la scène de décembre 1909.

*Jules Renard a été tout cela. L'inquiétude quoti-
dienne (voir le* Journal*), le soupçon, la susceptibilité
qui va au-devant de l'offense, la hantise de l'échec en
profondeur et en surface : à quel point écrire, affronter
le public (et ses confrères) est un martyre, rien ne le
dit mieux que la conférence sur* Poil de Carotte
*prononcée à Nevers en 1904 que nous publions dans ce
volume. La conférence de Nevers, c'est la charte du
malheur de l'écrivain et, dans le cas de Jules Renard,
le malheur se double, se triple du fait qu'il est un
homme fort intelligent (ce n'est pas le cas de tous les
écrivains) et un fort honnête homme (même remarque,
la proportion étant encore plus faible). Non qu'il ait
négligé sa carrière : il a toujours été très attentif à son
image de marque, comme on dit aujourd'hui, chaude-
ment entretenu ses amitiés littéraires et même dans ses
œuvres de jeunesse (*Sourires pincés*, Coquecigrues*)
pratiqué le dédicataire avec une certaine intempérance.
Quant aux triomphes de certains de ses contemporains,
d'Edmond Rostand en particulier, le* Journal *cache à
peine qu'ils lui ont fait passer quelques très mauvaises
nuits.*

*Mais, en dehors d'une certaine complaisance, dans
le théâtre, dans les pièces courtes surtout, à l'égard de
l'esprit boulevardier, du « mot » hyperparisien et de
l'actrice exigeant la réplique qui extorque l'applau-
dissement, il est peu d'œuvres qui laissent une telle
impression de probité intellectuelle et littéraire. « J'aurais pu faire une demi-douzaine de livres de plus, pas
un de mieux », note-t-il dans le* Journal *quelques mois
avant sa mort (alors que la plupart des écrivains
laissent entendre que ce qu'ils ont fait est bien, très
bien, mais n'est rien auprès de ce qu'ils auraient pu
faire) et, en 1896, il écrivait déjà : « Fais chaque jour
ta page ; mais si tu sens qu'elle est mauvaise, arrête-*

*toi. Tant pis! C'est une journée perdue, mais il vaut
encore mieux ne rien faire que de faire mal. »*

Il n'y a pas de mauvaise page chez Jules Renard.
Feuilletez l'ensemble de son œuvre réunie dans les trois
volumes de la Pléiade : s'il a cultivé son jardin avec
une minutie parfois un peu lassante, vous ne trouverez
dans ce jardin ni mauvaise herbe, ni prétentieux massif
artistement arrangé, ni rocaille de nouveau riche. Pas
un mot de trop, aucun désir d'en imposer, pas une
phrase, un thème, un adjectif qui ne soient profondément sentis ; un souci constant de perfection, une
conscience parfaitement lucide et avouée de ses limites.

Souci de perfection, conscience de ses limites, voilà
qui n'arrange pas les choses. Toute sa vie, Jules
Renard a été obsédé par l'idée qu'il était un écrivain
mineur, et même qu'il n'avait rien à dire, obsession
aggravée du fait que ceux auxquels il devait se
mesurer, c'était Zola qu'il admirait, Huysmans qu'il
n'aimait guère (« du Zola en zinc »), Maupassant,
Daudet, tous écrivains fort prolifiques, sans compter la
troupe velue et fluviale des romanciers, des tâcherons
naturalistes et des grandes gueules de 1900 (Becque,
Rostand, Mirbeau, etc.). Il s'en est tiré par l'ellipse,
comme Gide à ses débuts (Paludes), avec le singulier
courage que supposait, à cette époque, le choix de la
brièveté, la volonté de sauter les idées intermédiaires,
le refus de prendre le public par les tripes et de le
travailler à l'estomac. Il a accepté de passer pour un
petit maître, un « œil clair » sans plus, et il a
quelquefois écouté le conseil que lui donnait Courteline : « Ne vous amertumez pas, Renard », ainsi
lorsqu'on le comparait, pour l'élégance et la pureté de
son style, à un artiste japonais. « Merci, disait-il.
J'accepte. C'est exact et ça vexera les Chinois. »

Tant mieux, en effet. Mais, si l'on parcourt le

Journal, *à côté de ces étincelles d'euphorie, que de moments de découragement, d'impuissance réelle ou imaginaire, quelle crainte de n'être pas un « grand écrivain » ou si, par hasard, on l'était, on le devenait, de ne pas être reconnu comme tel! A la veille de sa mort, il écrit : « ... j'ai fini. Je pourrais recommencer, et ce serait mieux, mais on ne s'en apercevrait pas ». On pourrait multiplier les citations. Celle-ci seulement qui est de 1897, il a tout juste dépassé la trentaine et il vient de connaître son premier triomphe, celui du* Plaisir de rompre : *« C'est fini. Je n'ai plus rien à dire. C'est le désastre. C'est une catastrophe de silence. Je ne peux pas faire le moindre effort d'imagination : elle ne soulèverait pas une paille. »*

C'est fini, j'ai fini, une catastrophe de silence, pas d'imagination, je suis un homme fini. Voilà notre homme : un homme fini en permanence, un moribond de l'expression, un sursitaire de l'aphasie et, même si la comparaison paraît étrange, nous voudrions maintenant évoquer à propos de notre « catastrophe de silence » Le Temps perdu *et* Le Temps retrouvé.

Proust nous dit qu'il a commencé son œuvre le jour où il a compris qu'il n'avait aucune imagination, aucun talent littéraire, c'est-à-dire le jour où il a compris que la littérature n'était pas là-bas, mais ici, entre notre mémoire et notre peau, comme l'ombre qui s'allonge le soir au pied des montagnes ou s'étend démesurément derrière nous à mesure que nous vieillissons : il suffit de tourner la tête.

Et c'est bien vrai qu'il n'avait aucune imagination. Il a beau nous dire que dans son œuvre rien n'est « réel » à l'exception de l'épisode de ces riches cafetiers à la retraite qui se lèvent tous les jours à six heures du matin pour remplacer leur neveu mobilisé, ce qui devait en effet lui paraître une chose si terrifiante qu'à la vie seule pouvait être attribuée la responsabilité d'une telle horreur. Il a beau ajouter que « dans ce livre où il n'y a pas un seul fait qui ne soit fictif, où il n'y a pas un seul personnage " à clefs ", où tout est inventé pour les besoins de la démonstration », il n'a fait exception que pour les Larivière (c'est le nom des cafetiers), parce que leur attitude témoignait « de la grandeur de la France » (!). Nous savons bien aujourd'hui que rien ou pratiquement rien n'est « inventé » dans la Recherche, que tout au contraire y est un souvenir de sa vie, les personnages, les circonstances et jusqu'aux merveilleux mots de Swann et de la duchesse de Guermantes, plaisanteries courantes à l'époque qu'il a seulement mises en situation de façon géniale. Que Brichot ait ou non existé, ce ne sont pas les bêtises qu'il débite qui sont intéressantes (et qui sont d'ailleurs beaucoup moins bêtes que les bêtises des Brichot d'aujourd'hui). C'est le rapport que le romancier établit entre ces bêtises et le personnage, ce qu'il représente, son milieu, sa place dans le temple. Toute vie suffit à toute œuvre, l'événement n'est jamais que la partie émergée de la banquise et, comme dit Proust lui-même, « ce n'est pas le plus spirituel, le plus instruit, le mieux relationné (sic) des hommes, mais celui qui sait devenir miroir et peut ainsi refléter sa vie, fût-elle médiocre, qui devient un Bergotte ».

Voilà donc un homme qui, soyons simples, fait son œuvre avec sa vie. Ce n'est pas le cas de tout le monde. Ce n'est pas le cas de Racine, ce n'est pas le cas de Zola, c'est à peine celui de Dickens. C'est le cas de Proust, c'est le cas de Jules Renard. La différence (entre Proust et Renard) tient à la largeur du compas et au problème du style.

Proust éprouvait une véritable anxiété de l'autre, il avait une intuition de la profondeur contradictoire,

*imprévisible, dangereuse des êtres que seul Montaigne,
parmi les Français, a possédée au même degré, Balzac
étant tout de même un peu mécaniste et Flaubert
décapant et baignant dans le formol ses Frédéric et
ses Léon au point de leur faire perdre toute intério-
rité. Lorsque Proust prend un personnage, il le laisse
vivre, se développer à la manière d'un végétal,
d'une algue, ou de ces petits papiers japonais, évoqués
dans le (trop?) célèbre passage de la madeleine,
qui plongés dans l'eau deviennent des arbres et des
maisons.*

*Jules Renard, lui, observe avec la patience d'un
insecte observant un autre insecte, arrête le mouvement, attend le geste, l'image qui fixe espèces et sous-
espèces, les réduit en « pointes sèches », en papillons
piqués sur un bouchon. Certes, les modèles ne sont pas
les mêmes : ceux de Proust sont des êtres très
complexes, hypercivilisés, presque tous névropathes,
alors que Jules Renard s'est limité aux paysans, aux
petits-bourgeois, aux « cloportes », à nos « frères
farouches » (et aux animaux, ce qui simplifie encore le
problème).*

*Mais il y a plus. L'expérience humaine, sociale de
Proust était considérable et l'on sait qu'il n'est pas
d'expéditions plus lointaines, de plus longs voyages que
ceux auxquels la jalousie conduit. Cloîtré une fois la
vie refermée sur le livre, il est pendant de longues
années beaucoup « sorti » : chez Jules Renard, le livre
est premier et lui-même n'est jamais « sorti » (malgré
quelques mondanités d'ailleurs professionnelles).
Aucun écrivain de ce siècle, où l'on ne vécut que pour
la littérature, ne donne l'impression d'une existence à
ce point recluse, codifiée, réglée comme du papier à
musique et destinée à ne produire que de la littérature.
Balzac spécule, achète des tableaux, Lamartine fait de*

la politique, Hugo prend des bains de mer, les
Goncourt vont dans les mauvais lieux, Zola « accuse »,
Maupassant chasse la bécasse, Mallarmé guide à
Valvins une barque timide, Baudelaire va en Belgique,
Huysmans à la messe, Rimbaud au Harrar, Proust à
Venise, Verlaine en prison. Lui, rien. Toute sa vie se
déroule entre Paris et sa maison de campagne de
Chaumot, entre son appartement de la rue du Rocher
(qui n'est pas un endroit très gai), le quartier des
théâtres et les séances de l'Académie Goncourt. Même
logis, même femme, la fameuse Marinette (a-t-il eu
des maîtresses?), mêmes enfants (on ne change pas
d'enfants comme de femme ou de chemise, mais on peut
s'occuper d'eux, les regarder vivre un peu moins qu'il
ne l'a fait), même village, dont il fut le maire très
consciencieux. Il ne s'est jamais détaché de sa mère
(« Mme Lepic attend », écrit-il à quelques semaines de
sa mort), il faudra toute l'affectueuse obstination de
Lucien Guitry pour qu'il aille en voiture (« l'auto,
l'ennui vertigineux ») jusqu'à Marseille et devant une
actrice qui le fait rêver de folles liaisons, d'aventures
orientales et transatlantiques, il se déclare prêt à aller
jusqu'au bout du monde « avec sa femme ».

A quoi bon partir, d'ailleurs? Puisque tout est
toujours à dire, à mieux dire, puisque le chasseur
d'images n'aura jamais terminé sa récolte, et que cette
récolte, une chenille, un ver luisant, une vieille femme
qui porte un seau, le vigneron dans sa vigne, est sa
raison de vivre. L'œuvre de Jules Renard n'est pas
dépourvue d'humanité et rien n'est plus émouvant,
plus chaleureux, plus douloureux aussi que la peinture
qu'il nous a laissée du monde rural, de la misère des
paysans, des Philippe, de la vieille Honorine que l'on
renvoie comme une bête bonne à crever le jour où elle
ne peut plus faire la lessive et renverse dans l'âtre un

chaudron d'eau bouillante. Si son ironie donne ici et là l'impression d'un certain détachement, qui est plutôt l'effet de sa réserve, de sa distinction d'écrivain, de son horreur du pathos, cet homme sensible et bon a dit tout ce qu'il fallait dire de la bêtise des bigots, de l'hypocrisie, de l'égoïsme d'une certaine bourgeoisie, républicaine ou non, à l'égard de ses pauvres, de ses domestiques et de ses électeurs. Mais il n'est jamais si à son aise que lorsqu'il s'achemine vers le rien, flaire l'impondérable, parvient à mettre en forme l'indicible. Ainsi ces quelques lignes, prises presque au hasard, dans les « Tablettes d'Eloi » : « Heureux le voyageur trop fatigué pour dormir dans un lit d'hôtel ; il peut, sa malle défaite, écouter longuement la chuchoterie des papiers qui enveloppaient les brosses et les pantoufles, et qui s'étirent. » Qui a jamais pensé à noter cela ? Et qui peut prendre plaisir à ces « chuchoteries », sinon celui qui a décidé une fois pour toutes que la vie n'a de sens que devenant dans sa moindre parcelle, sa plus dérisoire miette, littérature ? Jules Renard n'a jamais laissé « refroidir son porte-plume » et l'on penserait presque au romancier mondain de Proust qui, interrogé par M. de Vaugoubert sur sa présence insolite dans un salon, répond « d'un air important et mystérieux, en roulant l'r » après avoir « installé au coin de son œil un monocle, son seul organe d'investigation psychologique et d'impitoyable analyse ! — J'observe ». Jules Renard n'est pas un romancier mondain, ni même un romancier bourgeois, mais s'il a quelque part un frère, c'est bien le Trigorine de Tchekhov : « A chacun sa lune ; la mienne, c'est jour et nuit cette pensée obsédante : tu dois écrire, tu dois écrire, tu dois... J'écris sans arrêt, comme si je courais la poste et pas moyen de faire autrement... Je vois un nuage dont la forme me rappelle un piano, je pense aussitôt qu'il

*faudra mentionner quelque part un nuage qui ressemble
à un piano. »*

Le nuage et le piano. Et c'est ainsi que le malheur
devient le malheur même, tourne au plus affreux des
supplices. Ce supplice, c'est le style. Qu'on nous
permette de reprendre pour quelques instants la
comparaison avec Proust. Proust écrit n'importe
comment, comme il parle, comme il veut, avec une
éloquence, un feu, une surabondance d'images, de
vocabulaire, d'incidentes, inouïe, merveilleusement
drôle, totalement inédite. Il a créé sa langue, une
langue inimitable, mais du style, il se soucie comme de
l'an quarante. La correction même lui importe peu et
l'on n'en finirait pas de compter ses « vices d'oraison »,
ses crimes contre la syntaxe, ses hérésies lexicales (voir
le monsieur très « relationné » plus haut évoqué).
Qu'est-ce que cela peut faire? Ce qui compte, c'est ce
que l'on a à dire, la pression, la surchauffe de
l'émotion, de la douleur, du rire, de l'intelligence
analysant la comédie sociale. Dieu reconnaîtra les
siens.

Jules Renard, c'est tout le contraire : la lime, la
gomme, le polissoir, l'atticisme suraigu, le laconisme
sadique, le supplice de la virgule, la règle qui corrige
l'émotion, la « phrase qui vibre court comme un fil de
fer trop tendu » (Journal, 30 décembre 1897), chaque
phrase étant travaillée isolément jusqu'à son point de
perfection et la manière de dire important plus que ce
que l'on dit. Non qu'il ait manqué de sujets, d'idées : il
avait beaucoup à dire, plus sans doute qu'il n'a dit.
Mais par rapport à Zola et à Mallarmé, à l'écriture
artiste, au décadentisme, à la lourde pâte mal levée du
naturalisme, il a voulu être à la fois exact et neuf, bref
et exhaustif, naturel et, à chaque instant, piquant :
« Il faut gémir, mais en cadence. » (Journal, 25 dé-

*cembre 1896.) On imagine quel labeur supposent de
telles ambitions. Il écrit à un de ses amis auquel il
dédie un texte : « Ces vingt-cinq lignes vous repré-
sentent le travail d'une huitaine de jours et d'une
dizaine de feuilles gâchées » (à Romain Coolus, 29 janvier 1896) et il note dans le* Journal *(12 janvier
1898) : « Mon style m'étrangle. » Moins qu'il ne l'a
craint, beaucoup moins qu'on ne l'a dit. Il est le
raffinement même et le contraire d'un précieux. Il a
créé une manière d'écrire, elle aussi inimitable, parfaitement originale et, rare exploit, parfaitement
simple, d'une simplicité souvent désarmante (l'image
peut être saugrenue, l'expression jamais), qui est une
manière de sentir, de penser, de vivre. C'est la
définition même du style et l'on pourrait reprendre à
son intention ce mot de Tristan Bernard sur Lucien
Guitry : « C'est comme un fil de cuivre rouge. On sent
qu'il rend 95 $^{0}_{0}$ de l'électricité qu'on lui communique »
(*Journal, 5 décembre 1897*). Il faudrait dire encore
tout ce que certains (qui ne l'ont pas dit), hier et
aujourd'hui, lui doivent. Il faut dire surtout que cet
obsédé de la stérilité et qui est mort très jeune a, sur le
plan même de l'étendue, laissé une œuvre considérable : malgré la « catastrophe de silence », Jules Renard
a été l'un des écrivains les plus féconds de son temps.*

  *« Et vive la littérature française! », s'écriait Gide à
son propos. Eh oui! Renard, Proust : le côté de
Molière, le côté de Saint-Simon, de Diderot, avec,
pour l'un et l'autre, Rabelais à l'horizon. C'est par là
que les Français, qui peuvent être les pires Trissotin,
les plus abominables jargonneurs de la terre, ont rendu
quelques services à l'humanité. La réserve de Jules
Renard ne l'a pas empêché d'apporter une contribution
très efficace au grand coup de balai de début du siècle.
Comme il nous manque, aujourd'hui!*

*

*Et Poil de Carotte, le malheur d'être Poil de Carotte, qu'en faisons-nous dans tout cela? Que Jules Renard soit Poil de Carotte, que M. et M*me *Lepic soient François Renard et sa terrible femme, qu'Ernestine et Félix (le prénom dit tout) soient le frère et la sœur plus âgés, venus à un meilleur moment, mieux aimés, il est inutile de le remarquer sinon pour remarquer en même temps que l'auteur a réduit au strict minimum la transposition que toute œuvre littéraire suppose. A tel point que le livre n'a pas la forme d'un roman mais se présente comme un ensemble de brefs épisodes, parfois disloqués, dont la suite ne se veut nullement logique (ni chronologique), et qui correspondraient plutôt à l'irruption intermittente de souvenirs obsessionnels, à une sorte d'anamnèse que corrige l'art.* Poil de Carotte *n'est pas venu d'une seule coulée : publié en 1894, il est en germe dans* Les Cloportes *(posthume, 1919) écrits en 88-89 et on y retrouve la première partie des* Sourires pincés *de 1890. En septembre 1894, Jules Renard note dans le* Journal *: «* Poil de Carotte *est un mauvais livre, incomplet, mal composé, parce qu'il ne m'est venu que par bouffées...* Poil de Carotte, *on pourrait indéfiniment le réduire ou le prolonger... » L'année suivante : « A chaque instant, Poil de Carotte me revient. Nous vivons ensemble et j'espère bien que je mourrai avant lui. » Et l'on peut lire dans le projet de préface du manuscrit Sacha Guitry (voir la notice) : « Ceci est... un dernier signe de la main à Poil de Carotte. Comme nous allons nous quitter, il me parle encore. Ce petit bonhomme auquel sa maman a tant dit : veux-tu finir,* *n'en finirait plus. Je suis bien décidé à le mettre à la porte de ma mémoire, il s'y accroche et me crie : Te souviens-tu, dis ? »*

« *Nous vivons ensemble* », « *Te souviens-tu, dis ?* », *la question était bien inutile, comme le montrent les dernières lignes, tant de fois citées, du* Journal : *« ... un filet coule le long de ma jambe. Il faut qu'il arrive au talon pour que je me décide. Ça séchera dans les draps, comme quand j'étais Poil de Carotte. »*

A quel moment le projet du livre s'est-il précisé ? Dans Les Cloportes, *les Lérin sont déjà les Lepic (en pire), mais le « petit bonhomme » ne paraît pas, comme s'il était trop gentil pour intervenir dans une histoire aussi sordide. On retrouve le couple parental, sous des traits beaucoup moins noirs, dans* L'Ecornifleur *(1892), et Jules Renard semble avoir eu un moment l'idée de composer une sorte de trilogie (à la manière de Jules Vallès ?) dont il serait, transposé, et sans indulgence, le personnage principal : « J'aurais ainsi, note-t-il dans le* Journal *(3 août 1892),* Poil de Carotte, *ou l'enfance,* Les Cloportes, *adolescence, et* L'Ecornifleur, *vingtième année. En faire une satire intime... » Lorsqu'il écrit ces lignes, Jules Renard a déjà décidé depuis plus de trois ans d'écrire* Poil de Carotte. *En janvier 1889, il est à Chitry, près de Marinette qui attend son premier enfant. Il a déjà fait l'expérience d'une belle-mère particulièrement désagréable (la sienne : « une irresponsable à gifler... la belle-mère du délire »), mais Mme Morneau n'est rien auprès de Mme Renard. Celle-ci se déchaîne contre la pauvre Marinette, l'insulte, la traite d'étrangère, lui interdit de l'appeler maman (« d'abord, je ne suis pas votre mère, et je n'ai pas besoin de vos compliments »), fait des scènes affreuses, oublie de mettre le couvert de la jeune femme, lui donne une fourchette sale, etc.*

« *L'affection du beau-père pour sa bru attisait encore
la rage de la belle-mère. En passant près d'elle, elle se
rétrécissait, collant ses bras à son corps, s'écrasait au
mur comme par crainte de se salir. Elle poussait de
grands soupirs, déclarant que le malheur ne tue pas,
car, sans cela, elle serait morte. Elle allait jusqu'à
cracher de dégoût.* » En marge de ces lignes, qui sont de
mars 1892, Jules Renard écrira plus tard, en 1906 :
« *C'est cette attitude avec ma femme qui m'a poussé à
écrire* Poil de Carotte. »

On a cherché d'autres raisons au livre. On y a vu le
reflet de faits divers contemporains : « *Le Pot* » est en
effet dédié « *à la mémoire du petit martyr de la rue
Vaneau* », à un enfant mort des mauvais traitements
que lui infligeaient ses parents. On est, bien sûr,
remonté aux sources : Vallès, Cosette et les Thénardier, Dickens (« *Tristan Bernard me dit que j'ai
beaucoup de Dickens* », « *Dickens, oui, oui! Mais il
n'a pas le son d'humour qui plaît à mon oreille* »).
Tout cela qui est plus ou moins exact ne rend pas
compte du personnage. Cosette est un ange, un miracle
d'innocence, « *le malheur même* ». Poil de Carotte
n'est ni un ange ni un martyr. C'est seulement dans la
pièce, nous verrons pourquoi, qu'il attendrit sans
réserve et Jules Renard était sans indulgence à l'égard
d'une certaine rhétorique de l'enfance qu'a brassée tout
le XIXe siècle. « *L'enfant, écrit-il dans le* Journal
*en 1890, Victor Hugo et bien d'autres l'ont vu ange.
C'est féroce et infernal qu'il faut le voir. Il faut casser
l'enfant en sucre... L'enfant est un petit animal
nécessaire. Un chat est plus humain.* »

Poil de Carotte n'est pas un enfant en sucre et si
Jules Renard a voulu « *faire très gai de surface et
tragique en dessous* », comme il disait à propos des
Cloportes, il s'est bien gardé d'écrire un livre édifiant.

Regardons notre héros. C'est un enfant malheureux, mal aimé, un giflé en permanence qui vit petites misères et vexations quotidiennes entre un père indifférent (et pas très courageux), une mère complètement folle, un frère et une sœur, le consternant Félix et « Ernestine la rapporteuse » qui jouent par rapport à lui le rôle d'Eponine et d'Azelma par rapport à Cosette. Si Ernestine n'intervient que par le vide de sa niaiserie (Jules Renard avait visiblement une dent contre sa sœur Amélie qu'il affubla de ce prénom grotesque et que le livre rendit furieuse), « grand frère Félix » accumule majestueusement cadeaux et faveurs, passe toutes les corvées à Poil de Carotte et trouve naturel qu'à la baignade, celui-ci s'essuie « avec les coins secs de la serviette qu' [il] n'a pas mouillés ». Il n'y a bien entendu qu'une serviette pour toute la famille.

Mais Poil de Carotte a de bien vilains défauts. D'abord, il est sale, prodigieusement sale : il s'oublie dans son lit, patauge dans sa fiente (Mme Lepic lui en fait manger, « un peu », pour le punir), collectionne les poux et ses pieds noircissent instantanément l'eau du baquet dans lequel il les plonge (après un trimestre de lycée!). Cette saleté est d'ailleurs celle de toute la famille, de toute la France de l'époque, de cette petite bourgeoisie qui limitera pendant longtemps encore ses préoccupations d'hygiène au pot de chambre et à la cuvette hebdomadaire. Saleté et promiscuité (Poil de Carotte couche dans le lit de sa mère, de son parrain) que Jules Renard relève avec une insistance assez bizarre, une délectation non dissimulée.

Poil de Carotte est sale, il est menteur, il torture les animaux, écrabouillant la tête d'un chat dans laquelle il a déjà tiré un coup de fusil, parce que « rien ne vaut la viande de chat pour pêcher les écrevisses ». Dans la

scène, écrite en mineur mais atroce de « La Marmite »,
il laisse sa mère renvoyer la vieille Honorine, alors
qu'un mot de lui, une paire de claques de plus (au
point où il en est!) pouvaient la sauver. Et c'est un
vilain petit délateur. Furieux qu'au dortoir le pion
caresse d'un peu trop près les « joues rouges » d'un de
ses camarades, il déclare, « audacieux et fier », au
directeur : « Monsieur, le maître d'études et Marseau,
ils font des choses! » Le pauvre pion n'a plus qu'à
faire sa valise et le trop aimable Marseau à prendre
son tour chez l'analyste.

Poil de Carotte, dira-t-on, est un « frustré ». Si son
père lui parlait un peu, si sa mère, au lieu de lui
enfoncer ses ongles dans les fesses quand il ronfle et de
multiplier les « giroflées à trois feuilles », lui donnait
de temps en temps une bonne grosse bise, il ne serait
sans doute ni méchant, ni menteur, ni buté, et il ne
salirait sûrement pas ses draps. Oui, mais pourquoi
cette haine, ces crises de nerfs, ces scènes furieuses où
Mme Lepic surgit, « inévitable comme l'orage », avec
« sa tête de bois noir aux yeux de cassis »? Mme Lepic
est ce que l'on appelle, en mauvais français et en bonne
clinique, une hystérique. Elle a ses raisons pour cela.
Qui sont d'ordre sexuel. Par pudeur, souci d'art, Jules
Renard ne les a pas fait intervenir dans le livre, mais
deux passages du Journal (18 octobre 1896 et 18 février 1901), ainsi que quelques notes du manuscrit
Guitry, nous renseignent parfaitement sur ce point.

Il y a un « Poil de Carotte secret ». « Ecrire toute la
vie de Poil de Carotte, mais sans arrangement, la
vérité toute nue. Ce serait plutôt le livre de M. Lepic.
Mettre tout. Oh! que j'étais embêté quand il me fit des
aveux à propos de cette fille jolie et gaie. » Mme Lepic, elle aussi, a été jolie, « fraîche ». « Je couchais
avec elle sans l'aimer, mais avec plaisir. » Et puis, un

*jour, le plaisir est parti, et Poil de Carotte est arrivé,
par inadvertance ou presque. « Oh, toi, tu es venu sans
que je le veuille — ça ne me froisse pas. » Mais cela a
dû « froisser » beaucoup Mme Lepic. On lit, dans le
manuscrit Guitry, cette note : « Expliquer la haine de
Mme Lepic pour Poil de Carotte par ses scènes avec
M. Lepic. La scène lui rappelle la date où ils
commencèrent à ne plus s'entendre », c'est-à-dire la
date où M. Lepic mit fin à leurs rapports conju-
gaux.*

    *D'où la folie de la malheureuse, la « mie de pain »
que le mari lui jette au visage dans une scène
particulièrement pénible, sa manière de mendier un
mot, un sourire, de s'introduire à tout propos chez lui.
« Combien de fois mon père a-t-il eu envie de
l'étrangler quand elle entrait dans sa chambre pour
prendre un torchon dans le placard! Puis elle sortait,
et rentrait pour remettre le torchon. Il avait fait
sceller le placard. » Et il avait fermé la bouche,
définitivement, en tout cas à l'intention de sa femme.
« S'il lui disait un mot, elle lui sauterait au cou avec
une crise de larmes, et, vite, elle irait répéter ce mot
par tout le village. Mais ce mot, il y a trente ans qu'il
ne le dit plus. » On comprend qu'elle ait perdu la tête
et passé sa rage sur la première victime venue, surtout
lorsque la victime a sa part de responsabilité (bien
involontaire, c'est encore plus exaspérant) dans le
supplice : la note du* Journal *que nous venons de citer
est de 1897 et Jules Renard est né en 1864. Ce
formidable silence, qui est celui des « Cloportes », des
Lepic, et qui fut celui de toute l'enfance de Jules
Renard, est un symbole très clair où s'exprime beaucoup plus que l'accablant ennui de la vie familiale. Et
il dit encore toute l'incompréhension, toute l'agressivité
réciproque du père et du fils, lorsque celui-ci approche*

de la puberté. Le jour où M. Lepic parle, Poil de Carotte est sauvé, le livre est terminé.

Pourtant, contrairement à ce que l'on pourrait penser, contrairement à ce que pense le héros lui-même, ce n'est pas tellement à sa mère que Poil de Carotte en veut, ce n'est pas elle qu'il rêve de détruire. « Tout le monde ne peut pas être orphelin », s'écrie-t-il. Oui : orphelin de père. Jules Renard note dans le Journal, *toujours en 1901 : « Parfois, je voudrais apprendre que je ne suis pas son fils ; ça m'amuserait. » Chacun sait qu'un tel souhait que formulent la plupart des adolescents signifie le meurtre du père ou le refus d'admettre que celui-ci ait pu avoir des rapports sexuels avec une mère trop tendrement aimée.*

*Trop tendrement aimée, M*me *Lepic ? Eh oui ! A mesure que le temps passait, Jules Renard n'a cessé de s'adoucir à son égard, de se faire des reproches à son propos, même de s'identifier à elle. Il écrit en 1905 : « Elle retrouve dans son fils le même homme muet qu'était son mari. » Et l'année suivante : « C'est la vieille femme à laquelle je ressemblerai plus tard. » Tout cela est normal. Ce qui l'est moins, ce sont les rêves, les obsessions que sa mère lui inspirait et dont il a donné tous les détails, une seule fois, dans le* Journal. *Les désirs incestueux sont de tous les temps (et de tous les inconscients) mais il est rare de les voir exprimés avec une telle violence, même autour de 1900 (le 18 octobre 1896 exactement) :*

« Poil de Carotte secret.

« Je voudrais être un grand écrivain pour le dire avec des mots si exacts qu'ils ne paraîtraient pas trop naturels...

*« M*me *Lepic avait la manie de changer de chemise devant moi. Pour nouer les cordons sur sa gorge de femme, elle levait les bras et le cou. Elle se chauffait*

*aussi à la cheminée en retroussant sa robe au-dessus
des genoux. Il me fallait voir sa cuisse; bâillant, ou la
tête dans les mains, elle se balançait sur sa chaise. Ma
mère, dont je ne parle qu'avec terreur, me mettait en
feu.*

*« Et ce feu est resté dans mes veines. Le jour, il dort,
mais la nuit, il s'éveille, et j'ai des rêves effroyables.
En présence de M. Lepic qui lit son journal et ne nous
regarde même pas, je prends ma mère qui s'offre et je
rentre dans ce sein dont je suis sorti. Ma tête disparaît
dans sa bouche. C'est une jouissance infernale. Quel
réveil douloureux, demain, et comme toute la journée
je serai triste! Aussitôt après, nous redevenons enne-
mis. C'est maintenant moi le plus fort. De ces bras
dont je l'enlaçais passionnément, je la jette à terre,
l'écrase; je la piétine, et je lui broie la figure sur les
carreaux de la cuisine.*

« Mon père, inattentif, continue de lire son journal. »

*

*Ce qu'il n'a pas dit dans le récit, Jules Renard l'a
évidemment encore moins dit dans la pièce, représentée
en 1900, qu'Antoine, qui tenait le rôle de M. Lepic,
porta au triomphe. Un triomphe tel qu'il relança le
succès du livre, et fit de Poil de Carotte un de ces
personnages symboliques, définitifs, que connaissent
même ceux qui n'ont pas lu les œuvres où il apparaît
et ignorent jusqu'au nom de leur auteur. Pourtant,
M. Lepic y évoque assez librement les circonstances et
la chronologie de sa mésentente avec sa femme, les
raisons de l'aversion de celle-ci pour Poil de Carotte :
« ... il y a longtemps que... vous ne sympathisez pas?
— Quinze ou seize ans — Mâtin! Seize ans! L'âge*

*que j'ai — En effet, quand tu es né, c'était déjà la fin
entre ta mère et moi — Ma naissance aurait pu vous
rapprocher — Non. Tu venais trop tard au milieu de
nos dernières querelles. Nous ne te désirions pas. »*

Ces répliques, et tant d'autres dans la pièce (on
imagine quels effets Antoine pouvait en tirer) sont un
moyen pour Jules Renard de dégeler la banquise Lepic,
de rapprocher le père et le fils, de faire plus chaud et
plus émouvant. De la même manière, le père insiste
plus que le récit sur les tentatives de suicide de Poil de
Carotte : on retrouve l'épisode du « seau d'eau fraîche,
où il maintient héroïquement son nez et sa bouche,
quand une calotte renverse le seau d'eau sur ses
bottines et ramène Poil de Carotte à la vie ». Mais
nous avons l'impression (et M. Lepic aussi) qu'il a
vraiment essayé de se pendre. C'est qu'il est plus
vieux, plus mûr, ses chagrins d'enfant sont devenus une
vraie souffrance, il a même un prénom, François, celui
du père de l'écrivain.

Cela dit, Jules Renard a soigneusement gommé tout
ce que le récit pouvait avoir de brutal, d'amer et d'un
peu âprement naturaliste. La vieille Honorine a
disparu au profit de la charmante et courageuse
Annette : c'est beaucoup de malheur et de méchanceté
qui s'en vont avec elle. Plus de chat écrabouillé ni de
pion dénoncé ni de lit souillé. On fait allusion aux
mensonges de Poil de Carotte, à sa malpropreté, on ne
nous les montre pas. Mme Lepic elle-même est moins
« tête de bois noir » et « yeux de cassis » : odieuse au
début mais aussitôt vaincue, brisée par le « Allez-
vous-en ! » de son mari, elle apparaît à la fin
pitoyable, presque pathétique. C'est, encore une fois,
qu'il s'agit d'attendrir, de faire passer du sourire aux
larmes, et Jules Renard savait très bien que son public
aurait mal supporté une peinture trop sombre de la

mère, personnage généralement tenu, à l'époque, pour
« *sacré* ». *Lucien Guitry, auquel il lut la pièce après
l'avoir montrée à Antoine, lui avait donné sur ce point
d'excellents conseils (voir le* Journal *du 29 décembre
1899)* : « *Le public aura la gorge étranglée : il ne faut
pas dépasser une certaine émotion... Supprimer les
duretés et les phrases générales... Songez que vous
travaillez dans la peau, et les autres dans l'alpaga. Il
ne faut pas que* Poil de Carotte *soit un martyr... Il ne
faut pas que* Poil de Carotte *ait l'air d'une vengeance
de Jules Renard.* »

   Il y a bien, dans ce Poil de Carotte II, *un peu trop
de* « *mots* », *quelques clins d'œil au public, quelques
répliques trop brillantes. Le théâtre, le public de
l'époque obligent à cela et l'on ne peut qu'admirer
l'habileté (une habileté qui est le fruit de près de deux
ans de travail), l'art, avec lesquels Jules Renard a su
tendre les ressorts de l'histoire, dire tant de choses en si
peu de mots, de façon si juste, si acérée et si touchante
à la fois. Il avait d'abord pensé à une pièce en cinq
actes. Son génie de la concision amère lui a permis de
se limiter à un seul acte, à un lever de rideau, qui
reprend, directement ou en écho, la plupart des
éléments du récit. Il a supprimé tous les comparses (à
l'exception du chien), grand frère Félix n'existe que
par allusion, Ernestine la rapporteuse est tombée dans
la trappe, le drame est limité à un épisode (le départ
manqué pour la chasse) et à quatre personnages : le
père, la mère, le fils et la servante. Et même à deux :
le père et le fils, chacun découvrant l'autre. Quant
à* Mme *Lepic, elle apparaît à peine : trente-huit
répliques, la plupart très brèves. Mais de son formidable* « *surgissement* », *à la fin de la première scène, à
l'énorme silence qui accompagne sa retraite et sa
défaite, elle pèse d'un poids égal à celui de ces*

*personnages de pièces contemporaines (Godot, etc.)
dont on parle toujours et qui ne viennent jamais. « Ce
que j'ai fait de plus vrai, et peut-être de plus théâtre,
notait* Jules Renard *en 1901, c'est le mur plein de ses
yeux et de ses oreilles. »*

Poil de Carotte *est un chef-d'œuvre. Toutes les
pièces de* Jules Renard *sont des chefs-d'œuvre :* Le
Plaisir de rompre, Le Pain de ménage, *et même ces*
Huit jours à la campagne *que l'on ne joue jamais et
qui sont pourtant une merveille de savoureuse acidité,
d'humour presque noir. Nous aurions voulu les repro-
duire toutes. Craignant d'alourdir le volume, nous
nous sommes limités à* La Bigote, *une autre pièce que
l'on ne joue et que l'on ne jouera sans doute jamais (à
cause de son titre). Bien que le « petit bonhomme » n'y
apparaisse pas,* La Bigote *termine le cycle de* Poil de
Carotte. *Il s'agit toujours de la famille Lepic (chien
compris), de M. et de M*ᵐᵉ *Lepic, à l'occasion du
mariage de leur fille, laquelle est passée de l'état peu
enviable d'Ernestine à celui, plus gracieux, d'Henriette. La pièce est construite autour d'un thème qui
montrait seulement le bout de l'oreille dans la version
scénique de* Poil de Carotte : *celui du « curé »,
pourtant « jeune » et bien gentil, qui ajoute encore à la
mésentente entre les deux époux, entre l'anticlérical
farouche, massif, absolu qu'est M. Lepic et le « pilier
de sacristie », comme on disait, qu'est devenue, conviction, ennui ou rancune, sa vociférante épouse. Même si
le sujet paraît d'un autre temps (en province, dans
certains milieux, ce n'est pas sûr), il nous semble qu'à
travers quelques personnages, celui du gendre et de la
merveilleuse « tante Bache », et quelques scènes, celle,
en particulier, inénarrable, de la demande en mariage,*
Jules Renard *n'a jamais rien écrit de plus vif et*

désopilant, de plus parfait aussi, de cette perfection qui
« humiliait » Léon Blum. Si vous n'êtes pas convaincu,
écrivez-nous, et si vos raisons sont bonnes, on vous
remboursera le prix du volume, taxes déduites.

André Fermigier

Poil de Carotte

A Fantec et Baïe ★

LES POULES

« Je parie, dit Mme Lepic, qu'Honorine a encore oublié de fermer les poules. »

C'est vrai. On peut s'en assurer par la fenêtre. Là-bas, tout au fond de la grande cour, le petit toit * aux poules découpe, dans la nuit, le carré noir de sa porte ouverte.

« Félix, si tu allais les fermer? dit Mme Lepic à l'aîné de ses trois enfants.

— Je ne suis pas ici pour m'occuper des poules, dit Félix, garçon pâle, indolent et poltron.

— Et toi, Ernestine?

— Oh! moi, maman, j'aurais trop peur! »

Grand frère Félix et sœur Ernestine lèvent à peine la tête pour répondre. Ils lisent, très intéressés, les coudes sur la table, presque front contre front.

« Dieu, que je suis bête! dit Mme Lepic. Je n'y pensais plus. Poil de Carotte, va fermer les poules! »

Elle donne ce petit nom d'amour à son dernier-né, parce qu'il a les cheveux roux et la peau tachée *. Poil de Carotte, qui joue à rien sous la table, se dresse et dit avec timidité :

« Mais, maman, j'ai peur aussi, moi.

— Comment? répond Mme Lepic, un grand gars comme toi! c'est pour rire. Dépêchez-vous, s'il te plaît!

— On le connaît; il est hardi comme un bouc, dit sa sœur Ernestine.

— Il ne craint rien ni personne », dit Félix, son grand frère.

Ces compliments enorgueillissent Poil de Carotte, et, honteux d'en être indigne, il lutte déjà contre sa couardise. Pour l'encourager définitivement, sa mère lui promet une gifle.

« Au moins, éclairez-moi », dit-il.

Mme Lepic hausse les épaules, Félix sourit avec mépris. Seule pitoyable, Ernestine prend une bougie et accompagne petit frère jusqu'au bout du corridor.

« Je t'attendrai là », dit-elle.

Mais elle s'enfuit tout de suite, terrifiée, parce qu'un fort coup de vent fait vaciller la lumière et l'éteint.

Poil de Carotte, les fesses collées, les talons plantés, se met à trembler dans les ténèbres. Elles sont si épaisses qu'il se croit aveugle. Parfois une rafale l'enveloppe, comme un drap glacé, pour l'emporter. Des renards, des loups même, ne lui soufflent-ils pas dans ses doigts, sur sa joue? Le mieux est de se précipiter, au juger, vers les poules, la tête en avant, afin de trouer l'ombre. Tâtonnant, il saisit le crochet de la porte. Au bruit de ses pas, les poules effarées s'agitent en gloussant sur leur perchoir. Poil de Carotte leur crie :

« Taisez-vous donc, c'est moi! »

ferme la porte et se sauve, les jambes, les bras comme ailés. Quand il rentre, haletant, fier de lui,

dans la chaleur et la lumière, il lui semble qu'il
échange des loques pesantes de boue et de pluie
contre un vêtement neuf et léger. Il sourit, se tient
droit, dans son orgueil, attend les félicitations, et
maintenant hors de danger, cherche sur le visage de
ses parents la trace des inquiétudes qu'ils ont eues.

Mais grand frère Félix et sœur Ernestine conti-
nuent tranquillement leur lecture, et Mᵐᵉ Lepic lui
dit, de sa voix naturelle :

« Poil de Carotte, tu iras les fermer tous les
soirs. »

LES PERDRIX

Comme à l'ordinaire, M. Lepic vide sur la table
sa carnassière. Elle contient deux perdrix. Grand
frère Félix les inscrit sur une ardoise pendue au
mur. C'est sa fonction. Chacun des enfants a la
sienne. Sœur Ernestine dépouille et plume le gibier.
Quant à Poil de Carotte, il est spécialement chargé
d'achever les pièces blessées. Il doit ce privilège à la
dureté bien connue de son cœur sec.

Les deux perdrix s'agitent, remuent le col.

MADAME LEPIC : Qu'est-ce que tu attends pour les
tuer ?

POIL DE CAROTTE : Maman, j'aimerais autant les
marquer sur l'ardoise, à mon tour.

MADAME LEPIC : L'ardoise est trop haute pour toi.

POIL DE CAROTTE : Alors, j'aimerais autant les
plumer.

MADAME LEPIC : Ce n'est pas l'affaire des hommes.

Poil de Carotte prend les deux perdrix. On lui donne obligeamment les indications d'usage :

« Serre-les là, tu sais bien, au cou, à rebrousse-plume. »

Une pièce dans chaque main derrière son dos, il commence.

MONSIEUR LEPIC : Deux à la fois, mâtin !

POIL DE CAROTTE : C'est pour aller plus vite.

MADAME LEPIC : Ne fais donc pas ta sensitive ; en dedans, tu savoures ta joie.

Les perdrix se défendent, convulsives, et, les ailes battantes, éparpillent leurs plumes. Jamais elles ne voudront mourir. Il étranglerait plus aisément, d'une main, un camarade. Il les met entre ses deux genoux, pour les contenir, et, tantôt rouge, tantôt blanc, en sueur, la tête haute afin de ne rien voir, il serre plus fort.

Elles s'obstinent.

Pris de la rage d'en finir, il les saisit par les pattes et leur cogne la tête sur le bout de son soulier.

« Oh ! le bourreau ! le bourreau ! s'écrient grand frère Félix et sœur Ernestine.

— Le fait est qu'il raffine, dit Mᵐᵉ Lepic. Les pauvres bêtes ! je ne voudrais pas être à leur place, entre ses griffes. »

M. Lepic, un vieux chasseur pourtant, sort écœuré.

« Voilà ! » dit Poil de Carotte, en jetant les perdrix mortes sur la table.

Mᵐᵉ Lepic les tourne, les retourne. Des petits crânes brisés du sang coule, un peu de cervelle.

« Il était temps de les lui arracher, dit-elle. Est-ce assez cochonné? »

Grand frère Félix dit :

« C'est positif qu'il ne les a pas réussies comme les autres fois. »

C'EST LE CHIEN

M. Lepic et sœur Ernestine, accoudés sous la lampe, lisent, l'un le journal, l'autre son livre de prix ; Mme Lepic tricote, grand frère Félix grille ses jambes au feu et Poil de Carotte par terre se rappelle des choses.

Tout à coup Pyrame, qui dort sous le paillasson, pousse un grognement sourd.

« Chtt! » fait M. Lepic.

Pyrame grogne plus fort.

« Imbécile! » dit Mme Lepic.

Mais Pyrame aboie avec une telle brusquerie que chacun sursaute. Mme Lepic porte la main à son cœur. M. Lepic regarde le chien de travers, les dents serrées. Grand frère Félix jure et bientôt on ne s'entend plus.

« Veux-tu te taire, sale chien! tais-toi donc, bougre! »

Pyrame redouble. Mme Lepic lui donne des claques. M. Lepic le frappe de son journal, puis du pied. Pyrame hurle à plat ventre, le nez bas, par peur des coups, et on dirait que rageur, la gueule heurtant le paillasson, il casse sa voix en éclats.

La colère suffoque les Lepic. Ils s'acharnent, debout, contre le chien couché qui leur tient tête.

Les vitres crissent, le tuyau du poêle chevrote et
sœur Ernestine même jappe.

Mais Poil de Carotte, sans qu'on le lui ordonne,
est allé voir ce qu'il y a. Un chemineau attardé
passe dans la rue peut-être et rentre tranquillement
chez lui, à moins qu'il n'escalade le mur du jardin
pour voler.

Poil de Carotte, par le long corridor noir,
s'avance, les bras tendus vers la porte. Il trouve le
verrou et le tire avec fracas, mais il n'ouvre pas la
porte.

Autrefois il s'exposait, sortait dehors, et sifflant,
chantant, tapant du pied, il s'efforçait d'effrayer
l'ennemi.

Aujourd'hui il triche.

Tandis que ses parents s'imaginent qu'il fouille
hardiment les coins et tourne autour de la maison
en gardien fidèle, il les trompe et reste collé
derrière la porte.

Un jour il se fera pincer, mais depuis longtemps
sa ruse lui réussit.

Il n'a peur que d'éternuer et de tousser. Il retient
son souffle et s'il lève les yeux, il aperçoit par une
petite fenêtre, au-dessus de la porte, trois ou quatre
étoiles dont l'étincelante pureté le glace.

Mais l'instant est venu de rentrer. Il ne faut pas
que le jeu se prolonge trop. Les soupçons s'éveille-
raient.

De nouveau, il secoue avec ses mains frêles le
lourd verrou qui grince dans les crampons rouillés
et il le pousse bruyamment jusqu'au fond de la
gorge. A ce tapage, qu'on juge s'il revient de loin et
s'il a fait son devoir! Chatouillé au creux du dos, il
court vite rassurer sa famille.

Or, comme la dernière fois, pendant son absence,

Pyrame s'est tu, les Lepic calmés ont repris leurs places inamovibles * et, quoiqu'on ne lui demande rien, Poil de Carotte dit tout de même par habitude :

« C'est le chien qui rêvait. »

LE CAUCHEMAR

Poil de Carotte n'aime pas les amis de la maison. Ils le dérangent, lui prennent son lit et l'obligent à coucher avec sa mère. Or, si le jour il possède tous les défauts, la nuit il a principalement celui de ronfler. Il ronfle exprès, sans aucun doute.

La grande chambre, glaciale même en août, contient deux lits. L'un est celui de M. Lepic, et dans l'autre Poil de Carotte va reposer, à côté de sa mère, au fond.

Avant de s'endormir, il toussote sous le drap, pour déblayer sa gorge. Mais peut-être ronfle-t-il du nez ? Il fait souffler en douceur ses narines afin de s'assurer qu'elles ne sont pas bouchées. Il s'exerce à ne point respirer trop fort.

Mais dès qu'il dort, il ronfle. C'est comme une passion.

Aussitôt Mme Lepic lui entre deux ongles, jusqu'au sang, dans le plus gras d'une fesse. Elle a fait choix de ce moyen.

Le cri de Poil de Carotte réveille brusquement M. Lepic, qui demande :

« Qu'est-ce que tu as ?

— Il a le cauchemar », dit Mme Lepic.

Et elle chantonne, à la manière des nourrices, un air berceur qui semble indien.

Du front, des genoux poussant le mur, comme s'il voulait l'abattre, les mains plaquées sur ses fesses pour parer le pinçon qui va venir au premier appel des vibrations sonores, Poil de Carotte se rendort dans le grand lit où il repose, à côté de sa mère, au fond.

SAUF VOTRE RESPECT

Peut-on, doit-on le dire? Poil de Carotte, à l'âge où les autres communient *, blancs de cœur et de corps, est resté malpropre. Une nuit, il a trop attendu, n'osant demander.

Il espérait, au moyen de tortillements gradués, calmer le malaise.

Quelle prétention!

Une autre nuit, il s'est rêvé commodément installé contre une borne, à l'écart, puis il a fait dans ses draps, tout innocent, bien endormi. Il s'éveille.

Pas plus de borne près de lui qu'à son étonnement!

Mme Lepic se garde de s'emporter. Elle nettoie, calme, indulgente, maternelle. Et même, le lendemain matin, comme un enfant gâté, Poil de Carotte déjeune avant de se lever.

Oui, on lui apporte sa soupe au lit, une soupe soignée, où Mme Lepic, avec une palette de bois, en a délayé un peu, oh! très peu.

A son chevet, grand frère Félix et sœur Ernestine observent Poil de Carotte d'un air sournois, prêts à éclater de rire au premier signal. Mme Lepic, petite cuillerée par petite cuillerée, donne la becquée à son enfant. Du coin de l'œil, elle semble dire à grand frère Félix et à sœur Ernestine :

« Attention! préparez-vous!

— Oui, maman. »

Par avance, ils s'amusent des grimaces futures. On aurait dû inviter quelques voisins. Enfin, Mme Lepic avec un dernier regard aux aînés comme pour leur demander :

« Y êtes-vous? »

lève lentement, lentement la dernière cuillerée, l'enfonce jusqu'à la gorge, dans la bouche grande ouverte de Poil de Carotte, le bourre, le gave, et lui dit, à la fois goguenarde et dégoûtée :

« Ah! ma petite salissure, tu en as mangé, tu en as mangé, et de la tienne encore, de celle d'hier.

— Je m'en doutais », répond simplement Poil de Carotte, sans faire la figure espérée.

Il s'y habitue, et quand on s'habitue à une chose, elle finit par n'être plus drôle du tout.

LE POT *

I

Comme il lui est arrivé déjà plus d'un malheur au lit, Poil de Carotte a bien soin de prendre ses précautions chaque soir. En été, c'est facile. A neuf

heures, quand Mme Lepic l'envoie se coucher, Poil
de Carotte fait volontiers un tour dehors; et il passe
une nuit tranquille.

L'hiver, la promenade devient une corvée. Il a
beau prendre, dès que la nuit tombe et qu'il ferme
les poules, une première précaution, il ne peut
espérer qu'elle suffira jusqu'au lendemain matin.
On dîne, on veille, neuf heures sonnent, il y a
longtemps que c'est la nuit, et la nuit va durer
encore une éternité. Il faut que Poil de Carotte
prenne une deuxième précaution.

Et ce soir, comme tous les soirs, il s'interroge :

« Ai-je envie? se dit-il; n'ai-je pas envie? »

D'ordinaire il se répond « oui », soit que, sincèrement, il ne puisse reculer, soit que la lune
l'encourage par son éclat. Quelquefois M. Lepic et
grand frère Félix lui donnent l'exemple. D'ailleurs
la nécessité ne l'oblige pas toujours à s'éloigner de
la maison, jusqu'au fossé de la rue, presque en
pleine campagne. Le plus souvent il s'arrête au bas
de l'escalier; c'est selon.

Mais, ce soir, la pluie crible les carreaux, le vent
a éteint les étoiles et les noyers ragent dans les
prés *.

« Ça se trouve bien, conclut Poil de Carotte,
après avoir délibéré sans hâte, je n'ai pas envie. »

Il dit bonsoir à tout le monde, allume une
bougie, et gagne au fond du corridor, à droite, sa
chambre nue et solitaire. Il se déshabille, se couche
et attend la visite de Mme Lepic. Elle le borde
serré, d'un unique renfoncement, et souffle la
bougie. Elle lui laisse la bougie et ne lui laisse point
d'allumettes. Et elle l'enferme à clef parce qu'il est
peureux. Poil de Carotte goûte d'abord le plaisir
d'être seul. Il se plaît à songer dans les ténèbres. Il

repasse sa journée, se félicite de l'avoir fréquemment échappé belle, et compte, pour demain, sur
une chance égale. Il se flatte que, deux jours de
suite, Mme Lepic ne fera pas attention à lui, et il
essaie de s'endormir avec ce rêve.

A peine a-t-il fermé les yeux qu'il éprouve un
malaise connu.

« C'était inévitable », se dit Poil de Carotte.

Un autre se lèverait. Mais Poil de Carotte sait
qu'il n'y a pas de pot sous le lit. Quoique Mme
Lepic puisse jurer le contraire, elle oublie toujours
d'en mettre un. D'ailleurs, à quoi bon ce pot,
puisque Poil de Carotte prend ses précautions ?

Et Poil de Carotte raisonne, au lieu de se lever.

« Tôt ou tard, il faudra que je cède, se dit-il. Or,
plus je résiste, plus j'accumule. Mais si je fais pipi
tout de suite, je ferai peu, et mes draps auront le
temps de sécher à la chaleur de mon corps. Je suis
sûr, par expérience, que maman n'y verra goutte. »

Poil de Carotte se soulage, referme ses yeux en
toute sécurité et commence un bon somme.

II

Brusquement il s'éveille et écoute son ventre.

« Oh ! oh ! dit-il, ça se gâte ! »

Tout à l'heure il se croyait quitte. C'était trop de
veine. Il a péché par paresse hier soir. Sa vraie
punition approche.

Il s'assied sur son lit et tâche de réfléchir. La
porte est fermée à clef. La fenêtre a des barreaux.
Impossible de sortir.

Pourtant il se lève et va tâter la porte et les
barreaux de la fenêtre. Il rampe par terre et ses

mains rament sous le lit à la recherche d'un pot qu'il sait absent.

Il se couche et se lève encore. Il aime mieux remuer, marcher, trépigner que dormir et ses deux poings refoulent son ventre qui se dilate.

« Maman! maman! » dit-il d'une voix molle, avec la crainte d'être entendu, car si Mme Lepic surgissait, Poil de Carotte, guéri net, aurait l'air de se moquer d'elle. Il ne veut que pouvoir dire demain, sans mentir, qu'il appelait.

Et comment crierait-il? Toutes ses forces s'usent à retarder le désastre.

Bientôt une douleur suprême met Poil de Carotte en danse. Il se cogne au mur et rebondit. Il se cogne au fer du lit. Il se cogne à la chaise, il se cogne à la cheminée, dont il lève violemment le tablier et il s'abat entre les chenets, tordu, vaincu, heureux d'un bonheur absolu.

Le noir de la chambre s'épaissit.

III

Poil de Carotte ne s'est endormi qu'au petit jour, et il fait la grasse matinée, quand Mme Lepic pousse la porte et grimace, comme si elle reniflait de travers.

« Quelle drôle d'odeur! dit-elle.

— Bonjour, maman », dit Poil de Carotte.

Mme Lepic arrache les draps, flaire les coins de la chambre et n'est pas longue à trouver.

« J'étais malade et il n'y avait pas de pot, se dépêche de dire Poil de Carotte, qui juge que c'est là son meilleur moyen de défense.

— Menteur! menteur! » dit Mme Lepic.

Elle se sauve, rentre avec un pot qu'elle cache et qu'elle glisse prestement sous le lit, flanque Poil de Carotte debout, ameute la famille et s'écrie :

« Qu'est-ce que j'ai donc fait au ciel pour avoir un enfant pareil ? »

Et tantôt elle apporte des torchons, un seau d'eau, elle inonde la cheminée comme si elle éteignait le feu, elle secoue la literie et elle demande de l'air ! de l'air ! affairée et plaintive.

Et tantôt elle gesticule au nez de Poil de Carotte :

« Misérable ! tu perds donc le sens ! Te voilà donc dénaturé ! Tu vis donc comme les bêtes ! On donnerait un pot à une bête, qu'elle saurait s'en servir. Et toi, tu imagines de te vautrer dans les cheminées. Dieu m'est témoin que tu me rends imbécile, et que je mourrai folle, folle, folle ! »

Poil de Carotte, en chemise et pieds nus, regarde le pot. Cette nuit il n'y avait pas de pot, et maintenant il y a un pot, là, au pied du lit. Ce pot vide et blanc l'aveugle, et s'il s'obstinait encore à ne rien voir, il aurait du toupet.

Et, comme sa famille désolée, les voisins goguenards qui défilent, le facteur qui vient d'arriver, le tarabustent et le pressent de questions :

« Parole d'honneur ! répond enfin Poil de Carotte, les yeux sur le pot, moi je ne sais plus. Arrangez-vous. »

LES LAPINS

« Il ne reste plus de melon pour toi, dit Mme Lepic ; d'ailleurs, tu es comme moi, tu ne l'aimes pas.

— Ça se trouve bien », se dit Poil de Carotte.

On lui impose ainsi ses goûts et ses dégoûts. En principe, il doit aimer seulement ce qu'aime sa mère. Quand arrive le fromage :

« Je suis bien sûre, dit Mᵐᵉ Lepic, que Poil de Carotte n'en mangera pas. »

Et Poil de Carotte pense :

« Puisqu'elle en est sûre, ce n'est pas la peine d'essayer. »

En outre, il sait que ce serait dangereux.

Et n'a-t-il pas le temps de satisfaire ses plus bizarres caprices dans des endroits connus de lui seul ? Au dessert, Mᵐᵉ Lepic lui dit :

« Va porter ces tranches de melon à tes lapins. »

Poil de Carotte fait la commission au petit pas, en tenant l'assiette bien horizontale afin de ne rien renverser.

A son entrée sous leur toit, les lapins, coiffés en tapageurs *, les oreilles sur l'oreille, le nez en l'air, les pattes de devant raides comme s'ils allaient jouer du tambour, s'empressent autour de lui.

« Oh! attendez, dit Poil de Carotte; un moment, s'il vous plaît, partageons. »

S'étant assis d'abord sur un tas de crottes, de séneçon rongé jusqu'à la racine, de trognons de choux, de feuilles de mauves, il leur donne les graines de melon et boit le jus lui-même : c'est doux comme du vin doux.

Puis il racle avec les dents ce que sa famille a laissé aux tranches de jaune sucré, tout ce qui peut fondre encore, et il passe le vert aux lapins en rond sur leur derrière.

La porte du petit toit est fermée.

Le soleil des siestes enfile les trous des tuiles et trempe le bout de ses rayons dans l'ombre fraîche.

LA PIOCHE

Grand frère Félix et Poil de Carotte travaillent côte à côte. Chacun a sa pioche. Celle de grand frère Félix a été faite sur mesure, chez le maréchal-ferrant, avec du fer. Poil de Carotte a fait la sienne tout seul, avec du bois. Ils jardinent, abattent de la besogne et rivalisent d'ardeur. Soudain, au moment où il s'y attend le moins (c'est toujours à ce moment précis que les malheurs arrivent), Poil de Carotte reçoit un coup de pioche en plein front.

Quelques instants après, il faut transporter, coucher avec précaution, sur le lit, grand frère Félix qui vient de se trouver mal à la vue du sang de son petit frère. Toute la famille est là, debout, sur la pointe du pied, et soupire, appréhensive.

« Où sont les sels?

— Un peu d'eau bien fraîche, s'il vous plaît, pour mouiller les tempes. »

Poil de Carotte monte sur une chaise afin de voir par-dessus les épaules, entre les têtes. Il a le front bandé d'un linge déjà rouge, où le sang suinte et s'écarte.

M. Lepic lui a dit :

« Tu t'es joliment fait moucher! »

Et sa sœur Ernestine, qui a pansé la blessure :

« C'est entré comme dans du beurre. »

Il n'a pas crié, car on lui a fait observer que cela ne sert à rien.

Mais voici que grand frère Félix ouvre un œil, puis l'autre. Il en est quitte pour la peur, et comme

son teint graduellement se colore, l'inquiétude,
l'effroi se retirent des cœurs.

« Toujours le même, donc! dit Mme Lepic à Poil
de Carotte; tu ne pouvais pas faire attention, petit
imbécile! »

LA CARABINE

M. Lepic dit à ses fils :

« Vous avez assez d'une carabine pour deux. Des
frères qui s'aiment mettent tout en commun.

— Oui, papa, répond grand frère Félix, nous
nous partagerons la carabine. Et même il suffira
que Poil de Carotte me la prête de temps en
temps. »

Poil de Carotte ne dit ni oui ni non, il se méfie.

M. Lepic tire du fourreau vert la carabine et
demande :

« Lequel des deux la portera le premier? Il
semble que ce doit être l'aîné. »

GRAND FRÈRE FÉLIX : Je cède l'honneur à Poil de
Carotte. Qu'il commence!

MONSIEUR LEPIC : Félix, tu te conduis gentiment
ce matin. Je m'en souviendrai.

M. Lepic installe la carabine sur l'épaule de Poil
de Carotte.

MONSIEUR LEPIC : Allez, mes enfants, amusez-
vous sans vous disputer.

POIL DE CAROTTE . Emmène-t-on le chien ?

MONSIEUR LEPIC : Inutile. Vous ferez le chien chacun à votre tour. D'ailleurs, des chasseurs comme vous ne blessent pas : ils tuent raide.

Poil de Carotte et grand frère Félix s'éloignent. Leur costume simple est celui de tous les jours. Ils regrettent de n'avoir pas de bottes, mais M. Lepic leur déclare souvent que le vrai chasseur les méprise. La culotte du vrai chasseur traîne sur ses talons. Il ne la retrousse jamais. Il marche ainsi dans la patouille, les terres labourées, et des bottes se forment bientôt, montent jusqu'aux genoux, solides, naturelles, que la servante a la consigne de respecter *.

« Je pense que tu ne reviendras pas bredouille, dit grand frère Félix.

— J'ai bon espoir », dit Poil de Carotte.

Il éprouve une démangeaison au défaut de l'épaule et se refuse d'y coller la crosse de son arme à feu.

« Hein ! dit grand frère Félix, je te la laisse porter tout ton soûl !

— Tu es mon frère », dit Poil de Carotte.

Quand une bande de moineaux s'envole, il s'arrête et fait signe à grand frère Félix de ne plus bouger. La bande passe d'une haie à l'autre. Le dos voûté, les deux chasseurs s'approchent sans bruit, comme si les moineaux dormaient. La bande tient mal, et pépiante, va se poser ailleurs. Les deux chasseurs se redressent ; grand frère Félix jette des insultes. Poil de Carotte, bien que son cœur batte, paraît moins impatient. Il redoute l'instant où il devra prouver son adresse.

S'il manquait! Chaque retard le soulage.

Or, cette fois, les moineaux semblent l'attendre.

GRAND FRÈRE FÉLIX : Ne tire pas, tu es trop loin.

POIL DE CAROTTE : Crois-tu?

GRAND FRÈRE FÉLIX : Pardine! Ça trompe de se baisser. On se figure qu'on est dessus; on en est très loin.

Et grand frère Félix se démasque afin de montrer qu'il a raison. Les moineaux, effrayés, repartent.

Mais il en reste un, au bout d'une branche qui plie et le balance. Il hoche la queue, remue la tête, offre son ventre.

POIL DE CAROTTE : Vraiment, je peux le tirer, celui-là, j'en suis sûr.

GRAND FRÈRE FÉLIX : Ôte-toi voir. Oui, en effet, tu l'as beau *. Vite, prête-moi ta carabine.

Et déjà Poil de Carotte, les mains vides, désarmé, bâille : à sa place, devant lui, grand frère Félix épaule, vise, tire, et le moineau tombe.

C'est comme un tour d'escamotage. Poil de Carotte tout à l'heure serrait la carabine sur son cœur. Brusquement, il l'a perdue, et maintenant il la retrouve, car grand frère Félix vient de la lui rendre, puis, faisant le chien, court ramasser le moineau et dit :

« Tu n'en finis pas, il faut te dépêcher un peu. »

POIL DE CAROTTE : Un peu beaucoup.

GRAND FRÈRE FÉLIX : Bon, tu boudes!

POIL DE CAROTTE : Dame, veux-tu que je chante ?

GRAND FRÈRE FÉLIX : Mais puisque nous avons le moineau, de quoi te plains-tu ? Imagine-toi que nous pouvions le manquer.

POIL DE CAROTTE : Oh ! moi...

GRAND FRÈRE FÉLIX : Toi ou moi, c'est la même chose. Je l'ai tué aujourd'hui, tu le tueras demain.

POIL DE CAROTTE : Ah ! demain.

GRAND FRÈRE FÉLIX : Je te le promets.

POIL DE CAROTTE : Je sais ! tu me le promets, la veille.

GRAND FRÈRE FÉLIX : Je te le jure ; es-tu content ?

POIL DE CAROTTE : Enfin !... Mais si tout de suite nous cherchions un autre moineau ; j'essaierais la carabine.

GRAND FRÈRE FÉLIX : Non, il est trop tard. Rentrons, pour que maman fasse cuire celui-ci. Je te le donne. Fourre-le dans ta poche, gros bête, et laisse passer le bec.

Les deux chasseurs retournent à la maison. Parfois ils rencontrent un paysan qui les salue et dit :

« Garçons, vous n'avez pas tué le père, au moins ? »

Poil de Carotte, flatté, oublie sa rancune. Ils arrivent, raccommodés, triomphants, et M. Lepic, dès qu'il les aperçoit, s'étonne :

« Comment, Poil de Carotte, tu portes encore la carabine ! Tu l'as donc portée tout le temps ?

— Presque », dit Poil de Carotte.

LA TAUPE

Poil de Carotte trouve dans son chemin une taupe, noire comme un ramonat *. Quand il a bien joué avec, il se décide à la tuer. Il la lance en l'air plusieurs fois, adroitement, afin qu'elle puisse retomber sur une pierre.

D'abord, tout va bien et rondement.

Déjà la taupe s'est brisé les pattes, fendu la tête, cassé le dos, et elle semble n'avoir pas la vie dure.

Puis, stupéfait, Poil de Carotte s'aperçoit qu'elle s'arrête de mourir. Il a beau la lancer assez haut pour couvrir une maison, jusqu'au ciel, ça n'avance plus.

« Mâtin de mâtin! elle n'est pas morte », dit-il.

En effet, sur la pierre tachée de sang, la taupe se pétrit; son ventre plein de graisse tremble comme une gelée, et, par ce tremblement, donne l'illusion de la vie.

« Mâtin de mâtin! crie Poil de Carotte qui s'acharne, elle n'est pas encore morte! »

Il la ramasse, l'injurie et change de méthode.

Rouge, les larmes aux yeux, il crache sur la taupe et la jette de toutes ses forces, à bout portant, contre la pierre.

Mais le ventre informe bouge toujours.

Et plus Poil de Carotte enragé tape, moins la taupe lui paraît mourir.

LA LUZERNE

Poil de Carotte et grand frère Félix reviennent de vêpres * et se hâtent d'arriver à la maison, car c'est l'heure du goûter de quatre heures.

Grand frère Félix aura une tartine de beurre ou de confitures, et Poil de Carotte une tartine de rien, parce qu'il a voulu faire l'homme trop tôt, et déclaré, devant témoins, qu'il n'est pas gourmand. Il aime les choses nature, mange d'ordinaire son pain sec avec affectation et, ce soir encore, marche plus vite que grand frère Félix, afin d'être servi le premier.

Parfois le pain sec semble dur. Alors Poil de Carotte se jette dessus, comme on attaque un ennemi, l'empoigne, lui donne des coups de dents, des coups de tête, le morcelle, et fait voler des éclats. Rangés autour de lui, ses parents le regardent avec curiosité.

Son estomac d'autruche digérerait des pierres, un vieux sou taché de vert-de-gris.

En résumé, il ne se montre point difficile à nourrir.

Il pèse sur le loquet de la porte. Elle est fermée.

« Je crois que nos parents n'y sont pas. Frappe du pied, toi », dit-il.

Grand frère Félix, jurant le nom de Dieu, se précipite sur la lourde porte garnie de clous et la fait longtemps retentir. Puis tous deux, unissant leurs efforts, se meurtrissent en vain les épaules.

POIL DE CAROTTE : Décidément, ils n'y sont pas.

GRAND FRÈRE FÉLIX : Mais où sont-ils ?

POIL DE CAROTTE : On ne peut pas tout savoir Asseyons-nous.

Les marches de l'escalier froides sous leurs fesses, ils se sentent une faim inaccoutumée. Par des bâillements, des chocs de poing au creux de la poitrine, ils en expriment toute la violence.

GRAND FRÈRE FÉLIX : S'ils s'imaginent que je les attendrai !

POIL DE CAROTTE : C'est pourtant ce que nous avons de mieux à faire.

GRAND FRÈRE FÉLIX : Je ne les attendrai pas. Je ne veux pas mourir de faim, moi. Je veux manger tout de suite, n'importe quoi, de l'herbe.

POIL DE CAROTTE : De l'herbe ! c'est une idée, et nos parents seront attrapés.

GRAND FRÈRE FÉLIX : Dame ! on mange bien de la salade. Entre nous, de la luzerne, par exemple, c'est aussi tendre que de la salade. C'est de la salade sans l'huile et le vinaigre.

POIL DE CAROTTE : On n'a pas besoin de la retourner.

GRAND FRÈRE FÉLIX : Veux-tu parier que j'en mange, moi, de la luzerne, et que tu n'en manges pas, toi ?

POIL DE CAROTTE : Pourquoi toi et pas moi ?

GRAND FRÈRE FÉLIX : Blague à part, veux-tu parier ?

POIL DE CAROTTE : Mais si d'abord nous demandions aux voisins chacun une tranche de pain avec du lait caillé pour écarter dessus ?

GRAND FRÈRE FÉLIX : Je préfère la luzerne.

POIL DE CAROTTE : Partons !

Bientôt le champ de luzerne déploie sous leurs yeux sa verdure appétissante. Dès l'entrée, ils se réjouissent de traîner les souliers, d'écraser les tiges molles, de marquer d'étroits chemins qui inquiéteront longtemps et feront dire :

« Quelle bête a passé par ici ? »

A travers leurs culottes, une fraîcheur pénètre jusqu'aux mollets peu à peu engourdis.

Ils s'arrêtent au milieu du champ et se laissent tomber à plat ventre.

« On est bien », dit grand frère Félix.

Le visage chatouillé, ils rient comme autrefois quand ils couchaient ensemble dans le même lit et que M. Lepic leur criait de la chambre voisine :

« Dormirez-vous, sales gars ? »

Ils oublient leur faim et se mettent à nager en marin, en chien, en grenouille. Les deux têtes seules émergent. Ils coupent de la main, refoulent du pied les petites vagues vertes aisément brisées. Mortes, elles ne se referment plus.

« J'en ai jusqu'au menton, dit grand frère Félix.

— Regarde comme j'avance », dit Poil de Carotte.

Ils doivent se reposer, savourer avec plus de calme leur bonheur.

Accoudés, ils suivent du regard les galeries soufflées que creusent les taupes et qui zigzaguent à fleur de sol, comme à fleur de peau les veines des vieillards. Tantôt ils les perdent de vue, tantôt elles débouchent dans une clairière, où la cuscute * rongeuse, parasite méchante, choléra des bonnes luzernes, étend sa barbe de filaments roux. Les taupinières y forment un minuscule village de huttes dressées à la mode indienne.

« Ce n'est pas tout ça, dit grand frère Félix, mangeons. Je commence. Prends garde de toucher à ma portion. »

Avec son bras comme rayon, il décrit un arc de cercle.

« J'ai assez du reste », dit Poil de Carotte.

Les deux têtes disparaissent. Qui les devinerait ?

Le vent souffle de douces haleines, retourne les minces feuilles de luzerne, en montre les dessous pâles, et le champ tout entier est parcouru de frissons.

Grand frère Félix arrache des brassées de fourrage, s'en enveloppe la tête, feint de se bourrer, imite le bruit de mâchoires d'un veau inexpérimenté qui se gonfle. Et tandis qu'il fait semblant de dévorer tout, les racines même, car il connaît la vie, Poil de Carotte le prend au sérieux et, plus délicat, ne choisit que les belles feuilles.

Du bout de son nez il les courbe, les amène à sa bouche et les mâche posément.

Pourquoi se presser ?

La table n'est pas louée. La foire n'est pas sur le pont.

Et les dents crissantes, la langue amère, le cœur soulevé, il avale, se régale.

LA TIMBALE

Poil de Carotte ne boira plus à table. Il perd l'habitude de boire, en quelques jours, avec une

facilité qui surprend sa famille et ses amis.
D'abord, il dit un matin à Mme Lepic qui lui verse
du vin comme d'ordinaire :

« Merci, maman, je n'ai pas soif. »

Au repas du soir, il dit encore :

« Merci, maman, je n'ai pas soif.

— Tu deviens économique, dit Mme Lepic.
Tant mieux pour les autres. »

Ainsi il reste toute cette première journée sans
boire, parce que la température est douce et que
simplement il n'a pas soif.

Le lendemain, Mme Lepic, qui met le couvert,
lui demande :

« Boiras-tu aujourd'hui, Poil de Carotte ?

— Ma foi, dit-il, je n'en sais rien.

— Comme il te plaira, dit Mme Lepic ; si tu veux
ta timbale, tu iras la chercher dans le placard. »

Il ne va pas la chercher. Est-ce caprice, oubli ou
peur de se servir soi-même ?

On s'étonne déjà :

« Tu te perfectionnes, dit Mme Lepic ; te voilà
une faculté de plus.

— Une rare, dit M. Lepic. Elle te servira surtout
plus tard, si tu te trouves seul, égaré dans un
désert, sans chameau. »

Grand frère Félix et sœur Ernestine parient :

SŒUR ERNESTINE : Il restera une semaine sans
boire.

GRAND FRÈRE FÉLIX : Allons donc, s'il tient trois
jours, jusqu'à dimanche, ce sera beau.

— Mais, dit Poil de Carotte qui sourit finement,
je ne boirai plus jamais, si je n'ai jamais soif. Voyez
les lapins et les cochons d'Inde, leur trouvez-vous
du mérite ?

— Un cochon d'Inde et toi, ça fait deux », dit
grand frère Félix.

Poil de Carotte, piqué, leur montrera ce dont il
est capable. Mme Lepic continue d'oublier sa timbale. Il se défend de la réclamer. Il accepte avec
une égale indifférence les ironiques compliments et
les témoignages d'admiration sincère.

« Il est malade ou fou », disent les uns.

Les autres disent :

« Il boit en cachette. »

Mais tout nouveau, tout beau. Le nombre de fois
que Poil de Carotte tire la langue, pour prouver
qu'elle n'est point sèche, diminue peu à peu.

Parents et voisins se blasent. Seuls quelques
étrangers lèvent encore les bras au ciel, quand on
les met au courant :

« Vous exagérez : nul n'échappe aux exigences de
la nature. »

Le médecin consulté déclare que le cas lui
semble bizarre, mais qu'en somme rien n'est
impossible.

Et Poil de Carotte surpris, qui craignait de
souffrir, reconnaît qu'avec un entêtement régulier,
on fait ce qu'on veut. Il avait cru s'imposer une
privation douloureuse, accomplir un tour de force,
et il ne se sent même pas incommodé. Il se porte
mieux qu'avant. Que ne peut-il vaincre sa faim
comme sa soif ! Il jeûnerait, il vivrait d'air.

Il ne se souvient même plus de sa timbale.
Longtemps elle est inutile. Puis la servante Honorine a l'idée de l'emplir de tripoli rouge pour
nettoyer les chandeliers *.

LA MIE DE PAIN

M. Lepic, s'il est d'humeur gaie, ne dédaigne pas d'amuser lui-même ses enfants. Il leur raconte des histoires dans les allées du jardin, et il arrive que grand frère Félix et Poil de Carotte se roulent par terre, tant ils rient. Ce matin, ils n'en peuvent plus. Mais sœur Ernestine vient leur dire que le déjeuner est servi, et les voilà calmés. A chaque réunion de famille, les visages se renfrognent.

On déjeune, comme d'habitude, vite et sans souffler, et déjà rien n'empêcherait de passer la table à d'autres, si elle était louée, quand Mme Lepic dit :

« Veux-tu me donner une mie de pain, s'il te plaît, pour finir ma compote ? »

A qui s'adresse-t-elle ?

Le plus souvent, Mme Lepic se sert seule, et elle ne parle qu'au chien. Elle le renseigne sur le prix des légumes, et lui explique la difficulté, par le temps qui court, de nourrir avec peu d'argent six personnes et une bête.

« Non, dit-elle à Pyrame qui grogne d'amitié et bat le paillasson de sa queue, tu ne sais pas le mal que j'ai à tenir cette maison. Tu te figures, comme les hommes, qu'une cuisinière a tout pour rien. Ça t'est bien égal que le beurre augmente et que les œufs soient inabordables. »

Or, cette fois, Mme Lepic fait événement. Par exception, elle s'adresse à M. Lepic d'une manière directe. C'est à lui, bien à lui qu'elle demande une mie de pain pour finir sa compote. Nul ne peut en douter. D'abord elle le regarde. Ensuite M. Lepic a le pain près de lui. Étonné, il hésite, puis, du bout des doigts, il prend au creux de son assiette une mie de pain, et, sérieux, noir, il la jette à Mme Lepic.

Farce ou drame ? Qui le sait ?

Sœur Ernestine, humiliée pour sa mère, a vaguement le trac.

« Papa est dans un de ses bons jours », se dit grand frère Félix qui galope, effréné, sur les bâtons de sa chaise.

Quant à Poil de Carotte, hermétique, des bousilles * aux lèvres, l'oreille pleine de rumeurs et les joues gonflées de pommes cuites, il se contient, mais il va péter, si Mme Lepic ne quitte à l'instant la table, parce qu'au nez de ses fils et de sa fille on la traite comme la dernière des dernières !

LA TROMPETTE

M. Lepic arrive de Paris ce matin même. Il ouvre sa malle. Des cadeaux en sortent pour grand frère Félix et sœur Ernestine, de beaux cadeaux, dont précisément (comme c'est drôle !) ils ont rêvé toute la nuit. Ensuite M. Lepic, les mains derrière son dos, regarde malignement Poil de Carotte et lui dit :

« Et toi, qu'est-ce que tu aimes le mieux : une trompette ou un pistolet ? »

En vérité, Poil de Carotte est plutôt prudent que téméraire. Il préférerait une trompette, parce que ça ne part pas dans les mains ; mais il a toujours entendu dire qu'un garçon de sa taille ne peut jouer sérieusement qu'avec des armes, des sabres, des engins de guerre. L'âge lui est venu de renifler de la poudre et d'exterminer des choses. Son père connaît les enfants : il a apporté ce qu'il faut.

« J'aime mieux un pistolet », dit-il hardiment, sûr de deviner.

Il va même un peu loin et ajoute :

« Ce n'est plus la peine de le cacher, je le vois !

— Ah ! dit M. Lepic embarrassé, tu aimes mieux un pistolet ! tu as donc bien changé ? »

Tout de suite Poil de Carotte se reprend :

« Mais non, va, mon papa, c'était pour rire. Sois tranquille, je les déteste, les pistolets. Donne-moi vite ma trompette, que je te montre comme ça m'amuse de souffler dedans. »

MADAME LEPIC : Alors pourquoi mens-tu ? pour faire de la peine à ton père, n'est-ce pas ? Quand on aime les trompettes, on ne dit pas qu'on aime les pistolets, et surtout on ne dit pas qu'on voit des pistolets, quand on ne voit rien. Aussi, pour t'apprendre, tu n'auras ni pistolet ni trompette. Regarde-la bien : elle a trois pompons rouges et un drapeau à franges d'or. Tu l'as assez regardée. Maintenant, va voir à la cuisine si j'y suis ; déguerpis, trotte et flûte dans tes doigts.

Tout en haut de l'armoire, sur une pile de linge blanc, roulée dans ses trois pompons rouges et son drapeau à franges d'or, la trompette de Poil de Carotte attend qui souffle, imprenable, invisible, muette, comme celle du jugement dernier.

LA MÈCHE

Le dimanche, Mme Lepic exige que ses fils aillent à la messe. On les fait beaux et sœur Ernestine préside elle-même à leur toilette, au risque d'être en retard pour la sienne. Elle choisit les cravates, lime les ongles, distribue les paroissiens et donne le plus gros à Poil de Carotte. Mais surtout elle pommade ses frères.

C'est une rage qu'elle a.

Si Poil de Carotte, comme un Jean Fillou*, se laisse faire, grand frère Félix prévient sa sœur qu'il finira par se fâcher : aussi elle triche :

« Cette fois, dit-elle, je me suis oubliée, je ne l'ai pas fait exprès, et je te jure qu'à partir de dimanche prochain, tu n'en auras plus. »

Et toujours elle réussit à lui en mettre un doigt.

« Il arrivera malheur », dit grand frère Félix.

Ce matin, roulé dans sa serviette, la tête basse, comme sœur Ernestine ruse encore, il ne s'aperçoit de rien.

« Là, dit-elle, je t'obéis, tu ne bougonneras point, regarde le pot fermé sur la cheminée. Suis-je gentille ? D'ailleurs, je n'ai aucun mérite. Il faudrait du ciment pour Poil de Carotte, mais avec toi, la pommade est inutile. Tes cheveux frisent et bouffent tout seuls. Ta tête ressemble à un chou-fleur et cette raie durera jusqu'à la nuit.

— Je te remercie », dit grand frère Félix.

Il se lève sans défiance. Il néglige de vérifier comme d'ordinaire, en passant sa main sur ses cheveux.

Sœur Ernestine achève de l'habiller, le pomponne et lui met des gants de filoselle blanche.

« Ça y est? dit grand frère Félix.

— Tu brilles comme un prince, dit sœur Ernestine, il ne te manque que ta casquette. Va la chercher dans l'armoire. »

Mais grand frère Félix se trompe. Il passe devant l'armoire. Il court au buffet, l'ouvre, empoigne une carafe pleine d'eau et la vide sur sa tête, avec tranquillité.

« Je t'avais prévenue, ma sœur, dit-il. Je n'aime pas qu'on se moque de moi. Tu es encore trop petite pour rouler un vieux de la vieille. Si jamais tu recommences, j'irai noyer ta pommade dans la rivière. »

Ses cheveux aplatis, son costume du dimanche ruissellent, et tout trempé, il attend qu'on le change ou que le soleil le sèche, au choix : ça lui est égal.

« Quel type! se dit Poil de Carotte, immobile d'admiration. Il ne craint personne, et si j'essayais de l'imiter, on rirait bien. Mieux vaut laisser croire que je ne déteste pas la pommade. »

Mais tandis que Poil de Carotte se résigne d'un cœur habitué, ses cheveux le vengent à son insu.

Couchés de force, quelque temps, sous la pommade, ils font les morts; puis ils se dégourdissent, et par une invisible poussée, bossellent leur léger moule luisant, le fendillent, le crèvent.

On dirait un chaume qui dégèle.

Et bientôt la première mèche se dresse en l'air, droite, libre.

LE BAIN

Comme quatre heures vont bientôt sonner, Poil de Carotte, fébrile, réveille M. Lepic et grand frère Félix qui dorment sous les noisetiers du jardin.

« Partons-nous ? » dit-il.

GRAND FRÈRE FÉLIX : Allons-y, porte les caleçons !

MONSIEUR LEPIC : Il doit faire encore trop chaud.

GRAND FRÈRE FÉLIX : Moi, j'aime quand il y a du soleil.

POIL DE CAROTTE : Et tu seras mieux, papa, au bord de l'eau qu'ici. Tu te coucheras sur l'herbe.

MONSIEUR LEPIC : Marchez devant, et doucement, de peur d'attraper la mort.

Mais Poil de Carotte modère son allure à grand-peine et se sent des fourmis dans les pieds. Il porte sur l'épaule son caleçon sévère et sans dessin et le caleçon rouge et bleu de grand frère Félix. La figure animée, il bavarde, il chante pour lui seul et il saute après les branches. Il nage dans l'air et il dit à grand frère Félix :

« Crois-tu qu'elle sera bonne, hein ? Ce qu'on va gigoter !

— Un malin ! » répond grand frère Félix, dédaigneux et fixé.

En effet, Poil de Carotte se calme tout à coup.

Il vient d'enjamber, le premier, avec légèreté, un petit mur de pierres sèches, et la rivière brusquement apparue coule devant lui. L'instant est passé de rire.

Des reflets glacés miroitent sur l'eau enchantée.

Elle clapote comme des dents claquent et exhale une odeur fade.

Il s'agit d'entrer là-dedans, d'y séjourner et de s'y occuper, tandis que M. Lepic comptera sur sa montre le nombre de minutes réglementaire. Poil de Carotte frissonne. Une fois de plus son courage, qu'il excitait pour le faire durer, lui manque au bon moment, et la vue de l'eau, attirante de loin, le met en détresse.

Poil de Carotte commence de se déshabiller, à l'écart. Il veut moins cacher sa maigreur et ses pieds, que trembler seul, sans honte.

Il ôte ses vêtements un à un et les plie avec soin sur l'herbe. Il noue ses cordons de souliers et n'en finit plus de les dénouer.

Il met son caleçon, enlève sa chemise courte et, comme il transpire, pareil au sucre de pomme qui poisse dans sa ceinture de papier, il attend encore un peu.

Déjà grand frère Félix a pris possession de la rivière et la saccage en maître. Il la bat à tour de bras, la frappe du talon, la fait écumer, et, terrible au milieu, chasse vers les bords le troupeau des vagues courroucées.

« Tu n'y penses plus, Poil de Carotte ? demande M. Lepic.

— Je me séchais », dit Poil de Carotte.

Enfin il se décide, il s'assied par terre, et tâte l'eau d'un orteil que ses chaussures trop étroites ont écrasé. En même temps, il se frotte l'estomac qui peut-être n'a pas fini de digérer. Puis il se laisse glisser le long des racines.

Elles lui égratignent les mollets, les cuisses, les fesses. Quand il a de l'eau jusqu'au ventre, il va remonter et se sauver. Il lui semble qu'une ficelle mouillée s'enroule peu à peu autour de son corps, comme autour d'une toupie. Mais la motte où il s'appuie cède, et Poil de Carotte tombe, disparaît, barbote et se redresse, toussant, crachant, suffoqué, aveuglé, étourdi.

« Tu plonges bien, mon garçon, lui dit M. Lepic.

— Oui, dit Poil de Carotte, quoique je n'aime pas beaucoup ça. L'eau reste dans mes oreilles, et j'aurai mal à la tête. »

Il cherche un endroit où il puisse apprendre à nager, c'est-à-dire faire aller ses bras, tandis que ses genoux marcheront sur le sable.

« Tu te presses trop, lui dit M. Lepic. N'agite donc pas tes poings fermés, comme si tu t'arrachais les cheveux. Remue tes jambes qui ne font rien.

— C'est plus difficile de nager sans se servir des jambes », dit Poil de Carotte.

Mais grand frère Félix l'empêche de s'appliquer et le dérange toujours.

« Poil de Carotte, viens ici. Il y en a plus creux. Je perds pied, j'enfonce. Regarde donc. Tiens : tu me vois. Attention : tu ne me vois plus. A présent, mets-toi là vers le saule. Ne bouge pas. Je parie de te rejoindre en dix brassées.

— Je compte », dit Poil de Carotte grelottant, les épaules hors de l'eau, immobile comme une vraie borne.

De nouveau, il s'accroupit pour nager. Mais grand frère Félix lui grimpe sur le dos, pique une tête et dit :

« A ton tour, si tu veux, grimpe sur le mien.

— Laisse-moi prendre ma leçon tranquille, dit Poil de Carotte.

— C'est bon, crie M. Lepic, sortez. Venez boire chacun une goutte de rhum.

— Déjà! » dit Poil de Carotte.

Maintenant il ne voudrait plus sortir. Il n'a pas assez profité de son bain. L'eau qu'il faut quitter cesse de lui faire peur. De plomb tout à l'heure, à présent de plume, il s'y débat avec une sorte de vaillance frénétique, défiant le danger, prêt à risquer sa vie pour sauver quelqu'un, et il disparaît même volontairement sous l'eau, afin de goûter l'angoisse de ceux qui se noient.

« Dépêche-toi, s'écrie M. Lepic, ou grand frère Félix boira tout le rhum. »

Bien que Poil de Carotte n'aime pas le rhum, il dit :

« Je ne donne ma part à personne. »

Et il la boit comme un vieux soldat.

MONSIEUR LEPIC : Tu t'es mal lavé, il reste de la crasse à tes chevilles.

POIL DE CAROTTE : C'est de la terre, papa.

MONSIEUR LEPIC : Non, c'est de la crasse.

POIL DE CAROTTE : Veux-tu que je retourne, papa ?

MONSIEUR LEPIC : Tu ôteras ça demain, nous reviendrons.

POIL DE CAROTTE : Veine! Pourvu qu'il fasse beau!

Il s'essuie du bout du doigt, avec les coins secs de la serviette que grand frère Félix n'a pas mouillés, et la tête lourde, la gorge raclée, il rit aux éclats, tant son frère et M. Lepic plaisantent drôlement ses orteils boudinés.

HONORINE

MADAME LEPIC : Quel âge avez-vous donc, déjà, Honorine?

HONORINE : Soixante-sept ans depuis la Toussaint, madame Lepic.

MADAME LEPIC : Vous voilà vieille, ma pauvre vieille!

HONORINE : Ça ne prouve rien, quand on peut travailler. Jamais je n'ai été malade. Je crois les chevaux moins durs que moi.

MADAME LEPIC : Voulez-vous que je vous dise une chose, Honorine? Vous mourrez tout d'un coup. Quelque soir, en revenant de la rivière, vous sentirez votre hotte plus écrasante, votre brouette plus lourde à pousser que les autres soirs; vous tomberez à genoux entre les brancards, le nez sur votre linge mouillé, et vous serez perdue. On vous relèvera morte.

HONORINE : Vous me faites rire, madame Lepic; n'ayez crainte; la jambe et le bras vont encore.

MADAME LEPIC : Vous vous courbez un peu, il est vrai, mais quand le dos s'arrondit, on lave avec moins de fatigue dans les reins. Quel dommage que votre vue baisse! Ne dites pas non, Honorine! Depuis quelque temps, je le remarque.

HONORINE : Oh! j'y vois clair comme à mon mariage.

MADAME LEPIC : Bon! ouvrez le placard, et donnez-moi une assiette, n'importe laquelle. Si vous essuyez comme il faut votre vaisselle, pourquoi cette buée?

HONORINE : Il y a de l'humidité dans le placard.

MADAME LEPIC : Y a-t-il aussi, dans le placard, des doigts qui se promènent sur les assiettes? Regardez cette trace.

HONORINE : Où donc, s'il vous plaît, madame? je ne vois rien.

MADAME LEPIC : C'est ce que je vous reproche, Honorine. Entendez-moi. Je ne dis pas que vous vous relâchez, j'aurais tort; je ne connais point de femme au pays qui vous vaille par l'énergie; seulement vous vieillissez. Moi aussi, je vieillis; nous vieillissons tous, et il arrive que la bonne volonté ne suffit plus. Je parie que des fois vous sentez une espèce de toile sur vos yeux. Et vous avez beau les frotter, elle reste.

HONORINE : Pourtant, je les écarquille bien et je ne vois pas trouble comme si j'avais la tête dans un seau d'eau.

MADAME LEPIC : Si, si, Honorine, vous pouvez me croire. Hier encore, vous avez donné à M. Lepic un verre sale. Je n'ai rien dit, par peur de vous chagriner en provoquant une histoire. M. Lepic, non plus, n'a rien dit. Il ne dit jamais rien, mais rien ne lui échappe. On s'imagine qu'il est indifférent : erreur! Il observe, et tout se grave derrière son front. Il a simplement repoussé du doigt votre verre, et il a eu le courage de déjeuner sans boire. Je souffrais pour vous et lui.

HONORINE : Diable aussi que M. Lepic se gêne avec sa domestique! Il n'avait qu'à parler et je lui changeais son verre.

MADAME LEPIC : Possible, Honorine, mais de plus malignes que vous ne font pas parler M. Lepic décidé à se taire. J'y ai renoncé moi-même. D'ailleurs la question n'est pas là. Je me résume :

votre vue faiblit chaque jour un peu. S'il n'y a que demi-mal, quand il s'agit d'un gros ouvrage, d'une lessive, les ouvrages de finesse ne sont plus votre affaire. Malgré le surcroît de dépense, je chercherais volontiers quelqu'un pour vous aider...

HONORINE : Je ne m'accorderais jamais avec une autre femme dans mes jambes, madame Lepic.

MADAME LEPIC : J'allais le dire. Alors quoi? Franchement, que me conseillez-vous?

HONORINE : Ça marchera bien ainsi jusqu'à ma mort.

MADAME LEPIC : Votre mort! Y songez-vous, Honorine? Capable de nous enterrer tous, comme je le souhaite, supposez-vous que je compte sur votre mort?

HONORINE : Vous n'avez peut-être pas l'intention de me renvoyer à cause d'un coup de torchon de travers. D'abord je ne quitte votre maison que si vous me jetez à la porte. Et une fois dehors, il faudra donc crever *?

MADAME LEPIC : Qui parle de vous renvoyer, Honorine? Vous voilà toute rouge. Nous causons l'une avec l'autre, amicalement, et puis vous vous fâchez, vous dites des bêtises plus grosses que l'église.

HONORINE : Dame! est-ce que je sais, moi?

MADAME LEPIC : Et moi? Vous ne perdez la vue ni par votre faute, ni par la mienne. J'espère que le médecin vous guérira. Ça arrive. En attendant, laquelle de nous deux est la plus embarrassée? Vous ne soupçonnez même pas que vos yeux prennent la maladie. Le ménage en souffre. Je vous avertis par charité, pour prévenir des accidents, et aussi parce que j'ai le droit, il me semble, de faire, avec douceur, une observation.

HONORINE : Tant que vous voudrez. Faites à
votre aise, madame Lepic. Un moment je me voyais
dans la rue; vous me rassurez. De mon côté, je
surveillerai mes assiettes, je le garantis.

MADAME LEPIC : Est-ce que je demande autre
chose? Je vaux mieux que ma réputation, Honorine, et je ne me priverai de vos services que si vous
m'y obligez absolument.

HONORINE : Dans ce cas-là, madame Lepic, ne
soufflez mot. Maintenant je me crois utile et je
crierais à l'injustice si vous me chassiez. Mais le
jour où je m'apercevrai que je deviens à charge et
que je ne sais même plus faire chauffer une
marmite d'eau sur le feu, je m'en irai tout de suite,
toute seule, sans qu'on me pousse.

MADAME LEPIC : Et sans oublier, Honorine, que
vous trouverez toujours un restant de soupe à la
maison.

HONORINE : Non, madame Lepic, point de soupe;
seulement du pain. Depuis que la mère Maïtte ne
mange que du pain, elle ne veut pas mourir.

MADAME LEPIC : Et savez-vous qu'elle a au moins
cent ans? et savez-vous encore une chose, Honorine? les mendiants sont plus heureux que nous, c'est
moi qui vous le dis.

HONORINE : Puisque vous le dites, je dis comme
vous, madame Lepic.

LA MARMITE

Elles sont rares pour Poil de Carotte, les occasions de se rendre utile à sa famille. Tapi dans un

coin, il les attend au passage. Il peut écouter, sans
opinion préconçue, et, le moment venu, sortir de
l'ombre, et, comme une personne réfléchie, qui
seule garde toute sa tête au milieu de gens que les
passions troublent, prendre en mains la direction
des affaires.

Or il devine que Mme Lepic a besoin d'un aide
intelligent et sûr. Certes, elle ne l'avouera pas, trop
fière. L'accord se fera tacitement, et Poil de Carotte
devra agir sans être encouragé, sans espérer une
récompense.

Il s'y décide.

Du matin au soir, une marmite pend à la
crémaillère de la cheminée. L'hiver, où il faut
beaucoup d'eau chaude, on la remplit et on la vide
souvent, et elle bouillonne sur un grand feu.

L'été, on n'use de son eau qu'après chaque repas,
pour laver la vaisselle, et le reste du temps, elle
bout sans utilité, avec un petit sifflement continu,
tandis que sous son ventre fendillé, deux bûches
fument, presque éteintes.

Parfois Honorine n'entend plus siffler. Elle se
penche et prête l'oreille.

« Tout s'est évaporé », dit-elle.

Elle verse un seau d'eau dans la marmite,
rapproche les deux bûches et remue la cendre.
Bientôt le doux chantonnement recommence et
Honorine tranquillisée va s'occuper ailleurs.

On lui dirait :

« Honorine, pourquoi faites-vous chauffer de
l'eau qui ne vous sert plus? Enlevez donc votre
marmite; éteignez le feu. Vous brûlez du bois
comme s'il ne coûtait rien. Tant de pauvres gèlent,
dès qu'arrive le froid. Vous êtes pourtant une
femme économe. »

Elle secouerait la tête.

Elle a toujours vu une marmite pendre au bout de la crémaillère.

Elle a toujours entendu de l'eau bouillir et, la marmite vidée, qu'il pleuve, qu'il vente ou que le soleil tape, elle l'a toujours remplie.

Et maintenant, il n'est même plus nécessaire qu'elle touche la marmite, ni qu'elle la voie ; elle la connaît par cœur. Il lui suffit de l'écouter, et si la marmite se tait, elle y jette un seau d'eau, comme elle enfilerait une perle, tellement habituée que jusqu'ici elle n'a jamais manqué son coup.

Elle le manque aujourd'hui pour la première fois.

Toute l'eau tombe dans le feu et un nuage de cendre, comme une bête dérangée qui se fâche, saute sur Honorine, l'enveloppe, l'étouffe et la brûle.

Elle pousse un cri, éternue et crache en reculant.

« Châcre ! dit-elle, j'ai cru que le diable sortait de dessous terre. »

Les yeux collés et cuisants, elle tâtonne avec ses mains noircies dans la nuit de la cheminée.

« Ah ! je m'explique, dit-elle, stupéfaite. La marmite n'y est plus.

— Ma foi non, dit-elle, je ne m'explique pas. La marmite y était encore tout à l'heure. Sûrement, puisqu'elle sifflait comme un flûteau. »

On a dû l'enlever quand Honorine tournait le dos pour secouer par la fenêtre un plein tablier d'épluchures.

Mais qui donc ?

Mᵐᵉ Lepic paraît sévère et calme sur le paillasson de la chambre à coucher.

« Quel bruit, Honorine !

— Du bruit, du bruit ! s'écrie Honorine. Le beau

malheur que je fasse du bruit! un peu plus je me
rôtissais. Regardez mes sabots, mon jupon, mes
mains. J'ai de la boue sur mon caraco et des
morceaux de charbon dans mes poches.

MADAME LEPIC : Je regarde cette mare qui dégou-
line de la cheminée, Honorine. Elle va faire du
propre.

HONORINE : Pourquoi qu'on me vole ma marmite
sans me prévenir? C'est peut-être vous seulement
qui l'avez prise?

MADAME LEPIC : Cette marmite appartient à tout
le monde ici, Honorine. Faut-il, par hasard, que
moi ou M. Lepic, ou mes enfants, nous vous
demandions la permission de nous en servir?

HONORINE : Je dirais des sottises, tant je me sens
colère.

MADAME LEPIC : Contre nous ou contre vous, ma
brave Honorine? Oui, contre qui? Sans être
curieuse, je voudrais le savoir. Vous me démontez.
Sous prétexte que la marmite a disparu, vous jetez
gaillardement un seau d'eau dans le feu, et têtue,
loin d'avouer votre maladresse, vous vous en prenez
aux autres, à moi-même. Je la trouve raide, ma
parole!

HONORINE : Mon petit Poil de Carotte, sais-tu où
est ma marmite?

MADAME LEPIC : Comment le saurait-il, lui, un
enfant irresponsable? Laissez donc votre marmite.
Rappelez-vous plutôt votre mot d'hier : " Le jour
où je m'apercevrai que je ne peux même plus faire
chauffer de l'eau, je m'en irai toute seule, sans
qu'on me pousse. " Certes, je trouvais vos yeux
malades, mais je ne croyais pas votre état désespéré.
Je n'ajoute rien, Honorine; mettez-vous à ma place.
Vous êtes au courant, comme moi, de la situation;

jugez et concluez. Oh! ne vous gênez point, pleurez. Il y a de quoi. »

RÉTICENCE

« Maman! Honorine! »

. . . .

Qu'est-ce qu'il veut encore, Poil de Carotte? Il va tout gâter. Par bonheur, sous le regard froid de Mme Lepic, il s'arrête court.

Pourquoi dire à Honorine :

« C'est moi, Honorine! »

Rien ne peut sauver la vieille. Elle n'y voit plus, elle n'y voit plus. Tant pis pour elle. Tôt ou tard elle devait céder. Un aveu de lui ne la peinerait que davantage. Qu'elle parte et que, loin de soupçonner Poil de Carotte, elle s'imagine frappée par l'inévitable coup du sort.

Et pourquoi dire à Mme Lepic :

« Maman, c'est moi! »

A quoi bon se vanter d'une action méritoire, mendier un sourire d'honneur? Outre qu'il courrait quelque danger, car il sait Mme Lepic capable de le désavouer en public, qu'il se mêle donc de ses affaires, ou mieux, qu'il fasse mine d'aider sa mère et Honorine à chercher la marmite.

Et lorsqu'un instant tous trois s'unissent pour la trouver, c'est lui qui montre le plus d'ardeur.

Mme Lepic, désintéressée, renonce la première.

Honorine se résigne et s'éloigne, marmotteuse, et bientôt Poil de Carotte, qu'un scrupule faillit

perdre, rentre en lui-même, comme dans une gaine,
comme un instrument de justice dont on n'a plus
besoin.

AGATHE

C'est Agathe, une petite-fille d'Honorine, qui la
remplace.

Curieusement, Poil de Carotte observe la nouvelle venue qui, pendant quelques jours, détournera
de lui sur elle, l'attention des Lepic.

« Agathe, dit Mme Lepic, frappez avant d'entrer,
ce qui ne signifie pas que vous devez défoncer les
portes à coups de poing de cheval.

— Ça commence, se dit Poil de Carotte, mais je
l'attends au déjeuner. »

On mange dans la grande cuisine. Agathe, une
serviette sur le bras, se tient prête à courir du
fourneau vers le placard, du placard vers la table, car
elle ne sait guère marcher posément ; elle préfère
haleter, le sang aux joues.

Et elle parle trop vite, rit trop haut, a trop envie
de bien faire.

M. Lepic s'installe le premier, dénoue sa serviette, pousse son assiette vers le plat qu'il voit
devant lui, prend de la viande, de la sauce et
ramène l'assiette. Il se sert à boire, et le dos courbé,
les yeux baissés, il se nourrit sobrement, aujour-
d'hui comme chaque jour, avec indifférence.

Quand on change de plat, il se penche sur sa
chaise et remue la cuisse.

Mme Lepic sert elle-même les enfants, d'abord

grand frère Félix parce que son estomac crie la faim, puis sœur Ernestine pour sa qualité d'aînée, enfin Poil de Carotte qui se trouve au bout de la table.

Il n'en redemande jamais, comme si c'était formellement défendu. Une portion doit suffire. Si on lui fait des offres, il accepte, et sans boire, se gonfle de riz qu'il n'aime pas, pour flatter Mme Lepic, qui, seule de la famille, l'aime beaucoup.

Plus indépendants, grand frère Félix et sœur Ernestine veulent-ils une seconde portion, ils poussent, selon la méthode de M. Lepic, leur assiette du côté du plat.

Mais personne ne parle ★.

« Qu'est-ce qu'ils ont donc ? » se dit Agathe.

Ils n'ont rien. Ils sont ainsi, voilà tout.

Elle ne peut s'empêcher de bâiller, les bras écartés, devant l'un et devant l'autre.

M. Lepic mange avec lenteur, comme s'il mâchait du verre pilé.

Mme Lepic, pourtant plus bavarde, entre ses repas, qu'une agace, commande à table par gestes et signes de tête.

Sœur Ernestine lève les yeux au plafond.

Grand frère Félix sculpte sa mie de pain, et Poil de Carotte, qui n'a plus de timbale, ne se préoccupe que de ne pas nettoyer son assiette, trop tôt, par gourmandise, ou trop tard, par lambinerie. Dans ce but, il se livre à des calculs compliqués.

Soudain M. Lepic va remplir une carafe d'eau.

« J'y serais bien allée, moi », dit Agathe.

Ou plutôt, elle ne le dit pas, elle le pense seulement. Déjà atteinte du mal de tous, la langue lourde, elle n'ose parler, mais se croyant en faute, elle redouble d'attention.

M. Lepic n'a presque plus de pain. Agathe cette fois ne se laissera pas devancer. Elle le surveille au point d'oublier les autres et que Mme Lepic d'un sec :

« Agathe, est-ce qu'il vous pousse une branche? » la rappelle à l'ordre.

« Voilà, madame », répond Agathe.

Et elle se multiplie sans quitter de l'œil M. Lepic. Elle veut le conquérir par ses prévenances et tâchera de se signaler.

Il est temps.

Comme M. Lepic mord sa dernière bouchée de pain, elle se précipite au placard et rapporte une couronne de cinq livres, non entamée, qu'elle lui offre de bon cœur, tout heureuse d'avoir deviné les désirs du maître.

Or, M. Lepic noue sa serviette, se lève de table, met son chapeau et va dans le jardin fumer une cigarette.

Quand il a fini de déjeuner, il ne recommence pas.

Clouée, stupide, Agathe tenant sur son ventre la couronne qui pèse cinq livres, semble la réclame en cire d'une fabrique d'appareils de sauvetage.

LE PROGRAMME

« Ça vous la coupe, dit Poil de Carotte, dès qu'Agathe et lui se trouvent seuls dans la cuisine. Ne vous découragez pas, vous en verrez d'autres. Mais où allez-vous avec ces bouteilles?

— A la cave, monsieur Poil de Carotte.

POIL DE CAROTTE : Pardon, c'est moi qui vais à la cave. Du jour où j'ai pu descendre l'escalier, si mauvais que les femmes glissent et risquent de s'y casser le cou, je suis devenu l'homme de confiance. Je distingue le cachet rouge du cachet bleu.

Je vends les vieilles feuillettes pour mes petits bénéfices, de même que les peaux de lièvres, et je remets l'argent à maman.

Entendons-nous, s'il vous plaît, afin que l'un ne gêne pas l'autre dans son service.

Le matin j'ouvre au chien et je lui fais manger sa soupe. Le soir je lui siffle de venir se coucher. Quand il s'attarde par les rues, je l'attends.

En outre, maman m'a promis que je fermerais toujours la porte des poules.

J'arrache des herbes qu'il faut connaître, dont je secoue la terre sur mon pied pour reboucher leur trou, et que je distribue aux bêtes.

Comme exercice, j'aide mon père à scier du bois.

J'achève le gibier qu'il rapporte vivant et vous le plumez avec sœur Ernestine.

Je fends le ventre des poissons, je les vide et fais péter leurs vessies sous mon talon.

Par exemple c'est vous qui les écaillez et qui tirez les seaux du puits.

J'aide à dévider les écheveaux de fil.

Je mouds le café.

Quand M. Lepic quitte ses souliers sales, c'est moi qui les porte dans le corridor, mais sœur Ernestine ne cède à personne le droit de rapporter les pantoufles qu'elle a brodées elle-même.

Je me charge des commissions importantes, des longues trottes, d'aller chez le pharmacien ou le médecin.

De votre côté, vous courez le village aux menues provisions.

Mais vous devez, deux ou trois heures par jour et par tous les temps, laver à la rivière. Ce sera le plus dur de votre travail, ma pauvre fille; je n'y peux rien. Cependant je tâcherai quelquefois, si je suis libre, de vous donner un coup de main, quand vous étendrez le linge sur la haie.

J'y pense : un conseil. N'étendez jamais votre linge sur les arbres fruitiers. M. Lepic, sans vous adresser d'observation, d'une chiquenaude le jetterait par terre, et Mme Lepic, pour une tache, vous renverrait le laver.

Je vous recommande les chaussures. Mettez beaucoup de graisse sur les souliers de chasse et très peu de cirage sur les bottines. Ça les brûle.

Ne vous acharnez pas après les culottes crottées. M. Lepic affirme que la boue les conserve. Il marche au milieu de la terre labourée sans relever le bas de son pantalon. Je préfère relever le mien, quand M. Lepic m'emmène et que je porte le carnier.

" Poil de Carotte, me dit-il, tu ne deviendras jamais un chasseur sérieux. "

Et Mme Lepic me dit :

" Gare à tes oreilles si tu te salis. "

C'est une affaire de goût.

En somme vous ne serez pas trop à plaindre. Pendant mes vacances nous nous partagerons la besogne et vous en aurez moins, ma sœur, mon frère et moi rentrés à la pension. Ça revient au même.

D'ailleurs personne ne vous semblera bien méchant. Interrogez nos amis : ils vous jureront tous que ma sœur Ernestine a une douceur angé-

lique, mon frère Félix, un cœur d'or, M. Lepic
l'esprit droit, le jugement sûr, et Mme Lepic un
rare talent de cordon bleu. C'est peut-être à moi
que vous trouverez le plus difficile caractère de la
famille. Au fond j'en vaux un autre. Il suffit de
savoir me prendre. Du reste, je me raisonne, je me
corrige; sans fausse modestie, je m'améliore et si
vous y mettez un peu du vôtre, nous vivrons en
bonne intelligence.

Non, ne m'appelez plus monsieur, appelez-moi
Poil de Carotte, comme tout le monde. C'est moins
long que M. Lepic fils. Seulement je vous prie de
ne pas me tutoyer, à la façon de votre grand-mère
Honorine que je détestais, parce qu'elle me froissait
toujours. »

L'AVEUGLE *

Du bout de son bâton, il frappe discrètement à la
porte.

MADAME LEPIC : Qu'est-ce qu'il veut encore,
celui-là?

MONSIEUR LEPIC : Tu ne le sais pas? Il veut ses
dix sous; c'est son jour. Laisse-le entrer.

Mme Lepic, maussade, ouvre la porte, tire
l'aveugle par le bras, brusquement, à cause du
froid.

« Bonjour, tous ceux qui sont là! » dit l'aveugle.

Il s'avance. Son bâton court à petits pas sur les

dalles, comme pour chasser des souris, et rencontre une chaise. L'aveugle s'assied et tend au poêle ses mains transies.

M. Lepic prend une pièce de dix sous et dit :

« Voilà! »

Il ne s'occupe plus de lui; il continue la lecture d'un journal.

Poil de Carotte s'amuse. Accroupi dans son coin, il regarde les sabots de l'aveugle : ils fondent, et, tout autour, des rigoles se dessinent déjà.

Mme Lepic s'en aperçoit.

« Prêtez-moi vos sabots, vieux », dit-elle.

Elle les porte sous la cheminée, trop tard; ils ont laissé une mare, et les pieds de l'aveugle inquiet sentent l'humidité, se lèvent, tantôt l'un, tantôt l'autre, écartent la neige boueuse, la répandent au loin.

D'un ongle, Poil de Carotte gratte le sol, fait signe à l'eau sale de couler vers lui, indique des crevasses profondes.

« Puisqu'il a ses dix sous, dit Mme Lepic, sans crainte d'être entendue, que demande-t-il? »

Mais l'aveugle parle politique, d'abord timidement, ensuite avec confiance. Quand les mots ne viennent pas, il agite son bâton, se brûle le poing au tuyau du poêle, le retire vite et, soupçonneux, roule son blanc d'œil au fond de ses larmes intarissables.

Parfois M. Lepic, qui tourne le journal, dit :

« Sans doute, papa Tissier, sans doute, mais en êtes-vous sûr?

— Si j'en suis sûr! s'écrie l'aveugle. Ça, par exemple, c'est fort! Écoutez-moi, monsieur Lepic, vous allez voir comment je m'ai aveuglé.

— Il ne démarrera plus », dit Mme Lepic.

En effet, l'aveugle se trouve mieux. Il raconte son accident, s'étire et fond tout entier. Il avait dans les veines des glaçons qui se dissolvent et circulent. On croirait que ses vêtements et ses membres suent de l'huile.

Par terre, la mare augmente; elle gagne Poil de Carotte, elle arrive :

C'est lui le but.

Bientôt il pourra jouer avec.

Cependant Mme Lepic commence une manœuvre habile. Elle frôle l'aveugle, lui donne des coups de coude, lui marche sur les pieds, le fait reculer, le force à se loger entre le buffet et l'armoire où la chaleur ne rayonne pas. L'aveugle, dérouté, tâtonne, gesticule et ses doigts grimpent comme des bêtes. Il ramone sa nuit. De nouveau les glaçons se forment; voici qu'il regèle.

Et l'aveugle termine son histoire d'une voix pleurarde.

« Oui, mes bons amis, fini, plus d'zieux, plus rien, un noir de four. »

Son bâton lui échappe. C'est ce qu'attendait Mme Lepic. Elle se précipite, ramasse le bâton et le rend à l'aveugle, — sans le lui rendre.

Il croit le tenir, il ne l'a pas.

Au moyen d'adroites tromperies, elle le déplace encore, lui remet ses sabots et le guide du côté de la porte.

Puis elle le pince légèrement, afin de se venger un peu; elle le pousse dans la rue, sous l'édredon du ciel gris qui se vide de toute sa neige, contre le vent qui grogne ainsi qu'un chien oublié dehors.

Et, avant de refermer la porte, Mme Lepic crie à l'aveugle, comme s'il était sourd :

« Au revoir; ne perdez pas votre pièce; à dimanche prochain s'il fait beau et si vous êtes toujours de ce monde. Ma foi! vous avez raison,

mon vieux papa Tissier, on ne sait jamais ni qui vit
ni qui meurt. Chacun ses peines et Dieu pour
tous ! »

LE JOUR DE L'AN

Il neige. Pour que le jour de l'an réussisse, il faut
qu'il neige.

Mme Lepic a prudemment laissé la porte de la
cour verrouillée. Déjà des gamins secouent le
loquet, cognent au bas, discrets d'abord, puis
hostiles, à coups de sabots, et, las d'espérer,
s'éloignent à reculons, les yeux encore vers la
fenêtre d'où Mme Lepic les épie. Le bruit de leurs
pas s'étouffe dans la neige.

Poil de Carotte saute du lit, va se débarbouiller,
sans savon, dans l'auge du jardin. Elle est gelée. Il
doit en casser la glace, et ce premier exercice
répand par tout son corps une chaleur plus saine
que celle des poêles. Mais il feint de se mouiller la
figure, et, comme on le trouve toujours sale, même
lorsqu'il a fait sa toilette à fond, il n'ôte que le plus
gros.

Dispos et frais pour la cérémonie, il se place
derrière son grand frère Félix, qui se tient derrière
sœur Ernestine, l'aînée. Tous trois entrent dans la
cuisine. M. et Mme Lepic viennent de s'y réunir,
sans en avoir l'air.

Sœur Ernestine les embrasse et dit :

« Bonjour papa, bonjour maman, je vous souhaite
une bonne année, une bonne santé et le paradis à la
fin de vos jours. »

Grand frère Félix dit la même chose, très vite, courant au bout de la phrase, et embrasse pareillement.

Mais Poil de Carotte sort de sa casquette une lettre. On lit sur l'enveloppe fermée : « A mes Chers Parents. » Elle ne porte pas d'adresse. Un oiseau d'espèce rare, riche en couleurs, file d'un trait dans un coin.

Poil de Carotte la tend à Mme Lepic, qui la décachette. Des fleurs écloses ornent abondamment la feuille de papier, et une telle dentelle en fait le tour que souvent la plume de Poil de Carotte est tombée dans les trous, éclaboussant le mot voisin.

MONSIEUR LEPIC : Et moi, je n'ai rien!

POIL DE CAROTTE : C'est pour vous deux; maman te la prêtera.

MONSIEUR LEPIC : Ainsi, tu aimes mieux ta mère que moi. Alors, fouille-toi, pour voir si cette pièce de dix sous neuve est dans ta poche!

POIL DE CAROTTE : Patiente un peu, maman a fini.

MADAME LEPIC : Tu as du style, mais une si mauvaise écriture que je ne peux pas lire.

« Tiens, papa, dit Poil de Carotte empressé, à toi, maintenant. »

Tandis que Poil de Carotte, se tenant droit, attend la réponse, M. Lepic lit la lettre une fois, deux fois, l'examine longuement, selon son habitude, fait « Ah! ah! » et la dépose sur la table.

Elle ne sert plus à rien, son effet entièrement produit. Elle appartient à tout le monde. Chacun peut voir, toucher. Sœur Ernestine et grand frère Félix la prennent à leur tour et y cherchent des fautes d'orthographe. Ici Poil de Carotte a dû changer de plume, on lit mieux. Ensuite ils la lui rendent.

Il la tourne et la retourne, sourit laidement, et semble demander :

« Qui en veut? »

Enfin il la resserre dans sa casquette.

On distribue les étrennes. Sœur Ernestine a une poupée aussi haute qu'elle, plus haute, et grand frère Félix une boîte de soldats de plomb prêts à se battre.

« Je t'ai réservé une surprise, dit Mme Lepic à Poil de Carotte.

POIL DE CAROTTE : Ah, oui!

MADAME LEPIC : Pourquoi cet : ah, oui! Puisque tu la connais, il est inutile que je te la montre.

POIL DE CAROTTE : Que jamais je ne voie Dieu, si je la connais. »

Il lève la main en l'air, grave, sûr de lui. Mme Lepic ouvre le buffet. Poil de Carotte halète. Elle enfonce son bras jusqu'à l'épaule, et, lente, mystérieuse, ramène sur un papier jaune une pipe en sucre rouge.

Poil de Carotte, sans hésitation, rayonne de joie. Il sait ce qu'il lui reste à faire. Bien vite, il veut fumer en présence de ses parents, sous les regards envieux (mais on ne peut pas tout avoir!) de grand frère Félix et de sœur Ernestine. Sa pipe de sucre rouge entre deux doigts seulement, il se cambre, incline la tête du côté gauche. Il arrondit la bouche, rentre les joues et aspire avec force et bruit.

Puis, quand il a lancé jusqu'au ciel une énorme bouffée :

« Elle est bonne, dit-il, elle tire bien. »

ALLER ET RETOUR

MM. Lepic fils et Mlle Lepic viennent en vacances. Au saut de la diligence, et du plus loin qu'il voit ses parents, Poil de Carotte se demande :

« Est-ce le moment de courir au-devant d'eux ? »

Il hésite :

« C'est trop tôt, je m'essoufflerais, et puis il ne faut rien exagérer. »

Il diffère encore :

« Je courrai à partir d'ici..., non, à partir de là... »

Il se pose des questions :

« Quand faudra-t-il ôter ma casquette ? Lequel des deux embrasser le premier ? »

Mais grand frère Félix et sœur Ernestine l'ont devancé et se partagent les caresses familiales. Quand Poil de Carotte arrive, il n'en reste presque plus.

« Comment, dit Mme Lepic, tu appelles encore M. Lepic " papa ", à ton âge ? dis-lui : " mon père " et donne-lui une poignée de main ; c'est plus viril. »

Ensuite elle le baise, une fois, au front, pour ne pas faire de jaloux.

Poil de Carotte est tellement content de se voir en vacances, qu'il en pleure. Et c'est souvent ainsi ; souvent il manifeste de travers.

Le jour de la rentrée (la rentrée est fixée au lundi matin, 2 octobre ; on commencera par la messe du Saint-Esprit), du plus loin qu'elle entend les grelots de la diligence, Mme Lepic tombe sur ses enfants et les étreint d'une seule brassée. Poil de Carotte ne se trouve pas dedans. Il espère patiemment son tour, la main déjà tendue vers les courroies de l'impériale, ses adieux tout prêts, à ce point triste qu'il chantonne malgré lui.

« Au revoir, ma mère, dit-il d'un air digne.

— Tiens, dit Mme Lepic, pour qui te prends-tu, pierrot? Il t'en coûterait de m'appeler " maman " comme tout le monde? A-t-on jamais vu? C'est encore blanc de bec et sale de nez et ça veut faire l'original! »

Cependant elle le baise, une fois, au front, pour ne pas faire de jaloux.

LE PORTE-PLUME

L'Institution Saint-Marc où M. Lepic a mis grand frère Félix et Poil de Carotte, suit les cours du lycée. Quatre fois par jour les élèves font la même promenade. Très agréable dans la belle saison, et, quand il pleut, si courte que les jeunes gens se rafraîchissent plutôt qu'ils ne se mouillent, elle leur est hygiénique d'un bout de l'année à l'autre.

Comme ils reviennent du lycée ce matin, traînant les pieds et moutonniers, Poil de Carotte, qui marche la tête basse, entend dire :

« Poil de Carotte, regarde ton père là-bas! »

M. Lepic aime surprendre ainsi ses garçons. Il arrive sans écrire, et on l'aperçoit soudain, planté sur le trottoir d'en face, au coin de la rue, les mains derrière le dos, une cigarette à la bouche.

Poil de Carotte et grand frère Félix sortent des rangs et courent à leur père.

« Vrai ! dit Poil de Carotte, si je pensais à quelqu'un, ce n'était pas à toi.

— Tu penses à moi quand tu me vois », dit M. Lepic.

Poil de Carotte voudrait répondre quelque chose d'affectueux. Il ne trouve rien, tant il est occupé. Haussé sur la pointe des pieds, il s'efforce d'embrasser son père. Une première fois il lui touche la barbe du bout des lèvres. Mais M. Lepic, d'un mouvement machinal, dresse la tête, comme s'il se dérobait. Puis il se penche et de nouveau recule, et Poil de Carotte, qui cherchait sa joue, la manque. Il n'effleure que le nez. Il baise le vide. Il n'insiste pas, et déjà troublé, il tâche de s'expliquer cet accueil étrange.

« Est-ce que mon papa ne m'aimerait plus ? se dit-il. Je l'ai vu embrasser grand frère Félix. Il s'abandonnait au lieu de se retirer. Pourquoi m'évite-t-il ? Veut-on me rendre jaloux ? Régulièrement je fais cette remarque. Si je reste trois mois loin de mes parents, j'ai une grosse envie de les voir. Je me promets de bondir à leur cou comme un jeune chien. Nous nous mangerons de caresses. Mais les voici, et ils me glacent. »

Tout à ses pensées tristes, Poil de Carotte répond mal aux questions de M. Lepic qui lui demande si le grec marche un peu.

POIL DE CAROTTE : Ça dépend. La version va mieux que le thème, parce que dans la version on peut deviner.

MONSIEUR LEPIC : Et l'allemand ?

POIL DE CAROTTE : C'est très difficile à prononcer, papa.

MONSIEUR LEPIC : Bougre! Comment, la guerre déclarée, battras-tu les Prussiens, sans savoir leur langue vivante?

POIL DE CAROTTE : Ah! d'ici là, je m'y mettrai. Tu me menaces toujours de la guerre. Je crois décidément qu'elle attendra, pour éclater, que j'aie fini mes études.

MONSIEUR LEPIC : Quelle place as-tu obtenue dans la dernière composition? J'espère que tu n'es pas à la queue.

POIL DE CAROTTE : Il en faut bien un.

MONSIEUR LEPIC : Bougre! moi qui voulais t'inviter à déjeuner. Si encore c'était dimanche! Mais en semaine, je n'aime guère vous déranger de votre travail.

POIL DE CAROTTE : Personnellement je n'ai pas grand-chose à faire; et toi, Félix?

GRAND FRÈRE FÉLIX : Juste, ce matin le professeur a oublié de nous donner notre devoir.

MONSIEUR LEPIC : Tu étudieras mieux ta leçon.

GRAND FRÈRE FÉLIX : Ah! je la sais d'avance, papa. C'est la même qu'hier.

MONSIEUR LEPIC : Malgré tout, je préfère que vous rentriez. Je tâcherai de rester jusqu'à dimanche et nous nous rattraperons.

Ni la moue de grand frère Félix, ni le silence affecté de Poil de Carotte ne retardent les adieux et le moment est venu de se séparer.

Poil de Carotte l'attendait avec inquiétude.

« Je verrai, se dit-il, si j'aurai plus de succès; si, oui ou non, il déplaît maintenant à mon père que je l'embrasse. »

Et résolu, le regard droit, la bouche haute, il s'approche.

Mais M. Lepic, d'une main défensive, le tient encore à distance et lui dit :

« Tu finiras par me crever les yeux avec ton porte-plume sur ton oreille. Ne pourrais-tu le mettre ailleurs quand tu m'embrasses ? Je te prie de remarquer que j'ôte ma cigarette, moi.

POIL DE CAROTTE : Oh ! mon vieux papa, je te demande pardon. C'est vrai, quelque jour un malheur arrivera par ma faute. On m'a déjà prévenu, mais mon porte-plume tient si à son aise sur mes pavillons que je l'y laisse tout le temps et que je l'oublie. Je devrais au moins ôter ma plume ! Ah ! pauvre vieux papa, je suis content de savoir que mon porte-plume te faisait peur.

MONSIEUR LEPIC : Bougre ! tu ris parce que tu as failli m'éborgner.

POIL DE CAROTTE : Non, mon vieux papa, je ris pour autre chose : une idée sotte à moi que je m'étais encore fourrée dans la tête. »

LES JOUES ROUGES*

I

Son inspection habituelle terminée, M. le directeur de l'Institution Saint-Marc quitte le dortoir. Chaque élève s'est glissé dans ses draps, comme dans un étui, en se faisant tout petit, afin de ne pas se déborder. Le maître d'étude, Violone, d'un tour de tête, s'assure que tout le monde est couché, et, se haussant sur la pointe du pied, doucement baisse le gaz. Aussitôt, entre voisins, le caquetage commence. De chevet à chevet, les chuchotements se croisent, et des lèvres en mouvement monte, par tout le dortoir, un bruissement confus, où, de temps en temps, se distingue le sifflement bref d'une consonne.

C'est sourd, continu, agaçant à la fin, et il semble vraiment que tous ces babils, invisibles et remuants comme des souris, s'occupent à grignoter du silence.

Violone met des savates, se promène quelque temps entre les lits, chatouillant çà le pied d'un élève, là tirant le pompon du bonnet d'un autre, et s'arrête près de Marseau, avec lequel il donne, tous les soirs, l'exemple des longues causeries prolongées bien avant dans la nuit. Le plus souvent, les élèves ont cessé leur conversation, par degrés étouffée, comme s'ils avaient peu à peu tiré leur drap sur leur bouche, et dorment, que le maître d'étude est encore penché sur le lit de Marseau, les coudes durement appuyés sur le fer, insensible à la paralysie de ses avant-bras et au remue-ménage des fourmis courant à fleur de peau jusqu'au bout de ses doigts.

Il s'amuse de ses récits enfantins, et le tient éveillé par d'intimes confidences et des histoires de cœur. Tout de suite, il l'a chéri pour la tendre et transparente enluminure de son visage, qui paraît éclairé en dedans. Ce n'est plus une peau, mais une pulpe, derrière laquelle, à la moindre variation atmosphérique, s'enchevêtrent visiblement les veinules, comme les lignes d'une carte d'atlas sous une feuille de papier à décalquer. Marseau a d'ailleurs une manière séduisante de rougir sans savoir pourquoi et à l'improviste, qui le fait aimer comme une fille. Souvent, un camarade pèse du bout du doigt sur l'une de ses joues et se retire avec brusquerie, laissant une tache blanche, bientôt recouverte d'une belle coloration rouge, qui s'étend avec rapidité, comme du vin dans de l'eau pure, se varie richement et se nuance depuis le bout du nez rose jusqu'aux oreilles lilas. Chacun peut opérer soi-même, Marseau se prête complaisamment aux expériences. On l'a surnommé Veilleuse, Lanterne, Joue Rouge. Cette faculté de s'embraser à volonté lui fait bien des envieux.

Poil de Carotte, son voisin de lit, le jalouse entre tous. Pierrot lymphatique et grêle, au visage farineux, il pince vainement, à se faire mal, son épiderme exsangue, pour y amener quoi! et encore pas toujours, quelque point d'un roux douteux. Il zébrerait volontiers, haineusement, à coups d'ongles et écorcerait comme des oranges les joues vermillonnées de Marseau.

Depuis longtemps très intrigué, il se tient aux écoutes ce soir-là, dès la venue de Violone, soupçonneux avec raison peut-être, et désireux de savoir la vérité sur les allures cachottières du maître d'étude. Il met en jeu toute son habileté de petit espion, simule un ronflement pour rire, change avec affectation de côté, en ayant soin de faire le tour complet, pousse un cri perçant comme s'il avait le cauchemar, ce qui réveille en peur le dortoir et imprime un fort mouvement de houle à tous les draps; puis, dès que Violone s'est éloigné, il dit à Marseau, le torse hors du lit, le souffle ardent :

« Pistolet! Pistolet! »

On ne lui répond rien. Poil de Carotte se met sur

les genoux, saisit le bras de Marseau, et, le secouant avec force :

« Entends-tu ? Pistolet ! »

Pistolet ne semble pas entendre ; Poil de Carotte exaspéré reprend :

« C'est du propre !... Tu crois que je ne vous ai pas vus. Dis voir un peu qu'il ne t'a pas embrassé ! dis-le voir un peu que tu n'es pas son Pistolet. »

Il se dresse, le col tendu, pareil à un jars blanc qu'on agace, les poings fermés au bord du lit.

Mais, cette fois, on lui répond :

« Eh bien ! après ? »

D'un seul coup de reins, Poil de Carotte rentre dans ses draps.

C'est le maître d'étude qui revient en scène, apparu soudainement !

II

« Oui, dit Violone, je t'ai embrassé, Marseau ; tu peux l'avouer, car tu n'as fait aucun mal. Je t'ai embrassé sur le front, mais Poil de Carotte ne peut pas comprendre, déjà trop dépravé pour son âge, que c'est là un baiser pur et chaste, un baiser de père à enfant, et que je t'aime comme un fils, ou si tu veux comme un frère, et demain il ira répéter partout je ne sais quoi, le petit imbécile ! »

A ces mots, tandis que la voix de Violone vibre sourdement, Poil de Carotte feint de dormir. Toutefois, il soulève sa tête pour entendre encore.

Marseau écoute le maître d'étude, le souffle ténu, ténu, car tout en trouvant ses paroles très naturelles, il tremble comme s'il redoutait la révélation de quelque mystère. Violone continue, le plus bas qu'il peut. Ce sont des mots inarticulés, lointains, des syllabes à peine localisées. Poil de Carotte qui, sans oser se retourner, se rapproche insensiblement, au moyen de légères oscillations de hanches, n'entend plus rien. Son attention est à ce point surexcitée que ses oreilles lui semblent matériellement se creuser et s'évaser en entonnoir; mais aucun son n'y tombe.

Il se rappelle avoir éprouvé parfois une sensation d'effort pareille en écoutant aux portes, en collant son œil à la serrure, avec le désir d'agrandir le trou et d'attirer à lui, comme avec un crampon, ce qu'il voulait voir. Cependant, il le parierait, Violone répète encore :

« Oui, mon affection est pure, pure, et c'est ce que ce petit imbécile ne comprend pas! »

Enfin le maître d'étude se penche avec la douceur d'une ombre sur le front de Marseau, l'embrasse, le caresse de sa barbiche comme d'un pinceau, puis se redresse pour s'en aller, et Poil de Carotte le suit des yeux, glissant entre les rangées de lits. Quand la main de Violone frôle un traversin, le dormeur dérangé change de côté avec un fort soupir.

Poil de Carotte guette longtemps. Il craint un nouveau retour brusque de Violone. Déjà Marseau fait la boule dans son lit, la couverture sur ses yeux, bien éveillé d'ailleurs, et tout au souvenir de l'aventure dont il ne sait que penser. Il n'y voit rien de vilain qui puisse le tourmenter, et cependant, dans la nuit des draps, l'image de Violone flotte lumineusement, douce comme ces images de femmes qui l'ont échauffé en plus d'un rêve.

Poil de Carotte se lasse d'attendre. Ses paupières, comme aimantées, se rapprochent. Il s'impose de

fixer le gaz, presque éteint ; mais, après avoir
compté trois éclosions de petites bulles crépitantes
et pressées de sortir du bec, il s'endort.

III

Le lendemain matin, au lavabo, tandis que les
cornes des serviettes, trempées dans un peu d'eau
froide, frottent légèrement les pommettes frileuses,
Poil de Carotte regarde méchamment Marseau, et,
s'efforçant d'être bien féroce, il l'insulte de nouveau, les dents serrées sur les syllabes sifflantes.

« Pistolet ! Pistolet ! »

Les joues de Marseau deviennent pourpres, mais
il répond sans colère, et le regard presque sup-
pliant :

« Puisque je te dis que ce n'est pas vrai, ce que tu
crois ! »

Le maître d'étude passe la visite des mains. Les
élèves, sur deux rangs, offrent machinalement
d'abord le dos, puis la paume de leurs mains, en les
retournant avec rapidité, et les remettent aussitôt
bien au chaud, dans les poches ou sous la tiédeur de
l'édredon le plus proche. D'ordinaire, Violone
s'abstient de les regarder. Cette fois, mal à propos,
il trouve que celles de Poil de Carotte ne sont pas
nettes. Poil de Carotte, prié de les repasser sous le
robinet, se révolte. On peut, à vrai dire, y remarquer une tache bleuâtre, mais il soutient que c'est
un commencement d'engelure. On lui en veut,
sûrement.

Violone doit le faire conduire chez M. le directeur.

Celui-ci, matinal, prépare, dans son cabinet vieux

vert, un cours d'histoire qu'il fait aux grands, à ses
moments perdus. Écrasant sur le tapis de sa table le
bout de ses doigts épais, il pose les principaux
jalons : ici la chute de l'empire Romain ; au milieu,
la prise de Constantinople par les Turcs ; plus loin
l'Histoire moderne, qui commence on ne sait où et
n'en finit plus.

Il a une ample robe de chambre dont les galons
brodés cerclent sa poitrine puissante, pareils à des
cordages autour d'une colonne. Il mange visiblement trop, cet homme ; ses traits sont gros et
toujours un peu luisants. Il parle fortement, même
aux dames, et les plis de son cou ondulent sur le col
d'une manière lente et rythmique. Il est encore
remarquable pour la rondeur de ses yeux et
l'épaisseur de ses moustaches.

Poil de Carotte se tient debout devant lui, sa
casquette entre les jambes, afin de garder toute sa
liberté d'action.

D'une voix terrible, le directeur demande :

« Qu'est-ce que c'est ?

— Monsieur, c'est le maître d'étude qui m'envoie vous dire que j'ai les mains sales, mais c'est pas
vrai ! »

Et de nouveau, consciencieusement, Poil de
Carotte montre ses mains en les retournant :
d'abord le dos, ensuite la paume. Il fait la preuve :
d'abord la paume, ensuite le dos.

« Ah ! c'est pas vrai, dit le directeur, quatre jours
de séquestre, mon petit !

— Monsieur, dit Poil de Carotte, le maître
d'étude, il m'en veut !

— Ah ! il t'en veut ! huit jours, mon petit ! »

Poil de Carotte connaît son homme. Une telle
douceur ne le surprend point. Il est bien décidé à

tout affronter. Il prend une pose raide, serre ses
jambes et s'enhardit, au mépris d'une gifle.

Car c'est, chez M. le directeur, une innocente
manie d'abattre, de temps en temps, un élève
récalcitrant du revers de la main : vlan! L'habileté
pour l'élève visé consiste à prévoir le coup et à se
baisser, et le directeur se déséquilibre, au rire
étouffé de tous. Mais il ne recommence pas, sa
dignité l'empêchant d'user de ruse à son tour. Il
devait arriver droit sur la joue choisie, ou alors ne
se mêler de rien.

« Monsieur, dit Poil de Carotte réellement audacieux et fier, le maître d'étude et Marseau, ils font
des choses! »

Aussitôt les yeux du directeur se troublent
comme si deux moucherons s'y étaient précipités
soudain. Il appuie ses deux poings fermés au bord
de la table, se lève à demi, la tête en avant, comme
s'il allait cogner Poil de Carotte en pleine poitrine,
et demande par sons gutturaux :

« Quelles choses? »

Poil de Carotte semble pris au dépourvu. Il
espérait (peut-être que ce n'est que différé) l'envoi
d'un tome massif de M. Henri Martin, par
exemple, lancé d'une main adroite, et voilà qu'on
lui demande des détails.

Le directeur attend. Tous ses plis du cou se
joignent pour ne former qu'un bourrelet unique, un
épais rond de cuir, où siège, de guingois, sa tête.

Poil de Carotte hésite, le temps de se convaincre
que les mots ne lui viennent pas, puis, la mine tout
à coup confuse, le dos rond, l'attitude apparemment gauche et penaude, il va chercher sa casquette
entre ses jambes, l'en retire aplatie, se courbe de
plus en plus, se ratatine, et l'élève doucement, à

hauteur de menton, et lentement, sournoisement, avec des précautions pudiques, il enfouit sa tête simiesque dans la doublure ouatée, sans dire un mot.

IV

Le même jour, à la suite d'une courte enquête, Violone reçoit son congé! C'est un touchant départ, presque une cérémonie.

« Je reviendrai, dit Violone, c'est une absence. »

Mais il n'en fait accroire à personne. L'Institution renouvelle son personnel, comme si elle craignait pour lui la moisissure. C'est un va-et-vient de maîtres d'étude. Celui-ci part comme les autres, et meilleur, il part plus vite. Presque tous l'aiment. On ne lui connaît pas d'égal dans l'art d'écrire des en-têtes pour cahiers, tels que : *Cahier d'exercices grecs appartenant à...* Les majuscules sont moulées comme des lettres d'enseigne. Les bancs se vident. On fait cercle autour de son bureau. Sa belle main, où brille la pierre verte d'une bague, se promène élégamment sur le papier. Au bas de la page, il improvise une signature. Elle tombe, comme une pierre dans l'eau, dans une ondulation et un remous de lignes à la fois régulières et capricieuses, qui forment le paraphe, un petit chef-d'œuvre. La queue du paraphe s'égare, se perd dans le paraphe lui-même. Il faut regarder de très près, chercher longtemps pour la retrouver. Inutile de dire que le tout est fait d'un seul trait de plume. Une fois, il a réussi un enchevêtrement de lignes nommé cul-de-lampe. Longuement, les petits s'émerveillèrent.

Son renvoi les chagrine fort.

Ils conviennent qu'ils devront bourdonner le directeur à la première occasion, c'est-à-dire enfler les joues et imiter avec les lèvres le vol des bourdons pour marquer leur mécontentement. Quelque jour, ils n'y manqueront pas.

En attendant, ils s'attristent les uns les autres. Violone, qui se sent regretté, a la coquetterie de partir pendant une récréation. Quand il paraît dans la cour, suivi d'un garçon qui porte sa malle, tous les petits s'élancent. Il serre des mains, tapote des visages, et s'efforce d'arracher les pans de sa redingote sans les déchirer, cerné, envahi et souriant, ému. Les uns, suspendus à la barre fixe, s'arrêtent au milieu d'un renversement et sautent à terre, la bouche ouverte, le front en sueur, leurs manches de chemise retroussées et les doigts écartés à cause de la colophane. D'autres, plus calmes, qui tournaient monotonement dans la cour, agitent les mains, en signe d'adieu. Le garçon, courbé sous la malle, s'est arrêté afin de conserver ses distances, ce dont profite un tout petit pour plaquer sur son tablier blanc ses cinq doigts trempés dans du sable mouillé. Les joues de Marseau se sont rosées à paraître peintes. Il éprouve sa première peine de cœur sérieuse ; mais, troublé et contraint de s'avouer qu'il regrette le maître d'étude un peu comme une petite cousine, il se tient à l'écart, inquiet, presque honteux. Sans embarras, Violone se dirige vers lui, quand on entend un fracas de carreaux.

Tous les regards montent vers la petite fenêtre grillée du séquestre. La vilaine et sauvage tête de Poil de Carotte paraît. Il grimace, blême petite bête mauvaise en cage, les cheveux dans les yeux et ses

dents blanches toutes à l'air. Il passe sa main droite
entre les débris de la vitre qui le mord, comme
animée, et il menace Violone de son poing saignant.

« Petit imbécile! dit le maître d'étude, te voilà
content!

— Dame! crie Poil de Carotte, tandis qu'avec
entrain, il casse d'un second coup de poing un autre
carreau, pourquoi que vous l'embrassiez et que
vous ne m'embrassiez pas, moi? »

Et il ajoute, se barbouillant la figure avec le sang
qui coule de sa main coupée :

« Moi aussi, j'ai des joues rouges, quand j'en
veux! »

LES POUX

Dès que grand frère Félix et Poil de Carotte
arrivent de l'Institution Saint-Marc, Mme Lepic
leur fait prendre un bain de pieds. Ils en ont besoin
depuis trois mois, car jamais on ne les lave à la
pension. D'ailleurs, aucun article du prospectus ne
prévoit le cas.

« Comme les tiens doivent être noirs, mon pauvre
Poil de Carotte! » dit Mme Lepic.

Elle devine juste. Ceux de Poil de Carotte sont
toujours plus noirs que ceux de grand frère Félix?
Et pourquoi? Tous deux vivent côte à côte, du
même régime, dans le même air. Certes, au bout de
trois mois, grand frère Félix ne peut montrer pied
blanc, mais Poil de Carotte, de son propre aveu, ne
reconnaît plus les siens.

Honteux, il les plonge dans l'eau avec l'habileté d'un escamoteur. On ne les voit pas sortir des chaussettes et se mêler aux pieds de grand frère Félix qui occupent déjà tout le fond du baquet, et bientôt, une couche de crasse s'étend comme un linge sur ces quatre horreurs.

M. Lepic se promène, selon sa coutume, d'une fenêtre à l'autre. Il relit les bulletins trimestriels de ses fils, surtout les notes écrites par M. le proviseur lui-même : celle de grand frère Félix :

« Étourdi, mais intelligent. Arrivera. »
et celle de Poil de Carotte :

« Se distingue dès qu'il veut, mais ne veut pas toujours. »

L'idée que Poil de Carotte est quelquefois distingué amuse la famille. En ce moment, les bras croisés sur ses genoux, il laisse ses pieds tremper et se gonfler d'aise. Il se sent examiné. On le trouve plutôt enlaidi sous ses cheveux trop longs et d'un rouge sombre. M. Lepic, hostile aux effusions, ne témoigne sa joie de le revoir qu'en le taquinant. A l'aller, il lui détache une chiquenaude sur l'oreille. Au retour, il le pousse du coude, et Poil de Carotte rit de bon cœur.

Enfin, M. Lepic lui passe la main dans les « bourraquins »* et fait crépiter ses ongles comme s'il voulait tuer des poux. C'est sa plaisanterie favorite.

Or, du premier coup, il en tue un.

« Ah! bien visé, dit-il, je ne l'ai pas manqué. »

Et tandis qu'un peu dégoûté il s'essuie à la chevelure de Poil de Carotte, Mme Lepic lève les bras au ciel :

« Je m'en doutais, dit-elle accablée. Mon Dieu! nous sommes propres! Ernestine, cours chercher une cuvette, ma fille, voilà de la besogne pour toi. »

Sœur Ernestine apporte une cuvette, un peigne fin, du vinaigre dans une soucoupe, et la chasse commence.

« Peigne-moi d'abord! crie grand frère Félix. Je suis sûr qu'il m'en a donné. »

Il se racle furieusement la tête avec les doigts et demande un seau d'eau pour tout noyer.

« Calme-toi, Félix, dit sœur Ernestine qui aime se dévouer, je ne te ferai pas de mal. »

Elle lui met une serviette autour du cou et montre une adresse, une patience de maman. Elle écarte les cheveux d'une main, tient délicatement le peigne de l'autre, et elle cherche, sans moue dédaigneuse, sans peur d'attraper des habitants.

Quand elle dit : « Un de plus! » grand frère Félix trépigne dans le baquet et menace du poing Poil de Carotte qui, silencieux, attend son tour.

« C'est fini pour toi, Félix, dit sœur Ernestine, tu n'en avais que sept ou huit; compte-les. On comptera ceux de Poil de Carotte. »

Au premier coup de peigne, Poil de Carotte obtient l'avantage. Sœur Ernestine croit qu'elle est tombée sur le nid, mais elle n'a que ramassé au hasard dans une fourmilière.

On entoure Poil de Carotte. Sœur Ernestine s'applique. M. Lepic, les mains derrière le dos, suit le travail, comme un étranger curieux. Mme Lepic pousse des exclamations plaintives.

« Oh! oh! » dit-elle, il faudrait une pelle et un râteau.

Grand frère Félix accroupi remue la cuvette et reçoit les poux. Ils tombent enveloppés de pellicules. On distingue l'agitation de leurs pattes menues comme des cils coupés. Ils obéissent au roulis de la cuvette, et rapidement le vinaigre les fait mourir.

MADAME LEPIC : Vraiment, Poil de Carotte, nous ne te comprenons plus. A ton âge et grand garçon, tu devrais rougir. Je te passe tes pieds que peut-être tu ne vois qu'ici. Mais les poux te mangent, et tu ne réclames ni la surveillance de tes maîtres, ni les soins de ta famille. Explique-nous, je te prie, quel plaisir tu éprouves à te laisser ainsi dévorer tout vif. Il y a du sang dans ta tignasse.

POIL DE CAROTTE : C'est le peigne qui m'égratigne.

MADAME LEPIC : Ah! c'est le peigne. Voilà comme tu remercies ta sœur. Tu l'entends, Ernestine? Monsieur, délicat, se plaint de sa coiffeuse. Je te conseille, ma fille, d'abandonner tout de suite ce martyr volontaire à sa vermine.

SŒUR ERNESTINE : J'ai fini pour aujourd'hui, maman. J'ai seulement ôté le plus gros et je ferai demain une seconde tournée. Mais j'en connais une qui se parfumera d'eau de Cologne.

MADAME LEPIC : Quant à toi, Poil de Carotte, emporte ta cuvette et va l'exposer sur le mur du jardin. Il faut que tout le village défile devant, pour ta confusion.

Poil de Carotte prend la cuvette et sort ; et l'ayant déposée au soleil, il monte la garde près d'elle.

C'est la vieille Marie Nanette qui s'approche la première. Chaque fois qu'elle rencontre Poil de Carotte, elle s'arrête, l'observe de ses petits yeux myopes et malins et, mouvant son bonnet noir, semble deviner des choses.

« Qu'est-ce que c'est que ça? » dit-elle.

Poil de Carotte ne répond rien. Elle se penche sur la cuvette.

« C'est-il des lentilles ? Ma foi, je n'y vois plus clair. Mon garçon Pierre devrait bien m'acheter une paire de lunettes. »

Du doigt, elle touche, comme afin de goûter. Décidément, elle ne comprend pas.

« Et toi, que fais-tu là, boudeur et les yeux troubles ? Je parie qu'on t'a grondé et mis en pénitence. Écoute, je ne suis pas ta grand-maman, mais je pense ce que je pense, et je te plains, mon pauvre petit, car j'imagine qu'ils te rendent la vie dure. »

Poil de Carotte s'assure d'un coup d'œil que sa mère ne peut l'entendre, et il dit à la vieille Marie Nanette :

« Et après ? Est-ce que ça vous regarde ? Mêlez-vous donc de vos affaires et laissez-moi tranquille. »

COMME BRUTUS

MONSIEUR LEPIC : Poil de Carotte, tu n'as pas travaillé l'année dernière comme j'espérais. Tes bulletins disent que tu pourrais beaucoup mieux faire. Tu rêvasses, tu lis des livres défendus. Doué d'une excellente mémoire, tu obtiens d'assez bonnes notes de leçons, et tu négliges tes devoirs. Poil de Carotte, il faut songer à devenir sérieux.

POIL DE CAROTTE : Compte sur moi, papa. Je t'accorde que je me suis un peu laissé aller l'année dernière. Cette fois, je me sens la bonne volonté de bûcher ferme. Je ne te promets pas d'être le premier de ma classe en tout.

MONSIEUR LEPIC : Essaie quand même.

POIL DE CAROTTE : Non, papa, tu m'en demandes trop. Je ne réussirai ni en géographie, ni en allemand, ni en physique et chimie, où les plus forts sont deux ou trois types nuls pour le reste et qui ne font que ça. Impossible de les dégoter ; mais je veux, — écoute, mon papa, — je veux, en composition française, bientôt tenir la corde et la garder, et si malgré mes efforts elle m'échappe, du moins je n'aurai rien à me reprocher, et je pourrai m'écrier fièrement comme Brutus * : Ô vertu! tu n'es qu'un nom.

MONSIEUR LEPIC : Ah! mon garçon, je crois que tu les manieras.

GRAND FRÈRE FÉLIX : Qu'est-ce qu'il dit, papa?

SŒUR ERNESTINE : Moi, je n'ai pas entendu.

MADAME LEPIC : Moi non plus. Répète voir, Poil de Carotte?

POIL DE CAROTTE : Oh! rien, maman.

MADAME LEPIC : Comment? Tu ne disais rien, et tu pérorais si fort, rouge et le poing menaçant le ciel, que ta voix portait jusqu'au bout du village! Répète cette phrase, afin que tout le monde en profite.

POIL DE CAROTTE : Ce n'est pas la peine, va, maman.

MADAME LEPIC : Si, si, tu parlais de quelqu'un ; de qui parlais-tu?

POIL DE CAROTTE : Tu ne le connais pas, maman.

MADAME LEPIC : Raison de plus. D'abord ménage ton esprit, s'il te plaît, et obéis.

POIL DE CAROTTE : Eh bien : maman, nous causions avec mon papa qui me donnait des conseils d'ami, et par hasard, je ne sais quelle idée m'est venue, pour le remercier, de prendre l'engagement, comme ce Romain qu'on appelait Brutus, d'invoquer la vertu...

MADAME LEPIC : Turlututu, tu barbotes. Je te prie de répéter, sans y changer un mot, et sur le même ton, ta phrase de tout à l'heure. Il me semble que je ne te demande pas le Pérou et que tu peux bien faire ça pour ta mère.

GRAND FRÈRE FÉLIX : Veux-tu que je répète, moi, maman ?

MADAME LEPIC : Non, lui le premier, toi ensuite, et nous comparerons. Allez, Poil de Carotte, dépêchez.

POIL DE CAROTTE *(Il balbutie, d'une voix pleurarde)* : Ve-ertu tu-u n'es qu'un-un nom.

MADAME LEPIC : Je désespère. On ne peut rien tirer de ce gamin. Il se laisserait rouer de coups, plutôt que d'être agréable à sa mère.

GRAND FRÈRE FÉLIX : Tiens, maman, voilà comme il a dit *(il roule les yeux et lance des regards de défi)* : Si je ne suis pas premier en composition française *(il gonfle ses joues et frappe du pied)*, je m'écrierai comme Brutus *(il lève les bras au plafond)* : Ô vertu ! *(il les laisse retomber sur ses cuisses)* tu n'es qu'un nom ! Voilà comme il a dit.

MADAME LEPIC : Bravo, superbe ! Je te félicite, Poil de Carotte, et je déplore d'autant plus ton entêtement qu'une imitation ne vaut jamais l'original.

GRAND FRÈRE FÉLIX : Mais, Poil de Carotte, est-ce bien Brutus qui a dit ça ? Ne serait-ce pas Caton ?

POIL DE CAROTTE : Je suis sûr de Brutus. « Puis il se jeta sur une épée que lui tendit un de ses amis et mourut. »

SŒUR ERNESTINE : Poil de Carotte a raison. Je me

rappelle même que Brutus simulait la folie avec de l'or dans une canne.

POIL DE CAROTTE : Pardon, sœur, tu t'embrouilles. Tu confonds mon Brutus avec un autre.

SŒUR ERNESTINE : Je croyais. Pourtant je te garantis que Mlle Sophie nous dicte un cours d'histoire qui vaut bien celui de ton professeur au lycée.

MADAME LEPIC : Peu importe. Ne vous disputez pas. L'essentiel est d'avoir un Brutus dans sa famille, et nous l'avons. Que grâce à Poil de Carotte, on nous envie! Nous ne connaissions point notre honneur. Admirez le nouveau Brutus. Il parle latin comme un évêque et refuse de dire deux fois la messe pour les sourds. Tournez-le : vu de face, il montre les taches d'une veste qu'il étrenne aujourd'hui, et vu de dos son pantalon déchiré. Seigneur, où s'est-il encore fourré? Non, mais regardez-moi la touche de Poil de Carotte Brutus! Espèce de petite brute, va!

LETTRES CHOISIES

DE POIL DE CAROTTE À M. LEPIC
ET QUELQUES RÉPONSES
DE M. LEPIC À POIL DE CAROTTE

De Poil de Carotte à M. Lepic.

Institution Saint-Marc.

Mon cher papa,

Mes parties de pêche des vacances m'ont mis l humeur en mouvement. De gros clous me sortent des cuisses. Je suis au lit. Je reste couché sur le dos et madame l'infirmière me pose des cataplasmes. Tant que le clou n'a pas percé, il me fait mal. Après je n'y pense plus. Mais ils se multiplient comme des petits poulets. Pour un de guéri, trois reviennent. J'espère d'ailleurs que ce ne sera rien.

Ton fils affectionné.

Réponse de M. Lepic.

Mon cher Poil de Carotte,

Puisque tu prépares ta première communion et que tu vas au catéchisme, tu dois savoir que l'espèce humaine ne t'a pas attendu pour avoir des clous. Jésus-Christ en avait aux pieds et aux mains. Il ne se plaignait pas et pourtant les siens étaient vrais.

Du courage !

Ton père qui t'aime.

De Poil de Carotte à M. Lepic.

Mon cher papa,

Je t'annonce avec plaisir qu'il vient de me pousser une dent. Bien que je n'aie pas l'âge, je crois que c'est une dent de sagesse précoce. J'ose espérer qu'elle ne sera point la seule et que je te satisferai toujours par ma bonne conduite et mon application.

Ton fils affectionné.

Réponse de M. Lepic.

Mon cher Poil de Carotte,

Juste comme ta dent poussait, une des miennes se mettait à branler. Elle s'est décidée à tomber hier matin. De telle sorte que si tu possèdes une dent de plus, ton père en possède une de moins. C'est pourquoi il n'y a rien de changé et le nombre des dents de la famille reste le même.

Ton père qui t'aime.

De Poil de Carotte à M. Lepic.

Mon cher papa,

Imagine-toi que c'était hier la fête de M. Jâques, notre professeur de latin, et que, d'un commun accord, les élèves m'avaient élu pour lui présenter les vœux de toute la classe. Flatté de cet honneur, je prépare longuement le discours où j'intercale à propos quelques citations latines. Sans fausse modestie, j'en suis satisfait. Je le recopie au propre sur une grande feuille de papier ministre, et, le jour venu, excité par mes camarades qui murmuraient : « Vas-y, vas-y donc! » je profite d'un moment où M. Jâques ne nous regarde pas et je m'avance vers sa chaire. Mais à peine ai-je déroulé ma feuille et articulé d'une voix forte :

VÉNÉRÉ MAÎTRE

que M. Jâques se lève furieux et s'écrie :

« Voulez-vous filer à votre place plus vite que ça! »

Tu penses si je me sauve et cours m'asseoir, tandis que mes amis se cachent derrière leurs livres et que M. Jâques m'ordonne avec colère :

« Traduisez la version. »

Mon cher papa, qu'en dis-tu?

Réponse de M. Lepic.

Mon cher Poil de Carotte,

Quand tu seras député, tu en verras bien d'autres. Chacun son rôle. Si on a mis ton professeur dans une chaire, c'est apparemment pour qu'il prononce des discours et non pour qu'il écoute les tiens.

De Poil de Carotte à M. Lepic.

Mon cher papa,

Je viens de remettre ton lièvre à M. Legris, notre professeur d'histoire et de géographie. Certes, il me parut que ce cadeau lui faisait plaisir. Il te remercie vivement. Comme j'étais entré avec mon parapluie mouillé, il me l'ôta lui-même des mains pour le reporter au vestibule. Puis nous causâmes de choses et d'autres. Il me dit que je devais enlever, si je voulais, le premier prix d'histoire et de géographie à la fin de l'année. Mais croirais-tu que je restai sur mes jambes tout le temps que dura notre entretien, et que M. Legris, qui, à part cela, fut très aimable, je le répète, ne me désigna même pas un siège?

Est-ce oubli ou impolitesse?

Je l'ignore et serais curieux, mon cher papa, de savoir ton avis.

Réponse de M. Lepic.

Mon cher Poil de Carotte,

Tu réclames toujours. Tu réclames parce que
M. Jâques t'envoie t'asseoir, et tu réclames parce
que M. Legris te laisse debout. Tu es peut-être
encore trop jeune pour exiger des égards. Et si
M. Legris ne t'a pas offert une chaise, excuse-le :
c'est sans doute que, trompé par ta petite taille, il te
croyait assis.

De Poil de Carotte à M. Lepic.

Mon cher papa,

J'apprends que tu dois aller à Paris. Je partage la
joie que tu auras en visitant la capitale que je
voudrais connaître et où je serai de cœur avec toi.
Je conçois que mes travaux scolaires m'interdisent
ce voyage, mais je profite de l'occasion pour te
demander si tu ne pourrais pas m'acheter un ou
deux livres. Je sais les miens par cœur. Choisis
n'importe lesquels. Au fond, ils se valent. Toutefois
je désire spécialement *La Henriade,* par François
Marie Arouet de Voltaire, et *La Nouvelle Héloïse,*
par Jean-Jacques Rousseau. Si tu me les rapportes
(les livres ne coûtent rien à Paris), je te jure que le
maître d'étude ne me les confisquera jamais.

Réponse de M. Lepic.

Mon cher Poil de Carotte,

Les écrivains dont tu me parles étaient des

hommes comme toi et moi. Ce qu'ils ont fait, tu peux le faire. Écris des livres, tu les liras ensuite.

De M. Lepic à Poil de Carotte.

Mon cher Poil de Carotte,

Ta lettre de ce matin m'étonne fort. Je la relis vainement. Ce n'est plus ton style ordinaire et tu y parles de choses bizarres qui ne me semblent ni de ta compétence ni de la mienne.

D'habitude, tu nous racontes tes petites affaires, tu nous écris les places que tu obtiens, les qualités et les défauts que tu trouves à chaque professeur, les noms de tes nouveaux camarades, l'état de ton linge, si tu dors et si tu manges bien.

Voilà ce qui m'intéresse. Aujourd'hui, je ne comprends plus. A propos de quoi, s'il te plaît, cette sortie sur le printemps quand nous sommes en hiver ? Que veux-tu dire ? As-tu besoin d'un cache-nez ? Ta lettre n'est pas datée et on ne sait si tu l'adresses à moi ou au chien. La forme même de ton écriture me paraît modifiée, et la disposition des lignes, la quantité de majuscules me déconcertent. Bref, tu as l'air de te moquer de quelqu'un. Je suppose que c'est de toi, et je tiens à t'en faire non un crime, mais l'observation.

Réponse de Poil de Carotte.

Mon cher papa,

Un mot à la hâte pour t'expliquer ma dernière lettre. Tu ne t'es pas aperçu qu'elle était *en vers*.

LE TOITON

Ce petit toit où, tour à tour, ont vécu des poules,
des lapins, des cochons, vide maintenant, appartient en toute propriété à Poil de Carotte pendant
les vacances. Il y entre commodément, car le toiton
n'a plus de porte. Quelques grêles orties en parent
le seuil, et si Poil de Carotte les regarde à plat
ventre, elles lui semblent une forêt. Une poussière
fine recouvre le sol. Les pierres des murs luisent
d'humidité. Poil de Carotte frôle le plafond de ses
cheveux. Il est là chez lui et s'y divertit, dédaigneux
des jouets encombrants, aux frais de son imagination.

Son principal amusement consiste à creuser
quatre nids avec son derrière, un à chaque coin du
toiton. Il ramène de sa main, comme d'une truelle,
des bourrelets de poussière et se cale.

Le dos au mur lisse, les jambes pliées, les mains
croisées sur ses genoux, gîté, il se trouve bien.
Vraiment il ne peut pas tenir moins de place. Il
oublie le monde, ne le craint plus. Seul un bon
coup de tonnerre le troublerait.

L'eau de vaisselle qui coule non loin de là, par le
trou de l'évier, tantôt à torrents, tantôt goutte à
goutte, lui envoie des bouffées fraîches.

Brusquement, une alerte.

Des appels approchent, des pas.

« Poil de Carotte ? Poil de Carotte ? »

Une tête se baisse et Poil de Carotte, réduit en
boulette, se poussant dans la terre et le mur, le
souffle mort, la bouche grande, le regard même

immobilisé, sent que des yeux fouillent l'ombre.

« Poil de Carotte, es-tu là? »

Les tempes bosselées, il souffre. Il va crier d'angoisse.

« Il n'y est pas, le petit animal. Où diable est-il? »

On s'éloigne, et le corps de Poil de Carotte se dilate un peu, reprend de l'aise.

Sa pensée parcourt encore de longues routes de silence.

Mais un vacarme emplit ses oreilles. Au plafond, un moucheron s'est pris dans une toile d'araignée, vibre et se débat. Et l'araignée glisse le long d'un fil. Son ventre a la blancheur d'une mie de pain. Elle reste un instant suspendue, inquiète, pelotonnée.

Poil de Carotte, sur la pointe des fesses, la guette, aspire au dénouement, et quand l'araignée tragique fonce, ferme l'étoile de ses pattes, étreint la proie à manger, il se dresse debout, passionné, comme s'il voulait sa part.

Rien de plus.

L'araignée remonte. Poil de Carotte se rassied, retourne en lui, en son âme de lièvre où il fait noir.

Bientôt, comme un filet d'eau alourdie par le sable, sa rêvasserie, faute de pente, s'arrête, forme flaque, et croupit.

LE CHAT

I

Poil de Carotte l'a entendu dire : rien ne vaut la viande de chat pour pêcher les écrevisses, ni les tripes d'un poulet, ni les déchets d'une boucherie.

Or il connaît un chat, méprisé parce qu'il est vieux, malade et, çà et là, pelé. Poil de Carotte l'invite à venir prendre une tasse de lait chez lui, dans son toiton. Ils seront seuls. Il se peut qu'un rat s'aventure hors du mur, mais Poil de Carotte ne promet que la tasse de lait. Il l'a posée dans un coin. Il y pousse le chat et dit :

« Régale-toi. »

Il lui flatte l'échine, lui donne des noms tendres, observe ses vifs coups de langue, puis s'attendrit.

« Pauvre vieux, jouis de ton reste. »

Le chat vide la tasse, nettoie le fond, essuie le bord, et il ne lèche plus que ses lèvres sucrées.

« As-tu fini, bien fini ? demande Poil de Carotte, qui le caresse toujours. Sans doute, tu boirais volontiers une autre tasse ; mais je n'ai pu voler que celle-là. D'ailleurs, un peu plus tôt, un peu plus tard !... »

A ces mots, il lui applique au front le canon de sa carabine et fait feu.

La détonation étourdit Poil de Carotte. Il croit que le toiton même a sauté, et quand le nuage se dissipe, il voit, à ses pieds, le chat qui le regarde d'un œil.

Une moitié de la tête est emportée, et le sang coule dans la tasse de lait.

« Il n'a pas l'air mort, dit Poil de Carotte. Mâtin, j'ai pourtant visé juste. »

Il n'ose bouger, tant l'œil unique, d'un jaune éclat, l'inquiète.

Le chat, par le tremblement de son corps, indique qu'il vit, mais ne tente aucun effort pour se déplacer. Il semble saigner exprès dans la tasse, avec le soin que toutes les gouttes y tombent.

Poil de Carotte n'est pas un débutant. Il a tué des oiseaux sauvages, des animaux domestiques, un chien, pour son propre plaisir ou pour le compte d'autrui. Il sait comment on procède, et que si la bête a la vie dure, il faut se dépêcher, s'exciter, rager, risquer, au besoin, une lutte corps à corps. Sinon, des accès de fausse sensibilité nous surprennent. On devient lâche. On perd du temps ; on n'en finit jamais.

D'abord, il essaie quelques agaceries prudentes. Puis il empoigne le chat par la queue et lui assène sur la nuque des coups de carabine si violents, que chacun d'eux paraît le dernier, le coup de grâce.

Les pattes folles, le chat moribond griffe l'air, se recroqueville en boule, ou se détend et ne crie pas.

« Qui donc m'affirmait que les chats pleurent, quand ils meurent ? » dit Poil de Carotte.

Il s'impatiente. C'est trop long. Il jette sa carabine, cercle le chat de ses bras, et s'exaltant à la pénétration des griffes, les dents jointes, les veines orageuses, il l'étouffe.

Mais il s'étouffe aussi, chancelle, épuisé, et tombe par terre, assis, sa figure collée contre la figure, ses deux yeux dans l'œil du chat.

II

Poil de Carotte est maintenant couché sur son lit de fer.

Ses parents et les amis de ses parents mandés en hâte, visitent, courbés sous le plafond bas du toiton, les lieux où s'accomplit le drame.

« Ah ! dit sa mère, j'ai dû centupler mes forces pour lui arracher le chat broyé sur son cœur. Je vous certifie qu'il ne me serre pas ainsi, moi. »

Et tandis qu'elle explique les traces d'une féro-
cité qui plus tard, aux veillées de famille, apparaîtra
légendaire, Poil de Carotte dort et rêve :

Il se promène le long d'un ruisseau, où les rayons
d'une lune inévitable remuent, se croisent comme
les aiguilles d'une tricoteuse.

Sur les pêchettes, les morceaux du chat flam-
boient à travers l'eau transparente.

Des brumes blanches glissent au ras du pré,
cachent peut-être de légers fantômes.

Poil de Carotte, ses mains derrière son dos, leur
prouve qu'ils n'ont rien à craindre.

Un bœuf approche, s'arrête et souffle, détale
ensuite, répand jusqu'au ciel le bruit de ses quatre
sabots et s'évanouit.

Quel calme, si le ruisseau bavard ne caquetait
pas, ne chuchotait pas, n'agaçait pas autant, à lui
seul, qu'une assemblée de vieilles femmes.

Poil de Carotte, comme s'il voulait le frapper
pour le faire taire, lève doucement un bâton de
pêchette* et voici que du milieu des roseaux
montent des écrevisses géantes.

Elles croissent encore et sortent de l'eau, droites,
luisantes.

Poil de Carotte, alourdi par l'angoisse, ne sait pas
fuir.

Et les écrevisses l'entourent.

Elles se haussent vers sa gorge.

Elles crépitent.

Déjà elles ouvrent leurs pinces toutes grandes.

LES MOUTONS

Poil de Carotte n'aperçoit d'abord que de vagues boules sautantes. Elles poussent des cris étourdissants et mêlés, comme des enfants qui jouent sous un préau d'école. L'une d'elles se jette dans ses jambes, et il en éprouve quelque malaise. Une autre bondit en pleine projection de lucarne. C'est un agneau. Poil de Carotte sourit d'avoir eu peur. Ses yeux s'habituent graduellement à l'obscurité, et les détails se précisent.

L'époque des naissances a commencé. Chaque matin, le fermier Pajol compte deux ou trois agneaux de plus. Il les trouve égarés parmi les mères, gauches, flageolant sur leurs pattes raides : quatre morceaux de bois d'une sculpture grossière.

Poil de Carotte n'ose pas encore les caresser. Plus hardis, ils suçotent déjà ses souliers, ou posent leurs pieds de devant sur lui, un brin de foin dans la bouche.

Les vieux, ceux d'une semaine, se détendent d'un violent effort de l'arrière-train et exécutent un zigzag en l'air. Ceux d'un jour, maigres, tombent sur leurs genoux anguleux, pour se relever pleins de vie. Un petit qui vient de naître se traîne, visqueux et non léché. Sa mère, gênée par sa bourse gonflée d'eau et ballottante, le repousse à coups de tête.

« Une mauvaise mère ! dit Poil de Carotte.

— C'est chez les bêtes comme chez le monde, dit Pajol.

— Elle voudrait, sans doute, le mettre en nourrice.

— Presque, dit Pajol. Il faut à plus d'un donner le biberon, un biberon comme ceux qu'on achète au pharmacien. Ça ne dure pas, la mère s'attendrit. D'ailleurs, on les mate. »

Il la prend par les épaules et l'isole dans une cage. Il lui noue au cou une cravate de paille pour la reconnaître, si elle s'échappe. L'agneau l'a suivie. La brebis mange avec un bruit de râpe, et le petit, frissonnant, se dresse sur ses membres mous, essaie de téter, plaintif, le museau enveloppé d'une gelée tremblante.

« Et vous croyez qu'elle reviendra à des sentiments plus humains ? dit Poil de Carotte.

— Oui, quand son derrière sera guéri, dit Pajol : elle a eu des couches dures.

— Je tiens à mon idée, dit Poil de Carotte. Pourquoi ne pas confier provisoirement le petit aux soins d'une étrangère ?

— Elle le refuserait », dit Pajol.

En effet, des quatre coins de l'écurie, les bêlements des mères se croisent, sonnent l'heure des tétées et, monotones aux oreilles de Poil de Carotte, sont nuancés pour les agneaux, car, sans confusion, chacun se précipite droit aux tétines maternelles.

« Ici, dit Pajol, point de voleuses d'enfants.

— Bizarre, dit Poil de Carotte, cet instinct de la famille chez ces ballots de laine. Comment l'expliquer ? Peut-être par la finesse de leur nez. »

Il a presque envie d'en boucher un, pour voir.

Il compare profondément les hommes avec les moutons, et voudrait connaître les petits noms des agneaux.

Tandis qu'avides ils sucent, leurs mamans, les flancs battus de brusques coups de nez, mangent, paisibles, indifférentes. Poil de Carotte remarque

dans l'eau d'une auge des débris de chaînes, des
cercles de roues, une pelle usée.

« Elle est propre, votre auge! dit-il d'un ton fin.
Assurément, vous enrichissez le sang des bêtes au
moyen de cette ferraille!

— Comme de juste, dit Pajol. Tu avales bien des
pilules, toi! »

Il offre à Poil de Carotte de goûter l'eau. Afin
qu'elle devienne encore plus fortifiante, il y jette
n'importe quoi.

« Veux-tu un berdin*? dit-il.

— Volontiers, dit Poil de Carotte sans savoir;
merci d'avance. »

Pajol fouille l'épaisse laine d'une mère et attrape
avec ses ongles un berdin jaune, rond, dodu, repu,
énorme. Selon Pajol, deux de cette taille dévore-
raient la tête d'un enfant comme une prune. Il le
met au creux de la main de Poil de Carotte et
l'engage, s'il veut rire et s'amuser, à le fourrer dans
le cou ou les cheveux de ses frère et sœur.

Déjà le berdin travaille, attaque la peau. Poil de
Carotte éprouve des picotements aux doigts,
comme s'il tombait du grésil. Bientôt au poignet, ils
gagnent le coude. Il semble que le berdin se
multiplie, qu'il va ronger le bras jusqu'à l'épaule.

Tant pis, Poil de Carotte le serre; il l'écrase et
essuie sa main sur le dos d'une brebis, sans que
Pajol s'en aperçoive.

Il dira qu'il l'a perdu.

Un instant encore, Poil de Carotte écoute,
recueilli, les bêlements qui se calment peu à peu.
Tout à l'heure, on n'entendra plus que le bruissement sourd du foin broyé entre les mâchoires
lentes.

Accrochée à un barreau de râtelier, une limou-

sine aux raies éteintes semble garder les moutons
toute seule.

PARRAIN

Quelquefois Mme Lepic permet à Poil de Carotte
d'aller voir son parrain * et même de coucher avec
lui. C'est un vieil homme bourru, solitaire, qui
passe sa vie à la pêche ou dans la vigne. Il n'aime
personne et ne supporte que Poil de Carotte.

« Te voilà, canard ! dit-il.

— Oui, parrain, dit Poil de Carotte sans l'embrasser, m'as-tu préparé ma ligne ?

— Nous en aurons assez d'une pour nous
deux », dit parrain.

Poil de Carotte ouvre la porte de la grange et voit
sa ligne prête. Ainsi son parrain le taquine toujours,
mais Poil de Carotte averti ne se fâche plus et cette
manie du vieil homme complique à peine leurs
relations. Quand il dit oui, il veut dire non et
réciproquement. Il ne s'agit que de ne pas s'y
tromper.

« Si ça l'amuse, ça ne me gêne guère », pense Poil
de Carotte.

Et ils restent bons camarades.

Parrain, qui d'ordinaire ne fait de cuisine qu'une
fois par semaine pour toute la semaine, met au feu,
en l'honneur de Poil de Carotte, un grand pot de
haricots avec un bon morceau de lard et, pour
commencer la journée, le force à boire un verre de
vin pur.

Puis ils vont pêcher.

Parrain s'assied au bord de l'eau et déroule méthodiquement son crin de Florence. Il consolide avec de lourdes pierres ses lignes impressionnantes et ne pêche que les gros qu'il roule au frais dans une serviette et lange comme des enfants.

« Surtout, dit-il à Poil de Carotte, ne lève ta ligne que lorsque ton bouchon aura enfoncé trois fois.

POIL DE CAROTTE : Pourquoi trois ?

PARRAIN : La première ne signifie rien : le poisson mordille. La seconde, c'est sérieux : il avale. La troisième, c'est sûr : il ne s'échappera plus. On ne tire jamais trop tard. »

Poil de Carotte préfère la pêche aux goujons. Il se déchausse, entre dans la rivière et avec ses pieds agite le fond sablonneux pour faire de l'eau trouble. Les goujons stupides accourent et Poil de Carotte en sort un à chaque jet de ligne. A peine a-t-il le temps de crier au parrain :

« Seize, dix-sept, dix-huit !... »

Quand parrain voit le soleil au-dessus de sa tête, on rentre déjeuner. Il bourre Poil de Carotte de haricots blancs.

« Je ne connais rien de meilleur, lui dit-il, mais je les veux cuits en bouillie. J'aimerais mieux mordre le fer d'une pioche que manger un haricot qui croque sous la dent, craque comme un grain de plomb dans une aile de perdrix.

POIL DE CAROTTE : Ceux-là fondent sur la langue. D'habitude maman ne les fait pas trop mal. Pourtant ce n'est plus ça. Elle doit ménager la crème.

PARRAIN : Canard, j'ai du plaisir à te voir manger. Je parie que tu ne manges point ton content, chez ta mère.

POIL DE CAROTTE : Tout dépend de son appétit. Si elle a faim, je mange à sa faim. En se servant elle me sert par-dessus le marché. Si elle a fini, j'ai fini aussi.

PARRAIN : On en redemande, bêta.

POIL DE CAROTTE : C'est facile à dire, mon vieux. D'ailleurs il vaut toujours mieux rester sur sa faim.

PARRAIN : Et moi qui n'ai pas d'enfant, je lécherais le derrière d'un singe, si ce singe était mon enfant ! Arrangez ça. »

Ils terminent leur journée dans la vigne, où Poil de Carotte, tantôt regarde piocher son parrain et le suit pas à pas, tantôt, couché sur des fagots de sarment et les yeux au ciel, suce des brins d'osier.

LA FONTAINE

Il ne couche pas avec son parrain pour le plaisir de dormir. Si la chambre est froide, le lit de plume est trop chaud, et la plume, douce aux vieux membres du parrain, met vite le filleul en nage. Mais il couche loin de sa mère.

« Elle te fait donc bien peur ? dit le parrain.

POIL DE CAROTTE : Ou plutôt, moi je ne lui fais pas assez peur. Quand elle veut donner une correction à mon frère, il saute sur un manche de balai, se campe devant elle, et je te jure qu'elle s'arrête court. Aussi elle préfère le prendre par les sentiments. Elle dit que la nature de Félix est si susceptible qu'on n'en ferait rien avec des coups et qu'ils s'appliquent mieux à la mienne.

PARRAIN : Tu devrais essayer du balai, Poil de Carotte.

POIL DE CAROTTE : Ah! si j'osais! nous nous sommes souvent battus, Félix et moi, pour de bon ou pour jouer. Je suis aussi fort que lui. Je me défendrais comme lui. Mais je me vois armé d'un balai contre maman. Elle croirait que je l'apporte. Il tomberait de mes mains dans les siennes, et peut-être qu'elle me dirait merci, avant de taper.

PARRAIN : Dors, canard, dors! »

Ni l'un ni l'autre ne peut dormir. Poil de Carotte se retourne, étouffe et cherche de l'air, et son vieux parrain en a pitié.

Tout à coup, comme Poil de Carotte va s'assoupir, parrain lui saisit le bras.

« Es-tu là, canard? dit-il. Je rêvais, je te croyais encore dans la fontaine. Te souviens-tu de la fontaine?

POIL DE CAROTTE : Comme si j'y étais, parrain. Je ne te le reproche pas, mais tu m'en parles souvent.

PARRAIN : Mon pauvre canard, dès que j'y pense, je tremble de tout mon corps. Je m'étais endormi sur l'herbe. Tu jouais au bord de la fontaine, tu as glissé, tu es tombé, tu criais, tu te débattais, et moi, misérable, je n'entendais rien. Il y avait à peine de l'eau pour noyer un chat. Mais tu ne te relevais pas. C'était là le malheur, tu ne pensais donc plus à te relever?

POIL DE CAROTTE : Si tu crois que je me rappelle ce que je pensais dans la fontaine!

PARRAIN : Enfin ton barbotement me réveille. Il était temps. Pauvre canard! pauvre canard! Tu vomissais comme une pompe. On t'a changé, on t'a mis le costume des dimanches du petit Bernard.

POIL DE CAROTTE : Oui, il me piquait. Je me grattais. C'était donc un costume de crin?

PARRAIN : Non, mais le petit Bernard n'avait pas de chemise propre à te prêter. Je ris aujourd'hui, et une minute, une seconde de plus, je te relevais mort.

POIL DE CAROTTE : Je serais loin.

PARRAIN : Tais-toi. Je m'en suis dit des sottises, et depuis je n'ai jamais passé une bonne nuit. Mon sommeil perdu, c'est ma punition; je la mérite.

POIL DE CAROTTE : Moi, parrain, je ne la mérite pas et je voudrais bien dormir.

PARRAIN : Dors, canard, dors.

POIL DE CAROTTE : Si tu veux que je dorme, mon vieux parrain, lâche ma main. Je te la rendrai après mon somme. Et retire aussi ta jambe, à cause de tes poils. Il m'est impossible de dormir quand on me touche. »

LES PRUNES

Quelque temps agités, ils remuent dans la plume et le parrain dit :

« Canard, dors-tu? »

POIL DE CAROTTE : Non, parrain.

PARRAIN : Moi non plus. J'ai envie de me lever. Si tu veux, nous allons chercher des vers.

— C'est une idée », dit Poil de Carotte.

Ils sautent du lit, s'habillent, allument une lanterne et vont dans le jardin.

Poil de Carotte porte la lanterne, et le parrain une boîte de fer-blanc, à moitié pleine de terre mouillée. Il y entretient une provision de vers pour sa pêche. Il les recouvre d'une mousse humide, de sorte qu'il n'en manque jamais. Quand il a plu toute la journée, la récolte est abondante.

« Prends garde de marcher dessus, dit-il à Poil de Carotte, va doucement. Si je ne craignais les rhumes, je mettrais des chaussons. Au moindre bruit, le ver rentre dans son trou. On ne l'attrape que s'il s'éloigne trop de chez lui. Il faut le saisir brusquement, et le serrer un peu, pour qu'il ne glisse pas. S'il est à demi rentré, lâche-le : tu le casserais. Et un ver coupé ne vaut rien. D'abord il pourrit les autres, et les poissons délicats les dédaignent. Certains pêcheurs économisent leurs vers ; ils ont tort. On ne pêche de beaux poissons qu'avec des vers entiers, vivants et qui se recroquevillent au fond de l'eau. Le poisson s'imagine qu'ils se sauvent, court après et dévore tout de confiance.

— Je les rate presque toujours, murmure Poil de Carotte, et j'ai les doigts barbouillés de leur sale bave.

PARRAIN : Un ver n'est pas sale. Un ver est ce qu'on trouve de plus propre au monde. Il ne se nourrit que de terre, et si on le presse, il ne rend que de la terre. Pour ma part, j'en mangerais.

POIL DE CAROTTE : Pour la mienne, je te la cède. Mange voir.

PARRAIN : Ceux-ci sont un peu gros. Il faudrait d'abord les faire griller, puis les écarter sur du pain. Mais je mange crus les petits, par exemple ceux des prunes.

POIL DE CAROTTE : Oui, je sais. Aussi tu dégoûtes ma famille, maman surtout, et dès qu'elle pense à

toi, elle a mal au cœur. Moi, je t'approuve sans
t'imiter, car tu n'es pas difficile et nous nous
entendons très bien. »

Il lève sa lanterne, attire une branche de prunier,
et cueille quelques prunes. Il garde les bonnes et
donne les véreuses à parrain, qui dit, les avalant
d'un coup, toutes rondes, noyau compris :

« Ce sont les meilleures.

POIL DE CAROTTE : Oh! je finirai par m'y mettre et
j'en mangerai comme toi. Je crains seulement de
sentir mauvais et que maman ne le remarque, si elle
m'embrasse.

— Ça ne sent rien, dit parrain, et il souffle au
visage de son filleul.

POIL DE CAROTTE : C'est vrai. Tu ne sens que le
tabac. Par exemple tu le sens à plein nez. Je t'aime
bien, mon vieux parrain, mais je t'aimerais davantage, plus que tous les autres, si tu ne fumais pas la
pipe.

PARRAIN : Canard! canard! ça conserve. »

MATHILDE

« Tu sais, maman, dit sœur Ernestine essoufflée à
Mme Lepic, Poil de Carotte joue encore au mari et
à la femme avec la petite Mathilde, dans le pré.
Grand frère Félix les habille. C'est pourtant
défendu, si je ne me trompe. »

En effet, dans le pré, la petite Mathilde se tient
immobile et raide sous sa toilette de clématite
sauvage à fleurs blanches. Toute parée, elle semble

vraiment une fiancée garnie d'oranger. Et elle en a, de quoi calmer toutes les coliques de la vie.

La clématite, d'abord nattée en couronne sur la tête, descend par flots sous le menton, derrière le dos, le long des bras, volubile, enguirlande la taille et forme à terre une queue rampante que grand frère Félix ne se lasse pas d'allonger.

Il se recule et dit :

« Ne bouge plus ! A ton tour, Poil de Carotte. »

A son tour, Poil de Carotte est habillé en jeune marié, également couvert de clématites où, çà et là, éclatent des pavots, des cenelles *, un pissenlit jaune, afin qu'on puisse le distinguer de Mathilde. Il n'a pas envie de rire, et tous trois gardent leur sérieux. Ils savent quel ton convient à chaque cérémonie. On doit rester triste aux enterrements, dès le début, jusqu'à la fin, et grave aux mariages, jusqu'après la messe. Sinon, ce n'est plus amusant de jouer.

« Prenez-vous la main, dit grand frère Félix. En avant ! doucement. »

Ils s'avancent au pas, écartés. Quand Mathilde s'empêtre, elle retrousse sa traîne et la tient entre ses doigts. Poil de Carotte galamment l'attend, une jambe levée.

Grand frère Félix les conduit par le pré. Il marche à reculons, et les bras en balancier leur indique la cadence. Il se croit M. le maire et les salue, puis M. le curé et les bénit, puis l'ami qui félicite et il les complimente, puis le violoniste et il racle, avec un bâton, un autre bâton.

Il les promène de long en large.

« Halte ! dit-il, ça se dérange. »

Mais le temps d'aplatir d'une claque la couronne de Mathilde, il remet le cortège en branle.

« Aïe ! » fait Mathilde qui grimace.

Une vrille de clématite lui tire les cheveux. Grand frère Félix arrache le tout. On continue.

« Ça y est, dit-il, maintenant vous êtes mariés, bichez-vous. »

Comme ils hésitent :

« Eh bien ! quoi ! bichez-vous. Quand on est marié on se biche. Faites-vous la cour, une déclaration. Vous avez l'air plombés. »

Supérieur, il se moque de leur inhabileté, lui qui, peut-être, a déjà prononcé des paroles d'amour. Il donne l'exemple et biche Mathilde le premier, pour sa peine.

Poil de Carotte s'enhardit, cherche à travers la plante grimpante le visage de Mathilde et la baise sur la joue.

« Ce n'est pas de la blague, dit-il, je me marierais bien avec toi. »

Mathilde, comme elle l'a reçu, lui rend son baiser. Aussitôt, gauches, gênés, ils rougissent tous deux.

Grand frère Félix leur montre les cornes.

« Soleil ! soleil ! »

Il se frotte deux doigts l'un contre l'autre et trépigne, des bousilles aux lèvres.

« Sont-ils buses ! ils croient que c'est arrivé !

— D'abord, dit Poil de Carotte, je ne pique pas de soleil, et puis ricane, ricane, ce n'est pas toi qui m'empêcheras de me marier avec Mathilde, si maman veut. »

Mais voici que maman vient répondre elle-même qu'elle ne veut pas. Elle pousse la barrière du pré. Elle entre, suivie d'Ernestine la rapporteuse. En passant près de la haie, elle casse une rouette dont elle ôte les feuilles et garde les épines.

Elle arrive droit, inévitable comme l'orage.

« Gare les calottes », dit grand frère Félix.

Il s'enfuit au bout du pré. Il est à l'abri et peut voir.

Poil de Carotte ne se sauve jamais. D'ordinaire, quoique lâche, il préfère en finir vite, et aujourd'hui il se sent brave.

Mathilde, tremblante, pleure comme une veuve, avec des hoquets.

POIL DE CAROTTE : Ne crains rien. Je connais maman, elle n'en a que pour moi. J'attraperai tout.

MATHILDE : Oui, mais ta maman va le dire à ma maman, et ma maman va me battre.

POIL DE CAROTTE : Corriger; on dit corriger, comme pour les devoirs de vacances. Est-ce qu'elle te corrige, ta maman?

MATHILDE : Des fois; ça dépend.

POIL DE CAROTTE : Pour moi, c'est toujours sûr.

MATHILDE : Mais je n'ai rien fait.

POIL DE CAROTTE : Ça ne fait rien. Attention!

Mme Lepic approche. Elle les tient. Elle a le temps. Elle ralentit son allure. Elle est si près que sœur Ernestine, par peur des chocs en retour, s'arrête au bord du cercle où l'action se concentrera. Poil de Carotte se campe devant « sa femme », qui sanglote plus fort. Les clématites sauvages mêlent leurs fleurs blanches. La rouette de Mme Lepic se lève, prête à cingler. Poil de Carotte, pâle, croise ses bras, et la nuque raccourcie, les reins chauds déjà, les mollets lui cuisant d'avance, il a l'orgueil de s'écrier :

« Qu'est-ce que ça fait, pourvu qu'on rigole! »

LE COFFRE-FORT

Le lendemain, comme Poil de Carotte rencontre Mathilde, elle lui dit :

« Ta maman est venue tout rapporter à ma maman et j'ai reçu une bonne fessée. Et toi?

POIL DE CAROTTE : Moi, je ne me rappelle plus. Mais tu ne méritais pas d'être battue, nous ne faisions rien de mal.

MATHILDE : Non, pour sûr.

POIL DE CAROTTE : Je t'affirme que je parlais sérieusement, quand je te disais que je me marierais bien avec toi.

MATHILDE : Moi, je me marierais bien avec toi aussi.

POIL DE CAROTTE : Je pourrais te mépriser parce que tu es pauvre et que je suis riche, mais n'aie pas peur, je t'estime.

MATHILDE : Tu es riche à combien, Poil de Carotte?

POIL DE CAROTTE : Mes parents ont au moins un million.

MATHILDE : Combien que ça fait un million?

POIL DE CAROTTE : Ça fait beaucoup, les millionnaires ne peuvent jamais dépenser tout leur argent.

MATHILDE : Souvent, mes parents se plaignent de n'en avoir guère.

POIL DE CAROTTE : Oh! les miens aussi. Chacun se plaint pour qu'on le plaigne, et pour flatter les jaloux. Mais je sais que nous sommes riches. Le premier jour du mois, papa reste un instant seul dans sa chambre. J'entends grincer la serrure du

coffre-fort. Elle grince comme les rainettes, le soir.
Papa dit un mot que personne ne connaît, ni
maman, ni mon frère, ni ma sœur, personne,
excepté lui et moi, et la porte du coffre-fort s'ouvre.
Papa y prend de l'argent et va le déposer sur la
table de la cuisine. Il ne dit rien, il fait seulement
sonner les pièces, afin que maman, occupée au
fourneau, soit avertie. Papa sort. Maman se
retourne et ramasse vite l'argent. Tous les mois ça
se passe ainsi, et ça dure depuis longtemps, preuve
qu'il y a plus d'un million dans le coffre-fort.

MATHILDE : Et pour l'ouvrir, il dit un mot. Quel
mot?

POIL DE CAROTTE : Ne cherche pas, tu perdrais ta
peine. Je te le dirai quand nous serons mariés à la
condition que tu me promettras de ne jamais le
répéter.

MATHILDE : Dis-le-moi tout de suite. Je te promets tout de suite de ne jamais le répéter.

POIL DE CAROTTE : Non, c'est notre secret à papa
et à moi.

MATHILDE : Tu ne le sais pas. Si tu le savais, tu
me le dirais.

POIL DE CAROTTE : Pardon, je le sais.

MATHILDE : Tu ne le sais pas, tu ne le sais pas.
C'est bien fait, c'est bien fait.

— Parions que je le sais, dit Poil de Carotte
gravement.

— Parions quoi? dit Mathilde hésitante.

— Laisse-moi te toucher où je voudrai, dit Poil
de Carotte, et tu sauras le mot. »

Mathilde regarde Poil de Carotte. Elle ne comprend pas bien. Elle ferme presque ses yeux gris de
sournoise, et elle a maintenant deux curiosités au
lieu d'une.

« Dis le mot d'abord, Poil de Carotte.

POIL DE CAROTTE : Tu me jures qu'après tu te laisseras toucher où je voudrai.

MATHILDE : Maman me défend de jurer.

POIL DE CAROTTE : Tu ne sauras pas le mot.

MATHILDE : Je m'en fiche bien de ton mot. Je l'ai deviné, oui, je l'ai deviné. »

Poil de Carotte, impatienté, brusque les choses.

« Écoute, Mathilde, tu n'as rien deviné du tout. Mais je me contente de ta parole d'honneur. Le mot que papa prononce avant d'ouvrir son coffre-fort, c'est " Lustucru ". A présent, je peux toucher où je veux.

— Lustucru ! Lustucru ! dit Mathilde, qui recule avec le plaisir de connaître un secret et la peur qu'il ne vaille rien. Vraiment, tu ne t'amuses pas de moi ? »

Puis, comme Poil de Carotte, sans répondre, s'avance, décidé, la main tendue, elle se sauve. Et Poil de Carotte entend qu'elle rit sec.

Et elle a disparu qu'il entend qu'on ricane derrière lui.

Il se retourne. Par la lucarne d'une écurie, un domestique du château sort la tête et montre les dents.

« Je t'ai vu, Poil de Carotte, s'écrie-t-il, je rapporterai tout à ta mère.

POIL DE CAROTTE : Je jouais, mon vieux Pierre. Je voulais attraper la petite. Lustucru est un faux nom que j'ai inventé. D'abord, je ne connais point le vrai.

PIERRE : Tranquillise-toi, Poil de Carotte, je me moque de Lustucru et je n'en parlerai pas à ta mère. Je lui parlerai du reste.

POIL DE CAROTTE : Du reste ?

PIERRE : Oui, du reste. Je t'ai vu, je t'ai vu, Poil de Carotte; dis voir un peu que je ne t'ai pas vu. Ah! tu vas bien pour ton âge. Mais tes plats à barbe * s'élargiront ce soir! »

Poil de Carotte ne trouve rien à répliquer. Rouge de figure au point que la couleur naturelle de ses cheveux semble s'éteindre, il s'éloigne, les mains dans ses poches, à la crapaudine, en reniflant.

LES TÊTARDS

Poil de Carotte joue seul dans la cour, au milieu, afin que Mᵐᵉ Lepic puisse le surveiller par la fenêtre, et il s'exerce à jouer comme il faut, quand le camarade Rémy paraît. C'est un garçon du même âge, qui boite et veut toujours courir, de sorte que sa jambe gauche infirme traîne derrière l'autre et ne la rattrape jamais. Il porte un panier et dit :

« Viens-tu, Poil de Carotte? Papa met le chanvre dans la rivière. Nous l'aiderons et nous pêcherons des têtards avec des paniers.

— Demande à maman, dit Poil de Carotte.

RÉMY : Pourquoi moi?

POIL DE CAROTTE : Parce qu'à moi elle ne me donnera pas la permission. »

Juste, Mᵐᵉ Lepic se montre à la fenêtre.

« Madame, dit Rémy, voulez-vous, s'il vous plaît, que j'emmène Poil de Carotte pêcher des têtards? »

Mᵐᵉ Lepic colle son oreille au carreau. Rémy

répète en criant. Mme Lepic a compris. On la voit
qui remue la bouche. Les deux amis n'entendent
rien et se regardent indécis. Mais Mme Lepic agite
la tête et fait clairement signe que non.

« Elle ne veut pas, dit Poil de Carotte. Sans
doute, elle aura besoin de moi, tout à l'heure.

RÉMY : Tant pis, on se serait rudement amusé.
Elle ne veut pas, elle ne veut pas.

POIL DE CAROTTE : Reste. Nous jouerons ici.

RÉMY : Ah! non, par exemple. J'aime mieux
pêcher des têtards. Il fait doux. J'en ramasserai des
pleins paniers.

POIL DE CAROTTE : Attends un peu. Maman refuse
toujours pour commencer. Puis, des fois, elle se
ravise.

RÉMY : J'attendrai un petit quart, mais pas plus. »

Plantés là tous deux, les mains dans les poches,
ils observent sournoisement l'escalier et bientôt Poil
de Carotte pousse Rémy du coude.

« Qu'est-ce que je te disais? »

En effet, la porte s'ouvre et Mme Lepic, tenant à
la main un panier pour Poil de Carotte, descend
une marche. Mais elle s'arrête, défiante.

« Tiens, te voilà encore, Rémy! Je te croyais
parti. J'avertirai ton papa que tu musardes et il te
grondera.

RÉMY : Madame, c'est Poil de Carotte qui m'a dit
d'attendre.

MADAME LEPIC : Ah! vraiment, Poil de Carotte? »

Poil de Carotte n'approuve pas et ne nie pas. Il
ne sait plus. Il connaît Mme Lepic sur le bout du
doigt. Il l'avait devinée une fois encore. Mais
puisque cet imbécile de Rémy brouille les choses,

gâte tout, Poil de Carotte se désintéresse du dénouement. Il écrase de l'herbe sous son pied et regarde ailleurs.

« Il me semble pourtant, dit Mme Lepic, que je n'ai pas l'habitude de me rétracter. »

Elle n'ajoute rien.

Elle remonte l'escalier. Elle rentre avec le panier que devait emporter Poil de Carotte pour pêcher des têtards et qu'elle avait vidé de ses noix fraîches, exprès.

Rémy est déjà loin.

Mme Lepic ne badine guère et les enfants des autres s'approchent d'elle prudemment et la redoutent presque autant que le maître d'école.

Rémy se sauve là-bas vers la rivière. Il galope si vite que son pied gauche, toujours en retard, raie la poussière de la route, danse et sonne comme une casserole.

Sa journée perdue, Poil de Carotte n'essaie plus de se divertir.

Il a manqué une bonne partie.

Les regrets sont en chemin.

Il les attend.

Solitaire, sans défense, il laisse venir l'ennui, et la punition s'appliquer d'elle-même.

COUP DE THÉÂTRE

Scène première

MADAME LEPIC : Où vas-tu ?

POIL DE CAROTTE (*Il a mis sa cravate neuve et*

craché sur ses souliers à les noyer) : Je vais me promener avec papa.

MADAME LEPIC : Je te défends d'y aller, tu m'entends? Sans ça... (*Sa main droite recule comme pour prendre son élan.*)

POIL DE CAROTTE, *bas* : Compris.

Scène II

POIL DE CAROTTE, *en méditation près de l'horloge* : Qu'est-ce que je veux, moi? Éviter les calottes. Papa m'en donne moins que maman. J'ai fait le calcul. Tant pire pour lui!

Scène III

MONSIEUR LEPIC (*Il chérit Poil de Carotte, mais ne s'en occupe jamais, toujours courant la pretentaine, pour affaires*) : Allons! partons.

POIL DE CAROTTE : Non, mon papa.

MONSIEUR LEPIC : Comment, non? Tu ne veux pas venir?

POIL DE CAROTTE : Oh! si! mais je ne peux pas.

MONSIEUR LEPIC : Explique-toi. Qu'est-ce qu'il y a?

POIL DE CAROTTE : Y a rien, mais je reste.

MONSIEUR LEPIC : Ah! oui! encore une de tes lubies. Quel petit animal tu fais! On ne sait par quelle oreille te prendre. Tu veux, tu ne veux plus. Reste, mon ami, et pleurniche à ton aise.

Scène IV

MADAME LEPIC *(Elle a toujours la précaution d'écouter aux portes, pour mieux entendre)* : Pauvre chéri! *(Cajoleuse, elle lui passe la main dans les cheveux et les tire.)* Le voilà tout en larmes, parce que son père... *(elle regarde en dessous M. Lepic...)* voudrait l'emmener malgré lui. Ce n'est pas ta mère qui te tourmenterait avec cette cruauté. *(Les Lepic père et mère se tournent le dos.)*

Scène V

POIL DE CAROTTE *(Au fond d'un placard. Dans sa bouche, deux doigts; dans son nez, un seul*)* : Tout le monde ne peut pas être orphelin.

EN CHASSE

M. Lepic emmène ses fils à la chasse alternativement. Ils marchent derrière lui, un peu sur sa droite, à cause de la direction du fusil, et portent le carnier. M. Lepic est un marcheur infatigable. Poil de Carotte met un entêtement passionné à le suivre, sans se plaindre. Ses souliers le blessent, il n'en dit mot, et ses doigts se cordellent*; le bout de ses orteils enfle, ce qui leur donne la forme de petits marteaux.

Si M. Lepic tue un lièvre au début de la chasse, il dit :

« Veux-tu le laisser à la première ferme ou le cacher dans une haie, et nous le reprendrons ce soir ?

— Non papa, dit Poil de Carotte, j'aime mieux le garder. »

Il lui arrive de porter une journée entière deux lièvres et cinq perdrix. Il glisse sa main ou son mouchoir sous la courroie du carnier, pour reposer son épaule endolorie. S'il rencontre quelqu'un, il montre son dos avec affectation et oublie un moment sa charge.

Mais il est las, surtout quand on ne tue rien et que la vanité cesse de le soutenir.

« Attends-moi ici, dit parfois M. Lepic. Je vais battre ce labouré. »

Poil de Carotte, irrité, s'arrête debout au soleil. Il regarde son père piétiner le champ, sillon par sillon, motte à motte, le fouler, l'égaliser comme avec une herse, frapper de son fusil les haies, les buissons, les chardons, tandis que Pyrame même, n'en pouvant plus, cherche l'ombre, se couche un peu et halète, toute sa langue dehors.

« Mais il n'y a rien là, pense Poil de Carotte. Oui, tape, casse des orties, fourrage. Si j'étais lièvre gîté au creux d'un fossé, sous les feuilles, c'est moi qui me retiendrais de bouger, par cette chaleur ! »

Et en sourdine il maudit M. Lepic ; il lui adresse de menues injures.

Et M. Lepic saute un autre échalier, pour battre une luzerne d'à côté, où, cette fois, il serait bien étonné de ne pas trouver quelque gars de lièvre.

« Il me dit de l'attendre, murmure Poil de Carotte, et il faut que je coure après lui, maintenant. Une journée qui commence mal finit mal. Trotte et sue, papa, éreinte le chien, courbaturemoi, c'est comme si on s'asseyait. Nous rentrerons bredouilles, ce soir. »

Car Poil de Carotte est naïvement superstitieux.

Chaque fois qu'il touche le bord de sa casquette, voilà Pyrame en arrêt, le poil hérissé, la queue raide. Sur la pointe du pied, M. Lepic s'approche le plus près possible, la crosse au défaut de l'épaule. Poil de Carotte s'immobilise, et un premier jet d'émotion le fait suffoquer.

Il soulève sa casquette.

Des perdrix partent, ou un lièvre déboule. Et selon que Poil de Carotte *laisse retomber la casquette ou qu'il simule un grand salut*, M. Lepic manque ou tue.

Poil de Carotte l'avoue, ce système n'est pas infaillible. Le geste trop souvent répété ne produit plus d'effet, comme si la fortune se fatiguait de répondre aux mêmes signes. Poil de Carotte les espace discrètement, et à cette condition, ça réussit presque toujours.

« As-tu vu le coup ? demande M. Lepic qui soupèse un lièvre chaud encore dont il presse le ventre blond, pour lui faire faire ses suprêmes besoins. Pourquoi ris-tu ?

— Parce que tu l'as tué grâce à moi », dit Poil de Carotte.

Et fier de ce nouveau succès, il expose avec aplomb sa méthode.

« Tu parles sérieusement ? dit M. Lepic.

POIL DE CAROTTE : Mon Dieu ! je n'irai pas jusqu'à prétendre que je ne me trompe jamais.

MONSIEUR LEPIC : Veux-tu bien te taire tout de suite, nigaud. Je ne te conseille guère, si tu tiens à

ta réputation de garçon d'esprit, de débiter ces
bourdes devant des étrangers. On t'éclaterait au
nez. A moins que, par hasard, tu ne te moques de
ton père.

POIL DE CAROTTE : Je te jure que non, papa. Mais
tu as raison, pardonne-moi, je ne suis qu'un serin. »

LA MOUCHE

La chasse continue, et Poil de Carotte qui hausse
les épaules de remords, tant il se trouve bête,
emboîte le pas de son père avec une nouvelle
ardeur, s'applique à poser exactement le pied
gauche là où M. Lepic a posé son pied gauche, et il
écarte les jambes comme s'il fuyait un ogre. Il ne se
repose que pour attraper une mûre, une poire
sauvage, et des prunelles qui resserrent la bouche,
blanchissent les lèvres et calment la soif. D'ailleurs,
il a dans une des poches du carnier le flacon d'eau-
de-vie. Gorgée par gorgée, il boit presque tout à lui
seul, car M. Lepic, que la chasse grise, oublie d'en
demander.

« Une goutte, papa? »

Le vent n'apporte qu'un bruit de refus. Poil de
Carotte avale la goutte qu'il offrait, vide le flacon,
et la tête tournante, repart à la poursuite de son
père. Soudain, il s'arrête, enfonce un doigt au creux
de son oreille, l'agite vivement, le retire, puis feint
d'écouter, et il crie à M. Lepic :

« Tu sais, papa, je crois que j'ai une mouche dans
l'oreille.

MONSIEUR LEPIC : Ôte-la, mon garçon.

POIL DE CAROTTE : Elle y est trop avant, je ne peux pas la toucher. Je l'entends qu'elle bourdonne.

MONSIEUR LEPIC : Laisse-la mourir toute seule.

POIL DE CAROTTE : Mais si elle pondait, papa, si elle faisait son nid?

MONSIEUR LEPIC : Tâche de la tuer avec une corne de mouchoir.

POIL DE CAROTTE : Si je versais un peu d'eau-de-vie pour la noyer? Me donnes-tu la permission?

— Verse ce que tu voudras, lui crie M. Lepic. Mais dépêche-toi. »

Poil de Carotte applique sur son oreille le goulot de la bouteille, et il la vide une deuxième fois, pour le cas où M. Lepic imaginerait de réclamer sa part.

Et bientôt, Poil de Carotte s'écrie, allègre, en courant :

« Tu sais, papa, je n'entends plus la mouche. Elle doit être morte. Seulement, elle a tout bu. »

LA PREMIÈRE BÉCASSE

« Mets-toi là, dit M. Lepic. C'est la meilleure place. Je me promènerai dans le bois avec le chien; nous ferons lever les bécasses, et quand tu entendras : *pit, pit,* dresse l'oreille et ouvre l'œil. Les bécasses passeront sur ta tête. »

Poil de Carotte tient le fusil couché entre ses bras. C'est la première fois qu'il va tirer une bécasse. Il a déjà tué une caille, déplumé une

perdrix, et manqué un lièvre avec le fusil de
M. Lepic.

Il a tué la caille par terre, sous le nez du chien en
arrêt. D'abord il regardait, sans la voir, cette petite
boule ronde, couleur du sol.

« Recule-toi, lui dit M. Lepic, tu es trop près. »

Mais Poil de Carotte, instinctif, fit un pas de plus
en avant, épaula, déchargea son arme à bout
portant et rentra dans la terre la boulette grise. Il
ne put retrouver de sa caille broyée, disparue, que
quelques plumes et un bec sanglant.

Toutefois, ce qui consacre la renommée d'un
jeune chasseur, c'est de tuer une bécasse, et il faut
que cette soirée marque dans la vie de Poil de
Carotte.

Le crépuscule trompe, comme chacun sait. Les
objets remuent leurs lignes fumeuses. Le vol d'un
moustique trouble autant que l'approche du tonnerre. Aussi, Poil de Carotte, ému, voudrait bien
être à tout à l'heure.

Les grives, de retour des prés, fusent avec
rapidité entre les chênes. Il les ajuste pour se faire
l'œil. Il frotte de sa manche la buée qui ternit le
canon du fusil. Des feuilles sèches trottinent çà et
là.

Enfin, deux bécasses, dont les longs becs alour-
dissent le vol, se lèvent, se poursuivent amoureuses
et tournoient au-dessus du bois frémissant.

Elles font *pit, pit, pit,* comme M. Lepic l'avait
promis, mais si faiblement, que Poil de Carotte
doute qu'elles viennent de son côté. Ses yeux se
meuvent vivement. Il voit deux ombres passer sur
sa tête, et la crosse du fusil contre son ventre, il tire
au juger, en l'air.

Une des deux bécasses tombe, bec en avant, et

l'écho disperse la détonation formidable aux quatre coins du bois.

Poil de Carotte ramasse la bécasse dont l'aile est cassée, l'agite glorieusement et respire l'odeur de la poudre.

Pyrame accourt, précédant M. Lepic, qui ne s'attarde ni se hâte plus que d'ordinaire.

« Il n'en reviendra pas », pense Poil de Carotte, prêt aux éloges.

Mais M. Lepic écarte les branches, paraît, et dit d'une voix calme à son fils encore fumant :

« Pourquoi donc que tu ne les as pas tuées toutes les deux ? »

L'HAMEÇON

Poil de Carotte est en train d'écailler ses poissons, des goujons, des ablettes et même des perches. Il les gratte avec un couteau, leur fend le ventre, et fait éclater sous son talon les vessies doubles transparentes. Il réunit les vidures pour le chat. Il travaille, se hâte, absorbé, penché sur le seau blanc d'écume, et prend garde de se mouiller.

Mme Lepic vient donner un coup d'œil.

« A la bonne heure, dit-elle, tu nous as pêché une belle friture, aujourd'hui. Tu n'es pas maladroit, quand tu veux. »

Elle lui caresse le cou et les épaules, mais, comme elle retire sa main, elle pousse des cris de douleur.

Elle a un hameçon piqué au bout du doigt.

Sœur Ernestine accourt. Grand frère Félix la suit, et bientôt M. Lepic lui-même arrive.

« Montre voir », disent-ils.

Mais elle serre son doigt dans sa jupe, entre ses genoux, et l'hameçon s'enfonce plus profondément. Tandis que grand frère Félix et sœur Ernestine la soutiennent, M. Lepic lui saisit le bras, le lève en l'air, et chacun peut voir le doigt. L'hameçon l'a traversé.

M. Lepic tente de l'ôter.

« Oh! non! pas comme ça! » dit Mme Lepic d'une voix aiguë.

En effet, l'hameçon est arrêté d'un côté par son dard et de l'autre côté par sa boucle.

M. Lepic met son lorgnon.

« Diable, dit-il, il faut casser l'hameçon! »

Comment le casser! Au moindre effort de son mari, qui n'a pas de prise, Mme Lepic bondit et hurle. On lui arrache donc le cœur, la vie? D'ailleurs l'hameçon est d'un acier de bonne trempe.

« Alors, dit M. Lepic, il faut couper la chair. »

Il affermit son lorgnon, sort son canif, et commence de passer sur le doigt une lame mal aiguisée, si faiblement, qu'elle ne pénètre pas. Il appuie; il sue. Du sang paraît.

« Oh! là! oh! là! crie Mme Lepic, et tout le groupe tremble.

— Plus vite, papa! dit sœur Ernestine.

— Ne fais donc pas ta lourde comme ça! » dit grand frère Félix à sa mère.

M. Lepic perd patience. Le canif déchire, scie au hasard, et Mme Lepic, après avoir murmuré : « Boucher! boucher! » se trouve mal, heureusement.

M. Lepic en profite. Blanc, affolé, il charcute, fouit la chair, et le doigt n'est plus qu'une plaie sanglante d'où l'hameçon tombe.

Ouf!

Pendant cela, Poil de Carotte n'a servi à rien. Au premier cri de sa mère, il s'est sauvé. Assis sur l'escalier, la tête en ses mains, il s'explique l'aventure. Sans doute, une fois qu'il lançait sa ligne au loin son hameçon lui est resté dans le dos.

« Je ne m'étonne plus que ça ne mordait pas », dit-il.

Il écoute les plaintes de sa mère, et d'abord n'est guère chagriné de les entendre. Ne criera-t-il pas à son tour, tout à l'heure, non moins fort qu'elle, aussi fort qu'il pourra, jusqu'à l'enrouement, afin qu'elle se croie plus tôt vengée et le laisse tranquille?

Des voisins attirés le questionnent :

« Qu'est-ce qu'il y a donc, Poil de Carotte? »

Il ne répond rien ; il bouche ses oreilles, et sa tête rousse disparaît. Les voisins se rangent au bas de l'escalier et attendent les nouvelles.

Enfin M\ :sup:me Lepic s'avance. Elle est pâle comme une accouchée, et, fière d'avoir couru un grand danger, elle porte devant elle son doigt emmailloté avec soin. Elle triomphe d'un reste de souffrance. Elle sourit aux assistants, les rassure en quelques mots et dit doucement à Poil de Carotte :

« Tu m'as fait mal, va, mon cher petit. Oh! je ne t'en veux pas ; ce n'est pas de ta faute. »

Jamais elle n'a parlé sur ce ton à Poil de Carotte. Surpris, il lève le front. Il voit le doigt de sa mère enveloppé de linges et de ficelles, propre, gros et carré, pareil à une poupée d'enfant pauvre. Ses yeux secs s'emplissent de larmes.

M\ :sup:me Lepic se courbe. Il fait le geste habituel de s'abriter derrière son coude. Mais, généreuse, elle l'embrasse devant tout le monde.

Il ne comprend plus. Il pleure à pleins yeux.

« Puisqu'on te dit que c'est fini, que je te pardonne! Tu me crois donc bien méchante? »

Les sanglots de Poil de Carotte redoublent.

« Est-il bête? On jurerait qu'on l'égorge », dit Mᵐᵉ Lepic aux voisins attendris par sa bonté.

Elle leur passe l'hameçon, qu'ils examinent curieusement. L'un d'eux affirme que c'est du numéro 8. Peu à peu elle retrouve sa facilité de parole, et elle raconte le drame au public, d'une langue volubile.

« Ah! sur le moment, je l'aurais tué, si je ne l'aimais tant. Est-ce malin, ce petit outil d'hameçon! J'ai cru qu'il m'enlevait au ciel. »

Sœur Ernestine propose d'aller l'encrotter loin, au bout du jardin, dans un trou, et de piétiner la terre.

« Ah! mais non! dit grand frère Félix, moi je le garde. Je veux pêcher avec. Bigre! un hameçon trempé dans le sang à maman, c'est ça qui sera bon! Ce que je vais les sortir, les poissons! malheur! des gros comme la cuisse! »

Et il secoue Poil de Carotte, qui, toujours stupéfait d'avoir échappé au châtiment, exagère encore son repentir, rend par la gorge des gémissements rauques et lave à grande eau les taches de son de sa laide figure à claques.

LA PIÈCE D'ARGENT

I

MADAME LEPIC : Tu n'as rien perdu, Poil de Carotte ?

POIL DE CAROTTE : Non, maman.

MADAME LEPIC : Pourquoi dis-tu non, tout de suite, sans savoir ? Retourne d'abord tes poches.

POIL DE CAROTTE (*Il tire les doublures de ses poches et les regarde pendre comme des oreilles d'âne*) : Ah! oui, maman! Rends-le-moi.

MADAME LEPIC : Rends-moi quoi ? Tu as donc perdu quelque chose ? Je te questionnais au hasard et je devine! Qu'est-ce que tu as perdu ?

POIL DE CAROTTE : Je ne sais pas.

MADAME LEPIC : Prends garde! tu vas mentir. Déjà tu divagues comme une ablette étourdie. Réponds lentement. Qu'as-tu perdu ? Est-ce ta toupie ?

POIL DE CAROTTE : Juste. Je n'y pensais plus. C'est ma toupie, oui, maman.

MADAME LEPIC : Non, maman. Ce n'est pas ta toupie. Je te l'ai confisquée la semaine dernière.

POIL DE CAROTTE : Alors, c'est mon couteau.

MADAME LEPIC : Quel couteau ? Qui t'a donné un couteau ?

POIL DE CAROTTE : Personne.

MADAME LEPIC : Mon pauvre enfant, nous n'en sortirons plus. On dirait que je t'affole. Pourtant nous sommes seuls. Je t'interroge doucement. Un

fils qui aime sa mère lui confie tout. Je parie que tu
as perdu ta pièce d'argent. Je n'en sais rien, mais
j'en suis sûre. Ne nie pas. Ton nez remue.

POIL DE CAROTTE : Maman, cette pièce m'appartenait. Mon parrain me l'avait donnée dimanche. Je
la perds; tant pis pour moi. C'est contrariant, mais
je me consolerai. D'ailleurs je n'y tenais guère. Une
pièce de plus ou de moins !

MADAME LEPIC : Voyez-vous ça, péroreur ! Et je
t'écoute, moi, bonne femme. Ainsi tu comptes pour
rien la peine de ton parrain qui te gâte tant et qui
sera furieux ?

POIL DE CAROTTE : Imaginons, maman, que j'ai
dépensé ma pièce, à mon goût. Fallait-il seulement
la surveiller toute ma vie.

MADAME LEPIC : Assez, grimacier ! Tu ne devais
ni perdre cette pièce, ni la gaspiller sans permission. Tu ne l'as plus; remplace-la, trouve-la,
fabrique-la, arrange-toi. Trotte et ne raisonne pas.

POIL DE CAROTTE : Oui, maman.

MADAME LEPIC : Et je te défends de dire *oui,
maman,* de faire l'original; et gare à toi, si je
t'entends chantonner, siffler entre tes dents, imiter
le charretier sans souci. Ça ne prend jamais avec
moi.

II

Poil de Carotte se promène à petits pas dans les
allées du jardin. Il gémit. Il cherche un peu et
renifle souvent. Quand il sent que sa mère l'observe, il s'immobilise ou se baisse et fouille du bout
des doigts l'oseille, le sable fin. Quand il pense que
Mᵐᵉ Lepic a disparu, il ne cherche plus. Il

continue de marcher, pour la forme, le nez en l'air.

Où diable peut-elle être, cette pièce d'argent? Là-haut, sur l'arbre, au creux d'un vieux nid?

Parfois des gens distraits qui ne cherchent rien trouvent des pièces d'or. On l'a vu. Mais Poil de Carotte se traînerait par terre, userait ses genoux et ses ongles, sans ramasser une épingle.

Las d'errer, d'espérer il ne sait quoi, Poil de Carotte jette sa langue au chat et se décide à rentrer dans la maison, pour prendre l'état de sa mère. Peut-être qu'elle se calme, et que si la pièce reste introuvable, on y renoncera.

Il ne voit pas Mme Lepic. Il l'appelle, timide.

« Maman, eh! maman! »

Elle ne répond point. Elle vient de sortir et elle a laissé ouvert le tiroir de sa table à ouvrage. Parmi les laines, les aiguilles, les bobines blanches, rouges ou noires, Poil de Carotte aperçoit quelques pièces d'argent.

Elles semblent vieillir là. Elles ont l'air d'y dormir, rarement réveillées, poussées d'un coin à l'autre, mêlées et sans nombre.

Il y en a aussi bien trois que quatre, aussi bien huit. On les compterait difficilement. Il faudrait renverser le tiroir, secouer des pelotes. Et puis comment faire la preuve?

Avec cette présence d'esprit qui ne l'abandonne que dans les grandes occasions, Poil de Carotte, résolu, allonge le bras, vole une pièce et se sauve.

La peur d'être surpris lui évite des hésitations, des remords, un retour périlleux vers la table à ouvrage.

Il va droit, trop lancé pour s'arrêter, parcourt les allées, choisit sa place, y « perd » la pièce, l'enfonce d'un coup de talon, se couche à plat ventre, et le

nez chatouillé par les herbes, il rampe selon sa
fantaisie, il décrit des cercles irréguliers, comme on
tourne, les yeux bandés, autour de l'objet caché,
quand la personne qui dirige les jeux innocents se
frappe anxieusement les mollets et s'écrie :

« Attention! ça brûle, ça brûle! »

III

POIL DE CAROTTE : Maman, maman, je l'ai.

MADAME LEPIC : Moi aussi.

POIL DE CAROTTE : Comment? la voilà.

MADAME LEPIC : La voici.

POIL DE CAROTTE : Tiens! fais voir.

MADAME LEPIC : Fais voir, toi.

POIL DE CAROTTE *(Il montre sa pièce. M*me *Lepic
montre la sienne. Poil de Carotte les manie, les
compare et apprête sa phrase)* : C'est drôle. Où l'as-
tu retrouvée, toi, maman? Moi, je l'ai retrouvée
dans cette allée, au pied du poirier. J'ai marché
vingt fois dessus, avant de la voir. Elle brillait. J'ai
cru d'abord que c'était un morceau de papier, ou
une violette blanche. Je n'osais pas la prendre. Elle
sera tombée de ma poche, un jour que je me roulais
sur l'herbe, faisant le fou. Penche-toi, maman,
remarque l'endroit où la sournoise se cachait, son
gîte. Elle peut se vanter de m'avoir causé du tra-
cas.

MADAME LEPIC : Je ne dis pas non.

Moi je l'ai retrouvée dans ton autre paletot. Malgré
mes observations, tu oublies encore de vider tes
poches, quand tu changes d'effets. J'ai voulu te
donner une leçon d'ordre. Je t'ai laissé chercher
pour t'apprendre. Or, il faut croire que celui qui

cherche trouve toujours, car maintenant tu possèdes deux pièces d'argent au lieu d'une seule.
Te voilà cousu d'or. Tout est bien qui finit bien,
mais je te préviens que l'argent ne fait pas le bonheur.

POIL DE CAROTTE : Alors, je peux aller jouer,
maman?

MADAME LEPIC : Sans doute. Amuse-toi, tu ne
t'amuseras jamais plus jeune. Emporte tes deux
pièces.

POIL DE CAROTTE : Oh! maman, une me suffit, et
même je te prie de me la serrer jusqu'à ce que j'en
aie besoin. Tu serais gentille.

MADAME LEPIC : Non, les bons comptes font les
bons amis. Garde tes pièces. Les deux t'appar-
tiennent, celle de ton parrain et l'autre, celle du
poirier, à moins que le propriétaire ne la réclame.
Qui est-ce? Je me creuse la tête. Et toi, as-tu une
idée?

POIL DE CAROTTE : Ma foi non et je m'en moque,
j'y songerai demain. A tout à l'heure, maman, et
merci.

MADAME LEPIC : Attends! si c'était le jardinier?

POIL DE CAROTTE : Veux-tu que j'aille vite le lui
demander?

MADAME LEPIC : Ici, mignon, aide-moi. Réfléchis-
sons. On ne saurait soupçonner ton père de négli-
gence, à son âge. Ta sœur met ses économies
dans sa tirelire. Ton frère n'a pas le temps de
perdre son argent, un sou fond entre ses doigts.

Après tout, c'est peut-être moi.

POIL DE CAROTTE : Maman, cela m'étonnerait; tu
ranges si soigneusement tes affaires.

MADAME LEPIC : Des fois les grandes personnes se
trompent comme les petites. Bref, je verrai. En tout

cas ceci ne concerne que moi. N'en parlons plus. Cesse de t'inquiéter; cours jouer, mon gros, pas trop loin, tandis que je jetterai un coup d'œil dans le tiroir de ma table à ouvrage.

> *Poil de Carotte, qui s'élançait déjà, se retourne, il suit un instant sa mère qui s'éloigne. Enfin, brusquement, il la dépasse, se campe devant elle et, silencieux, offre une joue.*

MADAME LEPIC *(Sa main droite levée, menace ruine)* : Je te savais menteur, mais je ne te croyais pas de cette force. Maintenant, tu mens double. Va toujours. On commence par voler un œuf. Ensuite on vole un bœuf. Et puis on assassine sa mère.

> *La première gifle tombe.*

LES IDÉES PERSONNELLES

M. Lepic, grand frère Félix, sœur Ernestine et Poil de Carotte veillent près de la cheminée où brûle une souche avec ses racines, et les quatre chaises se balancent sur leurs pieds de devant. On discute et Poil de Carotte, pendant que Mme Lepic n'est pas là, développe ses idées personnelles.

« Pour moi, dit-il, les titres de famille ne signifient rien. Ainsi, papa, tu sais comme je t'aime! or, je t'aime, non parce que tu es mon père; je t'aime, parce que tu es mon ami. En effet, tu n'as aucun mérite à être mon père, mais je regarde ton amitié comme une haute faveur que tu ne me dois pas et que tu m'accordes généreusement.

— Ah! répond M. Lepic.

— Et moi, et moi? demandent grand frère Félix et sœur Ernestine.

— C'est la même chose, dit Poil de Carotte. Le hasard vous a faits mon frère et ma sœur. Pourquoi vous en serais-je reconnaissant? A qui la faute, si nous sommes tous trois des Lepic? Vous ne pouviez l'empêcher. Inutile que je vous sache gré d'une parenté involontaire. Je vous remercie seulement, toi, frère, de ta protection, et toi, sœur, de tes soins efficaces.

— A ton service, dit grand frère Félix.

— Où va-t-il chercher ces réflexions de l'autre monde? dit sœur Ernestine.

— Et ce que je dis, ajoute Poil de Carotte, je l'affirme d'une manière générale, j'évite les personnalités, et si maman était là, je le répéterais en sa présence.

— Tu ne le répéterais pas deux fois, dit grand frère Félix.

— Quel mal vois-tu à mes propos? répond Poil de Carotte. Gardez-vous de dénaturer ma pensée! Loin de manquer de cœur, je vous aime plus que je n'en ai l'air. Mais cette affection, au lieu d'être banale, d'instinct et de routine, est voulue, raisonnée, logique. Logique, voilà le terme que je cherchais.

— Quand perdras-tu la manie d'user de mots dont tu ne connais pas le sens, dit M. Lepic qui se lève pour aller se coucher, et de vouloir, à ton âge, en remontrer aux autres? Si défunt votre grand-père m'avait entendu débiter le quart de tes balivernes, il m'aurait vite prouvé par un coup de pied et une claque que je n'étais toujours que son garçon.

— Il faut bien causer pour passer le temps, dit Poil de Carotte déjà inquiet.

— Il vaut encore mieux te taire », dit M. Lepic, une bougie à la main.

Et il disparaît. Grand frère Félix le suit.

« Au plaisir, vieux camarade à la grillade! » dit-il à Poil de Carotte.

Puis sœur Ernestine se dresse et grave :

« Bonsoir, cher ami! » dit-elle.

Poil de Carotte reste seul, dérouté.

Hier, M. Lepic lui conseillait d'apprendre à réfléchir :

« Qui ça, *on?* lui disait-il. *On* n'existe pas. Tout le monde, ce n'est personne. Tu récites trop ce que tu écoutes. Tâche de penser un peu par toi-même. Exprime des idées personnelles, n'en aurais-tu qu'une pour commencer. »

La première qu'il risque étant mal accueillie, Poil de Carotte couvre le feu, range les chaises le long du mur, salue l'horloge et se retire dans la chambre où donne l'escalier d'une cave et qu'on appelle la chambre de la cave. C'est une chambre fraîche et agréable en été. Le gibier s'y conserve facilement une semaine. Le dernier lièvre tué saigne du nez dans une assiette. Il y a des corbeilles pleines de grain pour les poules et Poil de Carotte ne se lasse jamais de le remuer avec ses bras nus qu'il plonge jusqu'au coude.

D'ordinaire les habits de toute la famille accrochés au portemanteau l'impressionnent. On dirait des suicidés qui viennent de se pendre après avoir eu la précaution de poser leurs bottines, en ordre, là-haut, sur la planche.

Mais, ce soir, Poil de Carotte n'a pas peur. Il ne glisse pas un coup d'œil sous le lit. Ni la lune ni les ombres ne l'effraient, ni le puits du jardin comme creusé là exprès pour qui voudrait s'y jeter par la fenêtre.

Il aurait peur, s'il pensait à avoir peur, mais il n'y pense plus. En chemise, il oublie de ne marcher que sur les talons afin de moins sentir le froid du carreau rouge.

Et dans le lit, les yeux aux ampoules du plâtre humide, il continue de développer ses idées personnelles, ainsi nommées parce qu'il faut les garder pour soi.

LA TEMPÊTE DE FEUILLES

Il y a longtemps que Poil de Carotte, rêveur, observe la plus haute feuille du grand peuplier.

Il songe creux et attend qu'elle remue.

Elle semble, détachée de l'arbre, vivre à part, seule, sans queue, libre.

Chaque jour, elle se dore au premier et au dernier rayon du soleil.

Depuis midi, elle garde une immobilité de morte, plutôt tache que feuille, et Poil de Carotte perd patience, mal à son aise, lorsque, enfin, elle fait signe.

Au-dessous d'elle, une feuille proche fait le même signe. D'autres feuilles le répètent, le communiquent aux feuilles voisines qui le passent rapidement.

Et c'est un signe d'alarme, car, à l'horizon, paraît l'ourlet d'une calotte brune.

Le peuplier déjà frissonne! Il tente de se mouvoir, de déplacer les pesantes couches d'air qui le gênent.

Son inquiétude gagne le hêtre, un chêne, des marronniers, et tous les arbres du jardin s'avertissent, par gestes, qu'au ciel, la calotte s'élargit, pousse en avant sa bordure nette et sombre.

D'abord, ils excitent leurs branches minces et font taire les oiseaux, le merle qui lançait une note au hasard, comme un pois cru, la tourterelle que Poil de Carotte voyait tout à l'heure, verser, par saccades, les roucoulements de sa gorge peinte, et la pie insupportable avec sa queue de pie.

Puis ils mettent leurs gros tentacules en branle pour effrayer l'ennemi.

La calotte livide continue son invasion lente.

Elle voûte peu à peu le ciel. Elle refoule l'azur, bouche les trous qui laisseraient pénétrer l'air, prépare l'étouffement de Poil de Carotte. Parfois, on dirait qu'elle faiblit sous son propre poids et va tomber sur le village; mais elle s'arrête à la pointe du clocher, dans la crainte de s'y déchirer.

La voilà si près que, sans autre provocation, la panique commence, les clameurs s'élèvent.

Les arbres mêlent leurs masses confuses et courroucées au fond desquelles Poil de Carotte imagine des nids pleins d'yeux ronds et de becs blancs. Les cimes plongent et se redressent comme des têtes brusquement réveillées. Les feuilles s'envolent par bandes, reviennent aussitôt, peureuses, apprivoisées, et tâchent de se raccrocher. Celles de l'acacia, fines, soupirent; celles du bouleau écorché se plaignent; celles du marronnier sifflent, et les aristoloches grimpantes clapotent en se poursuivant sur le mur.

Plus bas, les pommiers trapus secouent leurs pommes, frappant le sol de coups sourds.

Plus bas, les groseilliers saignent des gouttes rouges, et les cassis des gouttes d'encre.

Et plus bas, les choux ivres agitent leurs oreilles d'âne et les oignons montés se cognent entre eux, cassent leurs boules gonflées de graines.

Pourquoi? Qu'ont-ils donc? Et qu'est-ce que cela veut dire? Il ne tonne pas. Il ne grêle pas. Ni un éclair, ni une goutte de pluie. Mais c'est le noir orageux d'en haut, cette nuit silencieuse au milieu du jour qui les affole, qui épouvante Poil de Carotte.

Maintenant, la calotte s'est toute déployée sous le soleil masqué.

Elle bouge, Poil de Carotte le sait; elle glisse et, faite de nuages mobiles, elle fuira : il reverra le soleil. Pourtant, bien qu'elle plafonne le ciel entier, elle lui serre la tête, au front. Il ferme les yeux et elle lui bande douloureusement les paupières.

Il fourre aussi ses doigts dans ses oreilles. Mais la tempête entre chez lui, du dehors, avec ses cris, son tourbillon.

Elle ramasse son cœur comme un papier de rue.

Elle le froisse, le chiffonne, le roule, le réduit.

Et Poil de Carotte n'a bientôt plus qu'une boulette de cœur.

LA RÉVOLTE

I

MADAME LEPIC : Mon petit Poil de Carotte chéri, je t'en prie, tu serais bien mignon d'aller me cher-

cher une livre de beurre au moulin. Cours vite. On
t'attendra pour se mettre à table.

POIL DE CAROTTE : Non, maman.

MADAME LEPIC : Pourquoi réponds-tu : non,
maman? Si, nous t'attendrons.

POIL DE CAROTTE : Non, maman, je n'irai pas au
moulin.

MADAME LEPIC : Comment! tu n'iras pas au
moulin? Que dis-tu? Qui te demande?... Est-ce que
tu rêves?

POIL DE CAROTTE : Non, maman.

MADAME LEPIC : Voyons, Poil de Carotte, je n'y
suis plus. Je t'ordonne d'aller tout de suite chercher
une livre de beurre au moulin.

POIL DE CAROTTE : J'ai entendu. Je n'irai pas.

MADAME LEPIC : C'est donc moi qui rêve? Que se
passe-t-il? Pour la première fois de ta vie, tu
refuses de m'obéir.

POIL DE CAROTTE : Oui, maman.

MADAME LEPIC : Tu refuses d'obéir à ta mère.

POIL DE CAROTTE : A ma mère, oui, maman.

MADAME LEPIC : Par exemple, je voudrais voir ça.
Fileras-tu?

POIL DE CAROTTE : Non, maman.

MADAME LEPIC : Veux-tu te taire et filer?

POIL DE CAROTTE : Je me tairai, sans filer.

MADAME LEPIC : Veux-tu te sauver avec cette
assiette?

II

Poil de Carotte se tait, et il ne bouge pas.

« Voilà une révolution! » s'écrie Mme Lepic sur
l'escalier, levant les bras.

C'est, en effet, la première fois que Poil de
Carotte lui dit non. Si encore elle le dérangeait! S'il
avait été en train de jouer! Mais, assis par terre, il
tournait ses pouces, le nez au vent, et il fermait les
yeux pour les tenir au chaud. Et maintenant il la
dévisage, tête haute. Elle n'y comprend rien. Elle
appelle du monde, comme au secours.

« Ernestine, Félix, il y a du neuf! Venez voir avec
votre père et Agathe aussi. Personne ne sera de
trop. »

Et même, les rares passants de la rue peuvent
s'arrêter.

Poil de Carotte se tient au milieu de la cour, à
distance, surpris de s'affermir en face du danger, et
plus étonné que Mme Lepic oublie de le battre.
L'instant est si grave qu'elle perd ses moyens. Elle
renonce à ses gestes habituels d'intimidation, au
regard aigu et brûlant comme une pointe rouge.
Toutefois, malgré ses efforts, les lèvres se décollent
à la pression d'une rage intérieure qui s'échappe
avec un sifflement.

« Mes amis, dit-elle, je priais poliment Poil de
Carotte de me rendre un léger service, de pousser,
en se promenant, jusqu'au moulin. Devinez ce qu'il
m'a répondu; interrogez-le, vous croiriez que j'in-
vente. »

Chacun devine et son attitude dispense Poil de
Carotte de répéter.

La tendre Ernestine s'approche et lui dit bas à
l'oreille :

« Prends garde, il t'arrivera malheur. Obéis,
écoute ta sœur qui t'aime. »

Grand frère Félix se croit au spectacle. Il ne
céderait sa place à personne. Il ne réfléchit point
que si Poil de Carotte se dérobe désormais, une

part des commissions reviendra de droit au frère aîné; il l'encouragerait plutôt. Hier, il le méprisait, le traitait de poule mouillée. Aujourd'hui il l'observe en égal et le considère. Il gambade et s'amuse beaucoup.

« Puisque c'est la fin du monde renversé, dit Mme Lepic atterrée, je ne m'en mêle plus. Je me retire. Qu'un autre prenne la parole et se charge de dompter la bête féroce. Je laisse en présence le fils et le père. Qu'ils se débrouillent.

— Papa, dit Poil de Carotte, en pleine crise et d'une voix étranglée, car il manque encore d'habitude, si tu exiges que j'aille chercher cette livre de beurre au moulin, j'irai pour toi, pour toi seulement. Je refuse d'y aller pour ma mère. »

Il semble que M. Lepic soit plus ennuyé que flatté de cette préférence. Ça le gêne d'exercer ainsi son autorité, parce qu'une galerie l'y invite, à propos d'une livre de beurre.

Mal à l'aise, il fait quelques pas dans l'herbe, hausse les épaules, tourne le dos et rentre à la maison.

Provisoirement l'affaire en reste là.

LE MOT DE LA FIN

Le soir, après le dîner où Mme Lepic, malade et couchée, n'a point paru, où chacun s'est tu, non seulement par habitude, mais encore par gêne, M. Lepic noue sa serviette qu'il jette sur la table et dit :

« Personne ne vient se promener avec moi jusqu'au biquignon ★, sur la vieille route? »

Poil de Carotte comprend que M. Lepic a choisi cette manière de l'inviter. Il se lève aussi, porte sa chaise vers le mur, comme toujours, et il suit docilement son père.

D'abord ils marchent silencieux. La question inévitable ne vient pas tout de suite. Poil de Carotte, en son esprit, s'exerce à la deviner et à lui répondre. Il est prêt. Fortement ébranlé, il ne regrette rien. Il a eu dans sa journée une telle émotion qu'il n'en craint pas de plus forte. Et le son de voix même de M. Lepic qui se décide, le rassure.

MONSIEUR LEPIC : Qu'est-ce que tu attends pour m'expliquer ta dernière conduite qui chagrine ta mère?

POIL DE CAROTTE : Mon cher papa, j'ai longtemps hésité, mais il faut en finir. Je l'avoue : je n'aime plus maman.

MONSIEUR LEPIC : Ah! A cause de quoi? Depuis quand?

POIL DE CAROTTE : A cause de tout. Depuis que je la connais.

MONSIEUR LEPIC : Ah! c'est malheureux, mon garçon! Au moins, raconte-moi ce qu'elle t'a fait.

POIL DE CAROTTE : Ce serait long. D'ailleurs, ne t'aperçois-tu de rien?

MONSIEUR LEPIC : Si. J'ai remarqué que tu boudais souvent.

POIL DE CAROTTE : Ça m'exaspère qu'on dise que je boude. Naturellement, Poil de Carotte ne peut garder une rancune sérieuse. Il boude. Laissez-le. Quand il aura fini, il sortira de son coin, calmé, déridé. Surtout n'ayez pas l'air de vous occuper de lui. C'est sans importance.

Je te demande pardon, mon papa, ce n'est sans importance que pour les père et mère et les étrangers. Je boude quelquefois, j'en conviens, pour la forme, mais il arrive aussi, je t'assure, que je rage énergiquement de tout mon cœur, et je n'oublie plus l'offense.

MONSIEUR LEPIC : Mais si, mais si, tu oublieras ces taquineries.

POIL DE CAROTTE : Mais non, mais non. Tu ne sais pas tout, toi, tu restes si peu à la maison.

MONSIEUR LEPIC : Je suis obligé de voyager.

POIL DE CAROTTE, *avec suffisance :* Les affaires sont les affaires, mon papa. Tes soucis t'absorbent, tandis que maman, c'est le cas de le dire, n'a pas d'autre chien que moi à fouetter. Je me garde de m'en prendre à toi. Certainement je n'aurais qu'à moucharder, tu me protégerais. Peu à peu, puisque tu l'exiges, je te mettrai au courant du passé. Tu verras si j'exagère et si j'ai de la mémoire. Mais déjà, mon papa, je te prie de me conseiller.

Je voudrais me séparer de ma mère.

Quel serait, à ton avis, le moyen le plus simple?

MONSIEUR LEPIC : Tu ne la vois que deux mois par an, aux vacances.

POIL DE CAROTTE : Tu devrais me permettre de les passer à la pension. J'y progresserais.

MONSIEUR LEPIC : C'est une faveur réservée aux élèves pauvres. Le monde croirait que je t'abandonne. D'ailleurs, ne pense pas qu'à toi. En ce qui me concerne, ta société me manquerait.

POIL DE CAROTTE : Tu viendrais me voir, papa.

MONSIEUR LEPIC : Les promenades pour le plaisir coûtent cher, Poil de Carotte.

POIL DE CAROTTE : Tu profiterais de tes voyages forcés. Tu ferais un petit détour.

MONSIEUR LEPIC : Non. Je t'ai traité jusqu'ici comme ton frère et ta sœur, avec le soin de ne privilégier personne. Je continuerai.

POIL DE CAROTTE : Alors, laissons mes études. Retire-moi de la pension, sous prétexte que j'y vole ton argent, et je choisirai un métier.

MONSIEUR LEPIC : Lequel? Veux-tu que je te place comme apprenti chez un cordonnier, par exemple?

POIL DE CAROTTE : Là ou ailleurs. Je gagnerais ma vie et je serais libre.

MONSIEUR LEPIC : Trop tard, mon pauvre Poil de Carotte. Me suis-je imposé pour ton instruction de grands sacrifices, afin que tu cloues des semelles?

POIL DE CAROTTE : Si pourtant je te disais, papa, que j'ai essayé de me tuer.

MONSIEUR LEPIC : Tu charges! Poil de Carotte.

POIL DE CAROTTE : Je te jure que pas plus tard qu'hier, je voulais encore me pendre.

MONSIEUR LEPIC : Et te voilà. Donc tu n'en avais guère envie. Mais au souvenir de ton suicide manqué, tu dresses fièrement la tête. Tu t'imagines que la mort n'a tenté que toi. Poil de Carotte, l'égoïsme te perdra. Tu tires toute la couverture. Tu te crois seul dans l'univers.

POIL DE CAROTTE : Papa, mon frère est heureux, ma sœur est heureuse, et si maman n'éprouve aucun plaisir à me taquiner, comme tu dis, je donne ma langue au chat. Enfin, pour ta part, tu domines et on te redoute, même ma mère. Elle ne peut rien contre ton bonheur. Ce qui prouve qu'il y a des gens heureux parmi l'espèce humaine.

MONSIEUR LEPIC : Petite espèce humaine à tête

carrée, tu raisonnes pantoufle. Vois-tu clair au fond des cœurs ? Comprends-tu déjà toutes les choses ?

POIL DE CAROTTE : Mes choses à moi, oui, papa, du moins je tâche.

MONSIEUR LEPIC : Alors, Poil de Carotte, mon ami, renonce au bonheur. Je te préviens, tu ne seras jamais plus heureux que maintenant, jamais, jamais.

POIL DE CAROTTE : Ça promet.

MONSIEUR LEPIC : Résigne-toi, blinde-toi, jusqu'à ce que majeur et ton maître, tu puisses t'affranchir, nous renier et changer de famille, sinon de caractère et d'humeur. D'ici là, essaie de prendre le dessus, étouffe ta sensibilité et observe les autres, ceux même qui vivent le plus près de toi ; tu t'amuseras ; je te garantis des surprises consolantes.

POIL DE CAROTTE : Sans doute, les autres ont leurs peines. Mais je les plaindrai demain. Je réclame aujourd'hui la justice pour mon compte. Quel sort ne serait préférable au mien ? J'ai une mère. Cette mère ne m'aime pas et je ne l'aime pas.

« Et moi, crois-tu donc que je l'aime ? » dit avec brusquerie M. Lepic impatienté.

A ces mots, Poil de Carotte lève les yeux vers son père. Il regarde longuement son visage dur, sa barbe épaisse où la bouche est rentrée comme honteuse d'avoir trop parlé, son front plissé, ses pattes-d'oie et ses paupières baissées qui lui donnent l'air de dormir en marche.

Un instant Poil de Carotte s'empêche de parler. Il a peur que sa joie secrète et cette main qu'il saisit et qu'il garde presque de force, tout ne s'envole.

Puis il ferme le poing, menace le village qui s'assoupit là-bas dans les ténèbres, et il lui crie avec emphase :

« Mauvaise femme! te voilà complète. Je te déteste.

— Tais-toi, dit M. Lepic, c'est ta mère, après tout.

— Oh! répond Poil de Carotte, redevenu simple et prudent, je ne dis pas ça parce que c'est ma mère. »

L'ALBUM
DE POIL DE CAROTTE

I

Si un étranger feuillette l'album de photographies des Lepic, il ne manque pas de s'étonner. Il voit sœur Ernestine et grand frère Félix sous divers aspects, debout, assis, bien habillés ou demi-vêtus, gais ou renfrognés, au milieu de riches décors.

« Et Poil de Carotte?

— J'avais des photographies de lui tout petit, répond Mme Lepic, mais il était si beau qu'on me l'arrachait, et je n'ai pu en garder une seule. »

La vérité c'est qu'on ne fait jamais *tirer* Poil de Carotte.

II

Il s'appelle Poil de Carotte au point que la famille hésite avant de retrouver son vrai nom de baptême.

« Pourquoi l'appelez-vous Poil de Carotte ? A cause de ses cheveux jaunes ?

— Son âme est encore plus jaune », dit Mme Lepic.

III

Autres signes particuliers :

La figure de Poil de Carotte ne prévient guère en sa faveur.

Poil de Carotte a le nez creusé en taupinière.

Poil de Carotte a toujours, quoi qu'on en ôte, des croûtes de pain dans les oreilles.

Poil de Carotte tète et fait fondre de la neige sur sa langue.

Poil de Carotte bat le briquet * et marche si mal qu'on le croirait bossu.

Le cou de Poil de Carotte se teinte d'une crasse bleue comme s'il portait un collier.

Enfin Poil de Carotte a un drôle de goût et ne sent pas le musc.

IV

Il se lève le premier, en même temps que la bonne. Et les matins d'hiver, il saute du lit avant le jour, et regarde l'heure avec ses mains, en tâtant les aiguilles du bout du doigt.

Quand le café et le chocolat sont prêts, il mange un morceau de n'importe quoi sur le pouce.

V

Quand on le présente à quelqu'un, il tourne la

tête, tend la main par-derrière, se rase, les jambes
ployées, et il égratigne le mur.

Et si on lui demande :

« Veux-tu m'embrasser, Poil de Carotte? »

Il répond :

« Oh! ce n'est pas la peine! »

VI

MADAME LEPIC : Poil de Carotte, réponds donc,
quand on te parle.

POIL DE CAROTTE : Boui, banban.

MADAME LEPIC : Il me semble t'avoir déjà dit que
les enfants ne doivent jamais parler la bouche
pleine.

VII

Il ne peut s'empêcher de mettre ses mains dans
ses poches. Et si vite qu'il les retire, à l'approche de
Mme Lepic, il les retire trop tard. Elle finit par
coudre un jour les poches, avec les mains.

VIII

« Quoi qu'on te fasse, lui dit amicalement parrain, tu as tort de mentir. C'est un vilain défaut, et
c'est inutile, car toujours tout se sait.

— Oui, répond Poil de Carotte, mais on gagne
du temps. »

IX

Le paresseux grand frère Félix vient de terminer péniblement ses études.

Il s'étire et soupire d'aise.

« Quels sont tes goûts ? lui demande M. Lepic. Tu es à l'âge qui décide de la vie. Que vas-tu faire ?

— Comment ! Encore ! » dit grand frère Félix.

X

On joue aux jeux innocents.

Mlle Berthe est sur la sellette :

« Parce qu'elle a des yeux bleus », dit Poil de Carotte.

On se récrie :

« Très joli ! Quel galant poète !

— Oh ! répond Poil de Carotte, je ne les ai pas regardés. Je dis cela comme je dirais autre chose. C'est une formule de convention, une figure de rhétorique. »

XI

Dans les batailles à coups de boules de neige, Poil de Carotte forme à lui seul un camp. Il est redoutable, et sa réputation s'étend au loin parce qu'il met des pierres dans les boules.

Il vise à la tête : c'est plus court.

Quand il gèle et que les autres glissent, il s'organise une petite glissoire, à part, à côté de la glace, sur l'herbe.

A saut de mouton, il préfère rester dessous, une fois pour toutes.

Aux barres, il se laisse prendre tant qu'on veut, insoucieux de sa liberté.

Et à cache-cache, il se cache si bien qu'on l'oublie.

XII

Les enfants se mesurent leur taille.

A vue d'œil, grand frère Félix, hors concours, dépasse les autres de la tête. Mais Poil de Carotte et sœur Ernestine, qui pourtant n'est qu'une fille, doivent se mettre l'un à côté de l'autre. Et tandis que sœur Ernestine se hausse sur la pointe du pied, Poil de Carotte, désireux de ne contrarier personne, triche et se baisse légèrement, pour ajouter un rien à la petite idée de différence.

XIII

Poil de Carotte donne ce conseil à la servante Agathe :

« Pour vous mettre bien avec Mme Lepic, dites-lui du mal de moi. »

Il y a une limite.

Ainsi Mme Lepic ne supporte pas qu'une autre qu'elle touche à Poil de Carotte.

Une voisine se permettant de le menacer, Mme Lepic accourt, se fâche et délivre son fils qui rayonne déjà de gratitude.

« Et maintenant, à nous deux ! » lui dit-elle.

XIV

« Faire câlin! Qu'est-ce que ça veut dire? » demande Poil de Carotte au petit Pierre que sa maman gâte.

Et renseigné à peu près, il s'écrie :

« Moi, ce que je voudrais, c'est picoter une fois des pommes frites, dans le plat, avec mes doigts, et sucer la moitié de la pêche où se trouve le noyau. »

Il réfléchit :

« Si Mme Lepic me mangeait de caresses, elle commencerait par le nez. »

XV

Quelquefois, fatigués de jouer, sœur Ernestine et grand frère Félix prêtent volontiers leurs joujoux à Poil de Carotte qui, prenant ainsi une petite part du bonheur de chacun, se compose modestement la sienne.

Et il n'a jamais trop l'air de s'amuser, par crainte qu'on ne les lui redemande.

XVI

POIL DE CAROTTE : Alors, tu ne trouves pas mes oreilles trop longues?

MATHILDE : Je les trouve drôles. Prête-les-moi? J'ai envie d'y mettre du sable pour faire des pâtés.

POIL DE CAROTTE : Ils y cuiraient, si maman les avait d'abord allumées.

XVII

« Veux-tu t'arrêter! Que je t'entende encore!
Alors tu aimes mieux ton père que moi? dit, çà et
là, Mme Lepic.

— Je reste sur place, je ne dis rien, et je te jure
que je ne vous aime pas mieux l'un que l'autre »,
répond Poil de Carotte de sa voix intérieure.

XVIII

MADAME LEPIC : Qu'est-ce que tu fais, Poil de
Carotte?

POIL DE CAROTTE : Je ne sais pas, maman.

MADAME LEPIC : Cela veut dire que tu fais encore
une bêtise. Tu le fais donc toujours exprès?

POIL DE CAROTTE : Il ne manquerait plus que cela.

XIX

Croyant que sa mère lui sourit, Poil de Carotte,
flatté, sourit aussi.

Mais Mme Lepic qui ne souriait qu'à elle-même,
dans le vague, fait subitement sa tête de bois noir
aux yeux de cassis.

Et Poil de Carotte, décontenancé, ne sait où
disparaître.

XX

« Poil de Carotte, veux-tu rire poliment, sans
bruit? » dit Mme Lepic.

« Quand on pleure, il faut savoir pourquoi », dit-elle.

Elle dit encore :

« Qu'est-ce que vous voulez que je devienne ? Il ne pleure même plus une goutte quand on le gifle. »

XXI

Elle dit encore :

« S'il y a une tache dans l'air, une crotte sur la route, elle est pour lui. »

« Quand il a une idée dans la tête, il ne l'a pas dans le derrière. »

« Il est si orgueilleux qu'il se suiciderait pour se rendre intéressant. »

XXII

En effet Poil de Carotte tente de se suicider dans un seau d'eau fraîche, où il maintient héroïquement son nez et sa bouche, quand une calotte renverse le seau d'eau sur ses bottines et ramène Poil de Carotte à la vie.

XXIII

Tantôt Mme Lepic dit de Poil de Carotte :

« Il est comme moi, sans malice, plus bête que méchant et trop cul de plomb pour inventer la poudre. »

Tantôt elle se plaît à reconnaître que, si les petits

cochons ne le mangent pas, il fera, plus tard, un gars huppé.

XXIV

« Si jamais, rêve Poil de Carotte, on me donne, comme à grand frère Félix, un cheval de bois pour mes étrennes, je saute dessus et je file. »

XXV

Dehors, afin de se prouver qu'il se fiche de tout, Poil de Carotte siffle. Mais la vue de Mme Lepic qui le suivait, lui coupe le sifflet. Et c'est douloureux comme si elle lui cassait, entre les dents, un petit sifflet d'un sou.

Toutefois, il faut convenir que dès qu'il a le hoquet, rien qu'en surgissant, elle le lui fait passer.

XXVI

Il sert de trait d'union ★ entre son père et sa mère. M. Lepic dit :

« Poil de Carotte, il manque un bouton à cette chemise. »

Poil de Carotte porte la chemise à Mme Lepic, qui dit :

« Est-ce que j'ai besoin de tes ordres, pierrot ? » mais elle prend sa corbeille à ouvrage et coud le bouton.

XXVII

« Si ton père n'était plus là, s'écrie Mme Lepic, il y a longtemps que tu m'aurais donné un mauvais coup, plongé ce couteau dans le cœur, et mise sur la paille ! »

XXVIII

« Mouche donc ton nez », dit Mme Lepic à chaque instant.

Poil de Carotte se mouche, inlassable, du côté de l'ourlet. Et s'il se trompe, il rarrange.

Certes, quand il s'enrhume, Mme Lepic le graisse de chandelle, le barbouille à rendre jaloux sœur Ernestine et grand frère Félix. Mais elle ajoute exprès pour lui :

« C'est plutôt un bien qu'un mal. Ça dégage le cerveau de la tête. »

XXIX

Comme M. Lepic le taquine depuis ce matin, cette énormité échappe à Poil de Carotte :

« Laisse-moi donc tranquille, imbécile ! »

Il lui semble aussitôt que l'air gèle autour de lui, et qu'il a deux sources brûlantes dans les yeux.

Il balbutie, prêt à rentrer dans la terre, sur un signe.

Mais M. Lepic le regarde longuement, longuement, et ne fait pas le signe.

XXX

Sœur Ernestine va bientôt se marier. Et Mme Lepic permet qu'elle se promène avec son fiancé, sous la surveillance de Poil de Carotte.

« Passe devant, dit-elle, et gambade! »

Poil de Carotte passe devant. Il s'efforce de gambader, fait des lieues de chien, et s'il s'oublie à ralentir, il entend, malgré lui, des baisers furtifs.

Il tousse.

Cela l'énerve, et soudain, comme il se découvre devant la croix du village, il jette sa casquette par terre, l'écrase sous son pied et s'écrie :

« Personne ne m'aimera jamais, moi! »

Au même instant, Mme Lepic, qui n'est pas sourde, se dresse derrière le mur, un sourire aux lèvres, terrible.

Et Poil de Carotte ajoute, éperdu :

« Excepté maman. »

Poil de Carotte

COMÉDIE EN UN ACTE

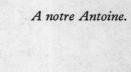

A notre Antoine.

PERSONNAGES

M. LEPIC	M. Antoine
POIL DE CAROTTE	Mmes Suzanne Desprès
Mme LEPIC	Ellen Andrée
ANNETTE	Renée Maupin

La scène se passe à une heure de l'après-midi,
dans un village de la Nièvre ★.

Une cour bien « meublée », entretenue par Poil de
Carotte. A droite, un tas de fagots rangés par Poil de
Carotte. Une grosse bûche où Poil de Carotte a
l'habitude de s'asseoir. Une brouette et une pioche.

Derrière le tas de fagots, en perspective jusqu'au
fond de la cour, une grange et des petits « toits » : toit
des poules, toit des lapins, toit du chien. C'est dans la
grange que Poil de Carotte passe le meilleur de ses
vacances, par les mauvais temps.

Un arbre au milieu de la cour, un banc circulaire au
pied de l'arbre.

A gauche, la maison des Lepic, vieille maison à

mine de prison. Un rez-de-chaussée surélevé. Murs presque aussi larges que hauts.

Au premier plan, l'escalier. Six marches et deux rampes de fer. Porte alourdie de clous. Marteau.

Une culotte de chasseur, garnie de boue, est accrochée au mur.

Au deuxième plan, une fenêtre, avec des barreaux et des volets, d'où Mme Lepic surveille d'ordinaire Poil de Carotte. Un puits, formant niche dans le mur.

Au fond, à gauche, une porte pleine dans un pan de mur. C'est par cette porte qu'entre et sort le monde, librement. Pas de sonnette. Un loquet.

Au fond, à droite, une grille pour les voitures, puis la rue et la campagne, un clair paysage de septembre : noyers, prés, meules, une ferme.

SCÈNE PREMIÈRE

POIL DE CAROTTE, M. LEPIC.

Poil de Carotte, nu-tête, est habillé maigrement. Il use les effets que son frère Félix a déjà usés. Une blouse noire, une ceinture de cuir noir avec l'écusson jaune des collégiens, un pantalon de toile grise trop court, des chaussons de lisière; pas de cravate à son col de chemise étroit et mou. Cheveux souples comme paille et couleur de paille quand elle a passé l'hiver dehors, en meule.

M. Lepic : veston et culotte de velours, chemise blanche de « Monsieur » empesée et un gilet, pas de cravate non plus, une chaîne de montre en or. Un

*large chapeau de paille, des galoches, puis des souliers
de chasse.*

*Au lever de rideau, Poil de Carotte, au fond, donne
de l'herbe à ses lapins. Il vient au premier plan couper
avec une pioche les herbes de la cour. Il pioche, plein
d'ennui, près de sa brouette. M. Lepic ouvre la porte
et paraît sur la première marche de l'escalier, un
journal à la main. En entendant ouvrir la porte, Poil
de Carotte a peur. Il a toujours peur.*

M. LEPIC : A qui le tour de venir à la chasse?

POIL DE CAROTTE : C'est à moi.

M. LEPIC : Tu es sûr?

POIL DE CAROTTE : Oui, papa : tu as emmené mon
frère Félix la dernière fois, et il vient de sortir avec
ma mère qui allait chez M. le curé. Il a emporté ses
lignes : il pêchera toute la soirée au moulin.

M. LEPIC : Et toi, que fais-tu là?

POIL DE CAROTTE : Je désherbe la cour.

M. LEPIC : Tout de suite après déjeuner? C'est
mauvais pour la digestion.

POIL DE CAROTTE : Ma mère dit que c'est excellent. *(Il jette la pioche.)* Partons-nous?

M. LEPIC : Oh! pas si vite. Le soleil est encore
trop chaud. Je vais lire mon journal et me reposer.

POIL DE CAROTTE, *avec regret :* Comme tu voudras. *(Il ramasse sa pioche.)* C'est sûr que nous
irons?

M. LEPIC : A moins qu'il ne pleuve.

POIL DE CAROTTE, *regardant le ciel :* Ce n'est pas
la pluie que je crains... — Tu ne partiras pas
sans moi?

M. LEPIC : Tu n'as qu'à rester là. Je te prendrai.

POIL DE CAROTTE : Je suis prêt. Je n'ai que ma

casquette et mes souliers à mettre... Et si tu sors par le jardin?...

M. LEPIC : Tu m'entendras siffler le chien.

POIL DE CAROTTE : Tu me siffleras aussi?

M. LEPIC : Sois tranquille.

POIL DE CAROTTE : Merci, papa. Je porterai ta carnassière.

M. LEPIC : Je te la prête. J'ai assez de mon fusil.

POIL DE CAROTTE : Moi, je prendrai un bâton pour taper sur les haies et faire partir les lièvres. A tout à l'heure, papa. En t'attendant, je désherbe ce coin-là.

M. LEPIC : Ça t'amuse?

POIL DE CAROTTE : Ça ne m'ennuie pas. C'est fatigant, au soleil, mais, à l'ombre, ça pioche tout seul. D'ailleurs, ma mère me l'a commandé.

> *M. Lepic le regarde donner quelques coups de pioche et rentre.*

SCÈNE II

POIL DE CAROTTE, *seul* : Par précaution, je vais renfermer le chien qui dort. *(Il ferme la porte d'un des petits toits.)* De cette façon, M. Lepic ne peut pas m'oublier, car il ne peut pas aller à la chasse sans le chien, et le chien ne peut pas aller à la chasse sans moi.

> *Un bruit de loquet à la porte de la cour. Poil de Carotte croit que c'est Mme Lepic et se remet à piocher.*

SCÈNE III

POIL DE CAROTTE, ANNETTE.

Une paysanne pousse la porte et entre dans la cour.
Elle regarde Poil de Carotte qui tourne le dos et pioche
avec ardeur. Elle traverse la cour, monte l'escalier et
frappe à la porte de la maison. Poil de Carotte, étonné
que Mme Lepic passe sans rien lui dire de désagréable,
risque un œil et se redresse.

POIL DE CAROTTE : Tiens! ce n'est pas Mme Lepic. Qui demandez-vous... mademoiselle?

ANNETTE. *Elle est habillée comme une paysanne qui*
a mis ce qu'elle avait de mieux pour se présenter chez
ses nouveaux maîtres. Bonnet blanc, caraco noir, jupe
grise, panier au bras : Mme Lepic.

POIL DE CAROTTE, *sans lâcher sa pioche :* Elle est
sortie.

ANNETTE : Va-t-elle rentrer bientôt?

POIL DE CAROTTE : J'espère que oui. — Que
désirez-vous?

ANNETTE : Je suis la nouvelle servante que
Mme Lepic a louée jeudi dernier à Lormes.

POIL DE CAROTTE, *important, lâchant sa pioche :* Je
sais. Elle m'avait prévenu. Je vous attendais d'un
jour à l'autre. Mme Lepic est chez M. le curé *.
Inutile d'entrer à la maison. Il n'y a personne que
M. Lepic qui fait la sieste et qui n'aime guère
qu'on le dérange. Du reste, la servante ne le
regarde pas. — Asseyez-vous sur l'escalier.

ANNETTE : Je ne suis pas fatiguée.

POIL DE CAROTTE : Vous venez de loin?

ANNETTE : De Lormes. C'est mon pays.

POIL DE CAROTTE : Et votre malle?

ANNETTE : Je l'ai laissée à la gare.

POIL DE CAROTTE : Est-elle lourde?

ANNETTE : Il n'y a que des nippes dedans.

POIL DE CAROTTE : Je dirai au facteur de l'apporter demain matin, dans sa voiture à âne. Vous avez votre bulletin?

ANNETTE : Le voilà.

POIL DE CAROTTE : Ne le perdez pas. — Comment vous appelez-vous?

ANNETTE : Annette Perreau.

POIL DE CAROTTE : Annette Perreau... Je vous appellerai Annette. C'est facile à prononcer. — Moi, je suis Poil de Carotte.

ANNETTE : Plaît-il?

POIL DE CAROTTE : Poil de Carotte. — Vous savez bien?

ANNETTE : Non.

POIL DE CAROTTE : Le plus jeune des fils Lepic, celui qu'on appelle Poil de Carotte. Mme Lepic ne vous a pas parlé de moi?

ANNETTE : Du tout.

POIL DE CAROTTE : Ça m'étonne. — Vous êtes contente d'être au service de la famille Lepic?

ANNETTE : Je ne sais pas. Ça dépendra.

POIL DE CAROTTE : Naturellement. — La maison est assez bonne.

ANNETTE : Il y a beaucoup de travail?

POIL DE CAROTTE : Non. Dix mois sur douze, M. et Mme Lepic vivent seuls. Vous avez un peu de mal pendant que nous sommes en vacances, mon frère et moi. Ce n'est jamais écrasant.

ANNETTE : Oh! je suis forte.

POIL DE CAROTTE : Vous paraissez solide... D'ail-

leurs, je vous aide. *(Étonnement d'Annette.)* Je veux
dire... *(Gêné, il s'approche.)* Écoutez, Annette :
quand je suis en vacances, je ne peux pas toujours
jouer comme un fou ; alors, ça me distrait de vous
aider... Comprenez-vous ?

ANNETTE, *écarquillant les yeux :* Non. Vous m'ai-
dez ? A quoi, monsieur Lepic ?

POIL DE CAROTTE : Appelez-moi Poil de Carotte.
C'est mon nom.

ANNETTE : Monsieur Poil de Carotte.

POIL DE CAROTTE : Pas monsieur... M. Poil de
Carotte !... Si Mme Lepic vous entendait, elle se
tordrait. Appelez-moi Poil de Carotte, tout court,
comme je vous appelle Annette.

ANNETTE : Poil de Carotte, ce n'est pas un nom
de chrétien. Vous avez un autre nom, un petit nom
de baptême.

POIL DE CAROTTE : Il ne sert pas depuis le
baptême... On l'a oublié.

ANNETTE : Où avez-vous pris ce surnom ?

POIL DE CAROTTE : C'est Mme Lepic qui me l'a
donné, à cause de la couleur de mes cheveux.

ANNETTE : Ils sont blonds.

POIL DE CAROTTE : Blond ardent. Mme Lepic les
voit rouges. Elle a de bons yeux. Appelez-moi Poil
de Carotte.

ANNETTE : Je n'ose pas.

POIL DE CAROTTE : Puisque je vous le permets !

ANNETTE : Poil... de...

POIL DE CAROTTE : Puisque je vous l'ordonne ! —
Et prenez cette habitude tout de suite, car dès
demain matin, — ce soir je vais à la chasse avec
M. Lepic, — dès demain matin, nous nous partagerons la besogne.

ANNETTE : Que me dites-vous là?

Elle rit.

POIL DE CAROTTE, *froid :* Vous êtes de bonne humeur.

ANNETTE : Excusez-moi.

POIL DE CAROTTE : Oh! ça ne fait rien!... Entendons-nous, afin que l'un ne gêne pas l'autre. Nous nous levons tous deux à cinq heures et demie précises.

ANNETTE : Vous aussi?

POIL DE CAROTTE : Oui. Je ne fais qu'un somme, mais je ne peux pas rester au lit le matin. Je vous réveillerai. Nos deux chambres se touchent, près du grenier. Aussitôt levé, je m'occupe des bêtes. J'ai une passion pour les bêtes. Je porte la soupe au chien. Je jette du grain aux poules et de l'herbe aux lapins. — De votre côté, vous allumez le feu et vous préparez les déjeuners de la famille Lepic. Mᵐᵉ Lepic...

ANNETTE : Votre mère?

POIL DE CAROTTE : Oui... prend du café au lait. M. Lepic...

ANNETTE : Votre père?

POIL DE CAROTTE : Oui, — ne m'interrompez pas, Annette, — M. Lepic prend du café noir et mon frère Félix du chocolat.

ANNETTE : Et vous?

POIL DE CAROTTE : Vous, Annette, on vous gâtera les premiers jours. Vous prendrez probablement du café au lait, comme Mᵐᵉ Lepic. Après, elle avisera.

ANNETTE : Et vous?

POIL DE CAROTTE : Oh! moi je prends ce que je veux dans le buffet : un reste de soupe, je mange un morceau de pain sur le pouce, je varie, ou rien. Je n'ai pas une grosse faim au saut du lit.

ANNETTE : Vous n'aimez pas, comme votre frère, M. Félix, le chocolat?

POIL DE CAROTTE : Non, à cause de la peau. Toute la matinée, je travaille à mes devoirs de vacances. Vous, Annette, vous ne vous croisez pas les bras; vous attrapez les chaussures, graissez à fond les souliers de M. Lepic.

ANNETTE : Bien.

POIL DE CAROTTE : Ne cirez pas trop les bottines : le cirage les brûle.

ANNETTE : Bien, bien.

POIL DE CAROTTE : Vous faites les lits, les chambres, le ménage. Ah! je vous tirerai vos seaux du puits; vous n'aurez qu'à m'appeler, c'est de l'exercice pour moi... Tenez, que je vous montre. *(Il tire avec peine un seau d'eau qu'il laisse sur la margelle.)* Ça me fortifie... Tant que vous en voudrez, Annette. — Cuisinez-vous un peu?

ANNETTE : Je sais faire du ragoût.

POIL DE CAROTTE : C'est toujours ça; mais vous ne serez guère au fourneau. Mme Lepic est un cordon bleu et, quand elle a bon appétit, on se lèche les doigts. — A midi sonnant, je vais à la cave.

ANNETTE : Ah! c'est vous qui avez la confiance?

POIL DE CAROTTE : Oui, Annette, c'est moi, et puis l'escalier est dangereux. Ces fonctions me rapportent : je vends les vieilles feuillettes à mon bénéfice et je place l'argent dans le tiroir de Mme Lepic. — N'ayez crainte, Annette, parce que j'ai la clef de la cave, vous ne serez pas privée de vin.

ANNETTE : Oh! une goutte à chaque repas...

POIL DE CAROTTE : Moi, jamais... Le vin me

monte à la tête ; je ne bois que de notre eau, qui est la meilleure du village. — Bien entendu, vous servez à table. On change d'assiettes le moins possible.

ANNETTE : Tant mieux !

POIL DE CAROTTE : C'est à cause des assiettes. Après le repas, la vaisselle. Quelquefois, je vous donne un coup de main.

ANNETTE : Pour la laver ?

POIL DE CAROTTE : Pour la ranger, Annette, quand on a sorti le beau service.

ANNETTE : Il y a souvent de la société ?

POIL DE CAROTTE : Rarement. M. Lepic, qui n'aime pas le monde, fait la tête aux invités de Mᵐᵉ Lepic, et ils ne reviennent plus. — Par exemple, le soir, Annette, je n'ai rien à faire.

ANNETTE : Rien ?

POIL DE CAROTTE : Presque rien. Je m'occupe à ma guise, en fumant une cigarette.

ANNETTE : Oh ! Oh !

POIL DE CAROTTE : Oui, M. Lepic m'en offre quelquefois, et ça l'amuse, parce que ça me donne un peu mal au cœur. — Je bricole, je jardine, je cultive des fleurs, j'arrache un panier de pommes de terre, des pois secs que j'écosse à mes moments perdus.

ANNETTE : Quoi encore ?

POIL DE CAROTTE : Oh ! je ne me foule pas. Quand vous êtes arrivée, je désherbais la cour, sans me biler. Des oies avec leur bec iraient plus vite que moi.

ANNETTE : Et c'est tout ?

POIL DE CAROTTE : C'est tout. Je fais peut-être aussi quelques commissions pour Mᵐᵉ Lepic, chez l'épicière, la fermière, ou, à la ville, chez le pharmacien... et le reste du temps, je suis libre.

ANNETTE : Et votre frère Félix, qu'est-ce qu'il fait toute la journée?

POIL DE CAROTTE : Il n'est pas venu en vacances pour travailler. Et il n'a pas ma santé. Il est délicat...

ANNETTE : Il se soigne.

POIL DE CAROTTE : C'est son affaire... — Pendant que je me repose, l'après-midi, vous, Annette, ah! ça, c'est pénible, vous allez le plus souvent à la rivière.

ANNETTE : Ils salissent tant de linge?

POIL DE CAROTTE : Non, mais il y a les pantalons de chasse de M. Lepic : par la pluie, il rapporte des kilos de boue *. Ça sèche et c'est indécrottable. Il faut savonner et taper dessus à se démettre l'épaule. Annette, les pantalons de M. Lepic se tiennent droit dans la rivière comme de vraies jambes!

ANNETTE : Il ne porte donc pas de bottes?

POIL DE CAROTTE : Ni bottes, ni guêtres. Il ne se retrousse même pas. M. Lepic est un vrai chasseur. — Au fond, je crois qu'il patauge exprès pour contrarier Mᵐᵉ Lepic...

ANNETTE, *curieuse :* Ils se taquinent?

POIL DE CAROTTE : ... mais, comme ce n'est pas Mᵐᵉ Lepic qui va à la rivière, il ne contrarie que vous. Tant pis pour vous, ma pauvre Annette, je n'y peux rien : vous êtes la servante.

ANNETTE : Ils sont sévères?

POIL DE CAROTTE, *confidentiel :* Écoutez, Annette, sans quoi vous feriez fausse route : c'est M. Lepic qui a l'air sévère et c'est Mᵐᵉ Lepic... chut! *(Il entend du bruit et se précipite sur sa pioche. Une femme passe dans la rue. Il se rassure.)* Ce chardon m'agaçait... Oui, Annette. (*Il jette sa pioche, s'assied dans la brouette, met une corbeille de pois sur ses genoux et écosse. Annette en prend une poignée.*) Oh! laissez, profitez de votre reste... — Oui, Annette, M. Lepic, à première vue, impressionne, mais on ne le voit guère. Il est tout le temps dehors, à Paris, pour un procès interminable, ou à la chasse pour notre garde-manger. A la maison, c'est un homme préoccupé et taciturne. Il ne rit que dans sa barbe, et encore! il faut que mon frère Félix soit bien drôle... Il aime mieux se faire comprendre par un geste que par un mot. S'il veut du pain, il ne dit pas : « Annette, donnez-moi le pain. » Il se lève et va le chercher lui-même, jusqu'à ce que vous preniez l'habitude de vous apercevoir qu'il a besoin de pain.

ANNETTE : C'est un original.

POIL DE CAROTTE : Vous ne le changerez pas.

ANNETTE : Il vous aime bien?

POIL DE CAROTTE : Je le suppose. Il m'aime à sa manière, silencieusement.

ANNETTE : Il n'a donc pas de langue?

POIL DE CAROTTE : Si, Annette, à la chasse, une fameuse pour son chien. Il n'en a pas pour la famille.

ANNETTE : Même pour se disputer avec Mme Lepic?

POIL DE CAROTTE : Non. Mais Mme Lepic parle et se dispute toute seule, et, plus M. Lepic se tait, plus elle cause avec tout le monde, avec M. Lepic qui ne répond pas, avec frère Félix qui répond quand il veut, avec moi qui réponds quand elle veut, et avec le chien qui remue la queue.

ANNETTE : Elle est toquée?

POIL DE CAROTTE : Vous dites? — Faites attention, Annette, elle n'est pas sourde.

ANNETTE : Elle est maligne?

POIL DE CAROTTE : Pour vous, la servante, elle est
bien, en moyenne. Tantôt elle vous appelle ma fille,
et tantôt espèce d'hébétée; pour M. Lepic, elle est
comme si elle n'existait pas; pour mon frère Félix,
c'est une mère. Elle l'adore *.

ANNETTE : Et pour vous?

POIL DE CAROTTE, *vague :* C'est une mère aussi.

ANNETTE : Elle vous adore?

POIL DE CAROTTE : Nous n'avons pas, Félix et
moi, la même nature.

ANNETTE : Elle vous déteste, hein?

POIL DE CAROTTE : Personne ne le sait, Annette.
Les uns disent qu'elle ne peut pas me souffrir, et,
les autres, qu'elle m'aime beaucoup, mais qu'elle
cache son jeu.

ANNETTE : Vous devez le savoir mieux que
n'importe qui.

POIL DE CAROTTE. *Il se lève et pose la corbeille de
pois près du mur :* Si elle cache son jeu, elle le cache
bien.

ANNETTE : Pauvre petit monsieur!...

POIL DE CAROTTE : Une dernière recommandation, Annette. N'oubliez pas, à la tombée de la
nuit...

ANNETTE : Vous avez l'air plutôt gentil.

POIL DE CAROTTE : Ah! vous trouvez?... Il paraît
qu'il ne faut pas s'y fier.

ANNETTE : Non?

POIL DE CAROTTE : Il paraît.

ANNETTE : Vous avez des petits défauts?

POIL DE CAROTTE : Des petits et des gros. Je les ai
tous. *(Il compte sur ses doigts.)* Je suis menteur,

hypocrite, malpropre *, ce qui ne m'empêche pas
d'être paresseux et têtu...

ANNETTE : Tout ça à la fois?

POIL DE CAROTTE : Et ce n'est pas tout. J'ai le
cœur sec et je ronfle... Il y a peut-être autre chose...
Ah! je boude, et c'est même là peut-être le
principal de mes défauts. On affirme que, malgré
les coups, je ne m'en corrigerai jamais...

ANNETTE : Elle vous bat?

POIL DE CAROTTE : Oh! quelques gifles.

ANNETTE : Elle a la main leste?

POIL DE CAROTTE : Une raquette.

ANNETTE : Elle vous donne de vraies gifles?

POIL DE CAROTTE, *léger :* Ça ne me fait pas de
mal; j'ai la peau dure. C'est plutôt le procédé qui
m'humilie, parce que je commence à être un grand
garçon. Je vais avoir seize ans.

ANNETTE : Je ne peux pas me figurer que vous
êtes un mauvais sujet.

POIL DE CAROTTE : Patience, vous y viendrez.

ANNETTE : Je ne crois pas.

POIL DE CAROTTE : Mme Lepic vous y amènera.

ANNETTE : Si je veux.

POIL DE CAROTTE : De gré ou de force, Annette;
elle vous retournera comme une peau de lièvre, et
je ne vous conseille pas de lui résister.

ANNETTE : Elle me mangerait?

POIL DE CAROTTE : Elle se gênerait!...

ANNETTE : Bigre!

POIL DE CAROTTE : Je veux dire qu'elle vous
flanquerait à la porte.

ANNETTE : Si je m'en allais tout de suite?

POIL DE CAROTTE, *inquiet :* Attendez quelques
jours. Mme Lepic fera bon accueil à votre nouveau
visage. Comptez sur un mois d'agrément avec elle

et, jusqu'à ce qu'elle vous prenne en grippe, demeurez ici, Annette; vous n'y serez pas plus mal qu'ailleurs, et... je vous aime autant qu'une autre.

ANNETTE : Je vous conviens?

POIL DE CAROTTE : Vous ne me déplaisez pas, et je suis persuadé que, si chacun de nous y met du sien, ça ira tout seul.

ANNETTE : Moi, je le souhaite.

POIL DE CAROTTE : Mais dites toujours comme Mme Lepic, soyez toujours avec elle, contre moi.

ANNETTE : Ce serait joli!

POIL DE CAROTTE : Au moins faites semblant, dans notre intérêt; rien ne nous empêchera, quand nous serons seuls, de redevenir camarades.

ANNETTE : Oh! je vous le promets.

POIL DE CAROTTE : Vous voyez comme j'ai le cœur sec, Annette : je me confie à la première venue.

ANNETTE : Le fait est que vous n'êtes pas fier.

POIL DE CAROTTE : Je vous prie seulement de ne jamais me tutoyer. L'autre servante me tutoyait sous prétexte qu'elle était vieille, et elle me vexait. Appelez-moi Poil de Carotte comme tout le monde...

ANNETTE, *discrètement* : Non, non.

POIL DE CAROTTE : ... ne me tutoyez pas.

ANNETTE : Je ne suis pas effrontée. Je vous jure que...

POIL DE CAROTTE : C'est bon, c'est bon, Annette. — Je vous disais que j'ai une dernière recommandation à vous faire. M. Lepic et moi, nous irons tout à l'heure à la chasse. Comme on rentre tard, j'avale ma soupe et je me couche, éreinté. N'oubliez donc pas, ce soir, de fermer les bêtes. D'ailleurs, c'est toujours vous qui les fermez.

ANNETTE : Un pas de plus ou de moins!

POIL DE CAROTTE : Oh! oh! Annette, les premières fois que vous traverserez cette cour noire de nuit, sans lanterne, la pluie sur le dos, le vent dans les jupes...

ANNETTE : J'aurai de la veine si j'en réchappe...

POIL DE CAROTTE : Hier soir, vous n'étiez pas là : j'ai dû les fermer, et je vous certifie, Annette, que ça émotionne.

ANNETTE : Vous êtes donc peureux?

POIL DE CAROTTE : Oh! non! permettez, je ne suis pas peureux. Mme Lepic vous le dira elle-même; je suis tout ce qu'elle voudra, mais je suis brave. Regardez cette grange. C'est là que je me réfugie quand il fait de l'orage. Eh bien! Annette, les plus gros coups de tonnerre ne m'empêchent pas d'y continuer une partie de pigeon vole!

ANNETTE : Tout seul?

POIL DE CAROTTE : C'est aussi amusant qu'à plusieurs. Quand j'ai un gage, j'embrasse ma main ou le mur. Vous voyez si j'ai peur! Mais chacun nos besognes, Annette : une des vôtres, d'après les instructions de Mme Lepic, c'est de fermer les bêtes, le soir, et vous les fermerez.

ANNETTE : Oh! c'est inutile de nous chamailler déjà : je veux bien, je ne suis pas poltronne.

POIL DE CAROTTE : Moi non plus! Annette, je n'ai peur de rien, ni de personne. Parfaitement, de personne. *(Avec autorité.)* Mais il s'agit de savoir qui de nous deux ferme les bêtes; or, la volonté de Mme Lepic, sa volonté formelle...

Mme LEPIC, *surgissant* : Poil de Carotte, tu les fermeras tous les soirs.

SCÈNE IV

LES MÊMES, Mme LEPIC.

Bandeaux plats, robe princesse marron, une broche au cou, une ombrelle à la main.

Au moment où Poil de Carotte disait : « Je n'ai peur de rien, ni de personne », elle avait ouvert la porte et elle écoutait, surprenante, droite, sèche, muette, sa réponse prête.

POIL DE CAROTTE : Oui, maman.

Il attrape sa pioche et il offre son dos ; il se rétrécit, il semble creuser un trou dans la terre pour se fourrer dedans.

ANNETTE, *curieuse et intimidée, elle salue Mme Lepic :* Bonjour, madame.

Mme LEPIC : Bonjour, Annette. Il y a longtemps que vous êtes là?

ANNETTE : Non, madame, un quart d'heure.

Mme LEPIC, *à Poil de Carotte :* Tu ne pouvais pas venir me chercher?

POIL DE CAROTTE : J'y allais, maman.

Mme LEPIC : J'en doute.

POIL DE CAROTTE : N'est-ce pas, Annette?

ANNETTE : Oui, madame.

Mme LEPIC : Tu pouvais au moins la faire entrer. On ne t'apprend pas la politesse, à ton collège?

ANNETTE : J'étais bien là, madame, et je causais avec monsieur votre fils...

Mme LEPIC, *soupçonneuse :* Ah! vous causiez avec

monsieur mon fils Poil de Carotte... C'est un beau parleur.

POIL DE CAROTTE : Maman, je la renseignais.

Mme LEPIC, *à Poil de Carotte :* Sur ta famille. *(A Annette.)* Il a dû vous en dire.

ANNETTE : Lui, madame! C'est un trop bon petit jeune homme.

Mme LEPIC : Oh! oh! Annette, il n'a pas perdu son temps avec vous... *(A Poil de Carotte.)* Ôte donc tes mains de tes poches. Je finirai par te les coudre. *(Poil de Carotte ôte sa main de sa poche.)* Regardez ces baguettes de tambour. Il userait un pot de pommade tous les matins si on lui en donnait. *(Poil de Carotte rabat ses cheveux.)* Et ta cravate?

POIL DE CAROTTE, *cherche à son cou :* Tu dis que je n'ai pas besoin de cravate à la campagne.

Mme LEPIC : Oui, mais tu as encore sali ta blouse. Il n'y aurait qu'une crotte de boue sur la terre, elle serait pour toi.

POIL DE CAROTTE. *En louchant, il remarque que son épaule est grise de terre :* C'est la pioche.

Mme LEPIC, *accablée de lassitude :* Tu pioches ta blouse, maintenant!

ANNETTE, *pose son panier sur le banc :* Je vais lui donner un coup de brosse, madame.

Mme LEPIC : Mais il a fait votre conquête, Annette!... Vous avez de la chance, d'être dans les bonnes grâces de Poil de Carotte. N'y est pas qui veut. Laissez, il se brossera sans domestique. *(Prévenante.)* Vous devez être lasse, ma fille; entrez à la maison vous rafraîchir, et vous prendrez un peu de repos dans votre chambre. *(Elle ouvre la porte et, du haut de l'escalier.)* Poil de Carotte, monte de la cave une bouteille de vin.

POIL DE CAROTTE : Oui, maman.

Mme LEPIC : Et cours à la ferme chercher un bol de crème.

POIL DE CAROTTE : Oui, maman.

Mme LEPIC : Trotte! Ensuite... *(A Annette.)* Votre malle est à la gare?

ANNETTE : Oui, madame.

Mme LEPIC : Poil de Carotte ira la prendre sur sa brouette.

POIL DE CAROTTE : Ah!

Mme LEPIC : Ça te gêne?

POIL DE CAROTTE : Je me dépêcherai.

Mme LEPIC : Tu as le feu au derrière?

POIL DE CAROTTE : Non, maman, mais je dois aller à la chasse, tout à l'heure, avec papa.

Mme LEPIC : Eh bien! tu n'iras pas à la chasse tout à l'heure avec « papa ».

POIL DE CAROTTE : C'est que mon papa...

Mme LEPIC : Je t'ai fait déjà observer qu'il était ridicule, à ton âge, de dire « mon papa ».

POIL DE CAROTTE : C'est que mon père me demande d'y aller, et que j'ai promis.

Mme LEPIC : Tu dépromettras. — Où est-il, ton père?

POIL DE CAROTTE : Il fait sa sieste.

Mme LEPIC. *Elle redescend vers Poil de Carotte qui recule et lève le coude :* Pourquoi ce mouvement? Annette va croire que je te fais peur. — Je ne veux pas que tu ailles à la chasse.

POIL DE CAROTTE : Bien, maman. Qu'est-ce qu'il faudra dire à mon père?

Mme LEPIC : Tu diras que tu as changé d'idée. C'est inutile de te creuser la tête. Tu m'entends? Si tu répondais quand je te parle?

POIL DE CAROTTE : Oui, ma mère. — Oui, maman.

Mme LEPIC, *même ton :* Oui, maman. — Tu boudes?

POIL DE CAROTTE : Je ne boude pas.

Mme LEPIC : Si, tu boudes. Pourquoi? Tu n'y tenais guère, à cette partie de chasse.

POIL DE CAROTTE, *révolte sourde :* Je n'y tenais pas.

Mme LEPIC : Oh! tête de bois! *(Elle remonte l'escalier.)* Ah! ma pauvre Annette! On ne le mène pas comme on veut, celui-là!

ANNETTE : Il a pourtant l'air bien docile.

Mme LEPIC : Lui, rien ne le touche. Il a un cœur de pierre, il n'aime personne. N'est-ce pas, Poil de Carotte?

POIL DE CAROTTE : Si, maman.

Mme LEPIC, *qui sait ce qu'elle dit :* Non, maman. Ah! si je n'avais pas mon Félix!

> *Elle entre avec Annette et ferme la porte,*
> *mais elle la retient. C'est une de ses roueries.*

POIL DE CAROTTE : Rasée, ma partie de chasse! Ça m'apprendra, une fois de plus!

Mme LEPIC, *rouvre la porte :* As-tu fini de marmotter entre tes dents?

> *Elle entend M. Lepic et ferme la porte. Poil*
> *de Carotte se remet à piocher. M. Lepic paraît*
> *à la grille, le fusil en bandoulière et la*
> *carnassière à la main pour Poil de Carotte.*

SCÈNE V

POIL DE CAROTTE, M. LEPIC, *puis* ANNETTE.

M. LEPIC : Allons, y es-tu ?

POIL DE CAROTTE : Ma foi, papa, je viens de changer d'idée. — Je ne vais pas à la chasse.

M. LEPIC : Qu'est-ce qui te prend ?

POIL DE CAROTTE : Ça ne me dit plus.

M. LEPIC : Quel drôle de bonhomme tu fais !... A ton aise, mon garçon.

Il met sa carnassière.

POIL DE CAROTTE : Tu te passeras bien de moi ?

M. LEPIC : Mieux que de gibier.

ANNETTE *vient à Poil de Carotte, un bol à la main :* Mᵐᵉ Lepic m'envoie vous dire d'aller vite à la ferme chercher le bol de crème.

POIL DE CAROTTE, *jetant sa pioche :* J'y vais. *(A M. Lepic qui s'éloigne.)* Au revoir, papa, bonne chasse !

ANNETTE : C'est M. Lepic ?

POIL DE CAROTTE : Oui.

ANNETTE : Il a l'air maussade.

POIL DE CAROTTE : Il n'aime pas que je lui souhaite bonne chasse : ça porte guigne.

ANNETTE : Vous lui avez répété que Mᵐᵉ Lepic vous avait défendu de le suivre ?

POIL DE CAROTTE : Mais non, Annette. N'auriez-vous pas compris Mᵐᵉ Lepic ? J'ai dit simplement que je venais de changer d'idée.

ANNETTE : Il doit vous trouver capricieux.

POIL DE CAROTTE : Il s'habitue.

ANNETTE : Comme Mme Lepic vous a parlé!

POIL DE CAROTTE : Pour votre arrivée, elle a été convenable.

ANNETTE : Oui! J'en étais mal à mon aise.

POIL DE CAROTTE : Vous vous y habituerez.

ANNETTE : Moi, à votre place, j'aurais dit la vérité à M. Lepic.

POIL DE CAROTTE, *prenant le bol des mains d'An-nette :* Qu'est-ce que je désire, Annette? Éviter les claques. Or, quoi que je fasse, M. Lepic ne m'en donne jamais; il n'est même pas assez causeur pour me gronder, tandis qu'au moindre prétexte Mme Lepic...

> *Il lève la main, lâche le bol, et regarde la fenêtre.*

ANNETTE. *Elle ramasse les morceaux du bol :* N'ayez pas peur, c'est moi qui l'ai cassé... — A votre place j'aurais dit la vérité.

POIL DE CAROTTE : Je suppose, Annette, que je dénonce Mme Lepic et que M. Lepic prenne mon parti : pensez-vous que si M. Lepic attrapait Mme Lepic à cause de moi, Mme Lepic, à son tour, ne me rattraperait pas dans un coin?

ANNETTE : Vous avez un père... et une mère!

POIL DE CAROTTE : Tout le monde ne peut pas être orphelin.

M. LEPIC. *Il reparaît à la grille de la cour :* Où diable est donc le chien? Il y a une heure que je l'appelle.

POIL DE CAROTTE : Dans le toit, papa.

> *Il va pour ouvrir la porte du chien.*

M. LEPIC : Tu l'avais enfermé?

POIL DE CAROTTE, *malgré lui :* Oui, — par précaution, — pour toi.

M. LEPIC : Pour moi seulement? C'est singulier. Poil de Carotte, prends garde. Tu as un caractère bizarre, je le sais, et j'évite de te heurter. Mais ce que je refuse d'admettre, c'est que tu te moques de moi.

POIL DE CAROTTE : Oh! papa, il ne manquerait plus que ça.

M. LEPIC : Bougre! si tu ne te moques pas, explique tes lubies, et pourquoi tu veux et brusquement tu ne veux plus la même chose.

ANNETTE. *Elle s'approche de Poil de Carotte :* Expliquez. *(A M. Lepic.)* Bonjour, monsieur.

POIL DE CAROTTE, *à M. Lepic, étonné :* La nouvelle servante, papa; elle arrive, elle n'est pas au courant.

ANNETTE : Expliquez que ce n'est pas vous qui ne voulez plus.

POIL DE CAROTTE : Annette, si vous vous mêliez de ce qui vous regarde!

M. LEPIC : Ce n'est pas toi? Qu'est-ce que ça signifie? Réponds. Répondras-tu, à la fin, bon Dieu!

> *Poil de Carotte, du pied, gratte la terre.*

SCÈNE VI

LES MÊMES, Mme LEPIC.

Mme LEPIC. *Elle ouvre la fenêtre, d'où elle voyait, sans entendre, et d'une voix douce :* Annette, vous avez dit à mon fils Poil de Carotte de passer à la ferme?

ANNETTE : Oui, madame.

Mme LEPIC : Tu as le temps, n'est-ce pas, Poil de Carotte, puisque ça ne te dit plus d'aller à la chasse?

POIL DE CAROTTE, *comme délivré :* Oui, maman.

ANNETTE, *outrée, bas à M. Lepic :* C'est elle qui le lui a défendu.

Mme LEPIC : Va, mon gros, ça te promènera.

M. LEPIC : Ne bouge pas.

Mme LEPIC : Dépêche-toi, tu seras bien aimable.

> *Poil de Carotte s'élance.*

M. LEPIC : Je t'ai dit de ne pas bouger.

> *Poil de Carotte, entre deux feux, s'arrête.*

Mme LEPIC : Eh bien! mon petit Poil de Carotte?

M. LEPIC, *sans regarder Mme Lepic :* Qu'on le laisse tranquille!

> *Poil de Carotte s'assied, d'émotion.*

Mme LEPIC, *interdite :* Si vous rentriez, Annette, au lieu de bâiller au nez de ces messieurs?

> *Elle ferme à demi la fenêtre.*

ANNETTE : Oui, madame. *(Elle s'approche de Poil de Carotte.)* Vous voyez.

POIL DE CAROTTE : Vous avez fait un beau coup.

ANNETTE : Je ne mens jamais, moi.

POIL DE CAROTTE : C'est un tort. Vous ne ferez pas long feu ici.

ANNETTE : Oh! je trouverai des places ailleurs. Je suis une brave fille.

POIL DE CAROTTE, *grogne :* Je m'en fiche pas mal.

ANNETTE : Vous êtes fâché contre moi?...

Mme LEPIC, *rouvre la fenêtre d'impatience :* Annette!

M. LEPIC, *tend sa carnassière qu'il donne à Annette avec le fusil :* Emportez!

ANNETTE : Il n'est pas chargé, au moins?

M. LEPIC : Si.

> *Annette rentre à la maison.*

SCÈNE VII

POIL DE CAROTTE, M. LEPIC.

M. LEPIC : Et maintenant, veux-tu me répondre?

POIL DE CAROTTE : Cette fille aurait bien dû tenir sa langue, mais elle dit la vérité, ma mère me défend d'aller ce soir à la chasse.

M. LEPIC : Pourquoi?

POIL DE CAROTTE : Ah! demande-le-lui.

M. LEPIC : Elle te donne un motif?

POIL DE CAROTTE : Elle n'a pas de comptes à me rendre.

M. LEPIC : Elle a besoin de toi?

POIL DE CAROTTE : Elle a toujours besoin de moi.

M. LEPIC : Tu lui as fait quelque chose?

POIL DE CAROTTE : Je le saurais. Quand je fais quelque chose à ma mère, elle me le dit et je paye tout de suite. Mais j'ai été très sage cette semaine.

M. LEPIC : Ta mère te défendrait de venir à la chasse?

POIL DE CAROTTE : Elle me défend ce qu'elle peut.

M. LEPIC : Avec moi?

POIL DE CAROTTE : Justement.

M. LEPIC : Sans aucune raison?... Qu'est-ce que ça peut lui faire?

POIL DE CAROTTE : Ça lui déplaît, parce que ça me fait plaisir.

M. LEPIC : Tu te l'imagines !

POIL DE CAROTTE : Déjà tu te méfies...

M. LEPIC. *Il fait quelques pas de long en large, s'approche de Poil de Carotte et lui passe la main dans les cheveux :* Redresse donc tes bourraquins *, ils te tombent toujours dans les yeux... Qu'est-ce que tu as sur le cœur ? (*Silence de Poil de Carotte oppressé.*) Parle.

POIL DE CAROTTE, *se dresse, résolu :* Papa, je veux quitter cette maison.

M. LEPIC : Qu'est-ce que tu dis ?

POIL DE CAROTTE : Je voudrais quitter cette maison.

M. LEPIC : Parce que ?

POIL DE CAROTTE : Parce que je n'aime plus ma mère.

M. LEPIC, *narquois :* Tu n'aimes plus ta mère, Poil de Carotte ? Ah ! c'est fâcheux. Et depuis quand ?

POIL DE CAROTTE : Depuis que je la connais, — à fond.

M. LEPIC : Voilà un événement, Poil de Carotte. C'est grave, un fils qui n'aime plus sa mère.

POIL DE CAROTTE : Je te prie, papa, de m'indiquer le meilleur moyen de me séparer d'elle.

M. LEPIC : Je ne sais pas. Tu me surprends. Te séparer de ta mère ! Tu ne la vois qu'aux vacances, deux mois par an.

POIL DE CAROTTE : C'est deux mois de trop. — Écoute, papa, il y a plusieurs moyens : d'abord, je pourrais rester au collège toute l'année.

M. LEPIC : Tu t'y ennuierais à périr.

POIL DE CAROTTE : Je bûcherais, je préparerais la

classe suivante. Autorise-moi à passer mes vacances au collège.

M. LEPIC : On ne te verrait plus d'un bout de l'année à l'autre ?

POIL DE CAROTTE : Tu viendrais me voir là-bas.

M. LEPIC : Les voyages d'agrément coûtent cher.

POIL DE CAROTTE : Tu profiteras de tes voyages d'affaires, — avec un petit détour.

M. LEPIC : Tu nous ferais remarquer, car la faveur que tu réclames est réservée aux élèves pauvres.

POIL DE CAROTTE : Tu dis souvent que tu n'es pas riche.

M. LEPIC : Je n'en suis pas là. On croirait que je t'abandonne.

POIL DE CAROTTE : Alors, laissons mes études. Retire-moi du collège sous prétexte que je n'y progresse pas, et je prendrai un métier.

M. LEPIC : Lequel choisiras-tu ?

POIL DE CAROTTE : Il n'en manque pas dans le commerce, l'industrie et l'agriculture.

M. LEPIC : Veux-tu que je te mette chez un menuisier de la ville ?

POIL DE CAROTTE : Je veux bien.

M. LEPIC : Ou chez un cordonnier ?

POIL DE CAROTTE : Je veux bien, pourvu que je gagne ma vie.

M. LEPIC : Oh ! tu me permettrais de t'aider encore ?

POIL DE CAROTTE : Certainement, une année ou deux, s'il le fallait.

M. LEPIC : Tu rêves, Poil de Carotte ! Me suis-je imposé de grands sacrifices pour que tu cloues des semelles ou que tu rabotes des planches ?

POIL DE CAROTTE, *découragé :* Ah! papa, tu te
joues de moi!

M. LEPIC : Franchement, tu le mérites. Y penses-
tu? Ton frère bachelier, peut-être, et toi savetier!

POIL DE CAROTTE : Papa, mon frère est heureux
dans sa famille.

M. LEPIC. *Il va s'asseoir sur le banc :* Et toi, tu ne
l'es pas? Pour quelques petites scènes? Des misères
d'enfant!

POIL DE CAROTTE, *un peu à lui-même :* Il y a des
enfants si malheureux qu'ils se tuent * !

M. LEPIC : C'est bien rare.

POIL DE CAROTTE : Ça arrive.

M. LEPIC, *toujours narquois :* Tu veux te suicider?

POIL DE CAROTTE : De temps en temps.

M. LEPIC : Tu as essayé?

POIL DE CAROTTE : Deux fois.

M. LEPIC : Quand on se rate la première fois, on
se rate toujours.

POIL DE CAROTTE : Je reconnais que, la première
fois, je n'étais pas bien décidé. Je voulais seulement
voir l'effet que ça fait. J'ai tiré un seau du puits et
j'ai mis ma tête dedans. Je fermais le nez et la
bouche et j'attendais l'asphyxie quand, d'une seule
calotte, Mme Lepic — ma mère! — renverse le
seau et me donne de l'air. *(Il rit. M. Lepic rit dans
sa barbe.)* Je n'étais pas noyé : je n'étais qu'inondé
de la tête aux pieds. Ma mère a cru que je ne savais
qu'inventer pour salir notre eau et empoisonner ma
famille.

M. LEPIC : A propos de quoi te noyais-tu?

POIL DE CAROTTE : Je ne me rappelle plus ce que
j'avais fait, ce jour-là, à ma mère. Mon premier
suicide n'est qu'une gaminerie : j'étais trop petit.
Le second a été sérieux.

M. LEPIC : Oh! oh! cette figure! Poil de Carotte.

POIL DE CAROTTE : J'ai voulu me pendre.

M. LEPIC : Et te voilà. Tu n'avais pas plus envie de te pendre que de te jeter à l'eau.

POIL DE CAROTTE : J'étais monté sur le fenil de la grange. J'avais attaché une corde à la grosse poutre, tu sais?

M. LEPIC : Celle du milieu.

POIL DE CAROTTE : J'avais fait un nœud, et, le cou dedans, les pieds joints au bord du fenil, les bras croisés, comme ça...

M. LEPIC : Oui, oui...

POIL DE CAROTTE : Je voyais le jour par les fentes des tuiles.

M. LEPIC, *troublé :* Dépêche-toi donc.

POIL DE CAROTTE : J'allais sauter dans le vide, on m'appelle.

M. LEPIC, *soulagé :* Et tu es descendu?

POIL DE CAROTTE : Oui.

M. LEPIC : Ta mère t'a encore sauvé la vie.

POIL DE CAROTTE : Si ma mère m'avait appelé, je serais loin. Je suis redescendu parce que c'est toi, papa, qui m'appelais.

M. LEPIC : C'est vrai?

POIL DE CAROTTE, *regardant du côté du fenil :* Veux-tu que je remonte? La corde y est toujours. *(M. Lepic se dirige vers la grange et hésite.)* Va, va, je ne mens qu'avec ma mère.

M. LEPIC. *Il n'entre pas, il revient et saisit la main de Poil de Carotte :* Elle te maltraite à ce point!

POIL DE CAROTTE : Laisse-moi partir.

M. LEPIC : Pourquoi ne te plaignais-tu pas?

POIL DE CAROTTE : Elle me défend surtout de me plaindre. Adieu, papa.

M. LEPIC : Mais tu ne partiras pas. Je t'empêcherai de faire un coup pareil. Je te garde près de moi et te jure que désormais on ne te tourmentera plus.

POIL DE CAROTTE : Qu'est-ce que tu veux que je fasse ici, puisque je n'aime pas ma mère?

M. LEPIC, *la phrase lui échappe* : Et moi, crois-tu donc que je l'aime?

> *Il marche avec agitation.*

POIL DE CAROTTE, *le suit* : Qu'est-ce que tu as dit, papa?

M. LEPIC, *fortement* : J'ai dit : Et moi, crois-tu donc que je l'aime?

POIL DE CAROTTE. *Il rayonne* : Oh! papa, je craignais d'avoir mal entendu.

M. LEPIC : Ça te fait plaisir?

POIL DE CAROTTE : Papa, nous sommes deux. — Chut! Elle nous surveille par la fenêtre.

M. LEPIC : Va fermer les volets.

POIL DE CAROTTE : Oh! non, par les carreaux, elle me foudroierait.

M. LEPIC : Tu as peur?

POIL DE CAROTTE : Oh! oui, fais ta commission toi-même. *(M. Lepic va fermer les volets. Il les ferme, le dos tourné à la fenêtre.)* ★ Tu as du courage, lui fermer les volets au nez, en plein jour!... Qu'est-ce qui va se passer?

M. LEPIC : Mais rien du tout, bêta.

POIL DE CAROTTE : Si elle les rouvre!

M. LEPIC : Je les refermerai. Elle te terrifie donc?

POIL DE CAROTTE : Tu ne peux pas savoir, tu es un homme, toi. Elle me terrifie... au point que, si j'ai le hoquet, elle n'a qu'à se montrer, c'est fini.

M. LEPIC : C'est nerveux.

POIL DE CAROTTE : J'en suis malade.

M. LEPIC : Ton frère Félix n'en a pas peur, lui?

POIL DE CAROTTE : Mon frère Félix! Il est admirable. Je devrais le détester parce qu'elle le gâte, et je l'aime parce qu'il lui tient tête. Quand, par hasard, elle le menace, il attrape un manche à balai, et elle n'approche pas. Quel type! Aussi elle préfère le prendre par les sentiments : elle dit qu'il est d'une nature trop susceptible, qu'elle n'en ferait rien avec des coups et qu'ils s'appliquent mieux à la mienne.

M. LEPIC : Imite ton frère... défends-toi.

POIL DE CAROTTE : Ah! si j'osais! Je n'oserais pas, même si j'étais majeur, et pourtant je suis fort, sans en avoir l'air. Je me battrais avec un bœuf! Mais je me vois armé d'un manche à balai contre ma mère. Elle croirait que je l'apporte, il tomberait de mes mains dans les siennes, et peut-être qu'elle me dirait merci, avant de taper.

M. LEPIC : Sauve-toi.

POIL DE CAROTTE : Je n'ai plus de jambes; elle me paralyse; et puis il faudrait toujours revenir. C'est ridicule, hein! papa, d'avoir à ce point peur de sa mère! Ne te fait-elle pas un peu peur aussi?

M. LEPIC : A moi?

POIL DE CAROTTE : Tu ne la regardes jamais en face.

M. LEPIC : Pour d'autres raisons.

POIL DE CAROTTE : Quelles raisons, papa?... — Oh!...

M. LEPIC : Qu'est-ce qu'il y a encore?

POIL DE CAROTTE : Papa, elle écoute derrière la porte.

En effet, Mme Lepic avait entrouvert la porte. Surprise en faute, elle l'ouvre, descend l'escalier et vient peu à peu, avec des arrêts çà et là, ramasser des brindilles de fagots.

SCÈNE VIII

LES MÊMES, Mme LEPIC.

Mme LEPIC, *à Poil de Carotte :* Si tu te déran-
geais, Poil de Carotte... Ôte ton pied, s'il te plaît!

> *M. Lepic observe le manège de Mme Lepic et
> soudain perd patience.*

M. LEPIC, *sans regarder Mme Lepic :* Qu'est-ce
que vous faites là?

POIL DE CAROTTE : Oh!... oh!...

> *Il se réfugie dans la grange.*

Mme LEPIC, *faussement soumise :* Je n'ai pas le
droit de ramasser quelques brindilles de fagot?

M. LEPIC : Allez-vous-en!

Mme LEPIC. *Début de crise, mouchoir aux lèvres. Le
bruit attire Annette sur l'escalier :* Voilà comme on
me parle devant une étrangère et devant mes
enfants qui me doivent le respect. Mon Dieu,
qu'est-ce que j'ai donc fait au ciel pour être traitée
comme la dernière des dernières?

M. LEPIC, *calme, à Annette :* Je vous avertis,
Annette, que Madame va avoir une crise; mais ce
n'est qu'un jeu; elle se tord les bras, mais prenez
garde, elle n'égratignerait que vous; elle mange son
mouchoir, elle ne l'avale pas; elle menace de se
jeter dans le puits, il y a un grillage *. Elle fait
semblant de courir partout, affolée, et elle va droit
chez le curé.

Mme LEPIC, *suffoquée :* Jamais, jamais, je ne
remettrai les pieds dans cette maison.

M. LEPIC : A ce soir!

Mᵐᵉ LEPIC, *déjà dans la rue, d'une voix lointaine :* Seigneur, ne laisserez-vous pas tomber enfin sur moi un regard de miséricorde?

ANNETTE : Je vais suivre Madame, elle est dans un état!

M. LEPIC : Comédie!

Annette sort.

SCÈNE IX

POIL DE CAROTTE, M. LEPIC.

M. LEPIC. *Il cherche des yeux Poil de Carotte :* Où es-tu? *(Il l'aperçoit dans la grange.)* Poltron!

POIL DE CAROTTE : Elle est partie?

M. LEPIC : Tu peux sortir de ta niche.

POIL DE CAROTTE. *Il va voir au fond et revient :* Ce qu'elle file! J'avais la colique. — Allez-vous-en! Allez-vous-en!

M. LEPIC : Je n'ai pas eu à le dire deux fois.

POIL DE CAROTTE : Non, mais tu es terrible.

M. LEPIC : Tu trouves?

POIL DE CAROTTE : Tâte mes mains.

M. LEPIC : Tu trembles!

POIL DE CAROTTE : Je lui paierai ça.

M. LEPIC : Tu vois bien que je saurai te protéger.

POIL DE CAROTTE : Merci, papa.

M. LEPIC : A ton service.

POIL DE CAROTTE : Oui, quand tu seras là. — Mais qu'est-ce qu'elle a pu te faire pour que tu la

rembarres comme ça? Car tu es juste, papa : si tu
ne l'aimes plus, c'est qu'elle t'a fait quelque chose
de grave? Tu as des soucis, je le sens, confie-
les-moi!

M. LEPIC : J'ai mon procès.

POIL DE CAROTTE : Oh! j'avoue qu'il ne m'intéresse guère.

M. LEPIC : Ah! Sais-tu qu'un jour tu seras peut-
être ruiné?

POIL DE CAROTTE : Ça m'est égal. Confie-moi
plutôt tes ennuis... avec elle. — Je suis trop jeune?
— Pas si jeune que tu crois. — J'ai déjà une dent
de sagesse qui me pousse.

M. LEPIC : Et moi, je viens d'en perdre une des
miennes, de sorte qu'il n'y a rien de changé, Poil de
Carotte, et le nombre des dents de la famille reste le
même.

POIL DE CAROTTE : Je t'assure, papa, que je
réfléchis pour mon âge. Je lis beaucoup, au collège,
des livres défendus que les externes nous prêtent,
des romans.

M. LEPIC : Des bêtises.

POIL DE CAROTTE : Hé! hé! c'est instructif. Veux-
tu que je devine, veux-tu que je te pose une
question? Au hasard, naturellement. Si tu me
trouves trop curieux, tu ne me répondras pas. Je la
pose?

M. LEPIC : Pose.

POIL DE CAROTTE : Ma mère aurait-elle commis...

M. LEPIC, *assis sur un banc* : Un crime?

POIL DE CAROTTE : Oh! non.

M. LEPIC : Un péché?

POIL DE CAROTTE : Ah! c'en est un.

M. LEPIC : Alors ça regarde M. le curé.

POIL DE CAROTTE : Et toi aussi, car ce serait

surtout une faute, tu sais bien? *(Il pousse.)* Aide-moi donc, papa, une faute... *Il sue.*

M. LEPIC : Je ne comprends pas.

POIL DE CAROTTE, *d'un coup* : Une grande faute contre la morale, le devoir et l'honneur?

M. LEPIC : Qu'est-ce que tu vas chercher là, Poil de Carotte?

POIL DE CAROTTE : Je me trompe?

M. LEPIC : Tu en as de bonnes.

POIL DE CAROTTE : Je n'attache aucune impor-tance à mon idée.

M. LEPIC : Rassure-toi; ta mère est une honnête femme *.

POIL DE CAROTTE : Ah! tant mieux pour la famille!

M. LEPIC : Et moi aussi, Poil de Carotte, je suis un honnête homme.

POIL DE CAROTTE : Oh! papa, en ce qui te concerne, je n'ai jamais eu aucun doute.

M. LEPIC : Je te remercie...

POIL DE CAROTTE : Et ce ne serait pas la même chose.

M. LEPIC : Tu es plus avancé que je ne croyais...

POIL DE CAROTTE : Mes lectures!... D'après ce que j'ai lu, c'est toujours ça qui trouble un ménage.

M. LEPIC : Nous n'avons pas ça chez nous.

POIL DE CAROTTE, *un doigt sur sa tempe* : Je cherche autre chose.

M. LEPIC : Cherche, car l'honnêteté dont tu parles ne suffit pas pour faire bon ménage.

POIL DE CAROTTE : Que faut-il de plus? Ce qu'on nomme l'amour?

M. LEPIC : Permets-moi de te dire que tu te sers là d'un mot dont tu ignores le sens.

POIL DE CAROTTE : Évidemment, mais je cherche...

M. LEPIC : Rends-toi, va, tu t'égares. Ce qu'il faut dans un ménage, Poil de Carotte, ce qu'il faut surtout, c'est de l'accord, de l'entente...

POIL DE CAROTTE : De la compatibilité d'humeurs !

M. LEPIC : Si tu veux. Or le caractère de Mme Lepic est l'opposé du mien.

POIL DE CAROTTE : Le fait est que vous ne vous ressemblez guère.

M. LEPIC : Ah! non! Je déteste, moi, le bavardage, le désordre, le mensonge, — et les curés.

POIL DE CAROTTE : Et ça va mal? — Oh! parbleu, je m'en doutais, je remarquais des choses... Et il y a longtemps que... vous ne sympathisez pas?

M. LEPIC : Quinze ou seize ans.

POIL DE CAROTTE : Mâtin! Seize ans! L'âge que j'ai.

M. LEPIC : En effet, quand tu es né, c'était déjà la fin entre ta mère et moi *.

POIL DE CAROTTE : Ma naissance aurait pu vous rapprocher.

M. LEPIC : Non. Tu venais trop tard, au milieu de nos dernières querelles. — Nous ne te désirions pas. — Tu me demandes la vérité, je te l'avoue : elle peut servir à t'expliquer ta mère.

POIL DE CAROTTE : Il ne s'agit pas de moi... Je voulais dire qu'à l'occasion, au moindre prétexte, des époux se raccommodent.

M. LEPIC : Une fois, deux fois, dix fois, pas toujours.

POIL DE CAROTTE : Mais une dernière fois?...

M. LEPIC : Oh! je ne bouge plus !

POIL DE CAROTTE, *un pied sur le banc :* Comment,

papa, toi, un observateur, t'es-tu marié avec maman?

M. LEPIC : Est-ce que je savais? Il faut des années, Poil de Carotte, pour connaître une femme, sa femme, et, quand on la connaît, il n'y a plus de remède.

POIL DE CAROTTE : Et le divorce? A quoi sert-il?

M. LEPIC : Impossible. Sans ça!... Oui, écœuré par cette existence stupide, j'ai fait des propositions. Elle a refusé.

POIL DE CAROTTE : Toujours la même!

M. LEPIC : C'était son droit. Je n'ai à lui reprocher, comme toi d'ailleurs, que d'être insupportable. Cela suffit peut-être pour que tu la quittes. Cela ne suffit pas pour que je me délivre.

POIL DE CAROTTE. *Il s'assied près de M. Lepic :* En somme, papa, tu es malheureux?

M. LEPIC : Dame!

POIL DE CAROTTE : Presque aussi malheureux que moi?

M. LEPIC : Si ça peut te consoler.

POIL DE CAROTTE : Ça me console jusqu'à un certain point. Ça m'indigne surtout. Moi, passe! je ne suis que son enfant, mais toi, le père, toi, le maître, c'est insensé, ça me révolte. *(Il se lève et montre le poing à la fenêtre.)* Ah! mauvaise, mauvaise, tu mériterais...

M. LEPIC : Poil de Carotte!

POIL DE CAROTTE : Oh! elle est sortie.

M. LEPIC : Ce geste!

POIL DE CAROTTE : Je suis exaspéré, à cause de toi... Quelle femme!

M. LEPIC : C'est ta mère.

POIL DE CAROTTE : Oh! je ne dis pas ça parce que c'est ma mère. Oui, sans doute. Et après? Ou elle m'aime ou elle ne m'aime pas. Et, puisqu'elle ne m'aime pas, qu'est-ce que ça me fait qu'elle soit ma mère? Qu'importe qu'elle ait le titre, si elle n'a pas les sentiments? Une mère, c'est une bonne maman, un père, c'est un bon papa. Sinon, ce n'est rien.

M. LEPIC, *piqué, se lève :* Tu as raison.

POIL DE CAROTTE : Ainsi, toi, par exemple, je ne t'aime pas parce que tu es mon père. Nous savons que ce n'est pas sorcier d'être le père de quelqu'un. Je t'aime parce que...

M. LEPIC : Pourquoi? Tu ne trouves pas.

POIL DE CAROTTE : ... Parce que... nous causons là, ce soir, tous deux, intimement, parce que tu m'écoutes et que tu veux bien me répondre au lieu de m'accabler de ta puissance paternelle.

M. LEPIC : Pour ce qu'elle me rapporte!

POIL DE CAROTTE : Et la famille, papa? Quelle blague!... Quelle drôle d'invention!

M. LEPIC : Elle n'est pas de moi.

POIL DE CAROTTE : Sais-tu comment je la définis, la famille? Une réunion forcée... sous le même toit... de quelques personnes qui ne peuvent pas se sentir.

M. LEPIC : Ce n'est peut-être pas vrai dans toutes les familles, mais il y a, dans l'espèce humaine, plus de quatre familles comme la nôtre, sans compter celles qui ne s'en vantent pas.

POIL DE CAROTTE : Et tu es mal tombé.

M. LEPIC : Toi aussi.

POIL DE CAROTTE : Notre famille, ce devrait être, à notre choix, ceux que nous aimons et qui nous aiment.

M. LEPIC : Le difficile est de les trouver... Tâche d'avoir cette chance plus tard. Sois l'ami de tes enfants. J'avoue que je n'ai pas su être le tien.

POIL DE CAROTTE : Je ne t'en veux pas.

M. LEPIC : Tu le pourrais.

POIL DE CAROTTE : Nous nous connaissions si peu!

M. LEPIC, *comme s'il s'excusait :* C'est vrai que je t'ai à peine vu. D'abord, ta mère t'a mis tout de suite en nourrice.

POIL DE CAROTTE : Elle a dû m'y laisser un moment.

M. LEPIC : Quand tu es revenu, on t'a prêté quelques années à ton parrain qui n'avait pas d'enfant.

POIL DE CAROTTE : Je me rappelle qu'il m'embrassait trop et qu'il me piquait avec sa barbe.

M. LEPIC : Il raffolait de toi.

POIL DE CAROTTE : Un parrain n'est pas un papa.

M. LEPIC : Ah! tu vois bien... Puis tu es entré au collège où tu passes ta vie, — comme tous les enfants, — excepté les deux mois de vacances que tu passes à la maison. Voilà.

POIL DE CAROTTE : Tu ne m'as jamais tant vu qu'aujourd'hui?...

M. LEPIC : C'est ma faute, sans doute; c'est celle des circonstances, c'est aussi un peu la tienne; tu te tenais à l'écart, fermé, sauvage. On s'explique.

POIL DE CAROTTE : Il faut pouvoir.

M. LEPIC : Même à la chasse, tu ne dis rien.

POIL DE CAROTTE : Toi non plus. Tu vas devant, je suis derrière, à distance, pour ne pas gêner ton tir, et tu marches, tu marches...

M. LEPIC : Oui, je n'ai de goût qu'à la chasse.

POIL DE CAROTTE : Et si tu te figures que c'est commode de s'épancher avec toi! Au premier mot, tu sourcilles. — Oh! cet œil! — et tu deviens sarcastique.

M. LEPIC : Que veux-tu? Je ne devinais pas tes bons mouvements. Absorbé par mon diable de procès, fuyant cet intérieur, je ne te voyais pas... Je te méconnaissais. Nous nous rattraperons. — Une cigarette?

POIL DE CAROTTE : Non, merci. — Est-ce que je gagne à être connu, papa?

M. LEPIC : Beaucoup. — Parbleu, je te savais intelligent... Fichtre, non, tu n'es pas bête.

POIL DE CAROTTE : Si ma mère m'avait aimé, j'aurais peut-être fait quelque chose.

M. LEPIC : Au contraire, Poil de Carotte. Les enfants gâtés ne font rien.

POIL DE CAROTTE : Ah!... Et tu me croyais intelligent, mais égoïste, vilain au moral comme au physique.

M. LEPIC : D'abord tu n'es pas laid.

POIL DE CAROTTE : Elle ne cesse de répéter...

M. LEPIC : Elle exagère.

POIL DE CAROTTE : Mon professeur de dessin prétend que je suis beau.

M. LEPIC : Il exagère aussi.

POIL DE CAROTTE : Il se place au point de vue pittoresque. Ça me fait plaisir que tu ne me trouves pas trop laid.

M. LEPIC : Et quand tu serais encore plus laid? Pourvu qu'un homme ait la santé!

POIL DE CAROTTE : Oh! je me porte bien... Et, au moral, papa, est-ce que tu me crois menteur, sans cœur, boudeur, paresseux?

M. LEPIC : Arrête, arrête... Je ne sache pas que tu mentes.

POIL DE CAROTTE : Si, quelquefois, pour lui obéir.

M. LEPIC : Alors, ça ne compte pas.

POIL DE CAROTTE : Et me crois-tu le cœur sec?

M. LEPIC : Ça ne veut rien dire. Moi aussi, j'ai le cœur sec. On nous accuse d'avoir le cœur sec parce que nous ne pleurons pas... Tu serais tout au plus un petit peu boudeur.

POIL DE CAROTTE : Je te demande pardon, papa; je ne boude jamais.

M. LEPIC : Qu'est-ce que tu fais dans tes coins?

POIL DE CAROTTE : Je rage, et ça ne m'amuse pas, contre une mère injuste.

M. LEPIC : Et moi qui t'aurais cru plutôt de son côté!

POIL DE CAROTTE : C'est un comble!

M. LEPIC : C'est naturel. La preuve, quand ta mère te demandait, car elle avait cet aplomb : « Lequel aimes-tu mieux, ton papa ou ta maman? » tu répondais...

POIL DE CAROTTE : « Je vous aime autant l'un que l'autre. »

M. LEPIC : Ta mère insistait : « Poil de Carotte, tu as une petite préférence pour l'un des deux. » Et tu finissais par répondre : « Oui. J'ai une petite préférence... »

POIL DE CAROTTE : « Pour maman. »

M. LEPIC : Pour maman, jamais pour papa. Tu m'agaçais avec ta petite préférence. Tu avais beau ne pas savoir ce que tu disais...

POIL DE CAROTTE : Oh! que si... Je disais ce qu'elle me faisait dire : entre elle et moi, c'était convenu d'avance.

M. LEPIC : C'est bien elle!

POIL DE CAROTTE : Et elle veut à présent que je dise : mon père, au lieu de : mon papa. Mais sois tranquille!

M. LEPIC, *attendri* : Ah! cher petit!... Comment aurais-je pu te savoir plein de qualités, raisonnable,

affectueux, très gentil, tel que tu es, mon cher petit
François !

POIL DE CAROTTE, *étonné, ravi :* François ! Tiens !
Tu m'appelles par mon vrai nom.

M. LEPIC : Je devais te froisser, en te donnant
l'autre ?

POIL DE CAROTTE : Oh ! pas toi. C'est le ton qui
fait tout. *(Avec pudeur.)* Tu m'aimes ?

M. LEPIC : Comme un enfant... retrouvé.

> *Il serre Poil de Carotte contre lui, légèrement,
> sans l'embrasser.*

POIL DE CAROTTE. *Il se dégage un peu :* Si elle nous
voyait !

M. LEPIC : Ah ! je n'ai pas eu de chance. Je me
suis trompé sur ta nature, comme je m'étais trompé
sur celle de ta mère.

POIL DE CAROTTE : Oui, mais à rebours.

M. LEPIC : Et ça compense.

POIL DE CAROTTE : Oh ! non, papa... Je te plains
sincèrement. Moi, j'ai l'avenir pour me créer une
autre famille, refaire mon existence, et, toi, tu
achèveras la tienne, tu passeras toute ta vieillesse
auprès d'une personne qui ne se plaît qu'à rendre
les autres malheureux.

M. LEPIC, *sans regret :* Et elle n'est pas heureuse
non plus.

POIL DE CAROTTE : Comment, elle n'est pas
heureuse ?

M. LEPIC : Ce serait trop facile !

POIL DE CAROTTE, *badin :* Elle n'est pas heureuse
de me donner des gifles ?

M. LEPIC : Si, si. — Mais elle n'a guère, avec toi,
que ce bonheur.

POIL DE CAROTTE : C'est tout ce que je peux lui offrir. Que voudrait-elle de plus?

M. LEPIC, *grave* : Ton affection.

POIL DE CAROTTE : Mon affection!... La tienne, je ne dis pas.

M. LEPIC : Oh! la mienne... Elle y a renoncé... La tienne seulement.

POIL DE CAROTTE : Mon affection manque à ma mère! Je ne comprends plus rien à la vie...

M. LEPIC : Ça t'étonne qu'on souffre de ne pas savoir se faire aimer?

POIL DE CAROTTE : Et tu crois qu'elle en souffre?

M. LEPIC : J'en suis sûr.

POIL DE CAROTTE : Qu'elle est malheureuse?

M. LEPIC : Elle l'est.

POIL DE CAROTTE : Malheureuse, — comme toi?

M. LEPIC : Au fond, ça se vaut.

POIL DE CAROTTE : Comme moi?

M. LEPIC : Oh! personne n'a cette prétention.

POIL DE CAROTTE : Papa, tu me confonds. Voilà une pensée qui ne m'était jamais venue à l'esprit.

Il s'assied et cache sa tête dans ses mains.

M. LEPIC, *avec effort* : Et nous sommes là à gémir. Il faudrait l'entendre. Peut-être qu'elle aussi trouve qu'elle est mal tombée. Qui sait si avec un autre?... N'obtenant pas d'elle ce que je voulais, j'ai été rancunier, impitoyable, et, mes duretés pour elle, elle te les a rendues. Elle a tous les torts envers toi, mais, envers moi, les a-t-elle tous? Il y a des moments où je m'interroge... — Et quand je m'interrogerais jusqu'à demain? A quoi bon? C'est trop tard, c'est fini, et puis en voilà assez... Allons à la chasse une heure ou deux, ça nous fera du bien.

(Il découvre la tête de Poil de Carotte.) Pourquoi pleures-tu ?

POIL DE CAROTTE, *la figure ruisselante :* C'est ton idée : ma mère malheureuse, parce que je ne l'aime pas *.

M. LEPIC, *amer :* Puisque ça te désole tant, tu n'as qu'à l'aimer.

POIL DE CAROTTE, *se redressant :* Moi !

SCÈNE X

LES MÊMES, ANNETTE.

ANNETTE, *accourant :* Monsieur, madame peut-elle rentrer ?

> *Poil de Carotte s'essuie rapidement les yeux.*

M. LEPIC, *redevenu M. Lepic :* Elle me demande la permission ?

ANNETTE : Non, monsieur. C'est moi qui viens devant, pour voir si vous êtes toujours fâché.

M. LEPIC : Je ne me fâche jamais. Qu'elle rentre si elle veut : la maison lui appartient comme à moi.

ANNETTE : Elle était allée à l'église.

M. LEPIC : Chez le curé.

ANNETTE : Non, à l'église. Elle a versé un plein bénitier de larmes, elle a bien du chagrin. — Oh ! si, monsieur... La voilà !...

> *M. Lepic tourne le dos à la porte ; Mme Lepic paraît, les yeux baissés, l'air abattu.*

POIL DE CAROTTE : Maman ! Maman !

Mme Lepic s'arrête et regarde Poil de Carotte; elle semble lui dire de parler.

POIL DE CAROTTE, *son élan perdu :* Rien.

Mme Lepic passe et rentre à la maison. Annette sort par la porte de la cour.

SCÈNE XI

POIL DE CAROTTE, M. LEPIC.

M. LEPIC : Que lui voulais-tu?

POIL DE CAROTTE : Oh! ce n'est pas la peine.

M. LEPIC : Elle te fait toujours peur?

POIL DE CAROTTE : Oui. — Moins! — As-tu remarqué ses yeux?

M. LEPIC : Qu'est-ce qu'ils avaient de neuf?

POIL DE CAROTTE : Ils ne lançaient pas des éclairs comme d'habitude. Ils étaient tristes, tristes! Tu ne t'y laisses plus prendre, toi? *(Silence de M. Lepic.)* Pauvre papa!... Pauvre maman! — Il n'y a que Félix. Il pêche lui, là-bas, au moulin... Dire que c'est mon frère! Qui sait s'il me regrettera?

M. LEPIC : Tu veux toujours partir?

POIL DE CAROTTE : Tu ne me le conseilles pas?

M. LEPIC : Après ce que nous venons de dire?

POIL DE CAROTTE : Oh! papa, quelle bonne causerie!

M. LEPIC : Il y a seize ans que je n'en avais tant dit, et je ne te promets pas de recommencer tous les jours.

POIL DE CAROTTE : Je regrette. — Mais, si je reste, quelle attitude faudra-t-il que j'aie avec ma mère?

M. LEPIC : La plus simple, la mienne.

POIL DE CAROTTE : Celle d'un homme.

M. LEPIC : Tu en es un.

POIL DE CAROTTE : Si elle me demande qui m'a donné l'ordre d'avoir cette attitude, je dirai que c'est toi.

M. LEPIC : Dis.

POIL DE CAROTTE : Dans ces conditions, ça marcherait peut-être.

M. LEPIC : Tu hésites ?

POIL DE CAROTTE : Je réfléchis, ça en vaut la peine.

M. LEPIC : Tu es long. *(Par habitude.)* Poil de Carotte... François.

POIL DE CAROTTE : Tu t'ennuierais, seul, hein ? Tu ne pourrais plus vivre sans moi ? *(M. Lepic se garde de répondre.)* Eh bien, oui, mon vieux papa, c'est décidé, je ne t'abandonne pas : je reste !

RIDEAU

La conférence de Nevers

POIL DE CAROTTE

Conférence prononcée à Nevers le 29 octobre 1904
et à Saint-Cloud le 10 décembre 1904.

MESDAMES, MESSIEURS,

Vous vous en souvenez peut-être, c'est l'année
dernière, à pareille époque, que, sur la flatteuse
demande de M. l'inspecteur d'Académie de Dessez,
je vous ai promis cette causerie et que, prosateur,
j'ai eu l'aplomb de me croire capable de succéder,
dans votre bienveillance attentive, au noble poète
Maurice Bouchor ★.

Imprudente promesse :

Le 31 octobre 1903, j'avais, je pense, trop bien
déjeuné, j'étais sans doute excité! Je l'étais certainement, puisque j'ai glissé et suis tombé sur le
parquet de la salle Vauban. Quel parquet! Quel
miroir à convives! Vauban, cet illustre homme de
guerre, malgré tout son génie, n'avait pas inventé
cette manière de jeter l'ennemi à terre.

Donc, troublé par la chaleur communicative de
votre sympathie, j'ai dû croire que votre fête serait
unique et n'aurait point sa pareille l'année suivante,
ce qui ne veut pas dire que je comptais sur la mort
de l'Amicale ou sur la mienne.

Je ne me proposais pas non plus de me dérober

sournoisement. Non. Un conférencier, fût-il le plus bavard, n'a qu'une parole.

Espérais-je que d'un commun accord nous remplacerions cette partie du programme par une agréable promenade sur les bords de la Loire ?

Enfin, m'imaginais-je vaguement que ce dernier dimanche d'octobre ne reviendrait pas ?

Il revient toujours.

C'est ce que m'a expliqué, de sa voix douce et persuasive, votre cher président M. Pillon, dont j'ai eu le plaisir, il y a quelques semaines, de recevoir la visite, dans mon village, dans ma propre commune, où, protégé par mon garde champêtre, je me croyais en sécurité, où je paressais avec délices, à l'abri même du remords.

Oui, mesdames, messieurs, ce samedi est revenu, et nous voilà réunis encore, avec une année de plus, sauf les dames, qui, par une grâce et une arithmétique spéciales, ont une année de moins, au moins.

Eh bien ! puisque j'y suis, mesdames et messieurs, je veux jouer la difficulté, entreprendre quelque chose d'audacieux.

Je vais vous parler de moi et il s'agit de ne pas être haïssable.

Je vous parlerai de moi, ou plutôt d'un être qui, à la longue, m'est devenu plus cher, plus précieux que moi-même, du nommé *Poil de Carotte*.

C'est par pudeur, que j'ai prié de mettre sur le programme : « Causerie sur le Théâtre. » Le vrai titre, c'était bel et bien : « Causerie sur le Théâtre à propos de *Poil de Carotte*, comédie en un acte », ou, plus franchement, sans aucune pudeur : « Causerie sur *Poil de Carotte*. »

C'est une surprise, ne dites pas : désagréable.

Je trouve à ma témérité plusieurs excuses.

Premièrement. Je peux dire, sans me vanter, que le sujet m'est familier. J'ai lu et j'ai vu jouer un nombre considérable de pièces mais tout de même, celle que je connais le mieux, c'est encore la mienne, et puisque je me proposais, je ne dis pas de vous donner une leçon de théâtre, mais de démonter, de désarticuler devant vous des personnages scéniques, je n'avais qu'à me servir des petits pantins que j'ai façonnés, cloués, collés, ficelés, assemblés moi-même.

Deuxième excuse, et j'aurais dû commencer par elle, je profite de l'occasion que vous m'offrez, et ne retrouverai pas tous les jours, pour lui parler de mes affaires, un public comme celui que vous êtes, sachant écouter parce qu'il a l'habitude d'instruire. Je passe avec légèreté sur ce compliment, dans la crainte de soulever les protestations tumultueuses de votre modestie.

Troisièmement, vous ne m'accuserez pas, j'en suis sûr, de faire une réclame mercantile à *Poil de Carotte*. Cette pensée, qui me serait intolérable, ne peut vous venir. *Poil de Carotte* ne se vend pas à ses amis, il se distribue, il ne se refuse jamais.

Et d'ailleurs, son succès ne dépend plus de ma réclame. Ce petit bonhomme est plus connu, plus vivant que moi. Je ne peux plus rien ni pour ni contre lui !

Je supporte ce qu'il m'est impossible d'empêcher : il va tout seul, libre et détaché, par le monde. Par gratitude, il m'adresse fréquemment de ses nouvelles ; les dernières sont excellentes.

Quatrièmement, enfin, suprême excuse, j'ai offert plusieurs sujets à notre camarade Gaujour, bien connu par son dévouement à l'Amicale et par sa taille au-dessus de la moyenne. Il a choisi *Poil de*

Carotte. Était-ce un piège? Je ne sais, mais il faut qu'il garde la part de responsabilité qu'il a prise. Je le livre à vos représailles, à vos pommes cuites et à vos clameurs, si toutefois, elles peuvent monter jusqu'à ses oreilles inaccessibles.

Mais voilà bien des précautions inutiles, inexcusables.

Et d'abord, pourquoi ai-je tiré une comédie du livre *Poil de Carotte?*

On a souvent assimilé l'œuvre littéraire à une délivrance. Sans insister sur ce qu'a de fâcheux, d'obstétrical, cette comparaison, je la trouve exacte. Un auteur porte en lui-même un livre (un ou plusieurs livres, mais le plus souvent ils peuvent tous se ramener à un seul, il n'y a que le titre et la couverture qui changent), il faut qu'il s'en débarrasse. Il y a dans la production de ce livre quelque chose d'obligatoire, d'inévitable.

De combien de livres ne peut-on pas dire : Pourquoi l'auteur a-t-il écrit ça? Il n'avait pas besoin d'écrire ça, il pouvait aussi bien écrire autre chose, ou ne rien écrire du tout. Ce caractère de *nécessité*, c'est la marque de certains livres, bons ou mauvais, d'ailleurs, qui les distingue des autres livres. L'auteur, qu'il ait du génie, du talent ou que ce soit un sot, ne peut pas ne pas écrire ce livre. Il faut qu'il l'écrive, sous peine d'être toute sa vie accablé, languissant, maladif. C'est une question de santé intellectuelle.

Donc, j'avais porté longtemps, fort longtemps, *Poil de Carotte* et je m'en étais délivré par un livre. J'allais mieux, pas tout à fait bien pourtant. Malgré le bon accueil ou à cause du bon accueil fait au livre *Poil de Carotte*, il me restait encore du Poil de Carotte. (Il m'en reste encore d'ailleurs, il m'en

restera toujours, car il y a — est-ce un avantage ou
une infériorité? — il y a l'homme d'un seul livre,
comme il y a l'homme d'une seule femme.) Je ne
voulais pas recommencer le livre, sous prétexte de
le continuer. Il ne me plaisait pas d'écrire un *Poil
de Carotte* en deux, trois, quatre... trente-six volumes.

C'est alors que je songeai au théâtre. C'était
tentant et difficile. Tentant, parce qu'en cas de
succès *Poil de Carotte* sortait de la pâle clarté du
livre, bondissait en pleine lumière. (Je voyais déjà
son nom cocasse en grosses lettres, sur les affiches.)
Difficile, parce qu'une pièce de théâtre est à peu
près le contraire d'un livre.

L'auteur est à l'aise dans le livre : au théâtre, il
subit des lois presque inflexibles. Le lecteur fait
crédit. Il a et il donne le temps. Il prend le livre, le
pose, le reprend. Le spectateur est pressé. Il faut
agir sur lui vite et fort, fort et même gros, et, sauf
des cas très rares, il n'y a qu'une impression qui
compte, c'est la première. Si elle rate, c'est perdu.
Voyez-vous un spectateur revenant le lendemain
pour voir s'il ne s'est pas trompé dans son
jugement? Il a bien autre chose à faire. Mais cette
difficulté du théâtre est son attrait, son principal
excitant. Le théâtre n'est pas, comme on l'a dit, un
art inférieur. C'est un art particulier et limité! C'est
l'art des minutes intenses, des secousses rapides,
l'art des crises, crises de larmes ou crises de rire.

C'est pourquoi il vit presque exclusivement
d'amour, de scènes d'amour, de drames, de
batailles, de réconciliations d'amour. Or, si l'amour
n'est pas, loin de là, toute la vie, c'est peut-être (à
en juger par l'histoire des littératures) ce que la vie
nous offre de plus émouvant et de plus comique.

Il y avait, éparpillés dans le livre de *Poil de Carotte,* presque tous les éléments d'une pièce en un acte. Il s'agissait de les extraire, de les réunir, de les ordonner, de les compléter. Je dis une comédie en un acte. On m'a dit souvent depuis (il est vrai que mes conseillers se plaçaient au point de vue pécuniaire qu'il faut toujours, en art, avoir le courage de négliger) : « Pourquoi n'avez-vous pas fait une pièce en trois actes ? C'était aussi facile. »

Aussi facile mais plus dangereux.

J'ai toujours cru qu'un *Poil de Carotte* en trois actes, et même en deux, eût été insupportable à la scène. Le public aurait fini par demander : « A quelle heure le couche-t-on ? Il n'a donc pas de lit ? » D'ailleurs un acte, au théâtre, c'est peut-être le cadre idéal. Il faut bien, là, se plier à la fameuse loi classique des trois unités. Une fois pris, si on a la chance de l'attraper, le public ne s'échappe plus, et sans aucun doute *Poil de Carotte* a bénéficié de cette forme resserrée.

Par quel moyen allais-je transposer le milieu, et, comme on dit, créer l'atmosphère du livre ? J'adoptai la cour de la maison des Lepic, c'est là que Poil de Carotte a vécu le plus tranquille (sauf les alertes), près de ses lapins et de ses poules, à distance respectueuse de sa famille. Donc la scène représentera une cour, avec un arbre au milieu, une grange, des communs à droite, la maison à gauche et au fond, une grille, une grille afin que Poil de Carotte ne se sauve pas dans la rue à volonté ! Antoine, soucieux de la vérité, mit de la terre dans cette cour, de la terre et un tapis d'herbe renouvelable. Il eut même l'idée d'y nourrir des lapins. C'est ainsi que, dans *La Terre,* de Zola, il a montré une bâche et lâché des poules. Mais c'était dans un tableau pittoresque de *La Terre* où vaches et poules ne gênaient pas le texte. Avec *Poil de Carotte,* c'eût été périlleux. Un lapin aux oreilles trop remuantes pouvait couper l'émotion. Antoine renonça à son idée et fit bien. Je ne sais quel directeur de province — à Reims, je crois —, désireux de battre Antoine en réalité, risqua les lapins ; il avait engagé un couple de lapins qui s'aimèrent, et n'eut que des ennuis, avec la municipalité, à cause des dégâts, avec le concierge du théâtre dont les lapins troublaient le précieux sommeil. A Paris, ils auraient peut-être fait tomber la pièce.

Quels personnages devais-je prendre au livre ? Poil de Carotte naturellement. Mme Lepic, sa mère, aussi indispensable que Poil de Carotte. M. Lepic qui, un peu effacé dans le livre, est passé dans la pièce au premier rang, sur le même plan que Poil de Carotte. J'ai laissé de côté sœur Ernestine. C'est une pâle figure de jeune fille, mal dessinée dans le livre. J'y reviendrai peut-être quelque jour, dans une autre pièce, car elle m'intéresse. J'ai aussi laissé de côté grand frère Félix, pourtant comique, non sans l'avoir essayé. On le voyait à la fin. Mais son apparition tardive n'apportait rien de neuf. Au dernier moment, je l'ai supprimé.

Mais Poil de Carotte, Mme Lepic, M. Lepic, par eux-mêmes, ne donnaient rien. Ce sont des personnages plutôt silencieux. Ils ne s'expliquent pas. Ils n'agissent pas seuls. D'eux-mêmes, ils ne se feraient jamais connaître au théâtre, car il faut toujours supposer que le public n'a pas lu le livre.

Qui les mettra en mouvement, en scène, en représentation, en conflit ? Un quatrième personnage, le personnage de la servante Annette. Il m'a été très utile. Annette existe déjà dans un chapitre du livre. Sur la scène, c'est elle qui a tiré toutes les ficelles. Étrangère, elle arrive, elle entre en place. Elle ne connaît pas la famille Lepic. Elle interroge Poil de Carotte. Poil de Carotte la renseigne et du même coup il renseigne le public.

« — Je suis, dit-elle, la nouvelle servante que Mme Lepic a louée jeudi dernier à Lormes.

— Ah! Je vous attendais, dit Poil de Carotte. Comment vous appelez-vous?

— Annette Perreau.

— Annette Perreau... Je vous appellerai Annette. C'est facile à prononcer. Moi, je suis Poil de Carotte.

— Plaît-il?

— Poil de Carotte. Vous savez bien?

— Non. »

Poil de Carotte s'explique et ajoute :

« — Appelez-moi Poil de Carotte, c'est mon nom.

— Monsieur Poil de Carotte.

— Pas monsieur. Appelez-moi Poil de Carotte tout court, comme je vous appelle Annette.

— Poil de Carotte, ce n'est pas un nom de chrétien. Vous avez un autre nom, un petit nom de baptême.

— Il ne sert pas depuis le baptême. On l'a oublié. Appelez-moi Poil de Carotte.

— Je n'ose pas.

— Puisque je vous le permets.

— Poil de...

— Puisque je vous l'ordonne. Écoutez, Mme Lepic... »

Et Poil de Carotte continue ses explications.

Vous voyez, c'est un truc, un truc de théâtre; bien entendu, je n'ai pas fait ma pièce avec cette logique aisée et rapide; je vous explique, après coup, par le raisonnement, ce que j'ai fait par tâtonnements instinctifs. Après dix minutes de conversation entre cette nouvelle venue et Poil de Carotte, vous êtes fixés, vous connaissez la famille Lepic. Et, la connaissant, vous pouvez vous intéresser à elle, au petit drame qui dressera ces êtres de théâtre les uns contre les autres. Quel drame? Il fallait encore choisir. Il n'arrive pas grand-chose aux Lepic. Ils ne souffrent que par incompatibilité d'humeur. Il faut donc choisir parmi leurs accès quotidiens. Peu importe que l'aventure soit insignifiante, ordinaire, d'intérêt mince, si elle est grosse de conséquences, si elle met, malgré eux, ces personnages hors d'eux, si elle les oblige à se livrer, si elle les découvre jusqu'au fond.

M. Lepic dit à Poil de Carotte : « Viens à la chasse. » Poil de Carotte dit : « J'irai. » Mais Mme Lepic dit, en cachette, à Poil de Carotte : « Je te défends d'y aller. » Et Poil de Carotte, résigné, dit : « Je n'irai pas. » Voilà tout. C'est le point de départ. Il ne peut être plus banal. Et, sans Annette, les choses en resteraient là. M. Lepic, haussant les épaules, dirait : « Ce Poil de Carotte ne sait jamais ce qu'il veut. » Il partirait seul à la chasse et personne ne penserait plus à cette histoire, ni M. Lepic, ni Mme Lepic, ni même Poil de Carotte qui ne se pose point en enfant martyr. Mais Annette veille. C'est le ressort dramatique. *Dea ex machina.* Ce qu'elle entend, ce qu'elle voit, ce qu'elle devine depuis qu'elle est dans cette cour la stupéfie. Elle n'est pas habituée au mensonge. Elle n'a pas assez respiré l'air de la maison. Pitoyable, révoltée, elle dit à M. Lepic :

« — Votre enfant refuse de vous suivre, non par

caprice, mais parce que votre femme — j'étais là —
le lui a défendu. »

A ces mots, Poil de Carotte dit à Annette :
« Vous avez fait un beau coup. » Il croit à une
catastrophe. Pas du tout, c'est le salut.

M. Lepic, étonné, questionne Poil de Carotte,
qui hésite d'abord, puis s'enhardit, puis répond.
Ces deux êtres causent. Ils s'expliquent. C'est la
première fois de leur vie que ça leur arrive.
L'ébauche de la scène se trouve dans le livre. Ce
père et ce fils font connaissance. Est-ce étrange! Ils
vivaient côte à côte et s'ignoraient. Mme Lepic les
séparait. Un incident vient de les rapprocher, les
unit, les confond. Poil de Carotte ne se sent plus
seul dans la vie. Par le bavardage d'Annette, il se
croyait perdu, il est sauvé. Il met, comme un
homme, sa petite main dans la main de cet homme,
pas plus heureux que lui, qui est son père. Ils
tombent dans les bras l'un de l'autre. Vous voyez
comme c'est simple : et, comme tout ce qui est
simple, ça n'a pas trop mal réussi. Mais nous ne
sommes pas encore à la réussite.

Dès qu'un auteur dramatique vient d'écrire une
pièce, il a l'impatience, la manie de la lire à ses
amis.

Ce serait pardonnable s'il la lisait, comme il le
prétend, pour accepter des conseils, des critiques,
mais il ne la lit, au fond, que pour recevoir des
compliments, un acompte, une avance d'éloges.
Des cris d'enthousiasme ne l'effraieraient pas. De là
des déboires.

Mon premier auditeur fut, pour *Poil de Carotte*,
le célèbre humoriste que vous connaissez, Tristan
Bernard (l'auteur des *Mémoires d'un jeune homme
rangé*, d'*Un mari pacifique* et de ce chef-d'œuvre

comique en un acte : *L'Anglais tel qu'on le parle,* universellement joué). C'est un ami sincère, mais redoutable, non parce qu'il est trop sincère, mais parce qu'il écoute mal, vite distrait, perdu dans sa large barbe noire, absorbé par ses propres pensées, ses pièces à lui, car, n'est-ce pas, chacun a ses affaires.

Je lui lus le premier jet de *Poil de Carotte,* le premier manuscrit, celui qu'on écrit avec verve et passion, quand on se croit inspiré! Il faut se défier de ces inspirations-là! Ma lecture à Tristan Bernard fut un désastre. Je le sentis tout de suite. Je lus mal et n'achevai même pas la lecture. Je m'arrêtai au milieu devant la figure consternée de Bernard.

— C'est injouable, dans cet état, me dit-il.

Et il me donna, en détail, ses raisons que j'ai oubliées.

Diable! Il avait amené avec lui sa sœur, une de ses sœurs, l'autre est mariée à Pierre Veber, Mme Strauss, la femme du sénateur, de sorte que rien ne manqua à ma honte.

Je serrai, plutôt froidement, la main de Tristan. Je passai une mauvaise nuit, et je faillis me brouiller, pour quelques heures, avec ce vieil ami de quinze ans. Je me suis vengé, ce qui est très mal, sur une de ses pièces qu'il est venu me lire à son tour, et qui n'est pas encore jouée. Mais je ne veux pas lui faire une réputation de mauvais goût.

Le lendemain, je relus ma pièce seul, et je me rendis compte que, si Bernard avait été dur, j'avais eu le tort, moi, de lui lire une pièce qui n'était pas au point. Le fond me paraissait solide mais il fallait retravailler la forme. « L'inspiration, c'est de travailler », a dit Baudelaire. C'est ce que je fis et, incorrigible, je lus la pièce dans son texte neuf à un autre ami, à l'acteur Lucien Guitry. Il n'était pas alors directeur du Théâtre de la Renaissance.

La première partie de la pièce l'émut. Je le vis au picotement de ses yeux. La seconde partie lui parut beaucoup trop longue.

— Le public n'avalera pas tout, me dit-il.

Et me conseilla, suivant une expression qui lui est familière, de flanquer un coup de fusil dans cette seconde partie pour l'alléger.

Mais justement, moi, je préférais cette seconde partie.

« Ma foi, me dis-je, flûte pour les amis ! Si on les écoutait, on démolirait tout ce qu'on a bâti. Je ne touche plus à ma pièce. »

Cependant, j'avais reçu un télégramme d'Antoine : « On me dit que vous avez un *Poil de Carotte*. Le Théâtre Antoine vous est ouvert tout grand. »

La lecture à Antoine marcha bien, et le rôle de M. Lepic lui plut.

Qui allait jouer le rôle de Poil de Carotte ? Ce ne pouvait pas être un homme. Les acteurs, comme les actrices, se rajeunissent volontiers, mais un acteur capable de retourner à l'âge de douze à quatorze ans, ça n'existe pas. Il fallait une femme en travesti, une femme qui eût beaucoup de talent et pas trop de hanches. Il y en avait alors deux chez Antoine : Marthe Mellot et Suzanne Desprès.

Marthe Mellot est une des créatrices des *Deux Gosses* *, à l'Ambigu, c'est aussi la fameuse *Tatania* des *Oiseaux de passage* de Donnay et Descaves, joués avec tant d'éclat, l'année dernière, chez Antoine. C'est une femme charmante, pas cabotine du tout. Comme je la connaissais, je lui offris le rôle. Elle me dit modestement qu'elle ne se sentait pas, étant un peu menue, la force physique de le jouer, et en bonne camarade, ce qui est rare au théâtre, elle m'affirma que Desprès y serait mieux qu'elle. Suzanne Desprès commençait à devenir célèbre. Elle avait débuté au Théâtre de l'Œuvre, sous la direction de Lugné-Poë, aujourd'hui son mari. Elle venait de jouer, au Gymnase, *L'Aînée* de Jules Lemaître *, qui, en ce temps-là, ne faisait pas de politique, avait beaucoup de succès. Engagée depuis peu par Antoine, elle attendait un rôle. Elle trouva *Poil de Carotte* à son goût et les répétitions commencèrent, c'est-à-dire que, les rôles copiés et distribués, on se mit à parler et à se mouvoir sur ces planches où des chaises renversées figuraient le décor.

Oh! ces répétitions de *Poil de Carotte,* je ne les oublierai jamais. Jamais je n'ai vu pleurer dans la vie comme sur la scène du Théâtre Antoine. Les trois femmes de ma pièce, Suzanne Desprès (Poil de Carotte), Ellen Andrée (Mme Lepic), Renée Maupin (Annette) pleuraient chacune leur tour, et souvent toutes les trois ensemble. Ne vous y trompez pas. Elles pleuraient non d'émotion à l'étude de leurs rôles, mais parce qu'Antoine était terrible.

— Je me suis mis dans la tête, criait-il (car Antoine aime crier), que cette pièce serait bien jouée, et elle le sera.

— Vous n'êtes bonne à rien, criait-il à Desprès, je vous ôterai le rôle. Vous ne comprenez pas un mot, criait-il à Ellen Andrée, rendez-moi ça. Vous abîmez toute la pièce, criait-il à Renée Maupin, fichez-moi le camp!

Et ces dames pleuraient, pleuraient! Je tâchais de les consoler, en tout bien, tout honneur.

— Ne vous frappez pas, me disait Antoine, c'est des manières de comédie.

Dans le feu de l'action, l'une d'elles se coupa à la main avec un morceau de bol cassé. Le sang jaillit. Antoine ne parut pas touché. Quel homme! (Le bol a été supprimé au théâtre. Il reste dans la brochure. On s'en sert en province.) A son école, je m'endurcis, je m'habituai aux sanglots de ces dames et puis je m'aperçus qu'Antoine avait beau les rudoyer, les mener raide, elles l'adoraient!

D'ailleurs, elles travaillaient de toute leur âme. Une seule m'inquiétait. C'était Mlle Renée Maupin qui répétait le rôle d'Annette. Elle venait au théâtre dans des toilettes d'un chic tout à l'honneur du grand couturier Doucet. Ce n'est qu'à la fin qu'on répète dans le décor, en costume, avec les accessoires. Je me rappelais Granier qui, malgré les supplications, avait joué *Plaisir de rompre* (un rôle de femme sans fortune) avec un peignoir de quinze cents francs sur le dos. Quand Maupin me demandait mon avis, sur ses toilettes, sur sa façon de répéter le rôle d'Annette, je lui répondais :

— Mademoiselle, je ne peux rien vous dire, il m'est impossible de deviner par quel miracle de costume une Parisienne comme vous se transformera soudain, le jour venu, en une pauvre servante nivernaise et même morvandelle.

— Elle sera très bien, me disait à part Antoine, avec malice. Elle voudrait jouer les grandes coquettes, mais elle est faite pour jouer les servantes.

Ainsi me rassurait Antoine. Mais j'avoue que je n'étais pas très rassuré sur son compte à lui.

C'est intéressant de regarder Antoine, quand il travaille, mais il ne travaille pas toujours. Quelque-

fois, il ne vient pas au théâtre, ça l'ennuie. On
répète sans lui. N'importe qui, le souffleur, lit son
rôle, annonce son rôle à sa place, et le pauvre
auteur souffre à ses nerfs. Une autre fois, Antoine
vient et ne reste pas sur la scène. Il s'assied dans la
salle vide et écoute ses camarades sans dire un mot.
On ne sait que penser, on est paralysé. Une autre
fois, il interrompt à chaque réplique, fait recommencer dix fois la même scène, bouscule, injurie,
massacre tout le monde. Et les répétitions d'une
petite comédie comme *Poil de Carotte* peuvent
durer plus d'un mois.

Et puis il a la réputation de ne jamais apprendre
ses rôles, par conséquent, de ne jamais les savoir.
C'est un défaut commun chez les acteurs. Ils ont
tant joué! Leur mémoire surchargée refuse les
nouveaux textes. Et puis ils se défient des variantes
de l'auteur. Ils apprennent le plus tard possible,
pour moins se fatiguer. Mais on peut dire qu'Antoine apprend le moins possible. Si on sténographiait certains rôles qu'il a joués des centaines de
fois, si on les sténographiait tels qu'il les dit, et si
on les comparait avec le manuscrit de l'auteur, on
serait étonné des différences. On aurait de la peine
à retrouver le texte original. Ajoutez qu'Antoine
parle bas, et qu'il tourne volontiers le dos au
public.

Sa mémoire lui joue des tours comme celui-ci.
Dans une autre pièce de moi, *Monsieur Vernet,* le
soir de la première, il a passé une scène entière, une
scène de trois pages, à la stupeur de Mlle Cheirel
qui lui donnait la réplique et de Signoret. Le public
ne s'en est pas aperçu. Preuve que la scène était
inutile. J'y ai gagné. « Ce qui est supprimé n'est pas
sifflé », a dit Scribe. Mais je ne bêche pas Antoine.

Je vous le raconte avec ses défauts et ses qualités.

C'est un homme extraordinaire et soyez sûrs que son théâtre tiendra une belle place dans l'histoire de notre théâtre français.

Antoine a beaucoup travaillé le rôle de M. Lepic, l'extérieur et les dessous du rôle. Nous causions de M. Lepic comme d'un tiers vivant... Je lui écrivais des notes sur les habitudes, les tics de M. Lepic, sa manière de marcher les mains derrière le dos, de fumer une cigarette. Antoine fourrait mes notes dans sa poche, et à la répétition suivante, je m'apercevais qu'il les avait lues, avec profit.

Certains auteurs ne touchent plus ou presque plus à leur pièce dès qu'ils l'ont remise aux acteurs. Le texte est établi. Ils n'y changent, n'y ajoutent rien. Ils ne s'occupent que du jeu des acteurs. Je crois que Courteline est de ceux-là. D'autres, au contraire, modifient, corrigent constamment. Chaque jour, ils apportent des « béquets », c'est-à-dire des mots, des phrases, des scènes même nouvelles. On dit alors que la pièce « engraisse ». Tristan Bernard est un de ces auteurs-là. Il fait le meilleur de son travail à l'avant-scène, c'est-à-dire au théâtre. Un directeur lui disait (à propos de la famille du *Brosseur*) :

— Vous êtes fou ! Vous me donnez seulement ce soir, deux jours avant la représentation, une scène qui est la plus jolie scène de votre pièce. Comment voulez-vous que les acteurs l'apprennent ?

Et Tristan Bernard répondait avec son flegme d'auteur jamais pressé, souriant dans sa barbe assyrienne :

— Ne dites donc pas ça, je vous donnerai peut-être demain une scène qui sera encore plus jolie.

Tristan Bernard exagère, mais il est certain que

le travail d'avant-scène est fructueux. Une pièce n'est jamais finie, et, si l'énervement peut la gâter, il y a des heures de clairvoyance brusque et tardive où l'on donnerait cher pour avoir le temps de recommencer une pièce. A ce travail d'avant-scène, certains acteurs — et de très bons acteurs — sont incapables de donner un conseil à un auteur. On entend fréquemment ce bout de dialogue. L'acteur s'arrête comme au bord d'un trou, d'un précipice, et dit :

— Ça ne va pas.

— Ah! Qu'est-ce qu'il y a?

— Je ne sais pas, mais ça ne va plus.

— Que faut-il faire? demande l'auteur, inquiet.

— Je n'en sais rien, répond l'acteur. Ça vous regarde. C'est votre affaire, non la mienne. Je suis acteur, je m'occupe de mon rôle et non de votre pièce. Vous êtes l'auteur, arrangez-vous. Je vous préviens, si vous laissez ça comme ça, votre pièce est par terre!

C'est charmant. L'auteur cherche, seul, et trouve ce qu'il peut.

Certains acteurs, au contraire, sont des collaborateurs précieux, des guides sûrs. On peut se fier à leur bon sens et à leur instinct. Quand ils s'obstinent à ne pas dire une phrase, c'est que la phrase ne vaut rien. Je me rappelle Jeanne Granier, elle n'a pas un respect exagéré pour le texte de son auteur. « Ce n'est pas coulé en bronze », dit-elle. Dans *Le Plaisir de rompre,* elle devait dire : « Ah! que vous êtes maladroit »; elle disait aux répétitions : « Tu ne fais que des gaffes », et cela pour se donner le ton.

— Laissez-moi, assurait-elle, je dirai votre texte devant le public, puisque vous y tenez.

Elle déclarait encore :

— Là, Renard, je voudrais un mot.

— Quel mot ?

— Un mot drôle, qui me permette de sourire ; j'ai besoin de sourire à cet endroit-là.

Je lui offrais plusieurs mots. Elle en choisissait un. Elle souriait, et comme elle avait un sourire délicieux, le plus joli sourire du monde, j'étais bien tranquille sur le sort de mon mot. Drôle ou pas drôle, il produirait son effet.

Autre exemple. On répétait la triomphante *Veine*, d'Alfred Capus *. Le premier acte se passait chez une modiste. C'était plutôt terne, incolore. On voyait des chapeaux sur des supports de bois, comme des perroquets sur leurs perchoirs. L'acteur Guitry faisait la moue. Il dit à Capus :

— Vous tenez beaucoup à votre modiste ?

— Moi ? non, ça m'est égal, dit Capus qui ne tient pas à grand-chose.

— Si nous remplacions votre modiste par une fleuriste ?

— Je veux bien. Pourquoi ?

— Parce que ce sera plus gai.

Et en effet, l'idée de Guitry métamorphosa le premier acte de *La Veine*. Il fut illuminé par les fleurs, de fraîches fleurs naturelles. La pièce partit dans un éclat de fleurs, une joie, une fête de couleurs monta jusqu'aux nues. Mais Guitry est une exception. C'est presque un homme de lettres. Il est capable d'écrire les pièces qu'il joue. Je sais qu'une des meilleures scènes de *Monsieur Bergeret* d'Anatole France, est de lui. Ne le répétez pas ! Quand Guitry ne pourra plus jouer, il se fera auteur dramatique. Et ce ne sera pas le moins applaudi.

Antoine est moins littéraire, moins poète. Mais c'est un metteur en scène de premier ordre. Il n'a pas écrit un mot, je vous le jure, mais il a trouvé un des effets les plus sûrs de *Poil de Carotte*. Poil de Carotte et M. Lepic sont dans la cour. Ils se sont expliqués ; ils s'attendrissent. Tout à coup, Poil de Carotte tressaille. Il s'aperçoit que Mme Lepic les observe, les épie.

« — Chut ! dit-il, elle nous surveille par la fenêtre.

— Eh bien ! dit M. Lepic, va fermer les volets.

— Ah ! non...

— Tu as peur ?

— Oh ! oui, par les carreaux elle me foudroierait ; fais ta commission toi-même. »

Et M. Lepic va fermer les volets.

Antoine y allait. Et c'est là qu'il avait fait cette trouvaille. Il allait lentement fermer les volets, mais, à mesure qu'il s'approchait, on sentait qu'il avait un petit peu peur, lui aussi, peur de se trouver nez à nez avec Mme Lepic cachée derrière les vitres. Alors, au lieu de fermer les volets, comme vous et moi aurions fait, il les ferma en leur tournant le dos comme ça.

Nous étions, quand il trouva ce jeu de scène, quelques amis intimes dans la salle. Ce fut un éclat de rire, et le même effet se reproduit toujours, multiplié, devant le public.

Je vous parle surtout d'Antoine, parce que c'est surtout Antoine qui a mis *Poil de Carotte* debout. Il dirigeait Suzanne Desprès qui n'avait d'ailleurs qu'à se livrer, à s'abandonner à sa nature primitive. Comme cette artiste de grande valeur est parfois têtue, volontairement sauvage, je lui ai dit souvent, plus tard :

— Ma chère Desprès, vous êtes bien insupportable !

Elle me répondait, l'œil de travers, oblique, comme ça :

— Si je n'étais pas insupportable, est-ce que j'aurais bien joué *Poil de Carotte?*

Que répliquer ? J'étais désarmé. Mais jusqu'à la dernière répétition, la répétition générale, Antoine me fit l'effet de ne pas savoir un mot de son rôle. Quand il n'avait pas le manuscrit sous les yeux, il bredouillait. Je n'entendais que le souffleur. Je le fis observer à Antoine.

— Ne vous tourmentez pas, me dit-il, jamais je n'ai su un rôle comme celui-là.

Je connaissais les plaintes de mes confrères, j'étais désolé. Il en avait de bonnes ! Aux dernières répétitions d'une pièce, on est arrivé à un tel état de surexcitation qu'on ne voit plus clair du tout. Il semble qu'on regarde déjà dans un four. C'est noir. J'ai été sur le point de faire dire à Antoine, par la Société des Auteurs dramatiques, que je ne trouvais pas la pièce prête, et que je le sommais de reculer la représentation.

Le régisseur du théâtre, alors, M. Paul Edmond, qui connaissait bien son Antoine, m'arrêta.

— Vous verrez qu'Antoine sera admirable, me dit-il.

J'attendis, les yeux fermés, le destin.

Vous savez qu'à Paris la vraie première d'une pièce ce n'est pas la première. Avant la première représentation d'une pièce, la première représentation pour le public payant, on offre toujours une répétition générale à la presse, à la critique. En réalité, cette répétition générale est la vraie première. C'est d'elle que dépend le succès de la pièce.

Le public de répétition générale ne se compose pas seulement de critiques. Il y a de tout. Les amis de l'auteur (les bons et les mauvais), les amis des autres auteurs joués en même temps, les amis des acteurs et des actrices, les femmes des journalistes, des mondaines et des demi-mondaines et des personnalités vagues qui ne sont même pas invitées, qui se faufilent on ne sait comment. C'est ce public mêlé, frivole, capricieux, qui décide en un soir du sort d'une pièce et même d'un auteur. Vous voyez qu'il convient de n'accepter qu'avec réserve les réputations surfaites ou défaites.

D'ordinaire, l'auteur écoute sa pièce derrière la toile de fond. C'est là un genre de sport que je ne vous recommande pas. Quand ça va, passe, mais quand ça marche mal ou tantôt bien ou tantôt mal, c'est le supplice. Derrière cette toile, si l'auteur manque d'estomac, il abrège sa vie. Rappelez-vous vos examens les plus durs, c'est ça, c'est pire que ça. Il paraît qu'à chacune de ses pièces, Sardou dévorait un mouchoir. Maurice Donnay donne des coups de pied au mur, tripote des boulettes de pain ou de mastic. Ça calme ses doigts. Rostand s'enfonce son monocle dans l'œil et s'arrache la moustache à force de la tirer. Paul Hervieu serre les dents. Il me disait après *Le Dédale* : « Je ne peux pas m'y habituer ; chacune de mes pièces fait faire un progrès à ma maladie de cœur. » Capus bâille et affecte de plaisanter avec le directeur qui est aussi pâle que lui, etc. Tristan Bernard, lui, est plus courageux. Il monte au poulailler, où il n'y a personne. Il s'installe, regarde et écoute de haut sa comédie, comme si elle était d'un autre, et il tâche de rire plus fort que le public. Les plus malins restent chez eux. Ils se font renseigner par quelqu'un, une femme aimée, par exemple, une véritable amie, tendre et délicate, qui exagère le succès ou adoucit la défaite. On ne sait pas trop à quoi s'en tenir, mais on vit plus longtemps.

Je ne parle pas du trac des acteurs. Sarah même l'a. Tous l'ont. Les plus vieux davantage, Granier est malade huit jours d'avance. Elle devient laide. Le moment venu, elle redevient jolie.

Le soir de *Poil de Carotte,* je n'étais pas derrière la toile de fond. Était-ce lâcheté ou fausse indifférence? Je ne me souviens plus.

On venait de jouer, avant *Poil de Carotte,* une pièce en trois actes, d'Abel Hermant, *L'Empreinte.* Deux auteurs qu'on répète ensemble sur le même théâtre s'ignorent aussi complètement que deux locataires parisiens qui habitent sur le même palier. Chacun pour soi. La pièce d'Hermant avait-elle réussi, avait-elle échoué? Peu m'importait. C'était mon tour. J'étais resté dans la loge d'Antoine, une loge étroite, comme ces petites prisons qu'il y avait autrefois dans nos lycées (je suppose qu'elles n'existent plus) et qu'on appelait des séquestres. J'étais là, je ne dis pas me promenant de long en large, c'eût été trop vite fait, mais tantôt assis, tantôt debout, intérieurement agité. Je jouais une assez grosse partie. N'avais-je point gâté à la scène le *Poil de Carotte* du livre? On m'attendait un peu comme au coin d'un bois.

Je n'avais pour compagnon que le coiffeur d'Antoine, celui qui soigne ses perruques, un brave homme, mais sans aucune conversation. Le régisseur Paul Edmond, qui m'avait déjà rendu courage à propos de la mémoire d'Antoine, passant par hasard devant la loge, me dit :

— Vous n'écoutez donc pas votre pièce?

— Non.

— Pourquoi?

— Parce que je suis bien là.

— Je vais voir comment ça marche et je reviendrai vous le dire.

Le régisseur partit et ne revint plus.

Quelques instants après, l'acteur Dumény, celui qui a créé *Le Retour de Jérusalem* ★, et qui était alors chez Antoine, passe aussi devant la loge et me dit :

— Qu'est-ce que vous faites là, Renard?

— J'attends.

— Mon pauvre ami, je cours aux nouvelles et je vous les apporte.

— Oui, dis-je, et ne faites pas comme l'autre.

— Quel autre?

— Un autre messager que je n'ai plus revu.

— Oh! dit Dumény, on ne fait pas de ces blagues-là. Une seconde et je suis à vous.

Dumény me quitte et ne revient plus. Je commençais à être mal à l'aise. Je craignais je ne sais quelle catastrophe. Au bout d'une cinquantaine de minutes, c'est ce que dure *Poil de Carotte,* joué lentement et interrompu par des applaudissements, l'acteur Gémier se précipite dans la loge et se met à pleurer dans un coin. Je ne dramatise pas, je ne dis que la vérité. L'acteur Gémier était alors aussi chez Antoine. Ils étaient fort amis et Antoine l'avait prié, pour ce jour-là, de lui servir de souffleur. Gémier avait donc soufflé toute la pièce et la pièce était finie, puisqu'il était là, pleurant dans son coin.

Je lui demandai :

— Qu'est-ce que vous avez, Gémier?

— C'est votre pièce.

— Ma pièce, quoi? Qu'est-ce qu'il y a?

Gemier ne répondit pas. Ça devenait de l'angoisse. Heureusement, elle dura peu. Antoine apparut et me dit :

— C'est un gros succès.

Des portes s'ouvrirent. Mes amis (bons et mauvais) débouchèrent avec des figures rayonnantes, des yeux humides et de bonnes poignées de main. Ce fut très agréable.

Rappelez-vous vos examens quand vous étiez reçus.

Ces representations ressemblent aux mariages, défilés de sacristie. Il y a des gens, comme certains parents, qu'on ne voit que ce jour-là.

J'ai su plus tard que le régisseur Paul Edmond et l'acteur Dumény, qui avaient couru aux nouvelles, pris par le jeu des acteurs, m'avaient simplement oublié! Quant à Gémier, ma pièce lui avait rappelé des souvenirs d'enfance personnels et douloureux. De là sa crise de larmes. Les acteurs pleurent facilement, même quand c'est pour leur propre compte. A la fin de *Poil de Carotte,* Gémier, ému, ne pouvant plus souffler Antoine, Antoine s'en passa.

Il fut très beau, Antoine. Quand il ne savait pas, il remplaçait les mots par les gestes et c'était irrésistible. Pour Suzanne Desprès, elle est si bien entrée ce soir-là dans la blouse de Poil de Carotte, que depuis quatre ans elle n'en sort que pour y rentrer avec plaisir.

— Je jouerai votre *Poil de Carotte,* me dit-elle, tant que mon postérieur pourra tenir dans une culotte de garçon.

Ce qui ne l'empêche pas de jouer *Phèdre,* de Racine, et d'y être très belle.

Il ne faut pas que j'insiste trop sur le succès de

Poil de Carotte, ce serait de mauvais goût. *Poil de Carotte* aurait dû faire un four. C'eût été plus *Poil de Carotte*. On n'a pas toutes les chances. Seuls ou à peu près, les lecteurs de *La Gazette de France* ont dû bien me mépriser.

Son critique écrivait : « Quant à *Poil de Carotte*, de M. Renard, j'avoue n'avoir jamais pu trouver à cet auteur une ombre de talent. C'est par snobisme, assurément, qu'on l'admire, et d'autant plus qu'on le comprend moins. Je ne m'y arrêterai donc pas davantage. »

Mais j'ai le droit strict de dire qu'il a été joué partout en France, même à Nevers, et qu'il a fait son tour d'Europe, presque son tour du monde. Il a trouvé en Amérique une Desprès qui le joue aussi souvent que la Desprès française.

Seule l'Allemagne n'a pas voulu de *Poil de Carotte*. Échec complet. Est-ce ma faute, celle du traducteur ou celle des Allemands, je l'ignore. Et je suis, dit-on, internationaliste. Que serait-ce si *Poil de Carotte* avait triomphé en Allemagne ?

Je voudrais bien vous dire quelle est, à mon sens, la raison capitale du succès persistant de *Poil de Carotte*. Cette petite pièce a de grands défauts.

La première partie, celle qu'on pourrait appeler l'exposition, est lourde, traînante. Elle étonne, déroute le public, quand l'actrice qui joue le rôle de la servante Annette ne le joue pas assez comique pour mettre le public en train.

Des mots remarqués dans le livre, connus par le livre, et sur lesquels je comptais à la scène, ne produisent pas d'effet. Ils sont mal placés.

L'entrée de Mme Lepic ne fait pas l'impression que j'espérais. Elle n'arrive pas au bon moment. Je le vois aujourd'hui avec netteté.

Mais tel quel, avec ses imperfections, *Poil de Carotte*, bien ou moins bien joué, joué dans son décor ou sans décor (on l'a joué sur une place publique, dans un salon, *Poil de Carotte* dans un salon!), *Poil de Carotte* amuse et émeut le public, c'est incontestable. Pourquoi? parce que *Poil de Carotte* est un tableau — point flatté! mais exact — de plus d'une famille.

« — Il y a, dit M. Lepic à Poil de Carotte, il y a dans l'espèce humaine plus de quatre familles comme la nôtre, sans compter celles qui ne s'en vantent pas. » Oui, en ce sens, j'ose dire que *Poil de Carotte* est un spectacle de famille.

J'imagine qu'après avoir écouté *Poil de Carotte*, une part des spectateurs se contente de plaindre le petit bonhomme, mais que le reste des spectateurs se dit :

« Sommes-nous bien sûrs d'aimer nos enfants comme il faut les aimer? »

Ceux-là, le souvenir de *Poil de Carotte* les poursuit jusqu'à la maison, et peut-être que le lendemain plus d'un gosse déjà bien partagé doit à Poil de Carotte un supplément de caresses, un dessert de douceurs maternelles et paternelles auquel il ne s'attendait pas. Ça ne peut toujours pas lui faire de mal.

En écrivant *Poil de Carotte*, je n'ai eu d'autre but que d'écrire une œuvre d'art. Je n'avais pas la moindre intention sociale. Ce n'est pas une thèse, une œuvre à tendances voulues, préméditées. Mais il se trouve que cette petite pièce est aussi une petite leçon. Tant mieux!

Je ne cherchais pas ce résultat. Il est venu en plus tout seul; ça me fait plaisir. On joue, on lit fréquemment *Poil de Carotte* dans les réunions populaires. On l'a joué au Théâtre du Peuple de Bussang, fondé par Maurice Pottecher★. Mais par exemple, on l'a joué devant des parapluies, car le théâtre est découvert, et il pleuvait ce jour-là à torrents.

Poil de Carotte en avait vu bien d'autres.

On l'a joué au Château du Peuple, près de Paris, car vous savez que le peuple de Paris a un château, déjà, en plein bois de Boulogne.

Rien ne m'a été plus précieux que cette expérience populaire. Il semble qu'il y ait, chez le peuple, beaucoup de Poil de Carotte. Puissent-ils, grâce au mien, devenir de plus en plus rares!

Le livre de M. Frapié★, *La Maternelle*, est plein de petits Poil de Carotte.

Mais je n'ai pas eu que des approbations. Les publics cléricaux (il en reste) aiment moins *Poil de Carotte* que les publics avancés. Pourquoi? C'est peut-être parce que M. Lepic dit dans la pièce : « Je déteste le bavardage, le désordre, le mensonge et les curés. »

M. le curé de mon village m'a reproché, éloquemment, en pleine église, du haut de la chaire, s'il vous plaît, d'avoir écrit contre la famille★. Ce reproche me vient presque toujours des célibataires. Il est vrai qu'en ce temps-là, je n'étais pas encore maire de ma commune (Monsieur le maire! comme on dit dans *Les Oiseaux de passage*). J'ai protesté avec énergie et je proteste encore, monsieur le curé de ma commune (et je le dis avec les égards que doit à cet honorable fonctionnaire un partisan plein d'espoir de la séparation de l'Église et de l'État). M. le curé se trompe. Sans le faire exprès, il m'a calomnié!

Moi, un ennemi de la famille! Quelle erreur! Je

crois, au contraire, que le bonheur ne peut être complet que dans la famille. Seulement, si ce n'est pas difficile à planter, une famille, c'est très difficile à cultiver. Il devrait y avoir des écoles normales supérieures où l'on enseignerait aux jeunes ménagères l'art de vivre en famille. Le ménage modèle. J'ai seize ans de ménage, je demanderais une place de surveillant.

Certes, il y a des cas irrémédiables, des familles où l'homme est une brute, la femme une coquine. Un proverbe dit qu'il n'y a pas de remède de bonne femme contre les mauvaises. Je ne parle pas de ces familles-là. Mais combien de familles tournent mal, simplement parce qu'elles n'ont pas su s'y prendre. L'homme a manqué de raison, la femme de finesse, et les enfants, c'était forcé, de gratitude. On n'y est pas criminel, on y est maladroit.

Pris isolément, cet homme est un brave homme, et cette femme une brave femme, et ces enfants ont une bonne nature. En contact, ils ne savent que se heurter, s'écorcher, se blesser. Ils sont fragiles et ils ignorent la façon de se toucher. Ils ne prennent aucune précaution pour manier cet objet d'art qu'est le cœur humain.

C'est rarement que le bonheur d'une famille se détruit par la faute d'un seul et, presque toujours, chacun a ses torts. Qui dit cela? M. Lepic lui-même. Il dit à Poil de Carotte :

« — Nous sommes là, tous deux, à gémir. Il faudrait l'entendre, ta mère. Peut-être qu'elle aussi trouve qu'elle est mal tombée. Qui sait si avec un autre?... N'obtenant pas d'elle ce que je voulais, j'ai été rancunier, impitoyable et mes duretés pour elle, elle te les a rendues. Elle a tous les torts envers toi, mais envers moi, les a-t-elle tous? Il y a des moments où je m'interroge... »

M. Lepic n'achève pas sa pensée. Ce langage étonne Poil de Carotte, il trouve au fond que M. Lepic va un peu loin. Mais moi, l'auteur, je suis satisfait de ce mouvement tournant exécuté par M. Lepic en faveur de Mme Lepic. Ce n'était pas dans le livre. C'est un progrès, une supériorité, je crois. Si la pièce s'était prolongée, M. et Mme Lepic auraient peut-être fini par s'embrasser, au nez de Poil de Carotte, décidément ahuri.

La Bigote

COMÉDIE EN DEUX ACTES

PERSONNAGES

M. LEPIC, *cinquante ans*	MM. Bernard
PAUL ROLAND, *gendre, trente ans*	Desfontaines
FÉLIX LEPIC, *dix-huit ans*	Denis d'Inès
M. LE CURÉ, *jeune*	Bacqué
JACQUES, *vingt-cinq ans, petit-fils d'Honorine*	Stephen
Mme LEPIC, *quarante-deux ans*	Mmes Kerwich
HENRIETTE, *sa fille, vingt ans*	Mellot
MADELEINE, *amie d'Henriette, seize ans*	Du Eyner
Mme BACHE, *tante de Paul Roland*	Marley
LA VIEILLE HONORINE	Barbieri
UNE PETITE BONNE	Barsange
LE CHIEN	Minos

Les deux actes se passent dans un village du Morvan, dont M. Lepic est le maire.

DÉCOR DES DEUX ACTES

*Grande salle. — Fenêtres à petits carreaux. —
Vaste cheminée. — Poutres au plafond. — De tous les
meubles, sauf des lits : arche, armoire, horloge, porte-
fusils. — Par les fenêtres, un paysage de septembre.*

ACTE PREMIER

SCÈNE PREMIÈRE

M. LEPIC, Mme LEPIC, HENRIETTE, FÉLIX.

*A table, fin de déjeuner. — Table oblongue, nappe
ae couleur, en toile des Vosges. — M. Lepic à un bout,
Mme Lepic à l'autre, le plus loin possible. — Le frère
et la sœur, au milieu, Félix plus près de son père,
Henriette plus près de sa mère. — Ces dames sont en
toilette de dimanche. — Silence qui montre combien
tous les membres de cette famille, qui a l'air d'abord
d'une famille de muets, s'ennuient quand ils sont tous
là. — C'est la fin du repas. — On ne passe rien. —
M. Lepic tire à lui une corbeille de fruits, se sert, et
repousse la corbeille. — Les autres font de même, par
rang d'âge. Henriette essaie, à propos d'une pomme
qu'elle coupe, de céder son droit d'aînesse à Félix, mais
Félix préfère une pomme tout entière. — La bonne,
habituée, surveille son monde. — On lui réclame une
assiette, du pain, par signes. — La distraction*

générale est de jeter des choses au chien, qui se bourre.
— Mᵐᵉ Lepic ne peut pas « tenir » jusqu'à la fin du
repas, et elle dit à Félix, dont les yeux s'attachent au
plafond :

Mᵐᵉ LEPIC, *à Félix :* Tu as bien déjeuné, mon grand?

FÉLIX : Oui, maman, mais je croyais le lièvre de papa plus gros. Hein, papa?

M. LEPIC : Je n'en ai peut-être tué que la moitié.

Mᵐᵉ LEPIC : Il a beaucoup réduit en cuisant.

FÉLIX : Hum!

Mᵐᵉ LEPIC : Pourquoi tousses-tu?

FÉLIX : Parce que je ne suis pas enrhumé.

Mᵐᵉ LEPIC : Comprends pas... Qu'est-ce que tu regardes? Les poutres. Il y en a vingt et une.

FÉLIX : Vingt-deux, maman, avec la grosse : pourquoi l'oublier?

Mᵐᵉ LEPIC : Ce serait dommage.

FÉLIX : Ça ne ferait plus le compte!

Mᵐᵉ LEPIC, *enhardie :* Tu ne viendras pas avec nous?

FÉLIX : Où ça, maman?

Mᵐᵉ LEPIC : Aux vêpres.

FÉLIX : Aux vêpres! A l'église?

Mᵐᵉ LEPIC : Ça ne te ferait pas de mal. Une fois n'est pas coutume; moi-même, j'y vais quand j'ai le temps.

FÉLIX : Tu le trouves toujours!

Mᵐᵉ LEPIC : Pardon! mon ménage avant tout! l'église après!

FÉLIX : Oh!

Mᵐᵉ LEPIC : N'est-ce pas, Henriette? Mieux vaut maison bien tenue qu'église bien remplie.

FÉLIX : Ne fais pas dire de blagues à ma sœur! Ça

te regarde, maman! En ce qui me regarde, moi, tu sais bien que je ne vais plus à la messe depuis l'âge de raison, ce n'est pas pour aller aux vêpres.

Mme LEPIC : On le regrette. Tout le monde, ce matin, me demandait de tes nouvelles, et il y avait beaucoup de monde. L'église était pleine. J'ai même cru que notre pain bénit ne suffirait pas.

FÉLIX : Ils n'avaient donc pas mangé depuis huit jours? Ah! ils le dévorent, notre pain! Prends garde!

Mme LEPIC : J'offre quand c'est mon tour, par politesse! Je ne veux pas qu'on me montre au doigt! Oh! sois tranquille, je connais les soucis de M. Lepic, je sais quel mal il a à gagner notre argent. Je n'offre pas de la brioche, comme le château. Ah! si nous étions millionnaires! C'est si bon de donner!

FÉLIX : Au curé... Tu ferais de son église un restaurant. Il y a déjà une petite buvette!

Mme LEPIC : Félix!

FÉLIX : J'irais alors, à ton église, par gourmandise.

Mme LEPIC : Tu n'es pas obligé d'entrer. Conduis-nous jusqu'à la porte.

FÉLIX : Vous avez peur, en plein jour?

Mme LEPIC : C'est si gentil, un fils bachelier qui accompagne sa mère et sa sœur!

FÉLIX : C'est pour lui la récompense de dix années de travail acharné! C'est godiche!

Mme LEPIC : Tu offrirais galamment ton bras.

FÉLIX : A toi?

Mme LEPIC : A moi ou à ta sœur!

FÉLIX, *à Henriette :* C'est vrai, cheurotte, que tu as besoin de mon bras pour aller chez le curé?

HENRIETTE, *fraternelle :* A l'église!... Je ne te le demande pas.

FÉLIX : Ça te ferait plaisir?

HENRIETTE : Oui, mais à toi?...

FÉLIX : Oh! moi! ça m'embêterait.

HENRIETTE : Justement.

Mᵐᵉ LEPIC : Il fait si beau.

FÉLIX : Il fera encore plus beau à la pêche.

Mᵐᵉ LEPIC : Une seule fois, par hasard, pendant tes vacances.

HENRIETTE, *à Mᵐᵉ Lepic :* Puisque c'est une corvée!

Mᵐᵉ LEPIC : De plus huppés que lui se sacrifient.

FÉLIX : Oh! ça, je m'en...

Mᵐᵉ LEPIC : J'ai vu souvent M. le conseiller général Perrault, qui est républicain, aussi républicain que M. le maire, attendre sa famille à la sortie de l'église.

FÉLIX : C'est pour donner, sur la place, des poignées de main aux amis de sa femme qui sont réactionnaires. N'est-ce pas, monsieur le maire? *(M. Lepic approuve de la tête.)* Quand il reçoit chez lui la visite d'un curé, il accroche une petite croix d'or à sa chaîne de montre, n'est-ce pas, papa?

> *M. Lepic approuve et rit dans sa barbe.*

Mᵐᵉ LEPIC : Où est le mal?

FÉLIX : Il n'y a aucun mal, si M. Perrault n'oublie pas d'ôter la petite croix quand on lui annonce papa. *(A M. Lepic.)* Il n'oublie pas, hein?

> *M. Lepic fait signe que non.*

Mᵐᵉ LEPIC : C'est spirituel!

FÉLIX : Ça fait rire papa! C'est l'essentiel! Écoute, maman, je t'aime bien, j'aime bien cheu-

rotte, mais vous connaissez ma règle de conduite :
tout comme papa! Je ne m'occupe pas du conseiller
général, ni des autres, je m'occupe de papa. Quand
papa ira aux vêpres, j'irai. Demande à papa s'il veut
aller ce soir aux vêpres.

HENRIETTE : Félix!

Mme LEPIC : C'est malin.

FÉLIX : Demande!... Papa, accompagnons-nous
ces dames? *(M. Lepic fripe sa serviette en tapon —
Henriette la pliera —, la met sur la table et se lève.)*
Voilà l'effet produit : il se sauve avant le café! Et
ton café, papa?

M. LEPIC : Tu me l'apporteras au jardin.

Mme LEPIC, *amère :* Il ne s'est pas toujours sauvé.

HENRIETTE, *sans que M. Lepic la voie :* Maman!

FÉLIX, *à Mme Lepic :* Papa t'a accompagnée à
l'église? Quand?

Mme LEPIC : Le jour de notre mariage.

FÉLIX : Ah! c'est vrai!

Mme LEPIC : Il était assez fier et il se tenait droit
comme dans un corset!

FÉLIX : J'aurais voulu être là.

M. LEPIC : Il fallait venir!

FÉLIX : Et il a fait comme les autres?

Mme LEPIC : Oui.

FÉLIX : Ce qu'ils font?

Mme LEPIC, *accablante :* Tout.

FÉLIX : Il s'est agenouillé?

Mme LEPIC, *implacable :* Tout, tout.

FÉLIX : Mon pauvre vieux papa! Quand je pense
que toi aussi, un jour dans ta vie... Tu ne nous
disais pas ça!

M. LEPIC : Je ne m'en vante jamais!

Mme LEPIC *porte son mouchoir à ses yeux, mais on
frappe et elle dit, les yeux secs :* Entrez!

SCÈNE II

LES MÊMES, *la vieille* HONORINE,
son petit-fils JACQUES,
avec une pioche sur l'épaule ;
tous deux en dimanche.

HONORINE : Salut, messieurs, dames!

TOUS : Bonjour, vieille Honorine.

HONORINE : Je vous apporte un mot d'écrit qu'on a remis à Germenay *(Mme Lepic s'avance)* pour M. le maire.

> *M. Lepic prend la lettre et l'ouvre.*

Mme LEPIC, *intriguée :* Qui donc vous a remis cette lettre, Honorine?

HONORINE : Mme Bache. Elle savait que j'étais, ce matin, de vaisselle chez les Bouvard qui régalaient hier soir. Elle est venue me trouver à la cuisine et elle m'a dit : « Tu remettras ça sans faute à M. Lepic, de la part de M. Paul. »

Mme LEPIC : De M. Paul Roland?

HONORINE : Oui.

Mme LEPIC, *à Henriette :* Henriette, une lettre de M. Paul! — Il y a une réponse, Honorine?

HONORINE : Mme Bache ne m'en a pas parlé! Elle m'a seulement donné dix sous pour la commission!

Mme LEPIC : Moi, je vous en donnerai dix avec.

HONORINE : Merci, madame, je suis déjà payée. Une fois suffisait...

> *Elle accepterait tout de même.*

Mme LEPIC : C'était de bon cœur, ma vieille.

*M. Lepic, après avoir lu la lettre, la pose près
de lui, sur la table, où il est appuyé. La curiosité
agite Mme Lepic.*

HONORINE : Elle était fameuse votre brioche, ce
matin, à l'église, madame Lepic!

JACQUES : Oh! oui, je me suis régalé. Je ne vais à
la messe que quand c'est votre jour de brioche,
madame Lepic. J'en ai d'abord pris un morceau
que j'ai mangé tout de suite, et puis j'en ai volé un
autre pour le mettre dans ma poche, que je
mangerai ce soir à mon goûter de quatre heures.

Mme LEPIC : Quelle brioche? Ils appellent du pain
de la brioche, parce qu'il a le goût de pain bénit.
On voit bien que vous ne savez pas ce que c'est que
de la brioche, mes pauvres gens!

HONORINE : Oh! c'était bien de la brioche fine, et
pas de la brioche de campagne. Le château, lui qui
est millionnaire, ne donne que du pain, mais vous...

Mme LEPIC : Taisez-vous donc, Honorine, vous ne
savez pas ce que vous dites.

HONORINE : Le château a une baronne, mais vous,
vous êtes la dame du village!

Mme LEPIC : Ma mère m'a bien élevée, voilà tout!
Mais vous empêchez M. Lepic de lire sa lettre.

HONORINE : Il a fini!... Ce n'était pas une
mauvaise nouvelle, monsieur le maire... Non?

M. LEPIC, *à Honorine :* Tu veux lire?

HONORINE : Oh! non... Je suis de la vieille école,
moi, de l'école qui ne sait pas lire; mais, comme ils
ont l'air d'attendre et que vous ne dites rien...
Enfin!... ce n'est pas mon affaire! mais à propos de
lettre, avez-vous tenu votre promesse d'écrire au
préfet?

M. LEPIC : Au préfet?

HONORINE : Oui, à M. le préfet.

> *M. Lepic ouvre la bouche, mais Mme Lepic le devance.*

Mme LEPIC, *tous ses regards vers la lettre :* Quand M. Lepic fait une promesse, c'est pour la tenir, Honorine.

HONORINE : Le préfet a-t-il répondu ?

Mme LEPIC : Il ne manquerait plus que ça !

HONORINE : Mon Jacquelou aura-t-il sa place de cantonnier ?

Mme LEPIC : Quand M. Lepic se mêle d'obtenir quelque chose...

HONORINE : Alors Jacquelou est nommé ?

Mme LEPIC : Vous voyez bien que M. Lepic ne dit pas non.

HONORINE : Vous n'allez pas vous taire !

Mme LEPIC : Ne vous gênez pas, Honorine.

HONORINE, *penaude :* Excusez-moi, madame. Mais laissez-le donc répondre, pour voir ce qu'il va dire. Il est en âge de parler seul. Je vois bien qu'il ne dit pas non ; mais je vois bien qu'il ne dit pas oui. Dis-tu oui ?

Mme LEPIC : Quelle manie vous avez de tutoyer M. Lepic !

HONORINE : Des fois ! Ça dépend des jours, et ça ne le contrarie pas. *(A M. Lepic.)* Oui ou non ?

Mme LEPIC : Mais oui, mais oui, Honorine !

HONORINE : C'est qu'il ne le dirait pas, si on ne le poussait pas. *(A Mme Lepic.)* Heureusement que vous êtes là, et que vous répondez pour lui. *(A M. Lepic.)* Ah ! que tu es taquin ! Je te remercie quand même, va, de tout mon cœur. Je te dois déjà le pain que me donne la commune. Tu as beau avoir l'air méchant, tu es bon pour les pauvres gens comme nous.

Mᵐᵉ LEPIC : Il ne suffit pas d'être bon pour les pauvres, Honorine, il faut encore l'être pour les siens, pour sa famille.

HONORINE : Oui, madame. *(A M. Lepic.)* Mais tu as supprimé la subvention de M. le curé : ça c'est mal.

FÉLIX : C'est avec cet argent que la commune peut vous donner du pain, ma vieille Honorine.

HONORINE, *à M. Lepic :* Alors, tu as bien fait ; j'ai plus besoin que lui.

JACQUES : Merci pour la place, monsieur le maire !

HONORINE : Jacquelou avait peur, parce que de mauvaises langues rapportent qu'il a eu le bras cassé en nourrice et qu'il ne peut pas manier une pioche. C'est de la méchanceté.

JACQUES, *stupide :* C'est de la bêtise !

HONORINE : Je lui ai dit : « Prends ta pioche et tu montreras à M. le maire que tu sais t'en servir. »

JACQUES : Venez dans votre jardin, monsieur le maire, et je vous ferai voir.

M. LEPIC : Pourquoi au jardin ? Nous sommes bien ici. Pioche donc !

Jacques lève sa pioche.

Mᵐᵉ LEPIC, *se précipite :* Sur mon parquet ciré !

JACQUES : Je ne l'aurais pas abîmé ! Je ne suis pas si bête ! Je ne ferais que semblant pour que vous voyiez que je n'ai point de mal au bras.

HONORINE, *à M. Lepic :* Et tu ris, toi ! Il rit de sa farce... *(M. Lepic pique une prune dans une assiette.)* Tu es toujours friand de prunes ?

Mᵐᵉ LEPIC : Il en raffole.

M. Lepic laisse retomber sa prune.

HONORINE : J'ai des reines-claudes dans mon jardin, faut-il que Jacquelou t'en apporte un panier?

Mme LEPIC : Il lui doit bien ça!

JACQUES : Vous l'aurez demain matin, monsieur le maire.

Mme LEPIC : Et moi, je demanderai à Mme Narteau une corbeille des siennes.

HENRIETTE : Je crois, maman, que les prunes de Mme Mobin sont encore plus belles; nous pourrions y passer après vêpres?

Mme LEPIC : Oui, mais l'une n'empêche pas l'autre; personne n'a rien à refuser à M. le maire.

HONORINE : Tu vas te bourrer!

M. LEPIC : Et toi, Félix?

FÉLIX : Papa?

M. LEPIC : Tu ne m'en offriras pas... des prunes?

FÉLIX, *riant* : Si, si... je chercherai, et je te promets que s'il en reste dans le pays!...

HONORINE : Il se moque de nous. Oh! qu'il est mauvais!

Mme LEPIC, *aigre* : Des façons, Honorine! Il ne les laissera pas pourrir dans son assiette!

JACQUES : A présent, je vas me marier!

FÉLIX : Tout de suite?

HONORINE : Il n'attendait que d'avoir une position.

FÉLIX : Qu'est-ce qu'il gagnera comme cantonnier?

JACQUES : Cinquante francs par mois. En comptant la retenue, pour la retraite, il reste quarante-sept francs.

FÉLIX : Mâtin!

JACQUES : Et on a deux mois de vacances par an, pour travailler chez les autres!

Mme LEPIC : Avec ça, tu peux t'offrir une femme et un enfant !

HONORINE : Quand sa femme aura un enfant, elle prendra un nourrisson.

HENRIETTE : Ça lui fera deux enfants.

HONORINE : Oui, mademoiselle, mais le nourrisson gagne, lui, et il paie la vie de l'autre.

FÉLIX : Et il n'y a plus de raison pour s'arrêter !

JACQUES : Et soyez tranquille, monsieur Lepic, si mon petit meurt, il aura beau être petit, je le ferai enterrer civilement.

Mme LEPIC : Il est capable de le tuer exprès pour ça.

HENRIETTE : Avec qui vous mariez-vous ?

HONORINE : Avec la petite Louise Colin, servante à Prémery.

FÉLIX : Elle a une dot ?

HONORINE : Et une belle ! Un cent d'aiguilles et un sac de noix ! Mais ils sont jeunes ; ils feront comme moi et défunt mon vieux : ils travailleront ; s'il fallait attendre des économies pour se marier !

FÉLIX : A quand la noce ?

JACQUES : Le plus tôt possible. Menez-nous ça rondement, monsieur le maire.

HONORINE : Je vous invite tous. Je vous chanterai une chanson et je vous ferai rire, marchez !

JACQUES : On dépensera ce qu'il faut.

M. LEPIC : Tu ne pourrais pas garder ton argent pour vivre ?

HONORINE : On n'a que ce jour-là pour s'amuser !

JACQUES : C'est la vieille qui paie.

FÉLIX : Avec quoi ?

Mme LEPIC : Elle n'a pas le sou.

HONORINE : J'emprunterai ! Je ferai des dettes partout ; ne vous inquiétez pas ! Mais c'est vous qui les marierez, monsieur le maire. Ne vous faites pas remplacer par l'adjoint. Il ne sait pas marier, lui!

JACQUES : Il est trop bête. Il est encore plus bête que l'année dernière.

HONORINE : Et puis, tu embrasseras la mariée!

JACQUES : Ah! ça oui, par exemple!

HONORINE : Tu n'as pas embrassé Julie Bernot. Elle est sortie de la mairie toute rouge. Son homme lui a dit que c'était un affront et qu'elle devait avoir une tache.

JACQUES : On dirait que ma Louise en a une. On le dirait! Le monde est encore plus bête qu'on ne croit. Si vous n'embrassez pas ma Louise, je vous préviens, monsieur le maire, que je la lâche dans la rue, entre la mairie et l'église; elle ira où elle voudra. Vous l'embrasserez, hein?

M. LEPIC : Tu ne peux pas faire ça tout seul?

JACQUES : Après vous. Ne craignez rien. Commencez, moi je me charge de continuer.

M. LEPIC : Tu n'es pas jaloux?

JACQUES : Je serai fier que M. le maire embrasse ma femme.

M. LEPIC : Elle ne doit pas être jolie!

JACQUES : Moi, je la trouve jolie; sans ça!... Elle a déjà trois dents d'arrachées; mais ça ne se voit pas, c'est dans la bouche!

FÉLIX : Si tu veux que je te remplace, papa?

M. LEPIC, *à Félix :* A ton aise, mon garçon!

JACQUES : Lui d'abord, monsieur Félix! L'un ne gênera pas l'autre, mais d'abord lui. *(A M. Lepic.)* Elle retroussera son voile, et elle vous tendra le bec, vous ne pourrez pas refuser.

M. LEPIC, *à Jacques :* Enfin, parce que c'est toi!

JACQUES : Merci de l'honneur, monsieur le maire, je peux dormir tranquille pour la place?

M. LEPIC : Dors!... Tu ne sais ni lire ni écrire au moins?

JACQUES : Ah, non!

M. LEPIC : Tant mieux, ça va bien!

JACQUES : Ah! vous ne savez pas comme tout le monde est envieux de moi! Ils vont tous fumer, quand j'aurai ma plaque de fonctionnaire sur mon chapeau!

HONORINE : Tous des jaloux! Mais on laisse dire!

FÉLIX : Puisque vous avez votre pioche, Jacques, venez donc me chercher des amorces, que j'aille à la pêche.

JACQUES : Oui, monsieur Félix. *(Il brandit sa pioche.)* Eh! bon Dieu!

Mᵐᵉ LEPIC, *se signe :* Il va arracher tout notre jardin.

HONORINE : Oh! non, il est raisonnable. *(Jacques et Félix sortent.)* Je t'attends là, Jacquelou!... Ce n'est pas parce que je suis sa grand-mère, mais je le trouve gentil, moi, mon Jacquelou!

Mᵐᵉ LEPIC : Comme un petit loup de sept ans.

HENRIETTE : Pourquoi l'appelez-vous Jacquelou au lieu de Jacques, Honorine?

HONORINE : Parce que c'est plus court. *(A M. Lepic.)* Il aurait fait un scandale dans ta mairie, si tu n'avais pas cédé.

Mᵐᵉ LEPIC : Ma pauvre Honorine, M. Lepic n'aime plus embrasser les dames.

HONORINE : Ça dépend lesquelles!

Mᵐᵉ LEPIC : Ah!

HONORINE : Je le connais mieux que vous, votre monsieur : quand il est venu au monde, je l'ai reçu dans mon tablier. Oh! qu'il était beau! Il avait l'air d'un petit ange!

Mᵐᵉ LEPIC : Pas si vite! Vous oubliez le péché

originel, Honorine. On ne peut pas être un petit
ange avant d'avoir été baptisé.

HONORINE : Oh! il l'a été; mais il n'y pense plus,
aujourd'hui... c'est un mécréant! Il ne croit à rien.
Un homme si capable, le maire de notre commune!
Il ne croit même pas à l'autre monde!

M. LEPIC : Tu y crois donc toujours, toi?

HONORINE : Oui... Pourquoi pas?

Mme LEPIC : Vous savez, Honorine, que M. Lepic
n'aime pas ce sujet de conversation. Il ne vous
répondra pas.

M. LEPIC, *légèrement :* Un autre monde! Tu as
plus de soixante-dix ans et tu vivras cent ans, peut-
être! Tu auras passé ta vie à laver la vaisselle des
riches, y compris la nôtre; on te voit toujours ta
hotte derrière le dos.

HONORINE : Je ne l'ai pas aujourd'hui.

M. LEPIC : On la voit tout de même. C'est comme
une vilaine bosse, ça ne s'enlève pas le dimanche!
Tu n'as connu que la misère et tu crèveras dans la
misère. Si la commune ne t'aidait pas un peu, tu te
nourrirais d'ordures! Sauf ton Jacquelou qui est
estropié, tous tes enfants sont morts! Tu ne sais
même plus combien! Jamais un jour de joie, de
plaisir, sans un lendemain de malheur. Et il te
faudrait encore un autre monde! Tu n'as pas assez
de celui-là?

HONORINE : Qu'est-ce qu'il dit?

Mme LEPIC : Rien, ma vieille.

HONORINE : Il me taquine. Il blague toujours.
Ah! si je voulais lui répondre, je l'écraserais! Mais
je l'aime trop! Il était si mignon à sa naissance,
quand je l'ai eu baigné, lavé, dans sa terrine, torché,
langé, enfariné. Je n'ai pas mieux tapiné * les
miens. Je le connais comme si je l'avais fait... Il lève

les épaules, mais il sait bien que j'ai raison! Malgré qu'il soit malin, je devine ses goûts et je peux vous dire, moi, les dames qu'il aime et les dames qu'il n'aime pas.

Mme LEPIC : Vraiment!

HONORINE : Oui, madame. Il n'aime pas les bavardes.

> *M. Lepic, agacé, s'en va vers le jardin et laisse la lettre sur la table.*

M. LEPIC : Non!

Mme LEPIC : Vous entendez, Honorine?

HONORINE : J'entends comme vous. Il n'aime pas les curieuses.

M. LEPIC : Non.

HONORINE : Ni les menteuses.

M. LEPIC, *toujours en s'éloignant* : Non.

HONORINE : Ni surtout les bigotes.

M. LEPIC, *presque dans le jardin* : Ah! non!

HENRIETTE, *à Honorine* : Voulez-vous boire quelque chose, ma vieille?

HONORINE : Ma foi, mademoiselle!...

Mme LEPIC, *vexée et attirée par la lettre qui est sur la table... Sonnerie de cloche lointaine* : Le premier coup de vêpres, Honorine!

HONORINE. *Elle écoute par la cheminée* : C'est vrai! Oh! j'ai le temps! le second coup ne sonne qu'à deux heures.

Mme LEPIC : C'est égal, ma vieille toquée! Je ne vous conseille pas de vous mettre en retard.

HONORINE, *que le son de voix de Mme Lepic inquiète, à Henriette* : Merci, ma bonne demoiselle!... Portez-vous bien, mesdames!

> *Elle sort plus vite qu'elle ne voudrait, poussée dehors par Mme Lepic.*

SCÈNE III

Mᵐᵉ LEPIC, HENRIETTE.

Mᵐᵉ Lepic saisit la lettre.

HENRIETTE, *pour l'empêcher de lire :* Papa l'a oubliée!

Mᵐᵉ LEPIC : Il l'a oubliée exprès. Depuis le temps que tu vis avec nous, tu devrais connaître toutes ses manies : quand il ne veut pas qu'on lise ses lettres, il les met dans sa poche; quand il veut qu'on les lise, il les laisse traîner sur une table. Elle traîne, j'ai le droit de la lire. *(Elle lit.)* Henriette, mon Henriette! Écoute.

Elle lit tout haut.

« Cher monsieur,

« Voulez-vous me permettre d'avancer la visite que je devais vous faire jeudi? Un télégramme me rappelle à Nevers demain. Nous viendrons aujourd'hui, ma tante et moi, vers quatre heures, après les vêpres de ces dames.

« Ma tante est heureuse de vous demander, plus tôt qu'il n'était convenu, la faveur d'un entretien, et je vous prie de croire, cher monsieur, à mes respectueuses sympathies.

« Signé : PAUL ROLAND. »

M. Paul et sa tante seront ici à quatre heures. Ils parleront à ton père et nous serons fixés ce soir. Oh! ma fille, que je suis contente! D'abord, je n'aurais pas pu attendre jusqu'à jeudi. Je me minais. C'était mortel! Oh! ma chérie! Dans trois heures, M. Paul aura fait officiellement demander ta main à ton père, et ton père aura dit oui.

HENRIETTE : Ou non.

Mᵐᵉ LEPIC : Oui. Cette fois, ça y est, je le sens!

HENRIETTE : Comme l'autre fois.

Mᵐᵉ LEPIC : Si, si. Ton père a beau être un ours...

HENRIETTE : Je t'en prie...

Mᵐᵉ LEPIC : Moi, je dis que c'est un ours; toi, avec ton instruction, tu dis que c'est un misanthrope; ça revient au même. Il a beau être ce qu'il est, il recevra la tante Bache et M. Paul, j'imagine!

HENRIETTE : Il les recevra, comment?

Mᵐᵉ LEPIC : Le plus mal possible, d'accord; mais j'ai prévenu M. Paul; il ne se laissera pas intimider, lui, par l'attitude, les airs dédaigneux ou les calembours de ton père. M. Paul saura s'exprimer. C'est un homme, et tu seras Mᵐᵉ Paul Roland.

HENRIETTE : Espérons-le.

Mᵐᵉ LEPIC : Tu y tiens?

HENRIETTE : Je suis prête.

Mᵐᵉ LEPIC : Tu es sûre que M. Paul t'aime?

HENRIETTE : Il me l'a dit.

Mᵐᵉ LEPIC : A moi aussi. Et quoi de plus naturel! Tu as une jolie dot.

HENRIETTE : Combien, maman?

Mᵐᵉ LEPIC : Est-ce que je sais? quarante mille... cinquante mille! J'ai dit cinquante mille. Ce serait malheureux qu'avec notre fortune...

HENRIETTE : Quelle fortune, maman?

Mᵐᵉ LEPIC : Celle qui est là, dans notre coffre-fort. Je l'ai encore vue l'autre jour! Si tu crois que ton père me donne des chiffres exacts!... Il faut bien que j'en trouve, pour renseigner les marieurs. Et puis tu n'as pas qu'une belle dot. Tu es instruite. Tu es très bien. Inutile de faire la modeste avec ta mère... Enfin, tu n'es pas mal.

HENRIETTE : Je ne proteste pas.

Mme LEPIC : Tu plais à M. Paul. Il te plaît. Il me plaît. Il plaira à M. Lepic.

HENRIETTE : Ce n'est pas une raison.

Mme LEPIC : Alors, M. Lepic dira pourquoi... ou je me fâcherai...

HENRIETTE : Ce sera terrible !

Mme LEPIC, *piquée :* Certainement... Je ne me mêle plus de rien.

HENRIETTE : Si, si, maman, mêle-toi de tous mes mariages, c'est bien ton droit... et ton devoir. Et je ne demande pas mieux que de me marier ; mais tu te rappelles M. Fontaine, l'année dernière...

Mme LEPIC : M. Fontaine n'avait ni les qualités, ni la situation, ni le prestige...

HENRIETTE : Oh ! épargne-le... maintenant ! Il est loin !

Mme LEPIC : Tu ne vas pas me soutenir que M. Fontaine valait M. Paul.

HENRIETTE : Nous l'aurions épousé tout de même, tel qu'il était. Il ne me déplaisait pas.

Mme LEPIC : Il te plaisait moins que M. Paul.

HENRIETTE : Je l'avoue. Il te plaisait, naturellement.

Mme LEPIC : Pourquoi naturellement ?

HENRIETTE : Parce que tu n'es pas regardante, et qu'ils te plaisent tous.

Mme LEPIC : C'est à toi de les refuser, en définitive, non à moi.

HENRIETTE : Oui, oui, maman. Je suis libre et papa aussi.

Mme LEPIC : Il ne va pourtant pas refuser tout le monde.

HENRIETTE : Ce ne serait que le deuxième!

Mᵐᵉ LEPIC : Et sans donner de motifs... Je vois encore ce M. Fontaine, qui était en somme acceptable, quitter ton père après leur entretien, nous regarder longuement comme des bêtes curieuses, nous saluer à peine, prendre la porte et... on ne l'a jamais revu.

HENRIETTE : Il avait déplu à mon père...

Mᵐᵉ LEPIC : Ou ton père lui avait déplu. M. Lepic n'a rien daigné dire et toi tu n'as rien demandé.

HENRIETTE : C'était fini.

Mᵐᵉ LEPIC : Et pourquoi? Mystère!

HENRIETTE, *rêveuse :* Je cherche à deviner. Mon père n'est peut-être pas partisan du mariage.

Mᵐᵉ LEPIC : Je te remercie!... C'est ça qui te pendait au bout de la langue?

HENRIETTE : Oh! maman!

Mᵐᵉ LEPIC : Tu as de l'esprit, sauf quand ton père est là. Tu ne débâilles pas devant lui. Prends garde qu'il ne reçoive ton M. Roland comme il a reçu ton M. Fontaine.

HENRIETTE : Je le crains et je voulais dire que, peut-être, mon mariage lui est indifférent.

Mᵐᵉ LEPIC : Oh! tu me révoltes. Ton père ne t'aime pas comme je t'aime, aucun père n'aime comme une mère, nous le savons; mais le père le plus dénaturé tient à marier sa fille.

HENRIETTE : Ne serait-ce que pour se débarrasser d'elle.

Mᵐᵉ LEPIC : Dirait-on pas que tu as une tache!

HENRIETTE : Quelle tache?

Mᵐᵉ LEPIC : Ah! si tu prends tout ce que je dis de travers.

HENRIETTE : Je m'énerve.

Mᵐᵉ LEPIC : C'est l'émotion des mariages. Cal-

mons-nous, ma pauvre fille, je te jure que ce
mariage réussira. S'il venait à manquer, moi qui
suis déjà la plus malheureuse des femmes, je serais
la plus malheureuse des mères.

HENRIETTE : Ce serait complet. Il ne te manquerait plus rien. Ne te désole donc pas, ma pauvre
maman, puisque cette fois, ça y est. Tu vois, je ris!

Mme LEPIC : Oui, tu ris, comme un chien qui a le
nez pris dans une porte! Ris mieux que ça. — A la
bonne heure! Et puis, sois adroite. Une vraie
femme doit toujours céder, pallier, composer.

HENRIETTE : A propos de quoi, maman?

Mme LEPIC : A propos de tout. Rappelle-toi ce
que dit M. le curé sur les petits mensonges
nécessaires, qui atténuent; ainsi, par exemple, ton
père déteste les curés; eh bien, si ça le prend,
écoute-le un peu, pas trop, une minute. C'est dur!
Qu'est-ce que ça te fait? Veux-tu épouser M. Paul
Roland, oui ou non?

HENRIETTE : Oui, maman, tu as raison! Je veux
me marier, il faut que je me marie!

SCÈNE IV

LES MÊMES, MADELEINE.

MADELEINE, *toilette des dimanches. Un petit livre
de messe à la main :* Qu'est-ce que vous avez?

Mme LEPIC, *encore désolée :* Nous sommes dans la
joie!

MADELEINE : Ah! oui!

Mme LEPIC : M. Paul et sa tante, Mme Bache, viendront à quatre heures, demander à M. Lepic la main d'Henriette.

MADELEINE, *gaie* : M. Paul Roland? Vrai?

Mᵐᵉ LEPIC : Il nous a prévenus par cette lettre. Lis, tu peux lire. M. Lepic est enchanté!

MADELEINE, *à Henriette* : Veinarde!... Oh! quelle bonne nouvelle! Ça me met en joie aussi, comme demoiselle d'honneur. *(A Henriette.)* Tu me gardes toujours, hein?

HENRIETTE : Tu es indispensable. Tu seras la demoiselle d'honneur de tous mes projets de mariage!

MADELEINE : Comme si tu coiffais Sainte-Catherine? Tu n'as pas vingt ans. Je passais vous prendre pour aller aux vêpres; vous ne venez pas?

Mᵐᵉ LEPIC : Oh! si! Manquer les vêpres aujourd'hui? Mais nous ne resterons pas au salut, pour être sûrement de retour à l'arrivée de M. Paul et de sa tante.

MADELEINE : Comme nous bavarderons à l'église!

Mᵐᵉ LEPIC : Commencez tout de suite, mes filles. Je vais préparer un bon goûter de quatre heures et je vous rejoins.

SCÈNE V

HENRIETTE, MADELEINE.

MADELEINE, *au cou d'Henriette* : Que je te félicite et que je t'embrasse! M. Paul Roland est très bien.

HENRIETTE : Tu trouves?

MADELEINE : Très, très bien. J'en voudrais un comme lui.

HENRIETTE : Tu me fais plaisir.

MADELEINE : Avec des yeux plus grands.

HENRIETTE : Si tu y tiens.

MADELEINE : Ça ne te contrarie pas ?

HENRIETTE : Moi-même, je les trouve un peu petits.

MADELEINE : Ce n'est qu'un détail. Et puis, M. Paul Roland a une belle position. Tout le monde le sait. Il va faire une demande officielle pour la forme. Il t'aime ?

HENRIETTE : Je crois.

MADELEINE : Et tu l'aimes ?

HENRIETTE : Oui, mais je n'ose pas trop me lancer.

MADELEINE : M. Lepic et lui sont déjà d'accord ?

HENRIETTE : Papa n'a encore rien dit à personne.

MADELEINE : Même à toi ? Tu n'as pas causé avec lui ?

HENRIETTE : Est-ce que je cause à papa ?

MADELEINE : M. Lepic et moi nous causons. Nous sommes une paire d'amis intimes.

HENRIETTE : Tu n'es pas sa fille !

MADELEINE : Je suis la fille de papa. Mais j'ai des causeries sérieuses avec papa.

HENRIETTE : Ton papa n'est pas marié avec maman.

MADELEINE : Ah ! non !

HENRIETTE : Tout est là, Madeleine. A chacun sa famille, et tu le sais bien.

MADELEINE : Je sais que dans la tienne il fait plutôt froid, mais il me semble que, pour un cas aussi grave que ton mariage, on se dégèle.

HENRIETTE : Écoute, ma chérie, M. Paul m'écrit de temps en temps. Or, chaque lettre que je reçois, je la montre à papa. Il ne la regarde même pas !

MADELEINE : Eh bien! Après? M. Lepic pense que les lettres de M. Paul sont à toi seule.

HENRIETTE : C'est la même chose pour mes réponses. Je les lui offre à lire; il ne les regarde pas.

MADELEINE : Je trouve ça très délicat. M. Lepic vous laisse écrire librement. Moi, je ne montrerai mes lettres à personne. Tu ne peux pas reprocher à ton père sa discrétion.

HENRIETTE : Je lui reproche de ne pas s'apercevoir de mes efforts, de me paralyser, de me faire peur. Oh! et puis, je ne lui reproche rien.

MADELEINE : Oui, tu me répètes souvent que tu as peur de ton père. Comme c'est drôle!

HENRIETTE : Depuis ma sortie de pension, depuis quatre années que je vis dans cette maison, au milieu des miens, entre mon père, qui n'aime que la franchise, et ma mère, qui s'en passe volontiers, je ne fais qu'avoir peur. J'ai peur de tout, j'ai peur de lui, j'ai peur...

MADELEINE : De ta mère?

HENRIETTE : Oh! non. Mais à chaque instant j'ai peur pour elle! Si tu savais, Madeleine, comme il est facile à une femme d'être insupportable à son mari! Alors, j'ai peur de moi, peur de mon mariage, de l'avenir, de la femme que je serai.

MADELEINE : Tu as peur d'être une femme insupportable à M. Paul?

HENRIETTE : Je ne suis pas sûre de rendre mon mari heureux.

MADELEINE : Qu'il te rende heureuse d'abord! On s'occupera de lui après.

HENRIETTE : Je ressemble beaucoup à ma mère.

MADELEINE : Quoi de plus naturel?

HENRIETTE : Je m'entends.

MADELEINE : Va mettre ton chapeau et allons aux vêpres, ça te distraira.

HENRIETTE : Ça ne me fait plus aucun bien. Tu sais si j'aime M. le curé, si j'ai en lui une confiance absolue. Eh bien! elle se trouble, et à l'église, depuis quelques jours, je prie machinalement, je ne prie plus, je rêvasse, je pense à des actes de foi que les hommes ne peuvent ou ne veulent pas comprendre.

MADELEINE : Ils pourraient. Ils ne veulent pas. C'est des choses de femmes et de curé, ça ne regarde pas les hommes.

HENRIETTE : Pourquoi, Madeleine?

MADELEINE : Ça leur est égal; mon père, lui, s'en moque!

HENRIETTE : Le mien, non.

MADELEINE : Il a pourtant une forte tête, ton père!

HENRIETTE : C'est peut-être là le malheur!

MADELEINE : Henriette, tu avais trop de prix à la pension! Veux-tu un conseil de ta petite amie? Tu sais si papa est tendre pour moi. Eh bien! je vais te faire une confidence qui t'étonnera : il lui arrive, comme aux autres, de bouder.

HENRIETTE, *ironique :* Oh! c'est grave!

MADELEINE : Ça me fait souffrir; il n'y a pas que toi de sensible! Mais dès que je m'aperçois qu'il boude, je ne compte ni une ni deux, je saute à son cou, et j'y reste pendue, jusqu'à ce qu'il déboude, et ce n'est pas long!...

HENRIETTE : Sauter au cou de papa!

MADELEINE : Tu verras l'effet que ça fait!

HENRIETTE : Au cou de papa! Madeleine!

MADELEINE : Eh bien! quoi, ce n'est pas le clocher!

HENRIETTE : J'aimerais mieux sauter dans la rivière.

MADELEINE : Il est grand temps que tu te maries!... Tu ne peux pas, si ça te gêne de bondir, t'approcher, tendre ta joue à ton père et lui dire, câline : papa, ça me ferait plaisir d'épouser M. Paul Roland. Tu ne pourrais pas? *(M. Lepic paraît.)* Veux-tu que je te montre?

HENRIETTE : Je vais mettre mon chapeau.

Elle se sauve.

SCÈNE VI

MADELEINE, M. LEPIC.

M. LEPIC : Te voilà, toi?

MADELEINE : Oui; bonjour, monsieur Lepic.

M. LEPIC : Bonjour, Madeleine!

MADELEINE : Ça va bien?

M. LEPIC : Ça va comme les vieux.

MADELEINE : Vous êtes encore jeune.

M. LEPIC : Pas tant que toi.

MADELEINE : Chacun son tour!

M. LEPIC : Et pas si joli!

MADELEINE : Je suis donc jolie?

M. LEPIC : Je ne te le répéterai pas.

MADELEINE : Ah! J'ai mis ma belle robe bleue du dimanche.

M. LEPIC : Elle te va bien. Ce n'était pas pour venir me voir.

MADELEINE : Si, après la messe.

M. LEPIC : Tu y es allée?

MADELEINE : Je ne la manque jamais.

M. LEPIC : Et tu l'as vu?

MADELEINE : Qui ça?

M. LEPIC : M. le curé!

MADELEINE : Oui.

M. LEPIC : Il y était à la messe?

MADELEINE : Ça vous étonne?

M. LEPIC : De lui, non. Qu'est-ce qu'il t'a dit?

MADELEINE : Il m'a dit : *Pax vobiscum!* en latin.

M. LEPIC : Il ne sait donc pas le français?

MADELEINE : Et je le reverrai tout à l'heure, aux vêpres.

M. LEPIC : Il y va aussi?

MADELEINE : Il fait son métier. Qu'est-ce que je lui dirai de votre part?

M. LEPIC : Ce que tu voudras : fichez-nous la paix, en français.

MADELEINE : Oh! vilain! Faudra-t-il lui annoncer la grande nouvelle?

M. LEPIC : Tu en connais une?

MADELEINE : Oui, vous voulez la savoir?

M. LEPIC : Je n'y tiens pas.

MADELEINE : Je vous la dis tout de même. M. Paul Roland va venir aujourd'hui, à quatre heures, avec sa tante, Mme Bache. Il vous demandera la main de mon amie Henriette, et vous la lui accorderez. Voilà!

M. LEPIC : C'est intéressant.

MADELEINE : Je suis bien renseignée?

M. LEPIC : Tu en as l'air.

MADELEINE : N'est-ce pas que vous direz : oui? N'est-ce pas? Qui ne dit rien, consent.

M. LEPIC : Qui ne dit rien, ne dit rien.

MADELEINE : Répondez gentiment.

M. LEPIC : Qu'est-ce que tu me conseilles?

MADELEINE : Oh! comme c'est fort! Bien sûr, ça ne me regarde pas.

M. LEPIC : On ne le dirait guère.

MADELEINE : Si, ça me regarde! Henriette n'est-elle pas ma grande amie? la seule. Après son mariage, le mien! qu'elle se dépêche! Vous direz oui, hein! sans vous faire prier. Il ne veut pas répondre... (*Elle lui touche le front.*) Oh! qu'est-ce qu'il y a là?

M. LEPIC : Un os, l'os du front.

MADELEINE : Dites oui, je vous en prie.

M. LEPIC : Ce n'est pas moi, un homme, qu'il faut prier, c'est...

> *Il désigne le ciel du doigt.*

MADELEINE : Dieu! Je le prie chaque jour! Dites oui, et vous aurez la meilleure place dans mes autres prières.

> *Elle désigne son livre.*

M. LEPIC : La meilleure, et ton amoureux? — Qu'est-ce que c'est que ça?

MADELEINE : Je n'ai pas d'amoureux. Je n'ai que votre Félix, il ne compte pas! — Ça, c'est mon livre.

M. LEPIC : Un roman?

MADELEINE : Mon livre de prières. J'aurai un vrai amoureux, quand ce sera mon tour.

M. LEPIC : Dépêche-toi.

MADELEINE : Quand Henriette sera mariée, dès le lendemain, je vous le promets.

M. LEPIC : Il y a déjà peut-être là-dedans sa photographie!

MADELEINE, *offrant le livre* : Voyez, je vous le prête. Ouvrez, cherchez!

M. LEPIC : Ton livre! Je le connais mieux que toi.

MADELEINE : Un fameux!

M. LEPIC : Veux-tu parier?

MADELEINE : Vous n'en réciteriez pas une ligne.

M. LEPIC : Deux.

MADELEINE : Allons!

M. LEPIC :

    « Faux témoignage ne diras,

    « Ni mentiras aucunement. »

MADELEINE : Très bien, après?

M. LEPIC : Continue, toi. *(Madeleine cherche.)* Tu ne te rappelles plus?

MADELEINE, *reprend son livre* : Ma foi, non :

    « L'œuvre de chair ne désireras,

    « Qu'en mariage seulement. »

M. LEPIC : Eh bien?

MADELEINE : Eh bien, quoi?

M. LEPIC : Tu as compris?

MADELEINE, *gênée :* Un peu.

M. LEPIC : M. le curé t'explique?

MADELEINE : Sans insister.

M. LEPIC : C'est pourtant raide!

MADELEINE : Vous choisissez exprès!

M. LEPIC, *reprend le livre :* Il y en a d'autres :

    « Luxurieux point ne seras... »

MADELEINE : Assez! Assez! Élève Lepic! Vous savez encore votre catéchisme.

M. LEPIC : Pourquoi rougis-tu?

MADELEINE : Parce que vous êtes méchant, et que vous me faites de la peine!

M. LEPIC : Pauvre petite! — Ça pourrait être un si beau livre! Tu ne feras pas mal de lire quelques poètes, pour te purifier.

MADELEINE : J'en lirai avec Henriette, quand nous serons mariées.

M. LEPIC : Trop tard!

MADELEINE : Nous nous rattraperons. Au revoir...
Malgré vos malices de païen, je vous aime bien.

M. LEPIC : Moi aussi.

MADELEINE : Oh! vous, vous m'adorez!

M. LEPIC : Oh! oh!

MADELEINE : C'est vous qui me l'avez dit.

M. LEPIC : Tu m'étonnes. Je ne me sers pas de ce
mot-là aussi facilement que tes écrivains.

MADELEINE : Vous ne m'avez pas dit que vous
m'aimiez?

M. LEPIC : Ça, c'est possible.

MADELEINE : Vous me détestez, alors?

M. LEPIC : Comme tu raisonnes bien!

MADELEINE : Vous n'aimez personne?

M. LEPIC : Mais si.

MADELEINE : Qui donc?

M. LEPIC, gaiement : Ma petite amie.

MADELEINE : Vous en avez une?

M. LEPIC : Tiens!...

MADELEINE : A votre âge?

M. LEPIC : Elle est si jeune, que ça compense.

MADELEINE, très curieuse : Comment s'appelle-
t-elle? Son petit nom?

M. LEPIC : Madeleine.

MADELEINE : Comme moi. Et son nom de famille?

M. LEPIC : Bertier.

MADELEINE : Madeleine Bertier, moi!

M. LEPIC : Dame!

MADELEINE : Oh! quelle farce! Ce n'est pas ce
que je voulais dire. Je croyais que vous parliez
d'une autre, je pensais à une vraie.

M. LEPIC : Tu ne penses qu'au mal!

MADELEINE : Bien sûr qu'on s'aime tous deux, et
je vous répète que je vous aime beaucoup.

M. LEPIC : Le dis-tu à M. le curé?

MADELEINE : Je lui dis tout.

M. LEPIC : Tu diras le reste à ton mari.

MADELEINE : Est-il mauvais donc! Ah! vous ne vous êtes pas levé du bon côté, ce matin.

M. LEPIC : C'était dimanche.

MADELEINE : Au revoir, monsieur Lepic.

M. LEPIC : Au revoir, ma fille!

MADELEINE : Oh! si j'étais votre fille!

M. LEPIC : Ça se gâterait peut-être.

MADELEINE : Pourquoi? Au fait, c'est à votre fille que vous devriez dire tout ça.

M. LEPIC : J'en suis las!

MADELEINE : Vous ne lui dites peut-être pas bien comme à moi.

M. LEPIC : Ah! dis-le-lui toi-même, répète-le, puisque tu te mêles de tout.

MADELEINE : C'est ce que je m'en vais faire, à l'instant, aux vêpres.

M. LEPIC : Ce ne sera pas du temps perdu...

MADELEINE : Allons, embrassez-moi. *(Elle lui tend la joue.)* Sur l'autre. *(A Henriette qui revient.)* Tu vois...

HENRIETTE : Au revoir, papa! *(Elle lui donne avec timidité un baiser que M. Lepic garde. — A Madeleine.)* Tu vois!

MADELEINE : Ton fiancé te le rendra ce soir!

> *Sonneries de cloches pour le départ! M. Lepic se bouche une oreille du creux de la main. Les trois dames, Mme Lepic au milieu, sont sur un rang, avec les trois livres de messe.*

Mme LEPIC : Vous y êtes, nous partons? *(Énor-*

mité du livre de Mme Lepic ; le livre de Mme Lepic
tombe. ›

M. LEPIC : Pouf!...

Mme LEPIC : Allez devant, mes filles, je vous
rejoins.

> *Elle ramasse son livre. M. Lepic va décrocher*
> *son fusil. Mme Lepic, qui est restée en arrière,*
> *feint d'essuyer son livre, et observe avec stupeur*
> *M. Lepic.*

SCÈNE VII

M. LEPIC, Mme LEPIC.

Mme LEPIC : Tu sors, mon ami?... tu sors?... Tu
as bien lu la lettre de M. Paul Roland?... Tu
cherches des allumettes? En voilà une boîte de
petites que j'ai achetées pour toi. C'est moins lourd
dans la poche. *(M. Lepic prend une autre boîte
d'allumettes sur la cheminée et il se bouche encore
l'oreille. Mme Lepic continuant.)* Avec ces cloches,
on ne s'entend pas! *(Elle ferme la fenêtre.)* M. Paul
et sa tante seront là à quatre heures... Veux-tu cette
table, attends que je te débarrasse. *(M. Lepic
appuie son fusil sur une autre table et l'ouvre ; par les
canons, il cherche la lumière et rencontre Mme Lepic.)*
A quatre heures précises. Tu seras là. Oui, tu ne
vas pas loin? *(M. Lepic et Mme Lepic se heurtent.
Passage difficile. M. Lepic reste immobile et attend.)*
Un petit tour seulement? Ce n'est pas la peine de
mettre tes guêtres. *(M. Lepic met ses guêtres.)*
Veux-tu que je te prépare une chemise propre pour
les recevoir? Tu n'as pas besoin de t'habiller, mais

ce serait une occasion d'essayer tes chemises neuves... Ton chapeau de paille, par ce soleil? *(M. Lepic prend son chapeau de feutre.)* Oh! ces cloches. *(Elle ferme la porte.)* A quatre heures, quatre heures quinze. Nous ne sommes pas à un quart d'heure près... D'ailleurs nous t'attendrons. Au revoir, mon ami! Si tu pouvais nous rapporter un petit oiseau pour notre dîner!

M. Lepic sort. Les cloches rentrent.

SCÈNE VIII

Mme LEPIC, *seule.*

Mme LEPIC : Oh! tête de fer! pas un mot. Pas même : tu m'ennuies! Et c'est comme ça depuis vingt-sept ans! Et ma fille va se marier!

Elle sort avec dignité, au son des cloches.

ACTE DEUXIÈME

Même décor qu'au premier acte. Après vêpres.

SCÈNE PREMIÈRE

Mme LEPIC, HENRIETTE *retour de vêpres,*
FÉLIX, PAUL ROLAND, TANTE BACHE.

Mme LEPIC *regarde l'horloge :* Il sera là dans un quart d'heure. Il me l'a bien promis.

FÉLIX, *ironique :* Oh! Formellement?

Mme LEPIC : Il était de si bonne humeur qu'il m'a dit en partant : « Je tâcherai de te rapporter un petit oiseau qui t'ouvre l'appétit. »

FÉLIX : Il t'a dit ça?

Mme LEPIC : Oui, ça t'étonne? Il fallait être là, tu l'aurais entendu!

TANTE BACHE, *agitée :* Nous sommes tranquilles. M. Lepic est un homme du monde!

Mme LEPIC : Surtout avec les étrangers.

TANTE BACHE : D'une politesse! Froid, mais si comme il faut! Et quel grand air!

Mme LEPIC : Et si vous l'aviez vu danser!

TANTE BACHE : Oh! je le vois!

Mme LEPIC : Toutes les femmes le regardaient. C'est par là qu'il m'a séduite... Il ne danse plus!

TANTE BACHE : Il reste élégant.

Mme LEPIC : Oui, il fait encore de l'effet, à une certaine distance.

TANTE BACHE : De loin et de près, il m'impressionne. Si je me promenais à son bras, je n'oserais rien lui dire.

Mme LEPIC : Comme il est lui-même peu bavard, vous ne seriez pas longue à vous ennuyer.

TANTE BACHE, *rêveuse :* Non. Nous marcherions silencieusement, muets, dans un parc, à l'heure où la musique joue.

HENRIETTE : Comme vous êtes poétique, tante Bache.

TANTE BACHE : Je l'avoue. C'est ce que mon mari, de son vivant, appelait « faire la dinde ».

FÉLIX : C'était un brave homme, M. Bache!

TANTE BACHE : Oui, mais il avait de ces familiarités.

Mme LEPIC : Ça vaut mieux que rien!

TANTE BACHE : Mieux que rien, des gros mots !

HENRIETTE : Des gros mots affectueux.

TANTE BACHE : Des injures, oui...

Mme LEPIC : Ça rompt le silence.

PAUL : Mesdames ! mesdames ! Ce n'est pas le jour de dire du mal des maris.

TANTE BACHE : Et devant Henriette !

Mme LEPIC : Elle aura son tour !

PAUL : Attendez !

TANTE BACHE : Oh ! tu ne ressembles pas à M. Bache, mais plutôt à M. Lepic qui est d'une autre race.

Mme LEPIC : Quand il veut, charmant causeur. Ah ! j'en ai écouté de jolies choses !

TANTE BACHE : Il les choisit ses mots, lui, et les pèse.

Mme LEPIC : Un à un. Aujourd'hui il y met le temps !

TANTE BACHE : C'est un sage !

Mme LEPIC : Oh ! chère amie, une image ! Je vous le prêterai.

PAUL : Mesdames !...

TANTE BACHE : Un penseur !...

Mme LEPIC, *regarde l'horloge :* Pourvu qu'il pense à revenir !

TANTE BACHE : Chose bizarre ! Il m'attire et je le crains. Oh ! cette demande en mariage !

PAUL : Tu ne vas pas reculer ?

TANTE BACHE : Non, non, je la ferai puisqu'il le faut, puisque c'est l'usage. Drôle d'usage ! C'est toi qui vas te marier, et c'est moi...

PAUL : Ma bonne tante !

TANTE BACHE : Oh ! ne te tourmente pas ; je serai brave. J'ai bien mes gants dans ma poche ? Oui. Des gants neufs ! C'est leur première sortie. Mon

cœur toque! Il me semble que je vais demander
M. Lepic en mariage pour moi! Qu'est-ce que je
lui dirai, et comment le dirai-je?

PAUL : Tu t'en tireras très bien!

TANTE BACHE : Très bien! très bien! Il ne faut pas
me prendre pour une femme si dégourdie!

Mᵐᵉ LEPIC : Soyez nette. La netteté avant tout!

TANTE BACHE : Oui. N'est-ce pas! toute ronde!

FÉLIX : Avec papa qui est carré, gare les chocs!

TANTE BACHE : Ah!

FÉLIX : Je dis ça pour vous prévenir!

TANTE BACHE : Oui, oui.

Mᵐᵉ LEPIC : Et flattez-le d'abord.

TANTE BACHE : Vous me disiez d'être nette.

Mᵐᵉ LEPIC : Avec de la souplesse et même de la
ruse. Par exemple, dites-lui du mal des curés.

TANTE BACHE : A propos de quoi?

Mᵐᵉ LEPIC : Il n'y a plus que ça qui lui fasse
plaisir!

TANTE BACHE : Je ne pense pas de mal des curés!

FÉLIX : Vous vous confesserez après.

PAUL : Ma tante! reste naturelle, sois franche, —
comme toujours! J'ai causé plusieurs fois avec
M. Lepic, et il m'a fait l'impression d'un homme
de sens, quoique spirituel.

TANTE BACHE : Spirituel! Mon Dieu!

PAUL : Oh! il a de l'esprit, c'est incontestable, un
esprit particulier, personnel, caustique; mais je ne
suis pas ennemi d'une certaine satire, même à mes
dépens, pourvu qu'elle soit raisonnable, et, à ta
place, je prendrais M. Lepic par la simple raison.

TANTE BACHE : J'essaierai!

Mᵐᵉ LEPIC : Ou les belles manières, puisque vous
trouvez qu'il en a.

TANTE BACHE : Oui, mais, est-ce que j'en ai, moi?

FÉLIX : Vous ne manquez pas d'un certain genre.

TANTE BACHE : Moquez-vous de moi, c'est le moment!

HENRIETTE : Prenez-le par la douceur.

TANTE BACHE : C'est le plus sûr.

FÉLIX : Prenez-le donc comme vous pourrez. Papa est un chic type!

TANTE BACHE : Oh! oui! comme je pourrai... C'est le plus simple. D'ailleurs, je ne dirai que deux mots, n'est-ce pas : « M. Lepic, j'ai l'honneur... » Je me rappelle bien ta phrase, Paul, et je n'ai pas besoin d'entrer dans les détails.

FÉLIX : Non, n'exagérez pas les cérémonies avec papa!

TANTE BACHE : Un oui de M. Lepic me suffira.

FÉLIX : Il ne vous en donnera pas deux.

PAUL : Pourvu que tu l'obtiennes!

FÉLIX : Ça ne fait aucun doute! J'ai besoin d'un beau-frère, maintenant que je suis bachelier! Quand vous irez à Paris pour affaires, vous m'emmènerez et nous ferons la noce!

PAUL : Votre confiance m'honore.

FÉLIX : Je me suis fait faire un complet-jaquette.

PAUL : C'est de rigueur. *(A Henriette.)* Ma tante réussira-t-elle?

HENRIETTE : Je ne sais pas.

PAUL : Vous l'espérez?

HENRIETTE : Je l'espère.

FÉLIX : J' te crois, que tu l'espères! Henriette est une fille bien élevée qui a la mauvaise habitude de cacher ses sentiments.

PAUL · Il est spirituel! Il tient de son père!

FÉLIX, *fier :* Je ne tiens que de lui! Je suis le sous-chef de la famille.

Mme LEPIC : Et tu tiens le reste de ta mère, mauvais fils!

FÉLIX : Je le laisse à ma sœur.

Mme LEPIC : Ma chère fille! Embrassez-la, monsieur Paul, ça portera bonheur à tante Bache.

FÉLIX : Il n'a pas le droit! Oh! ce soleil, Henriette.

TANTE BACHE : C'est l'amour.

FÉLIX : C'est curieux de changer de couleur comme ça. Elle va prendre feu!

Mme LEPIC, *attendrie, à Paul :* Ah! mon cher fils!

FÉLIX : Mais non, maman, c'est moi, ton fils.

Mme LEPIC : J'en aurai deux. Du courage, chère tante.

FÉLIX : Tu te trompes encore! Ce n'est pas ta tante.

Mme LEPIC : Tu m'ennuies, elle le sera bientôt, par alliance. A l'arrivée de M. Lepic, nous disparaîtrons, sur un signe que je ferai, pour vous laisser seuls.

TANTE BACHE : Seuls.

Mme LEPIC : Oui, tous les deux, ici.

TANTE BACHE : Ah! ici.

Mme LEPIC : Ça vous va?

TANTE BACHE : Oh! n'importe où. Partout j'aurai une frousse!

Mme LEPIC : Ici, il y a de la lumière et de l'espace.

TANTE BACHE : Il ne m'en faut pas tant!

Mme LEPIC : Et nous serons là, près de vous, derrière la porte; nous vous soutiendrons de nos vœux, de nos prières.

FÉLIX : Si tu allais chercher M. le curé!

Mme LEPIC, *désolée :* M. Lepic ne peut pas le sentir! Et c'est pourtant un curé parfait, qui ne s'occupe de rien!

FÉLIX : A quoi sert-il?

PAUL : Pour l'instant il est inutile.

Mme LEPIC : Écoutez : nous mettrons d'abord M. Lepic de bonne humeur... C'est demain sa fête, il faut la lui souhaiter aujourd'hui, tout à l'heure, dès qu'il rentrera...

FÉLIX : Tu es sûre de ton effet? D'ordinaire, ça ne porte pas.

Mme LEPIC : Quand nous ne sommes qu'entre nous, non! Mais si son cœur se ferme aux sentiments les plus sacrés de la famille, devant le monde il n'osera pas le laisser voir. Henriette, montre ton cadeau.

HENRIETTE, *rieuse :* Un portefeuille que j'ai brodé.

PAUL : Très artistique! Un goût!...

Mme LEPIC : Vous remarquez le sujet?

PAUL : Une tête de République.

Mme LEPIC : Ce ne sont pas nos idées, à ma fille et à moi, mais ça l'attendrira peut-être... Le prochain sera brodé pour vous, avec un autre sujet.

Elle reprend le portefeuille.

PAUL : Oh! je suis très large d'idées!

FÉLIX : Papa dit qu'on est très large d'idées quand on n'en a point.

PAUL : C'est très fin!

TANTE BACHE : Et des fleurs, pour M. Lepic?

FÉLIX : Papa ne les aime que dans le jardin.

TANTE BACHE : Toujours des goûts distingués!

Mme LEPIC : Quatre heures et demie!

PAUL : Vous êtes inquiète?

Mme LEPIC : Non, non. Mais il est si original!

PAUL : Quelque lièvre qui l'aura retardé!

FÉLIX : Ou un lapin qu'il vous pose.

Mme LEPIC, *à Félix :* Si tu allais au-devant de lui?

FÉLIX : Ça le ferait venir moins vite.

Mme LEPIC, *fébrile :* Je commence à... J'aurais donc mal compris...

TANTE BACHE, *avec espoir :* S'il ne venait pas!

Mme LEPIC : Ce serait une humiliation pour vous!

TANTE BACHE : Oh! ça!

FÉLIX, *qui regardait par la fenêtre :* Voilà le chien! Et papa avec Madeleine.

Mme LEPIC, *soupire :* Ah! mon Dieu!... Je le savais bien!

TANTE BACHE, *avec effroi :* Ah! mon Dieu!... plus d'espoir.

PAUL, *troublé :* Le bel animal!

    Sifflements et caresses au chien par la fenêtre.

HENRIETTE : Il s'appelle Minos.

TANTE BACHE, *la main sur son cœur :* C'est la minute la plus palpitante de ma vie!... *(A Mme Lepic.)* Pipi! Pipi!...

                              Elle s'éclipse.

SCÈNE II

LES MÊMES, M. LEPIC, MADELEINE.

                              Salutations.

Mme LEPIC, *à Madeleine :* Tu l'as rencontré?

MADELEINE : Il revenait sans se presser.

PAUL, *avec le désir de plaire :* Cher monsieur, on ne demande pas à un chasseur s'il se porte bien, mais s'il a fait bonne chasse.

Mᵐᵉ LEPIC, *volubile :* Oh! M. Lepic fait toujours bonne chasse! Depuis que nous sommes mariés, je ne l'ai jamais vu rentrer bredouille. Grâce à lui, notre garde-manger ne désemplit pas, et M. le conseiller général me disait hier (et pourtant il chasse) que mon mari est le meilleur tireur du département. Je suis sûre que nous n'allons pas jeûner!

FÉLIX, *qui, cette phrase durant, a fouillé la carnassière de M. Lepic :* Une pie!

> *M. Lepic rit dans sa barbe.*

PAUL : Compliments! elle est grasse!

> *On se passe la pie.*

TANTE BACHE, *reparaît :* Que dites-vous? qu'est-ce qu'il y a? Pauvre petite bête!

PAUL : On prétend que c'est très bavard!

M. LEPIC : C'est pour ça que je les tue!

Mᵐᵉ LEPIC : M. Lepic n'a pas eu le temps de faire bonne chasse! Il est rentré trop tôt, à cause de vous, il s'est dépêché en votre honneur. Il ne l'aurait pas fait pour n'importe qui, je le connais.

TANTE BACHE, *à M. Lepic qui ôte ses guêtres :* Nous sommes très touchés.

Mᵐᵉ LEPIC, *passe le portefeuille :* Henriette!

HENRIETTE, *émue :* Mon cher papa, je te souhaite une bonne fête.

M. LEPIC, *avec un haut-le-corps :* Hein? Quoi? Ça surprend toujours.

HENRIETTE : Accepte ce modeste souvenir.

Mᵐᵉ LEPIC : De ta fille affectionnée!

M. LEPIC, *à Henriette :* Je te remercie.

FÉLIX : Le dessin doit te plaire?

M. LEPIC : Qu'est-ce que ça représente? La Sainte Vierge?

Mme LEPIC : Ah! pardon! Je me trompe, ce n'est pas celui-là. *(Elle passe l'autre portefeuille.)* La République! Une attention délicate de notre chère Henriette!

FÉLIX : Tu en tiens une fabrique, ma sœur! Pour qui l'autre? Pour M. le curé!

Mme LEPIC : Pour personne.

> *Elle se dresse afin d'embrasser M. Lepic.*

M. LEPIC : Qu'est-ce qu'il y a?

Mme LEPIC : Laisse-moi t'embrasser, pour ta fête! Je ne te mangerai pas. *(Elle l'embrasse.)* Lui ne m'embrasse pas : sa cigarette le gêne.

> *M. Lepic n'a plus sa cigarette.*

FÉLIX : Mon vieux papa, je te la souhaite bonne et heureuse!

M. LEPIC : Toi aussi! *(A Paul.)* Je vous prie d'excuser, monsieur, cette petite scène de famille.

PAUL : Mais comment donc! Permettez-moi de joindre mes vœux...

> *Discret serrement de main.*

TANTE BACHE, *balbutiante :* Si j'avais su, monsieur Lepic!...

M. LEPIC : Je l'ignorais moi-même.

TANTE BACHE : Je vous aurais apporté un bouquet! ne fût-ce que quelques modestes fleurs des champs!

M. LEPIC : Je vous les rendrais, madame, elles vous serviraient mieux qu'à moi de parure!

TANTE BACHE, *confuse :* Oh! monsieur Lepic!

Mme LEPIC : Embrassez-le, allez, je ne suis pas jalouse! Il a ses petits défauts, comme tout le monde, mais, grâce à Dieu, il n'est pas coureur!

TANTE BACHE : Oh! madame Lepic, qu'est-ce que vous m'offrez là?

> *Elle baisse la tête; — gêne de tous, sauf de M. Lepic et de Félix qui rient.*

M. LEPIC, *à Félix* : Tu ris, toi?... A qui le tour? A toi, Madeleine?

MADELEINE, *au cou de M. Lepic* : Je vous souhaite d'être bientôt grand-père!...

M. LEPIC : Tu y tiens toujours?

PAUL, *à M. Lepic* : Monsieur, je suis charmé de vous revoir.

M. LEPIC : Pareillement, monsieur!

Mme LEPIC, *frappe légèrement dans ses mains* : Si nous faisions un tour de jardin, monsieur Paul? Avec Henriette et Félix. Tu viens, Madeleine? On vous laisse à M. Lepic, madame Bache.

TANTE BACHE : Moi! mais je ne suis pas prête.

> *Elle tire ses gants.*

SCÈNE III

TANTE BACHE, M. LEPIC.

> *M. Lepic regarde Mme Bache mettre ses gants qu'elle déchire.*

M. LEPIC : Faut-il mettre les miens?

TANTE BACHE : Oh! vous, pas besoin! Ne bougez pas! Oui, monsieur Lepic, c'est à moi l'honneur, la mission, le...

M. LEPIC : La corvée.

TANTE BACHE : Le supplice, monsieur Lepic!...

(Elle se précipite sur la porte, la rouvre et crie.) Paul!
Paul! je ne peux pas, je ne peux pas! fais ta
demande toi-même!

PAUL : Oh!... ma tante!

TANTE BACHE : Non, non!... Les mots ne sortent
plus! Je m'évanouirais. Tant pis! Pardon, pardon,
monsieur Lepic! Je me sauve.

> *Paul, M*me *Lepic, Henriette, Madeleine se*
> *précipitent*

HENRIETTE, *soutenant tante Bache :* C'est la chaleur!

TANTE BACHE : Non, je suis très émue.

Mme LEPIC : C'est une indigestion; elle choisit
bien son heure.

TANTE BACHE, *à Paul :* Débrouille-toi!

Mme LEPIC : Oui, parlez, vous, que ça finisse!

TANTE BACHE : Tu ne te démonteras pas, toi,
j'espère, un ancien dragon!

Mme LEPIC, *bas à Paul :* N'oubliez pas de lui dire
du mal des curés!

SCÈNE IV

PAUL, M. LEPIC.

PAUL : Excusez-la, monsieur!

M. LEPIC : Volontiers. Mais de quoi? Qu'est-ce
qu'elle a? Elle est malade?

PAUL : Du tout. Au contraire! elle devait vous
dire... Mais vous lui inspirez un tel respect que
son trouble était à prévoir; elle déclarait tout à
l'heure : « M. Lepic me ferait entrer dans un trou
de souris. »

M. LEPIC : Pauvre femme! Elle a vraiment l'air de souffrir. Il faut lui faire prendre quelque chose!

PAUL : Oh! merci, elle n'a besoin de rien! Est-ce bête! une femme de cinquante ans! Je suis furieux! une démarche de cette importance.

M. LEPIC : De quoi s'agit-il? Si c'est pressé, ne pouvez-vous?...

PAUL : Ma foi, monsieur, si vous le permettez, ce qu'elle devait vous dire, je vous le dirai moi-même.

M. LEPIC : Je vous en prie!

PAUL : Merci, monsieur.

M. LEPIC : Asseyez-vous donc, monsieur.

PAUL : Je ne suis pas fatigué.

M. LEPIC : Si vous préférez rester debout!

PAUL : Non, non.

M. LEPIC : Alors!

> *Il désigne un siège; on s'assied, après que M. Lepic a fermé la porte.*

PAUL : Vous devinez d'ailleurs l'objet de ma visite.

M. LEPIC : Presque, monsieur, par votre lettre de ce matin, et par les gants de madame votre tante!

PAUL : Vous êtes perspicace! Sans doute, il eût été préférable, plus conforme aux règles de la civilité, puisque je suis orphelin, ce qui, à mon âge, trente-sept ans, est presque naturel...

M. LEPIC : C'est moins pénible.

PAUL : J'ai perdu aussi mon oncle.

M. LEPIC : J'avais de l'estime pour M. Bache. Je l'ai vu une fois apostropher Mme Bache d'une façon impressionnante.

PAUL : Oui, ils s'aimaient beaucoup!... Il eût été plus correct, dis-je, que ma tante prît, en cette

circonstance solennelle, la place de mes parents.
(Geste vague de M. Lepic.) Peu vous importe?

M. LEPIC : Oui.

PAUL : Vous me mettez à l'aise, et je n'hésite
plus. Vous me connaissez, monsieur Lepic?

M. LEPIC : Oui, monsieur.

PAUL : Vous me connaissez?

M. LEPIC : Oui, M. Paul Roland, orphelin, trente-
sept ans.

PAUL : Vous connaissez non seulement ma
modeste personne, mais ma situation. Elle est
excellente. Si j'ai eu du mal au début, je n'ai pas à
me plaindre du résultat de mes efforts. *(Il désigne
ses palmes.)* Et me voilà directeur, à Nevers, d'une
école professionnelle en pleine prospérité. Vous
venez souvent à Nevers?

M. LEPIC : Quelquefois!

PAUL : L'aspect extérieur de l'école a dû vous
frapper, place de l'Hôtel-de-Ville, quand on sort de
la cathédrale.

M. LEPIC : Quand on en sort. Mais, pour en
sortir, il faut d'abord y entrer.

PAUL : Oh! un monument historique!...

M. LEPIC : Je ne suis pas connaisseur.

PAUL : Vous n'y perdez pas grand-chose! Je me
propose d'acheter plus tard et de démolir la
bicoque d'en face et nous aurons alors une vue
splendide sur la Loire. Je vous dis ça, monsieur
Lepic, parce que vous êtes, comme chasseur, un
passionné de la Nature.

M. LEPIC : Je l'apprécie.

PAUL : En artiste?

M. LEPIC : Je ne suis pas artiste.

PAUL : Comme chasseur? Un beau coucher de
soleil sur la Loire, en septembre!

M. LEPIC : Soit!

PAUL : Il ne manque à mon école qu'une femme capable de la diriger avec moi, de surveiller certains services : la lingerie, l'infirmerie, les cuisines, etc. Une femme d'ordre et de goût. J'ai cherché à Nevers, sans trouver; à Nevers nous n'avons pas beaucoup de femmes supérieures.

M. LEPIC : Ici non plus.

PAUL : Pardon! Le hasard m'a fait rencontrer, chez ma tante Bache, Mlle Henriette. C'était la femme qu'il me fallait. Elle m'a du premier coup séduit par sa distinction, sa réserve, sa... *(M. Lepic roule une cigarette.)* Je ne vous ennuie pas?

M. LEPIC : Du tout. Vous permettez? J'en ai tellement l'habitude.

PAUL : J'abrégerais.

M. LEPIC : Prenez votre temps.

PAUL : Vous me le diriez, si j'étais trop long?

M. LEPIC : Je n'y manquerais pas. Vous ne fumez pas?

PAUL : Si, si, mais plus tard, ça me gênerait en ce moment... J'ai besoin de tous mes moyens!

M. LEPIC : A votre aise!

PAUL : J'ai revu plusieurs fois Mlle Henriette, chez ma tante, avec Mme Lepic, cela va de soi, et après quelques causeries espacées, une douzaine, pour être précis, ces dames ont bien voulu me répondre que je n'avais plus besoin que de votre consentement. C'est donc d'accord avec elles que j'ai l'honneur...

Il se lève.

M. LEPIC : Vous partez!

PAUL, *après avoir souri* : ... de vous demander la main de Mlle Henriette, votre fille.

M. LEPIC : Je vous la donne.

> *Il se lève et Paul se rassied.*

PAUL, *stupéfait :* Vous me la donnez!

M. LEPIC : Oui.

PAUL : Comme ça!

M. LEPIC : Comme vous me la demandez.

PAUL : Vous ne vous moquez pas de moi?

M. LEPIC : Je sais prendre au sérieux les choses graves de la vie : les naissances, les mariages et les enterrements... Vous n'avez pas l'air content?

PAUL : Oh! monsieur Lepic... Mais la joie, la gratitude, la...

M. LEPIC : La surprise!

PAUL : J'avoue que je redoutais des objections.

M. LEPIC : Lesquelles?

PAUL : Ah! je ne sais pas, moi... Enfin, je n'espérais guère un consentement si rapide.

M. LEPIC : Vous êtes d'accord avec ces dames; ça suffit... Elles sont assez grandes pour savoir si elles veulent se marier.

PAUL : Vous êtes le chef de famille!

M. LEPIC : Je ne dis pas non! Mais je n'ai encore refusé ma fille à personne, il n'y a pas de raison pour que je commence par vous.

PAUL : Je vous remercie.

M. LEPIC, *gaiement :* Il y a de quoi.

PAUL : Je suis heureux.

M. LEPIC : Vous avez ce que vous désirez.

PAUL : Je suis très heureux...

M. LEPIC : Vous ne tenez plus qu'à connaître le chiffre de la dot!

PAUL : Oh! ce n'est pas la peine.

M. LEPIC : Ne point parler de dot à propos de mariage! Vous plaisantez!

PAUL : Mme Lepic a dit quelques mots... à ma tante!

M. LEPIC : Ah! Vous savez que Mme Lepic ignore tout de mes affaires.

PAUL : Elle paraissait renseignée.

M. LEPIC : Elle a fixé un chiffre?

PAUL : Vague!

M. LEPIC : Combien?

PAUL : Une cinquantaine de mille.

M. LEPIC : Où a-t-elle pris ce chiffre? Où l'a-t-elle pris? Quelle femme! Elle croit sérieusement que ces cinquante mille francs existent. Elle est sûre de les avoir vus *(Désignant le coffre-fort.)* dans cette boîte, qu'elle ne sait même pas ouvrir, et où je ne mets que mes cigares. Elle est admirable. *(Il ouvre le coffre-fort.)* Donnez-vous donc la peine de jeter un coup d'œil! Vous voyez, il est vide! Monsieur, vous êtes ruiné!

PAUL, *avec un peu trop de pompe :* Mlle Henriette, sans dot, me suffit.

M. LEPIC : Je donnerai à ma fille cent mille francs. Chiffre exact!

PAUL, *ébloui :* C'est vous qui êtes admirable!

M. LEPIC : Et je sais où ils sont!

PAUL : Oh! je n'en doute pas. Merci! Je n'espérais pas tant! Merci, merci!

M. LEPIC : Quelle joie! Prenez garde! On croirait que c'est pour la dot.

PAUL : C'est pour ces dames. Il me tarde de leur annoncer... la bonne nouvelle et de leur dire combien je suis, nous sommes heureux, vous et moi!

M. LEPIC : Moi!

PAUL : Oui, je m'entends, un père qui marie sa

fille, c'est un homme heureux. On ne marie pas sa
fille tous les jours!

M. LEPIC : Ce serait monotone!

PAUL : Vous êtes donc heureux, vous aussi. Vous
l'êtes! Vous devez l'être! Il faut que vous le soyez.

M. LEPIC : Il le faut?

PAUL : Eh! oui!

M. LEPIC : Ça ne m'est pas désagréable.

PAUL : C'est quelque chose, mais...

M. LEPIC : C'est tout.

PAUL : Monsieur Lepic, vous ne doutez pas du
bonheur futur de votre fille!

M. LEPIC : Comme il dépendra de vous désormais, je n'y pourrai plus rien.

PAUL : Elle sera très heureuse... Je vous en
réponds... et moi aussi. Moi, ça vous est égal?
Cependant, je ne vous suis pas antipathique?

M. LEPIC : Pas encore.

PAUL : Ah! riez! J'ai bon caractère.

M. LEPIC : Tant mieux pour ma fille.

PAUL : Et puis, j'étais prévenu... oui, maintenant
que j'ai votre parole, et vous n'êtes pas homme à
me la retirer, je me permets de vous dire, avec
déférence, que je vous savais...

M. LEPIC : Original!

PAUL : C'est ça! Vous dites et ne faites rien
comme tout le monde.

M. LEPIC : Rien comme madame Lepic.

PAUL : Vous êtes un peu misanthrope, un peu
misogyne.

M. LEPIC : Il y a simplement des hommes et des
femmes que je n'aime pas.

PAUL : Ça ne vous fâche point, ce que je vous
dis?

M. LEPIC : C'est sans importance.

PAUL : D'ailleurs, moi qui me flatte de n'être qu'un homme ordinaire, pratique, si vous aimez mieux, l'originalité ne me choque pas chez les autres et je trouve tout naturel que chacun ait ses façons, ses manières, ses manies.

M. LEPIC : Manières suffisait.

PAUL : Oh! monsieur Lepic! loin de moi la pensée... je vous honore et vous respecte... je ressens déjà pour vous une affection sincère.

M. LEPIC : Je tâcherai de vous rendre la pareille.

PAUL : Chacune de vos réponses, monsieur Lepic, a une saveur particulière, et je me réjouirais d'épouser Mlle Henriette rien que pour avoir un beau-père tel que vous.

M. LEPIC : Vous vous faites une singulière idée du mariage!

PAUL : Je plaisante parce que je suis heureux ce soir, et très gai...

M. LEPIC : Non.

PAUL : Si, si.

M. LEPIC : Non, pas franchement. Vous êtes déjà troublé, au fond comme l'était il y a un an votre prédécesseur, qu'on n'a jamais revu. Vous me demandez ma fille, et je vous la donne; mais ça ne vous suffit pas, et ma façon de vous la donner vous inquiète. Il faut que je vous félicite, que je vous applaudisse, que je vous prédise du bonheur, que je vous le garantisse par contrat : vous m'en demandez trop.

PAUL : Monsieur Lepic, regardez-moi; je suis un brave homme, je vous jure.

M. LEPIC : Je n'en doute pas; aussi je vous donne ma fille.

PAUL : Et une fortune, mais avec froideur. Votre

façon de donner, comme vous dites, vaut moins que.... enfin, vous ne marchez pas comme je voudrais !

M. LEPIC : Vous voulez que je danse : attendez le bal.

PAUL : Monsieur Lepic ! Il y a quelque chose ?

M. LEPIC : Rien. N'allez pas vous imaginer un secret de famille, des histoires de brigands... Vous seriez déçu. Il n'y a rien... rien que les scrupules d'un honnête homme en face d'un honnête homme que je n'ai pas le droit de pousser avec violence, par les épaules, au mariage : c'est une aventure !

PAUL : Oh ! bien commune !

M. LEPIC : Précisément. Pourquoi s'emballer ? Je n'avais aucune raison pour dire non. Je n'en ai aucune pour dire oui avec une gaieté folle, pour que ma joie éclate désordonnée à propos de votre mariage, pour que je vous serre dans mes bras, comme s'il n'y avait que vous au monde, dans votre cas, et comme si je ne l'étais pas, moi, marié...

PAUL : Il me semble qu'on a frappé...

> *M. Lepic ne dit pas « entrez », M*me *Lepic entre toute seule.*

SCÈNE V

LES MÊMES, Mme LEPIC.

Mme LEPIC, *visage de curiosité :* Si ces messieurs ont besoin de se rafraîchir, avant de goûter, il y a tout ce qu'il faut à la cave. M. Lepic l'a regarnie dernièrement. Il ne pouvait pas le faire plus à propos. Que désirez-vous, monsieur Paul ? Ce que

vous voudrez, sauf du muscat : la bonne a cassé la
dernière bouteille ce matin et les chats n'en ont pas
laissé perdre une goutte.

PAUL : Rien, madame, merci, je n'ai pas soif.
Mais si M. Lepic...

Mᵐᵉ LEPIC : Vous dînerez avec nous, n'est-ce pas,
monsieur Paul ? Naturellement, un soir comme
celui-là ! C'est convenu avec votre tante... Si, si,
Henriette en ferait une maladie.

> *Mᵐᵉ Lepic fait de vains signes à Paul pour se
> renseigner, et sort, M. Lepic va fermer la porte.*

SCÈNE VI

M. LEPIC, PAUL.

M. LEPIC, *regarde la porte :* ... comme si je ne
l'étais pas, moi, marié, depuis plus de vingt-cinq ans !
*(M. Lepic va tirer un cordon de sonnette. La bonne
paraît.)* Annette, donnez-nous des biscuits et du
muscat.

LA BONNE : Il n'y a plus de muscat, monsieur ;
madame m'a fait porter, avant vêpres, la dernière
bouteille à M. le curé.

M. LEPIC : Vous servirez de la bière ! Plus tard !

LA BONNE : Bien, monsieur.

> *Elle sort.*

M. LEPIC, *achevant sa phrase :* ... depuis plus de
vingt-cinq ans, monsieur, ce qui me permet de
rester calme quand les autres se marient... Il n'y a
pas que vous... vingt-cinq ans !... Plus exactement
vingt-sept !... Près de dix mille jours !

PAUL : Vous les comptez ?

M. LEPIC : Dans mes insomnies... Vous savez déjà qu'on ne se marie pas pour quinze nuits.

PAUL : Oh! une fois pour toute la vie, je le sais. Et je suis décidé! Mais quand ça va bien, plus ça dure, plus c'est beau.

M. LEPIC : Et quand ça va mal?

PAUL : D'accord! Il y a cependant de bons ménages.

M. LEPIC : Chez les gens mariés, c'est bien rare!

PAUL : Mais le vôtre, par exemple... Je me contenterais d'un pareil.

M. LEPIC : Vous l'aurez sans doute.

PAUL : Il a une bonne réputation.

M. LEPIC : Et méritée, comme toutes les réputations.

PAUL : Mme Lepic ne se plaint pas!

M. LEPIC : Elle a peur de vous effrayer.

PAUL : Vous non plus, que je sache!

M. LEPIC : Moi, j'aime le silence.

PAUL : Aux yeux des étrangers, du moins, c'est le ménage modèle; chacun de vous y tient sa place, on ne peut pas dire que vous ne soyez pas le maître, et, pour me servir d'une expression vulgaire, que ce soit Mme Lepic qui porte la culotte!

M. LEPIC : Il y a longtemps que je ne regarde plus ce qu'elle porte!

PAUL : Tout à l'heure elle parlait de vous comme une femme qui aime son mari.

M. LEPIC : Je n'aime pas mentir, et je ne pourrais en parler, moi, que comme un mari qui n'aime plus sa femme.

PAUL : Pour quelle cause grave?... Je suis indiscret?

M. LEPIC : Du tout! C'est votre droit.

PAUL : Une si honnête femme!

M. LEPIC : Honnête femme! Peuh! L'honnêteté de
certaines femmes!... Monsieur, se savoir trompé
par une femme qu'on aime, on dit que c'est
douloureux, on le dit; mais ne pas être trompé par
une femme qu'on n'aime plus, croyez-en ma longue
expérience, ça ne fait pas le moindre plaisir. Je
n'imagine pas que ce serait un si grand malheur!
J'ai mieux que ça chez moi, et je ne sais aucun gré à
Mme Lepic de sa vertu. L'adultère ne l'intéresse
pas, ni chez les voisins, ni pour son compte. Elle a
bien d'autres soucis! Elle a toujours laissé mon
honneur intact, j'en suis sûr, parce qu'en effet, ça
m'est égal, ce qui n'empêche pas que notre ménage
ait toujours été un ménage à trois, grâce à elle!

PAUL : Comment? Puisque Mme Lepic est une
honnête femme?

M. LEPIC : C'est tout de même, grâce à elle, un
ménage à trois : le mari, la femme et le curé!

PAUL : Le curé!

M. LEPIC : Oui, le curé! Mais je froisse peut-être
vos sentiments?

PAUL : Ah! vous êtes anticlérical?

M. LEPIC : Non; je ne sais pas ce que ça veut dire.

PAUL : Franc-maçon?

M. LEPIC : Non, je ne sais pas ce que c'est *.

PAUL : Athée?

M. LEPIC : Non, il m'arrive même de croire en
Dieu.

PAUL : Tout le monde croit en Dieu; ce serait
malheureux!

M. LEPIC : Oui, mais ça ne regarde pas les curés.

PAUL : Je ne suis pas, moi non plus, l'ami des
curés.

M. LEPIC : Vous ne dites pas ça pour me faire
plaisir?

PAUL : Non, non, bien que je sois libéral.

M. LEPIC : Singulier mélange! Je connais cet état d'esprit. Il a été le mien.

PAUL : Je suis libre penseur, monsieur Lepic!

M. LEPIC : C'est-à-dire que vous n'y pensez jamais.

PAUL : Je vous assure que, sans être un mangeur de curés, je ne peux pas les digérer, je les ai en horreur. Ils ne m'ont rien fait, mais c'est d'instinct.

M. LEPIC : Vous les avez en horreur et vous ne savez pas encore pourquoi. Vous le saurez peut-être; moi je le sais, car, depuis vingt-sept ans, monsieur, j'ai un curé dans mon ménage, et j'ai dû, peu à peu, lui céder la place : le curé!... c'est l'amant contre lequel on ne peut rien. Une femme renonce à un amant : jamais à son curé... Si ce n'est pas toujours le même, c'est toujours le curé.

PAUL : Mme Lepic me disait que le curé actuel est parfait, qu'il ne s'occupe de rien.

M. LEPIC : Mme Lepic parle comme un grelot et elle dit ça de tous les curés. Ils changent, quittent le pays ou meurent. Mais Mme Lepic reste et ne change pas. Jeune ou vieux, beau ou laid, bête ou non, dès qu'il y a un curé, elle le prend. Elle est à lui; elle appartient au dernier venu comme un héritage du précédent. Le curé l'a tout entière, corps et âme! Corps, non, je la calomnie. Mme Lepic est, comme vous dites, une honnête femme, bigre! Incapable d'une erreur des sens, même avec un curé! Et pourvu qu'elle le voie à l'église, une fois tous les jours de la semaine, deux fois le dimanche, et à la cure le reste du temps!...

PAUL : Malgré vous?

M. LEPIC : J'ai tout fait, excepté un crime : je n'ai

pas tué l'amant, le curé!... Au début, j'aimais ma
femme. Je l'avais prise belle fille avec des cheveux
noirs et des bandeaux ondulés! C'était la mode en
ce temps-là, avec des cheveux noirs très beaux! Et
une jolie dot! Vous savez, quand on se marie, on ne
s'occupe pas beaucoup du reste.

PAUL : On n'y fait pas attention!

M. LEPIC : C'est ça. On aime une jeune fille, et on
ne se préoccupe pas de ce qu'elle pense... Tant pis
pour vous, monsieur! Bientôt on s'aperçoit que
tous les mariages d'amour ne deviennent pas des
mariages de raison. J'ai dit d'abord : « Tu y tiens à
ton curé? Entre lui et moi, tu hésiterais? » Elle m'a
répondu : « Comment peux-tu comparer? Toi, un
esprit supérieur! » Quand une femme nous dit :
« Toi, un esprit supérieur », elle sous-entend : « Tu
ne peux pas comprendre ces choses-là! » Et elle
choisissait le curé! Je disais ensuite : « Je te prie de
ne plus aller chez ce curé. » Elle répondait : « Ta
prière est un ordre », et, dès que j'avais l'air de ne
plus y songer, elle courait chez le curé! Puis j'ai
dit : « Je te défends d'y aller! » Elle y retournait en
cachette; ça devenait le rendez-vous. Je n'étais
donc rien pour elle? Maladroit, ne savais-je pas la
prendre? Oh! je l'ai souvent reprise, mais presque
aussitôt reperdue. Quand je la croyais avec moi,
c'est qu'elle mentait, d'accord avec le curé! Et je
n'ai plus rien dit... je me suis rendu de lassitude,
exténué, c'était fini!... Mme Lepic avait porté notre
ménage et, comme on se marie pour être heureux,
notre bonheur à l'église. Je ne suis pas allé l'y
chercher, car je n'y mets jamais les pieds.

PAUL : Et lui... vient-il ici?

M. LEPIC : Oh! sans doute! Quand je voyage, et
même quand je suis là, malgré les têtes que je lui

fais, et quelles têtes! quelquefois il ose! Et c'est moi
qui sors. Je ne peux pourtant pas prendre mon
fusil.

PAUL : On vous donnerait tort.

M. LEPIC : Et je ne suis pas si terrible! Moi, un
tyran! Au fond, je suis plutôt un timide, un faible,
une victime de la liberté que je laisse aux autres;
moi, un persécuteur! Il ne s'agit pas de religion. Ce
n'est même pas d'un prêtre que Mme Lepic, cette
femme qui est la mienne, a toujours besoin; c'est
d'un curé. S'il lui fallait un directeur de conscience,
comme elles disent, est-ce que je n'étais pas là? Je
ne suis pas un imbécile, peut-être! — Mais non : ce
qu'il lui fallait, c'est le curé, cet individu sinistre
et comique qui se mêle sournoisement, sans responsabilité, de tout ce qui ne le regarde pas.
Il le lui fallait, pour quoi faire? Je ne l'ai jamais
su. Et lui, qu'est-ce qu'il en fait de Mme Lepic?
Je ne comprends pas. Et vous?... Tenez, voilà
peut-être ma vengeance, il y a des heures où
elle doit bien l'embêter aussi, surtout quand elle
lui parle à l'oreille. De quoi serait-il fier, s'il
a quelque noblesse? La foi de Mme Lepic, quelle
plaisanterie! Elle prend les choses de plus bas!
J'ai voulu jadis causer avec elle, discuter. Est-ce
qu'on discute des choses graves avec Mme Lepic?
Elle n'a même pas essayé de me convertir! Elle
veut aller au paradis toute seule, sans moi! C'est
une bigote égoïste, avare, qui me laissera griller
en enfer! J'aime mieux ça! Au moins je ne la
retrouverai pas dans son paradis! Ses idées, sa
bonté, son amour du prochain, quelle blague!... la
bigoterie, voilà tout son caractère! Mme Lepic était
une belle fille avec des cheveux noirs et très peu de
front. Elle n'est pas devenue croyante; elle est

devenue ce qu'elle devait être, une grenouille de bénitier.

> Mme *Lepic ouvre la porte.*

Mme LEPIC, *avec un plateau de bière :* Je ne veux pas que la bonne vous dérange, elle est si indiscrète! *(Elle pose la bière sur la table; aimable.)* C'est long!

PAUL : Ça va très bien, madame, une petite minute!

M. LEPIC : Elle auscultait la porte.

PAUL : Pauvre femme!

M. LEPIC : Ah! c'est elle que vous plaignez?

PAUL : Non, non. C'est vous, monsieur Lepic, profondément. *(Des ombres passent devant la fenêtre.)* Mais on s'impatiente!

M. LEPIC : Je le vois bien; qu'ils attendent! Et moi donc! Ne m'en a-t-il pas fallu de la patience? *(Il désigne sa poitrine.)* Ah, monsieur, si la Grande Chancellerie me connaissait!... Oh! il y a le divorce *; ce serait une belle cause! Mais nous ne savons pas encore nous servir de cette machine-là, dans nos campagnes. D'ailleurs, Mme Lepic est aussi tenace qu'irréprochable. On meurt où elle s'attache. En outre, je ne suis pas sans orgueil. J'aurais honte de me plaindre en public! Et puis un divorce, pour quoi faire?

PAUL : Une autre vie. Vous êtes toujours jeune.

M. LEPIC : Je suis un jeune homme.

PAUL : A votre âge, on aime encore.

M. LEPIC : J'ai un cœur de vingt ans.

PAUL : A vingt ans, c'est dur de se priver.

M. LEPIC : Je ne me prive pas du tout.

PAUL : Comment?

M. LEPIC : J'ai ce qu'il me faut.

PAUL : Oh! monsieur Lepic, tromperiez-vous Mᵐᵉ Lepic?

M. LEPIC : Tant que je peux! Tiens! Parbleu! Cette question! Aucune compensation? Vous ne voudriez pas! Mieux vaudrait la mort. Oh! dame, ici, j'accepte ce que je trouve, de petites fortunes de village. Ah! si le curé était marié!

PAUL : Vous lui prendriez sa femme?

M. LEPIC : Il m'a bien pris la mienne. Oh! je ne vous conseille pas de m'imiter plus tard. Le bonheur d'un mari dans un ménage ne consiste pas à tromper sa femme le plus possible. Mais ce n'est pas moi qui ai commencé. Sans le curé, j'eusse été un époux modèle. Dans une union parfaite, je n'admettrais aucune hypocrisie, aucun mensonge, aucune excuse, pas plus pour le mari que pour la femme. A un ménage comme le mien, je préférerais un couple de saints d'accord dans la même niche, et il me répugne d'entendre un mari dire : « C'est si beau une femme à genoux qui prie! » tandis qu'il en profite, lui, l'homme supérieur, qui ne prie jamais, pour la tromper à tour de bras! Je vous assure, monsieur!

PAUL : Je vous remercie de me parler avec cette confiance.

M. LEPIC : C'est le moins, mon gendre.

PAUL, *lui tendant la main* : Mon beau-père!

M. LEPIC : Monsieur... comme vous entrez dans une famille qui se trouve être la mienne, je ne regrette pas de vous avoir dit ces quelques mots d'encouragement. Et puis, ça soulage un peu! Je vous dois ce plaisir-là. J'ai votre parole pour ma fille au moins! Vous ne vous sauverez pas comme M. Fontaine, à propos d'un curé?

PAUL : Oh! c'est pour ça que M. Fontaine?...

M. LEPIC : Je crois ; quand il a vu clair dans mon intérieur, il a eu peur pour le sien !

PAUL : Ce devait être un homme quelconque.

M. LEPIC : Il tenait à ses idées.

PAUL : Un sectaire !

M. LEPIC : Et il ne connaissait pas le chiffre exact de la dot !

PAUL : Tout le monde tient à ses idées, moi aussi. Mais le temps a changé.

M. LEPIC : Rien ne change.

PAUL : Depuis la séparation...

M. LEPIC : Espèce de radical-socialiste ! Ça va être le reste ! Qu'est-ce qu'elles ne feront pas pour les consoler ? Les voilà plus forts que jamais. Un homme intelligent comme vous, d'une bonne intelligence moyenne, ne pèsera pas lourd auprès d'un curé martyr.

PAUL : Ce sont de pauvres êtres inoffensifs.

M. LEPIC : Bien ! bien ! Votre affaire est bonne.

PAUL : Oh ! permettez, monsieur Lepic ! Certes, votre vie, malgré ces petits dédommagements, est une vie manquée. Mme Lepic exagère. Je ne croyais pas qu'il y eût de pareilles femmes !...

M. LEPIC : Moi non plus... Elles pullulent !... Mais n'y en aurait-il qu'une, c'est moi qui l'ai.

PAUL : Ce n'est pas une maladie contagieuse.

M. LEPIC : Peut-être héréditaire.

PAUL : Oh ! non. Et heureusement pour moi, d'après ce que vous dites, ce n'est pas Mme Lepic que j'épouse.

M. LEPIC : Évidemment !

PAUL : C'est Mlle Henriette.

M. LEPIC : C'est elle que je vous ai accordée ! Mais si le cœur vous dit d'emmener la mère avec la fille.

PAUL : Je vous remercie. Je ne voudrais pas manquer de respect à Mme Lepic... mais je peux bien dire qu'elle et sa fille, au point de vue physique, ne se ressemblent pas beaucoup! (*Il s'adresse à un portrait pendu au mur.*) Ce visage clair, ce front net, ce regard droit, ce sourire aux lèvres...

M. LEPIC : Ces cheveux noirs!

PAUL : Oh! magnifiques!

M. LEPIC : C'est un portrait de Mme Lepic à dix-huit ans que vous regardez là.

PAUL : Non!

M. LEPIC : Voyez la date derrière.

PAUL : 1884! D'ailleurs c'est encore frappant.

M. LEPIC : Ça vous frappe?

PAUL : Curieux!

M. LEPIC : Vous pouvez presque, d'après ce portrait, vous imaginer votre femme, quand elle aura l'âge de la mienne.

PAUL : C'est loin!

M. LEPIC : Ça viendra!

PAUL : Mme Lepic n'est pas encore mal...

M. LEPIC : La fraîcheur de l'église la conserve.

PAUL : Bah! le proverbe qui dit : Tel père, tel fils, ne s'applique pas aux dames! Vous la connaissez?

M. LEPIC : Mme Lepic?

PAUL : Mlle Henriette.

M. LEPIC : C'est juste, vous pensez à vous.

PAUL : C'est mon tour.

M. LEPIC : Vous n'espérez pas que je vais vous parler de la fille comme de la mère?

PAUL : Oh! je sais ce que vaut Mlle Henriette.

M. LEPIC : C'est ce qu'elle vaudra qui vous préoccupe? Ayez confiance!

PAUL : Oh! je ne crains rien.

M. LEPIC : A la bonne heure!

PAUL : Elle est charmante! J'en ferai ce que je voudrai... malgré le curé, n'est-ce pas? Enfin! Vous l'avez élevée?

M. LEPIC : Ah! non, non! C'est à Mᵐᵉ Lepic que revient cette responsabilité. Henriette a grandi sous les jupes de sa mère. Après huit années dans un pensionnat qui n'était pas de mon choix, elle a été reprise, à la sortie, par sa mère; elle ne quitte pas sa mère, et sa mère ne quitte pas le curé!

PAUL : Vous avez souvent causé avec elle, en père?

M. LEPIC : Moins souvent que le curé et Mᵐᵉ Lepic n'ont chuchoté avec Henriette. Elle m'a échappé, comme sa mère; vous la garderez mieux!

PAUL : Je suis sûr qu'à travers les bavardages du curé vous avez semé le bon grain!

M. LEPIC : Faites la récolte. Déjà elle aime mieux vous épouser que de prendre le voile, ce n'est pas mal.

PAUL : Et puis, nous nous aimons!

M. LEPIC : Pourvu que ça dure vingt-sept ans... et plus.

PAUL : Oui, je l'aime beaucoup, Mˡˡᵉ Henriette, et je vous la redemande.

M. LEPIC : Je n'ai qu'une parole; mais je peux vous la donner deux fois. Ma fille est à vous, elle, sa dot et la petite leçon de mon expérience.

PAUL : Je n'ai pas peur.

M. LEPIC : Vous êtes un homme.

PAUL : Un ancien dragon!

M. LEPIC : Ce n'est pas de trop!... Et qui sait? L'encens a empoisonné ma vie; la vôtre n'en sera peut-être que parfumée!

PAUL, *la main tendue :* Mon beau-père.

M. LEPIC : Monsieur...

PAUL : Oh! mon gendre!

M. LEPIC : Mon gendre, oui, mon gendre. Excusez-moi. C'est le mot *gendre*. Je m'y habituerai.

SCÈNE VII

LES MÊMES, MADELEINE, FÉLIX.

MADELEINE *cogne à la fenêtre ; Paul ouvre :* Avez-vous fini? Je voudrais savoir, moi! Ça y est?

PAUL : Oui, mademoiselle. Où est Mlle Henriette?

MADELEINE : Là-bas, au fond du verger!

FÉLIX : Avec maman qui dit son chapelet à toute vitesse. *(A Paul.)* Mon cher beau-frère, je savais que ça irait tout seul.

MADELEINE : Oh! que je suis contente! C'est bien, ça, monsieur Lepic! Il faut que je vous embrasse.

> *Elle enjambe la fenêtre, suivie de Félix.*

M. LEPIC : Mais il ne s'agit pas encore de toi, demoiselle d'honneur! *(Il l'embrasse.)* Elle est bien gentille! Par malheur, elle donne, comme les autres, dans les curés!

MADELEINE : Voilà qu'il recommence, comme ce matin!

M. LEPIC : Ah! toi aussi, tu vas l'embêter, ton mari, avec ton curé!

MADELEINE : Félix, votre papa s'apitoie d'avance sur votre sort. N'est-ce pas que vous serez heureux de faire toutes mes volontés quand nous nous marierons?

FÉLIX : Rien ne presse.

MADELEINE : Tout son père!

FÉLIX : Alors, je ferai tout comme papa.

PAUL, *à M. Lepic* : Celui-là, au moins!

M. LEPIC : Oh! celui-là ne m'a donné aucun mal et il me dépasse!

FÉLIX : Oh! papa, je ne fais que te suivre! Tu ne vas pas caner?

M. LEPIC, *à Félix* : Triste modèle que ton papa, mon garçon! Malheur à toi, si tu ne prends pas garde à la fleur poussée à l'ombre du clocher!

MADELEINE : Oh! Que c'est joli! C'est moi la fleur! Ne dirait-on pas que je ferai une vieille bigote. J'aime M. le curé, comme je vous aime, vous, faute de mieux; je ne peux pourtant pas vous épouser.

M. LEPIC : Moi non plus! Je le regrette. Le curé pourrait, lui. Il est libre.

MADELEINE : La messe, les vêpres, vous savez bien, mon vieil ami, que c'est une distraction, un prétexte pour essayer une toilette. Quand j'ai un chapeau neuf, j'arrive toujours en retard à l'église; ça fait un effet! Le curé, monsieur Paul, ça occupe. C'est pour attendre le mari. Dès qu'on a le mari, on lâche le curé.

M. LEPIC : On y retourne.

MADELEINE : Ah! si on devient trop malheureuse! Nous ne voulons qu'être heureuses, nous, et nous sommes toutes comme ça; Henriette aussi, que j'oublie, qui se morfond là-bas, sous son pommier... Je cours la chercher.

PAUL : Moi aussi.

MADELEINE : Venez, par la fenêtre. Félix, amenez les autres... *(A M. Lepic.)* Elle va vous sauter au cou. *(Importante.)* Oh! nous avons causé toutes les deux! Je l'ai sermonnée! Tenez-vous bien!

M. LEPIC : Je me tiendrai.

MADELEINE, *de la fenêtre :* Oui, sérieusement! Qu'est-ce que vous voulez qu'on fasse ici, dans ce trou, le dimanche? Ah! vous êtes cloué!

FÉLIX, *autoritaire :* Avec moi, le dimanche, vous viendrez à la pêche.

MADELEINE : Mais je n'aime pas ça!

FÉLIX : Qu'est-ce que vous aimez? La femme doit suivre son mari à la pêche.

MADELEINE : Et quand la pêche sera fermée?

FÉLIX : On se promènera au bord de l'eau.

MADELEINE : Toute la journée?

FÉLIX : Tout le long de la rivière.

MADELEINE : Et s'il fait mauvais temps?

FÉLIX : On restera au lit.

Madeleine se sauve.

FÉLIX, *à Paul dont il serre la main :* C'est votre mariage qui me met en goût, mon cher beau-frère. Je suis très content!... Je vais écrire à Poil de Carotte!

> *Tous les trois sortent par la fenêtre. Paul enjambe le dernier. La porte d'en face s'ouvre. Mᵐᵉ Lepic apparaît. On aperçoit Henriette derrière elle.*

SCÈNE VIII

M. LEPIC, Mᵐᵉ LEPIC, HENRIETTE.

Mᵐᵉ LEPIC, *stupéfaite :* Comment? Il se sauve par la fenêtre, celui-là! C'est un comble! Alors, c'est encore non? *(Figure impassible de M. Lepic.)* Tu

refuses encore ? Et nous ne saurons pas encore
pourquoi. Enfin, qu'est-ce que tu lui as dit, à cet
homme, pour qu'il ne prenne même pas la peine de
sortir comme les autres, poliment, par la porte. Tu
ne veux pas me répondre ? Viens, Henriette! Tu
peux entrer. C'est fini! Grâce à ton père, tu ne te
marieras jamais! Voilà, ma fille, voilà ton père! Ce
n'est pas un homme, c'est un original, un
maniaque! Et il rit, c'est un monstre! Que veux-tu
que j'y fasse ? A ta place, moi, je me passerais de sa
permission, mais tu t'obstines à le respecter! Tu
vois ce que ça te rapporte. Et moi qui te conseillais
de faire, quelques jours, des sacrifices sur la
question religieuse. Voilà notre récompense! Dieu
n'est pas long à nous punir. Reste si tu veux; je n'ai
plus rien à faire ici. J'aime mieux m'en aller et
mourir, si la mort veut de moi! *(Elle sort.)*
Seigneur, ne laisserez-vous pas tomber enfin sur
moi un regard de miséricorde!

SCÈNE IX

M. LEPIC, HENRIETTE.

HENRIETTE : Oh! papa, moi qui t'aime tant, je te
supplie à genoux de me le dire : qu'est-ce que j'ai
fait, pourquoi me traites-tu si durement? M. Paul
et moi, nous nous aimions. Ma vie est brisée!

M. LEPIC, *la relève* : Mais, ma fille, ton fiancé te
cherche dans le jardin.

HENRIETTE : Ah!... Et ma mère qui s'imagine!...

M. LEPIC : Je n'ai rien dit.

HENRIETTE : Oh! papa, que je suis confuse! Je te demande pardon.

SCÈNE X

LES MÊMES, TANTE BACHE, MADELEINE, FÉLIX.

MADELEINE : Nous te cherchions partout!

PAUL : Mademoiselle, vous savez?

HENRIETTE : Je sais.

TANTE BACHE, *étonnée :* Puisque c'est oui, où va donc Mme Lepic, comme une folle! Elle sanglote, elle agite un chapelet au bout de son bras!

HENRIETTE : Elle n'a pas compris, elle croit que papa refuse. Courez, ma tante!

TANTE BACHE : Comment? Elle croit?...

M. LEPIC : Nous nous entendons toujours comme ça.

TANTE BACHE *s'élance :* Je la ramène morte ou vive!

PAUL : Mademoiselle, votre père, qui m'effrayait un peu, a été charmant! *(A M. Lepic.)* N'est-ce pas?

M. LEPIC : Ça m'étonne! Mais puisque vous le dites! A votre service.

HENRIETTE : Merci, mon Dieu!

MADELEINE : Merci, mon Dieu!... Merci, papa!... Va donc, puisque ça y est! Saute à son cou! *(A Paul.)* Je la connais mieux que lui; je l'ai approfondie! Croyez-moi, elle fera une bonne petite femme!

HENRIETTE, *après avoir embrassé son père qui s'est tout de même penché un peu :* Oui, papa, j'espère que je ferai une bonne petite femme.

M. LEPIC : C'est possible!

HENRIETTE : Veux-tu que je te dise comment je m'y prendrai?

M. LEPIC : Dis toujours!

HENRIETTE : Je ferai toujours exactement le contraire de ce que j'ai vu faire ici.

M. LEPIC : Excellente idée!

MADELEINE : Bien répondu, Henriette!

HENRIETTE : Oh! si j'osais...

MADELEINE : Ose donc! M. Paul est là.

HENRIETTE : Écoute, papa. Écoute-moi, veux-tu?

M. LEPIC, *étonné* : Mais j'écoute.

FÉLIX : Oh! ma sœur qui se lance! Elle parle à papa!

MADELEINE, *à Félix* : Chut! Soyons discrets...

> *Elle entraîne Félix.*

FÉLIX : Je voudrais bien entendre ça, moi!

MADELEINE : Allez! allez!

SCÈNE XI

M. LEPIC, PAUL, HENRIETTE.

HENRIETTE : Je ne suis plus si jeune! J'ai réfléchi depuis ma sortie de pension, depuis quatre années que je vous observe, maman et toi, j'ai de l'expérience.

M. LEPIC : Oh! tu connais la vie!

HENRIETTE : Je connais la vôtre. Je ne veux pas la revivre pour mon compte. J'en ai assez souffert!

M. LEPIC : A qui la faute?

HENRIETTE : Je ne veux pas le rechercher; mais

je jure que mon ménage ne ressemblera pas au tien.

M. LEPIC : Cela ne dépend pas que des efforts d'un seul.

HENRIETTE : Cela dépend surtout de la femme. Je le sais bien. Je ferai de mon mieux et M. Paul m'aidera. *(Confiante, la main offerte.)* Oh! pardon.

PAUL : Mademoiselle, votre geste était si gracieux!

HENRIETTE, *la main abandonnée :* Je dirai toujours la vérité, quelle qu'elle soit!

M. LEPIC : Bon!

HENRIETTE : S'il m'échappe un mensonge, je ne chercherai pas à me rattraper par un autre mensonge.

M. LEPIC : Pas mal!

HENRIETTE : Si je commets une faute de ménagère, vous saurez le premier, et tout de suite, ma sottise. Je ne penserai jamais : ça ne regarde pas les maris!

M. LEPIC : Bien!

HENRIETTE : J'attendrai pour bavarder que vous ayez fini de parler. Je ne vous demanderai votre avis que pour le suivre. Je ne chercherai pas à vous être supérieure. *(Signes de tête de M. Lepic.)* Je ne dirai pas à votre enfant : ton père a tort, ou ton père n'a pas besoin de savoir! J'aurai peut-être des amies, mais vous serez mon seul confident.

M. LEPIC : Avec le curé.

HENRIETTE : Papa, je ne dirai tout qu'à l'homme que j'aime.

M. LEPIC : C'est une déclaration!

HENRIETTE : Oui! chacun la nôtre. M. Paul m'avait fait, un soir, la sienne. Je viens de lui répondre, et je vous aimerai, monsieur Paul, comme vous m'avez dit que vous m'aimerez.

PAUL : Oh! mademoiselle!

M. LEPIC : Et je n'irai plus à la messe!

HENRIETTE, *à Paul, hésitante :* Je n'irai plus, si vous l'exigez.

PAUL, *ému :* Mademoiselle, j'ai une grande liberté d'esprit!

M. LEPIC : C'est heureux, elle finirait par se marier civilement!

HENRIETTE, *violent effort :* Si ce sacrifice était nécessaire à notre union...

PAUL : Du tout! mademoiselle, je ne vous demande pas ça!

M. LEPIC : Au contraire!

HENRIETTE : Je l'accomplirais!...

M. LEPIC : Ah! le beau mensonge!

HENRIETTE : Papa! j'accomplirais ce sacrifice, tant je crois au danger inévitable des idées qui ne sont pas communes.

M. LEPIC : Des idées religieuses!

HENRIETTE : Surtout des idées religieuses qui ne sont pas partagées.

PAUL : Nous partagerons tout ce que vous voudrez, mademoiselle!

M. LEPIC : Oh! oh! elle est effrayante! Où as-tu pris cette leçon?

HENRIETTE : Sur ta figure des dimanches, papa!

PAUL : Elle est exquise, monsieur Lepic!

M. LEPIC : Aujourd'hui!

HENRIETTE : J'aurais dû parler plus tôt!... Tu ne m'aurais pas entendue!... Et puis, il fallait l'occasion. C'est la présence d'un fiancé, d'un ami, d'un protecteur, qui me donne de l'énergie. Tu ne sais pas quel homme tu es!

M. LEPIC : Je suis si imposant?

HENRIETTE : Tu ne peux pas savoir! *(Comique.)*
Tu me ferais rentrer dans un trou de souris.

M. LEPIC : Toi aussi? Comme la tante Bache!
C'est ma spécialité : ça flatte un père!

HENRIETTE : Oh! papa! Désormais, je serai brave!

M. LEPIC : Alors? C'est ce que tu as dit qui te fait
trembler?

HENRIETTE : Je me suis énervée.

M. LEPIC : Ah! dame! c'était un peu fort! Malgré
le conseil de ta mère, tu n'as pas l'habitude!

HENRIETTE : Maman ignore ce qui se passe en
moi!

M. LEPIC : Si le curé t'avait entendue!

HENRIETTE : Oh! je crois qu'il m'aurait comprise,
lui!

M. LEPIC, *faux jeu :* Justement! Il vient.

PAUL : Oh! monsieur Lepic, vous êtes méchant.

M. LEPIC. *Il rit :* Cruel!

HENRIETTE : Tu m'as fait peur. *(Avec reproche.)*
Oh! papa, tu me tourmentes!

PAUL : Mademoiselle! Mon amie!... Oui, il vous
tourmente! Tout ça n'est rien. Des mots. Des
mots!

M. LEPIC : En effet, ce n'est qu'une crise. Ça
passera!... Le temps de se marier!

HENRIETTE : Tu ne me crois pas?

M. LEPIC : Mais si, mais si! Ta mère m'a rendu
un peu défiant!

HENRIETTE : Je suis si sincère!

M. LEPIC : Pour le moment, c'est sûr.

HENRIETTE : Pour le moment?

M. LEPIC : Tu fais effort, comme un pauvre
oiseau englué qui s'arrache d'une aile et se laissera
bientôt reprendre par toutes ses plumes.

PAUL : L'essentiel est que je vous croie, mademoiselle Henriette, et je vous crois.

M. LEPIC : Mais oui, va! c'est l'essentiel. Ne te
mets pas dans cet état! Tu te fais du mal! et tu me
fais de la peine. Je n'aime pas voir pleurer la veille
d'un mariage. C'est trop tôt. *(Il l'embrasse.)*
Calme-toi, ma fille, tu soupires comme une prison-
nière!

HENRIETTE : Sans reproche, ce n'est pas gai, ici!

M. LEPIC : Tu vas sortir!

HENRIETTE : Oh! oui, et je veux être heureuse!
Ne penses-tu pas que je serai heureuse?

M. LEPIC : Nous verrons, essayez! Mariez-vous
d'abord! *(Regard à Paul.)* Il est gentil... Quant à
ton curé... je ne suis pas dupe, tu ne pourras rien.
Tu ne sais pas ce que c'est qu'un curé!

SCÈNE XII

LES MÊMES, Mme LEPIC, TANTE BACHE,
FÉLIX, MADELEINE.

Mme LEPIC *annonce, triomphale :* M. le curé! M. le
curé!

M. LEPIC : Naturellement.

> *Il prend son chapeau pour sortir.*

FÉLIX : Ça, c'est de l'aplomb!

M. LEPIC, *à Paul :* Votre rival, monsieur!

PAUL : Oh! monsieur Lepic, restez, moi je reste!

M. LEPIC : Vous ne serez pas de force.

PAUL : Avec votre appui?

M. LEPIC : Je crois plutôt que je vais vous gêner.

Mme LEPIC : J'ai rencontré par hasard M. le curé

qui a bien voulu se détourner de sa promenade. Oh! ma fille! Oh! mon gendre!

PAUL : Vous saviez donc?

Mme LEPIC : Dès que tante Bache m'a détrompée, j'ai couru prévenir M. le curé!... Oh! je vous l'ai dit, ce n'est pas un curé comme les autres! Il est parfait! Il ne s'occupe de rien, pas même de religion. Félix, mon grand, veux-tu le recevoir au bas de l'escalier? Il sera si flatté!

FÉLIX, *à M. Lepic* : Faut-il le remmener?

M. LEPIC : Laisse! *(A Henriette.)* Tu as besoin de ce monsieur?

HENRIETTE, *craintive* : Sa présence même te serait désagréable?

M. LEPIC : Oui, mais tu es libre!

Mme LEPIC : Qu'est-ce que ça signifie, Henriette? Fermer la porte à M. le curé quand je l'appelle de ta part!

M. LEPIC : Tu es libre! Oh! je ne te donnerai pas ma malédiction; de moi, ça ne porterait pas!

HENRIETTE : Monsieur Paul, aidez-moi?

PAUL : Ça n'engage à rien!

HENRIETTE : Papa, toi, un esprit supérieur! Ce ne serait qu'une simple politesse, rien de plus!

M. LEPIC, *déjà exténué* : Qu'il entre donc, comme chez lui!

FÉLIX : D'ailleurs, le voilà!

SCÈNE XIII

LES MÊMES, LE CURÉ.

LE CURÉ, *la main timide* : Monsieur Lepic... *(M. Lepic ne lui touche pas la main.)* Je ne fais qu'entrer et sortir; monsieur le maire, je viens d'apprendre, par Mme Lepic, la grande nouvelle, et j'ai tenu à venir moi-même vous adresser, au père, et au premier magistrat de la commune, mes compliments respectueux.

M. LEPIC : Vous êtes trop aimable. Ce n'était pas la peine de vous déranger.

LE CURÉ : Je passais. *(A Paul.)* Je vous félicite, monsieur! Vous épousez une jeune fille ornée de toutes les grâces, parée de toutes les vertus. Comme prêtre et comme ami, j'ai eu avec elle de longues causeries chrétiennes. Elle est ma fille spirituelle!

HENRIETTE, *s'inclinant, déjà reprise :* Mon père!

FÉLIX : Moi, mon père, c'est papa. Mon pauvre vieux papa!

LE CURÉ : Je vous la confie, monsieur Paul. Vous serez, j'en suis sûr, par votre intelligence et votre libéralisme bien connus, digne de cette âme qui est d'élite, sous le rapport humain et sous le rapport divin.

PAUL, *gêné par le regard de M. Lepic :* Je tâcherai, monsieur le curé!

M. LEPIC : C'est déjà fait.

PAUL : Il n'est pas mal!

M. LEPIC : Pas plus mal qu'un autre. Ils sont tous pareils!

Mme LEPIC : Tante Bache, vous n'avez pas envie de pleurer, vous?

TANTE BACHE : Je m'épanouis! M. le curé a une voix qui pénètre et qui remue.

PAUL : C'est comique!

M. LEPIC : Profitez-en!

MADELEINE : A quand la noce?

TANTE BACHE : Le plus tôt possible. Oh! oui! Ne les faites pas languir!

Mme LEPIC, *à M. Lepic :* Mon ami?

PAUL : Monsieur Lepic?

FÉLIX : Monsieur le maire?

M. LEPIC : On pourrait fixer votre mariage et celui de ce pauvre Jacquelou le même jour! La vieille Honorine serait fière!

FÉLIX : Oh! c'est une chic idée.

MADELEINE : Oh! que ce serait amusant!

Mme LEPIC : Mais nous aurons, nous, un mariage de première classe! Où mettre l'autre?

LE CURÉ : Mon église est bien petite!

M. LEPIC, *détaché, absent :* Que M. le curé fixe donc votre mariage lui-même.

Mme LEPIC : Oui, le mariage civil, ça ne compte pas.

FÉLIX : Pour la femme d'un maire, maman!

Mme LEPIC : Je veux dire que ce n'est qu'une formalité, des paperasses, enfin je veux dire...

LE CURÉ : Respect à la loi de votre pays, madame Lepic! Pour ma part, je propose le délai minimum, et, malgré la dureté des temps, je vous ferai cadeau d'un ban.

FÉLIX, *bas à Madeleine :* Ça coûte trois francs!

Mme LEPIC : Il va de soi que la place de M. le curé est à la table d'honneur des invités.

FÉLIX : Il y sera!

LE CURÉ : Mme Lepic me gâte toujours! j'ai dû, ce matin, interrompre mon jeûne pour ne pas laisser perdre ce merveilleux civet qu'elle a daigné me faire parvenir.

FÉLIX : Ah! oui! Le lièvre de papa qui avait tant réduit en cuisant!

Mme LEPIC : M. le curé exagère et Félix manque de tact. Comme cadeau de retour, M. le maire

ferait bien de rétablir la subvention de la commune
à M. le curé... C'est accordé?

> *M. Lepic la regarde fixement.*

LE CURÉ : Oh! madame Lepic, je vous en supplie,
pas de politique! Je sais que, par M. Lepic, l'argent
qui se détourne de moi va aux pauvres.

FÉLIX : Pas trop longue! hein! la messe, monsieur
le curé?

LE CURÉ, *agacé :* Monsieur, s'il vous plaît?

PAUL : A cause de M. Lepic.

M. LEPIC : Parlez pour vous! Ça ne me gêne pas!
Je n'irai pas!

Mme LEPIC : Ce jour-là, un franc-maçon saurait se
tenir! M. le curé fera décemment les choses. Il sait
son monde, comme M. Lepic. Il n'a que des
délicatesses et il vient de me promettre une
surprise. Après la messe, mon cher Paul, dans la
sacristie, il vous récitera une allocution en vers de
sa composition.

TANTE BACHE : Oh! des vers! On va se délecter.
Un mariage d'artistes!

PAUL : Ah! monsieur le curé taquine la muse?

M. LEPIC : Parbleu!

LE CURÉ : Oh! à ses heures!

FÉLIX : Et il a le temps!

LE CURÉ : Humble curé de campagne!...

M. LEPIC : Ne faites pas le modeste! Il y a en vous
l'étoffe d'un évêque!

LE CURÉ : Trop flatteur! *(Toutes ces dames s'in-
clinent déjà.)* Mais vous, monsieur le maire, je vous
apprécie comme il convient! Par votre sagesse
civique, la hauteur de vos idées et la rigidité de
votre caractère, vous étiez digne de faire un
excellent prêtre.

Mme LEPIC : Il a raté sa vocation!

MADELEINE : Il sait pourtant bien son catéchisme!

M. LEPIC : Un prêtre, peut-être, monsieur, mais pas un curé!

TANTE BACHE : Quelle belle journée! Comme elle finit bien!

PAUL : Tu n'as plus la frousse, ma tante? Ça finit par un mariage, comme dans les comédies de théâtre, mon cher beau-père!

M. LEPIC : Oui, monsieur, ça finit... comme dans la vie... ça recommence. *(Au curé.)* Une fois de plus, monsieur, vous n'aviez qu'à paraître.

M. Lepic se couvre et s'éloigne, suivi de Félix.

FÉLIX : Toujours comme papa!

Moment pénible, mais Mme Lepic sauve la situation.

SCÈNE XIV

LES MÊMES *moins* M. LEPIC *et* FÉLIX.

Mme LEPIC : M. Lepic va faire son petit tour de jardin. C'est son heure. Il ne se permettrait pas de fumer sa cigarette devant ces dames. Il reviendra. Il revient toujours. *(Elle pousse le fauteuil à M. le curé.)* Monsieur le curé, le fauteuil de M. Lepic! *(M. le curé s'installe; elle offre une chaise à tante Bache.)* Vous devez être fatiguée?... Assieds-toi donc, Madeleine!... Annette, servez le goûter!... Mes enfants! Votre mère est heureuse! Cher Paul, embrassez notre Henriette, M. le curé vous bénira. Embrassez-la, allez! Vous ne l'embrasserez jamais autant que M. Lepic m'a embrassée.

RIDEAU

DOSSIER

VIE DE JULES RENARD [1]
1864-1910

1864. *22 février*. Naissance de Jules Renard à Châlons-du-Maine, près de Laval. Il est le fils de François Renard, natif de Chitry-les-Mines en Nivernais, entrepreneur de travaux (et franc-maçon) et de Rosa-Anne Colin (« Mme Lepic »), fille d'un quincaillier de Langres. Le couple a déjà deux enfants : Amélie (« sœur Ernestine » dans *Poil de Carotte*), née en 1859 et Maurice (« grand frère Félix »), né en 1862.

1866. La famille s'installe à Chitry, où François Renard achète une maison et dont il sera maire, comme plus tard son fils. C'est à Chitry que se déroule l'enfance de Poil de Carotte.

1875-1883. Poil de Carotte et grand frère Félix sont mis en pension à Nevers dans une institution religieuse, dont les élèves suivent les cours du lycée. Bonnes études. Échec, en 1881, à la première partie du baccalauréat. Jules va à Paris pour réparer ledit échec et préparer le concours de la rue d'Ulm. Peut-être découragé par les leçons de philosophie de Gabriel Séailles, dont il est l'élève au lycée Charlemagne, il se contente du diplôme de bachelier ès lettres qu'il obtient en juillet 1883.

1883-1888. Jules Renard décide de rester à Paris. Vie difficile, maigres subsides paternels, grandes lectures, fréquentation assidue des cafés littéraires et des couloirs des journaux, premiers essais, liaison avec une actrice de la Comédie-Française, Danièle Davyle, qui lit courageusement ses vers

---

1. Tous les textes cités dans cette chronologie sont, sauf indication contraire, extraits du *Journal*.

dans les salons. Publication à compte d'auteur et avec un
succès nul de deux de ses poèmes, *Les Roses, Les Bulles de
sang.* Rachilde lui consacre un article dans un éphémère
petit journal, le *Zig-Zag* (« C'est aux femmes que je devrai
tout », écrit-il à sa sœur) mais son premier recueil de
nouvelles, *Crime de village,* ne trouve pas d'éditeur et il ne
survit qu'en prenant un emploi de précepteur. Il fréquente
assidûment le ménage Galbrun, qui deviendront les Vernet
de *L'Écornifleur* et travaille à un roman, *Les Cloportes*
(posthume, 1919), où il est déjà beaucoup question de
Chitry et des futurs Lepic. En 1887, il a commencé à
rédiger le fameux *Journal.*

1888. *28 avril :* la chance de sa vie, son mariage avec Marie
Morneau, « Marinette », une jeune fille de dix-sept ans qui
a de belles « espérances » et dont la mère possède un
immeuble rue du Rocher, près de la gare Saint-Lazare.
Installation fort modeste (et définitive) rue du Rocher, où
Mme Morneau habite également. Il la hait : « une irresponsable à gifler... la belle-mère du délire ».
Octobre : publication (à soixante-cinq exemplaires, toujours
à compte d'auteur) de *Crime de village.* Il envoie le volume
à son père qui ne lui en dit « pas un mot ».

1889. *Février :* Naissance du premier enfant, Pierre-François, dit
Fantec. Marinette a accouché à Chitry, où Mme Renard,
autre « belle-mère du délire », se déchaîne contre sa bru :
« C'est cette attitude à l'égard de ma femme, écrira-t-il plus
tard, qui m'a poussé à écrire *Poil de Carotte.* »
Novembre : Fonde avec Ernest Raynaud, Dubus, Aurier,
Samain et quelques autres « chevelus » le *Mercure de
France* dont Alfred Vallette sera le rédacteur en chef et
dont il sera le plus gros actionnaire-souscripteur.

1890-1891. Publication, chez Lemerre, de *Sourires pincés*
(octobre), et dans le *Mercure* d'articles de critique littéraire
et de textes divers, dont les *Petites Bruyères,* qui sont bien
accueillies. Pendant l'hiver 90-91, il sort beaucoup (théâtre,
dîners littéraires), se lie avec Courteline, Alphonse Allais,
Alfred Capus, Barrès (une « poignée de main plongeuse, en
cou de cygne »), Gide, Marcel Schwob. Par l'intermédiaire
de Daudet, auquel il rend souvent visite, il fait la
connaissance de Goncourt (« un militaire en retraite », dont
la main « a une douceur d'édredon humide ») et de Rodin
(« écrire comme Rodin sculpte »). Il est « lancé », entre au

comité de lecture du Théâtre d'Art, rencontre Antoine au Théâtre Libre.

1892. *Février :* publication de *L'Écornifleur,* avec succès. Devient actionnaire de *La Plume ;* est sollicité (et accepte) de collaborer aux grands quotidiens : il a déjà commencé avec le *Gil Blas,* il continue avec *Le Figaro, L'Écho de Paris* et *Le Journal* (trois cents francs par mois).

    Mars : naissance de Julie-Marie Renard, « Baïe ».

1893. *Février : Coquecigrues.*

    Juin : La Lanterne sourde. Nouvelles relations : Forain, Saint-Pol-Roux, Claudel, qu'il aime bien (avec quelques réserves), Léon Daudet qu'il aime bien aussi (et qui lui dit : « Renard est le plus parfait artiste que je connaisse... Vous êtes un La Bruyère moderne. »), Catulle Mendès, Tristan Bernard (« une petite tête d'enfant chauve comme une pomme de terre en robe de chambre ») qu'il retrouve à *La Revue blanche* des frères Natanson (et dont il partage la passion pour la bicyclette).

1894. *Octobre : Le Vigneron dans sa vigne* (Mercure de France), *Poil de Carotte* (Flammarion). Sur *Poil de Carotte,* articles d'Arsène Alexandre, Lucien Descaves, Léon Daudet, Paul Hervieu et de « cent autres », selon Gilbert Sigaux. Élection à la Société des Gens de Lettres où il est reçu par Zola (« Monsieur, nous sommes très heureux d'avoir fait votre acquisition »). « Tourne le dos » au *Gil Blas* et aux grands quotidiens, fréquente le milieu de *La Revue blanche,* rencontre Steinlen, Vallotton, Toulouse-Lautrec qui a demandé à le connaître : « un tout petit forgeron à binocles. Un petit sac à double compartiment où il met ses pauvres jambes... très vivant, très gentil... [Il] nous fait voir... ses œuvres de jeunesse : il a tout de suite fait hardi et vilain... » Crise de découragement (*29 novembre) :* « Je n'ai réussi nulle part... Pas un de mes livres n'arrive à un second tirage... J'ai vite assez de mes amis... Il me suffit de lire une page de Saint-Simon ou de Flaubert pour rougir. Mon imagination, c'est une bouteille, un cul de flacon déjà vide... Je ne travaille même pas comme quelqu'un qui veut mériter l'abrutissement et, malgré cela, il y a, ma parole, des quarts d'heure où je suis content de moi. »

1895. *Février :* loue à Chaumot, près de Chitry, une maison qu'il baptise *La Gloriette,* « ... parce que c'est un diminutif de gloire et que « Gloriette » engage, oblige un homme de lettres ».

Mars : assiste au banquet Goncourt, où il retrouve Barrès, « avec sa tête de grand duc déplumé », Zola « qui vous raconte ses petites affaires », où il rencontre Clemenceau (« Zut! Zut! Monsieur, vous êtes chez des hommes de lettres et vous nous prenez pour des électeurs »), Poincaré (« figure anguleuse et volontaire... front gouvernemental »), Georges Hugo, « plein de santé, qui se porte comme un alexandrin de son grand-père ».

Avril : article de Maurras sur *Poil de Carotte.*

Mai : amitié avec Edmond Rostand, « un peu jeune, un peu vieux, un peu chauve ».

Juillet : article, toujours sur *Poil de Carotte,* de Léon Blum, « un jeune homme imberbe qui, d'une voix de fillette, peut réciter, durant deux heures d'horloge, du Pascal, du La Bruyère, du Saint-Évremond, etc. ».

Novembre : représentation à l'Odéon de *La Demande,* écrite en collaboration avec Georges Docquois.

26 décembre : introduit par Rostand, Jules Renard a fait sa première visite à Sarah Bernhardt et l'évoque longuement dans le *Journal.*

1896. *Mars : Histoires naturelles* avec deux vignettes de Vallotton.
Mai : La Maîtresse, illustrée par Vallotton. La famille s'installe à Chaumot pour tout l'été; jusqu'en 1909, elle y vivra régulièrement la moitié de l'année. Lorsqu'il est à Paris, Jules Renard continue à beaucoup sortir; il voit souvent Rostand, Allais, Capus, Tristan Bernard, Sarah Bernhardt surtout et fait la connaissance de Lucien Guitry. A la fin d'août, il fait ses vingt-huit jours comme « sergent vélocipédiste d'État-Major » et participe à des manœuvres militaires dans la Nièvre : « Ennui, ennui, jusqu'à lire des articles de Clemenceau et de Jean Lorrain. »

1897. *15 mars :* première représentation, avec Jeanne Granier et Henry Mayer, du *Plaisir de rompre.* Grand succès : « tout porte, et mon nom, jeté par Mayer, est si bien reçu que je salue derrière le décor ».
19 juin : suicide de François Renard. Malade, il s'est tiré un coup de fusil dans le cœur. « Parler de sa mort comme de celle de Socrate. Je ne me reproche pas de ne pas l'avoir assez aimé : je me reproche de ne l'avoir pas compris. » Enterrement le 27, « sans doute le premier enterrement civil de Chitry ». Jules Renard engage le ménage Chalumeau (« Philippe » et « Ragotte ») pour entretenir *La*

Gloriette et la maison paternelle, où Mme Lepic demeurera jusqu'à sa mort.

16 décembre : mort d'Alphonse Daudet.

27 décembre : triomphe de *Cyrano de Bergerac.* « Ainsi, il y a un chef-d'œuvre de plus au monde. Réjouissons-nous. Reposons-nous. Flânons... Comme je suis heureux! Que je me porte bien!... Je vous jure qu'en toute lucidité je me sens bien inférieur à ce beau génie lucide qu'est Edmond Rostand. » Au début de l'année, Renard a fait la connaissance de Valéry, « un prodigieux causeur » qui « montre de surprenantes richesses de cerveau, une fortune ».

1898. *1er janvier :* « Où en suis-je? Trente-quatre ans bientôt, un petit nom, disons : un nom, que rien n'empêche — les autres le croient, mais, moi, je sais, hélas! — de devenir un grand nom... J'ai perfectionné mon égoïsme... Des amis et pas d'ami... Je suis aussi vieux d'âme que mon père l'était de corps. Qu'est-ce que j'attends pour me tuer? »

Bouleversé par l'affaire Dreyfus (« On compromettrait pour elle femme, enfants, fortune »), par « l'attitude écœurante de nos grands chefs d'armée ».

23 février : condamnation de Zola, « ... j'ai honte d'être sujet de Méline... je jure que Zola est innocent... Je déclare que je me sens un goût subit et passionné pour les barricades... que le mot Justice est le plus beau mot de la langue des hommes, et qu'il faut pleurer si les hommes ne le comprennent plus ». Son dreyfusisme amène Renard à prendre ses distances par rapport à certains journaux et à certains de ses amis : Barrès en particulier, « infecté de coquetterie... Grand écrivain mais petit homme..., petit homme qui mendie ». Il l'attaque, ainsi que Jules Lemaître, dans les *Chroniquettes* (non signées) que publie *Le Cri de Paris* des frères Natanson.

14 mars : Le Pain de ménage dans les salons du *Figaro* avec Marthe Brandès et Lucien Guitry. Très bon accueil du public et de la presse.

Mai : Bucoliques.

Pâques et été à Chaumot. Ses amis (Descaves, Hervieu, Rostand) essaient de le faire décorer.

1899. Publication chez Floury de vingt-deux des *Histoires naturelles,* illustrées chacune par une lithographie de Lautrec. Il achève la pièce qu'il pensait depuis longtemps tirer de *Poil de Carotte.* Lecture à Antoine, qui accepte de « jouer Lepic », puis à Lucien Guitry qui « a les larmes aux yeux »

et lui conseille de ne pas « dépasser une certaine émotion ».
« Il ne faut pas que *Poil de Carotte* ait l'air d'une vengeance
de Jules Renard. »

1900. Il retravaille *Poil de Carotte,* supprimant en particulier le
personnage de « grand frère Félix », lequel meurt (angine
de poitrine) le 22 janvier. Il pleure « un peu. Marinette
m'embrasse et je lis dans ses yeux l'effroi que, dans deux
ans, ce sera mon tour ». Enterrement (civil) à Chitry.
« Maurice, une nouvelle épreuve de mon père, mal réussie,
et qui n'a pas duré. » Le 23 janvier, il écrit à Tristan
Bernard : « Je pleure parce que nous nous sommes bien
mal aimés. »
2 mars : triomphe de *Poil de Carotte* au Théâtre Antoine.
9 mars : pressenti par Mirbeau pour l'Académie Goncourt,
il s'efface devant Lucien Descaves.
15 mars : L'Aiglon, « un prodige, un peu long, de
virtuosité... Inouï et banal... On est comme devant une belle
chute d'eau : bientôt, on veut s'en aller ».
6 mai : conseiller municipal de Chaumot. Les journaux
« de Paris... annoncent mon élection, mais à Corbigny, à
4 kilomètres, on ne se doute pas que je suis élu. Il est vrai
que j'ai pris la précaution de prévenir moi-même Paris ». Il
prend ses fonctions très au sérieux et demande à Léon
Blum, qui est au Conseil d'État, de lui procurer « une
édition *claire* des codes ».
Nombreuses visites à l'Exposition Universelle, où il fréquente le restaurant allemand, « parce que c'est très bien,
et aussi parce que les nationalistes nous assomment ». De
toutes les œuvres d'art présentées, ne retient que Reynolds,
Rodin, Carrière, un « Besnard, dont on peut dire que " ce
n'est pas bête "... un Boldini amusant ».
16 août : il apprend que, sur la recommandation d'Edmond
Rostand, il aura la croix. Il recopie dans le *Journal* la
dépêche du ministre à Rostand. « La croix, que de
félicitations, comme si on venait d'accoucher ! »
Nouvelle édition, augmentée, du *Vigneron dans sa vigne.*

1901. Travaille à *Monsieur Vernet,* pense beaucoup à M. Lepic.
Maladie de Baïe. Lit et admire plus que jamais Hugo :
« Sa *Dernière Gerbe* paraîtra en février 1902 : je ne demande
que de vivre jusque-là. » Rencontre Jaurès chez Léon
Blum : sympathie assez mitigée au début.

1902. *Le Plaisir de rompre* est représenté à la Comédie-Française, avec Henry Mayer et Cécile Sorel. Achève *Monsieur Vernet* pendant l'été. Voit *Pelléas* à l'Opéra-Comique : « un sombre ennui... de la conversation chantée... le bruit du vent. J'aime mieux le vent ». Même impression à *La Walkyrie*, entendue à l'Opéra, et au Louvre où Alfred Natanson l'emmène voir « des David, des Vélasquez et de petites natures mortes de Chardin... Rien de cela ne me passionne ». « En sortant, je vois un merle noir à bec jaune, au milieu d'une tache d'ombre écartée sur une herbe verte. Voilà de la peinture. »

1903. *Monsieur Vernet*, le 8 mai, au Théâtre Antoine : bon accueil du public, mais la presse est « froide » et « arrête la location ».

Léon Blum l'emmène à la Chambre des Députés. « On nous enlève cannes et chapeaux, par peur de la tentation que nous pourrions avoir de les jeter à la tête du Gouvernement... C'est une belle salle de théâtre. C'est du théâtre. »

A l'Académie française pour la réception d'Edmond Rostand. « Dès les premiers mots, il a son public. Ce sera Cyrano. Il lit comme Le Bargy, comme Sarah... Tous les couplets portent et il n'y a que des couplets. »

Été et automne à Chaumot : conversations avec les paysans, conseil municipal, distribution des prix, chasse, Mme Lepic, la « comédienne qui en fait trop, qui ne sait plus ce qu'elle fait, ni ce qu'elle dit, et qui n'a plus qu'une idée, qu'une raison de vivre : être toujours en scène ». Elle vient à Paris en décembre chez Jules et Marinette. « Elle tousse tout le temps, non par besoin, mais pour faire savoir qu'elle est là... Je m'étonne de ne l'avoir pas, à douze ans, menée par le bout du nez. »

1904. La mère partie, c'est Philippe qui vient chez les Renard, « comme ça », n'apportant « qu'une chemise ». Malgré une première alerte cardiaque, Jules Renard sort encore beaucoup et se laisse emmener en voiture par Lucien Guitry en Normandie et en Bretagne.

Mais cette année est surtout une année politique et électorale. Le 18 avril, il publie un récit, « La Vieille », dans le premier numéro de *L'Humanité :* « Jaurès, Briand, Herr m'accablent de compliments. Jamais je n'ai été reçu ainsi dans un bureau de rédaction. Les socialistes veulent être aimables. » Renonçant à se présenter à Chaumot, il est candidat aux élections municipales à Chitry. Il est élu

conseiller, puis, le 15 mai, maire. Il donne une conférence à Nevers (sur *Poil de Carotte*) au banquet de l'Amicale des Instituteurs de la Nièvre, assiste à un dîner nivernais, à la fête familiale du Nivernais socialiste, se dépense sans compter. « Marinette ne comprend plus. Elle dit que j'ai l'air illuminé. Elle pleure... — Oui, oui, tu parles comme un apôtre. Tu finiras par être un saint. — Pourquoi pas? — Un saint laïc. — Si c'est ma destinée... »
Nouvelle édition, augmentée, des *Histoires naturelles,* illustrée par Bonnard.

1905.   *9 janvier :* « Quand je pense que je ne serais peut-être pas socialiste si j'avais pu faire trois actes! » S'intéresse de plus en plus à Jaurès, à Blum, moins à ses amis de naguère. Distance à l'égard de Capus, mort de Marcel Schwob.
1er mars : enterrement de Schwob.
2 mars : « Je vis comme un vieux. Je lis un peu des journaux, des morceaux choisis, j'écris quelques notes, je me chauffe et, souvent, je sommeille. »
6 mars : « Je ne suis plus capable de mourir jeune. » Paris l'énerve, l'ennuie; il ne reprend vie que dans sa campagne. En juin (il est à Chaumot), il répond à Marinette qui craint qu'il ne « perde le goût de la vie » : « J'ai renoncé à tout ce que recherche un Hervieu : je n'ai pas renoncé au principal... Je défie tout ce qui est beau, vivant et simple, de ne pas m'impressionner. » En novembre, retour rue du Rocher : « Tristesse. Si je n'aimais pas Marinette, je filerais par le train de dix heures... C'est sinistre et c'est idiot : avoir là-bas le confortable, le grand air, la vie heureuse, et venir se loger six mois dans cet hôtel meublé!... Paris, de la boue, et toujours les mêmes choses. Les livres ont à peine changé de titres. » Brouille avec Antoine (jusqu'en 1908). Aucune publication, sinon une réédition, augmentée, des *Bucoliques.*

1906.   Passe la plus grande partie de l'année à Chaumot. Constate l'élection de Barrès à l'Académie française : « Si bien closes que soient ses portes, il est plus facile d'entrer à l'Académie que d'y plus penser. »
22 février : « Quarante-deux ans. Qu'est-ce que j'ai fait? Pas grand-chose et déjà je ne fais plus rien. » N'en continue pas moins à militer pour le socialisme, assiste à une séance de la Ligue des Droits de l'Homme (il y rencontre Painlevé), fait campagne dans la Nièvre pour les républi-

cains lors des élections législatives, soutient financièrement
L'Humanité, lit les œuvres de Jaurès.
Une création : *L'Invité,* pièce en un acte au Théâtre de la
Renaissance (publiée en librairie sous son titre initial : *Huit
jours à la campagne*). En novembre, Thadée Natanson
l'avertit qu'un « musicien d'avant-garde sur lequel on
compte et pour qui Debussy est déjà une vieille barbe »
veut mettre en musique quelques-unes des *Histoires
naturelles.* « Quel effet ça vous fait-il? — Aucun... — Vous
ne désirez pas qu'il vous fasse entendre sa musique? —
Ah! non, non. » Il finira par rencontrer Ravel, « noir, riche
et fin », mais n'assistera pas à la première audition des
mélodies interprétées par Jane Bathori : il y délègue
Marinette et Baïe.

1907. *1er janvier :* « Je veux être bien sage, travailler comme un
petit nègre innocent. A vrai dire, je sens que ça passe, que
la fin se dessine, là-bas, dans le brouillard... Si tu veux
faire quelque chose, il est temps. »
Séjours moins fréquents et moins longs dans la Nièvre.
Pressé par des besoins d'argent, il collabore à partir de
février à un nouveau quotidien, *Messidor,* sous la forme
d'un *Courrier des théâtres* et d'un feuilleton presque
hebdomadaire de critique dramatique : « Théâtre. Quand
je pense que Dieu, qui voit tout, est obligé de voir ça! »
Le 1er novembre, grâce à Mirbeau, Descaves et J. H. Rosny,
il est élu (non sans mal) à l'académie Goncourt au
siège laissé vacant par la mort de Huysmans. Son
traitement d'académicien lui permet de quitter *Messidor*
pour *Comoedia,* où il aura « moins d'argent et plus de
liberté », et où il ne donnera que deux articles. Mais il sera
un académicien modèle.
26 décembre : « Je touche le fond. Je ne peux plus que
remonter... Voici l'année 1908. Tout va encore recommencer. »
Nouvelle édition, chez Calmann-Lévy, de *Poil de Carotte,*
avec des illustrations de Poulbot qui relancent le livre de
façon spectaculaire.

1908. L'Académie lui fait retrouver la vie parisienne : déjeuners
et dîners Goncourt, banquet Gustave Kahn, séances de la
Société des Gens de Lettres (« Tant de gens dont je n'ai
pas lu une lettre! »), fréquentation assidue des théâtres,
collaboration à *Paris-Journal* et à *La Grande Revue* de
Jacques Rouché (le futur administrateur de l'Opéra). I!

trouve même le temps de faire un voyage à Chitry pour les
élections municipales (il est réélu), de visiter, avec Descaves, Abbeville, l'abbaye de Valoires, la chartreuse de
Neuville (« C'est tout ce que je peux faire pour Huysmans ») et le 6 mars, il s'écrie : « Envie d'aller en Italie, à
Naples surtout, voir le Vésuve. J'ai de temps en temps, moi
aussi, ma petite éruption. »
Fantec est brillamment reçu à l'externat de médecine. Poil
de Carotte, apprenant que *La Gloriette* va être vendue, se
prépare à « faire retraite à la maison paternelle ». « Change-
ment de direction. La Gloriette meurt. Espérons que le
livre vivra !... Je laisse la Gloriette. Est-ce pour habiter la
gloire ? »
30 décembre : « Est-ce que je vais m'endormir tout à fait ?
Découragement, torpeur. Puis une lettre avec un compliment me donne un peu de vie passagère. »

1909 Mauvaise santé : troubles cardiaques, tension, albumine,
« pour m'user, je n'ai pas eu besoin de commettre
d'excès ». Marinette tombe malade (jaunisse), Mme Lepic
perd la tête (« les asperges qu'on lui offre, elle les donne à
ses lapins ») et, le 5 août, « accident impénétrable » ou
suicide, se noie dans le puits de la maison de Chitry.
« C'est une façon bien compliquée de me faire orphelin. »
Poil de Carotte lit les lettres « tendres » que dans leur
jeunesse son père lui adressait. A la suite d'un article
malveillant de Rachilde, il quitte le *Mercure* et vend ses
actions à Maurice Pottecher, fondateur du Théâtre du
Peuple à Bussang (Vosges), qui a déjà fait jouer *Poil de
Carotte* et *L'Écrivain aux champs*, pièce tirée des *Bucoliques*.
21 octobre : La Bigote, sa dernière (et peut-être meilleure)
pièce (il s'agit toujours de la famille Lepic, moins Poil de
Carotte) à l'Odéon. « Succès énorme », selon Antoine mais
mouvements divers, l'anticléricalisme de l'auteur heurtant
certains, Gide en particulier.
De plus en plus fatigué, Renard renonce à faire les
conférences sur le réalisme qu'Antoine lui avait demandées
pour la saison prochaine. Il revoit Rostand, « après neuf
ans » : « Myope, s'approche de vous et regarde si vous avez
vieilli, quelques cheveux gris, des joues qui ne tiennent pas
bien... Il regarde mon petit ruban du bout de sa rosette. »
Au printemps, Poil de Carotte est allé à la galerie Durand-
Ruel voir les *Nymphéas* qui le laissent perplexe (« de la

peinture pour femmes »); en décembre il vote, seul, au Goncourt, pour les *Provinciales*, premier livre de Giraudoux.

10 décembre : « Le cœur fait l'effet d'une pendule d'ouate qui, parfois, choquerait légèrement les parois de l'horloge.

Le cerveau qui s'en va, impossible de le retenir. C'est comme si un pissenlit voulait rattraper ses poils.

Déjà, je prends appétit à me promener dans les cimetières. »

1910. *25 janvier :* « Inondation » à Paris « toujours moindre que ma petite imagination ne l'imagine ».

Son « côté Venise » disparu, « elle embête ».

1ᵉʳ février : assiste à la générale de *Chantecler,* « dans un petit coin », alors qu'à *Cyrano* et à *L'Aiglon,* « nous avions des places au premier rang ».

13 février : préside, pour la dernière fois, le conseil municipal de Chitry.

23 février : « Marinette pleure pour nous deux, et, moi, je l'y aide un peu.

J'entre dans les mauvaises nuits en attendant la nuit...

Est-ce parce que je suis entré le dernier à l'Académie Goncourt que j'en sortirai le premier?...

Et puis, j'ai écrit *La Bigote.* Mᵐᵉ Lepic attend. Mais pourquoi m'a-t-*il* laissé écrire *La Bigote?* »

6 mars : « Je ne comprends rien à la vie, mais je ne dis pas qu'il soit impossible que Dieu y comprenne quelque chose. »

31 mars : « Mort de Moréas. Est-ce mon tour?

C'était un poète qui trahit sa patrie, fit quelques beaux vers et me traita d'imbécile. »

6 avril : fin du *Journal.*

22 mai : mort de Jules Renard, enterré civilement à Chitry le 24.

NOTICES ET NOTES

I

POIL DE CAROTTE

Notice

Poil de Carotte a été rédigé « par bouffées » et nous savons que Jules Renard prit la décision d'écrire le livre au début de 1889 à Chitry, où sa femme attendait son premier enfant et était en proie à l'hostilité quasi délirante de sa belle-mère (voir notre préface). *Poil de Carotte* comporte plusieurs couches successives. Le point de départ de l'ouvrage se trouve dans *Les Cloportes* que Jules Renard acheva sans doute à Chitry, en ce même début de 1889 et qu'il ne publia pas (à l'origine, faute d'éditeur) : Poil de Carotte a quelques traits d'Émile et de Petit-Pierre et le recueil reprend, à peine modifiés, plusieurs traits et certains épisodes du roman (ceux du « Jour de l'an », des « Moutons », de « L'Aveugle »). C'est encore à Chitry, dans les premiers mois de 1889, que Renard semble avoir commencé à rédiger les *Sourires pincés,* qui parurent en octobre 1890. Il a repris dans *Poil de Carotte* les neuf « Pointes sèches » des *Sourires pincés* (« Les Poules », « Les Perdrix », « Aller et retour », « Sauf votre respect », « La Pioche », « Les Lapins », « La Trompette », « Le Cauchemar », « Coup de théâtre ») ainsi que « Les Joùes rouges ».

Poil de Carotte parut chez Flammarion en octobre 1894, certains épisodes ayant déjà été publiés dans divers journaux et revues. L'édition de 1902, qui parut également chez Flammarion avec cinquante illustrations de Félix Vallotton, comporte cinq nouveaux récits : « Le Pot », « La Mie de pain », « La Mèche », les « Lettres choisies de Poil de Carotte à M. Lepic... » et « Les Idées personnelles ». C'est le texte de cette édition que nous reproduisons ici.

Selon Léon Guichard, il n'existe qu'un seul manuscrit de *Poil de Carotte*, celui qu'il a pu consulter lorsqu'il appartenait à Sacha Guitry. « C'est un manuscrit de travail, antérieur à l'édition de 1894 », très raturé et contenant, comme l'édition de 1894, quarante-trois récits ainsi que des « Notes retrouvées », dont la Pléiade reproduit quelques passages. Passé en vente à l'hôtel Drouot le 21 juin 1978, ce manuscrit a été préempté, pour la somme de 32 000 F, par la Bibliothèque municipale de Nevers. Il comporte de très nombreuses variantes qui appellent sans aucun doute une édition critique, comme le remarque M. Guy Thuillier dans un article des *Mémoires de la Société académique du Nivernais* (tome LXI, 1979) : « A propos du manuscrit de *Poil de Carotte* de Jules Renard. » M. Thuillier a fait le travail pour un des chapitres du livre : « Le Porte-plume ».

Notes

Page 32.

  ★ *A Fantec et Baïe :* Fantec, c'est le fils, Pierre-François, né en 1889, qui épousa une jeune fille de Chitry, Juliette Robin (il demanda à Alfred Athis, le plus jeune des frères Natanson, d'être témoin à son mariage), exerça la profession de médecin et mourut fort jeune (il se suicida, comme ses grands-parents : nous devons cette précision à l'obligeance de M. Gilbert Sigaux). Julie-Marie, dite Baïe, survécut de sept ans à sa mère qui mena jusqu'à sa mort, survenue en 1938, une existence fort modeste et retirée.

Page 33.

  ★ *Petit toit :* cabane des poules, des lapins ou étable à porcs.
  ★ *La peau tachée :* couverte de taches de rousseur. Comme le Petit-Pierre des *Cloportes,* remarque Léon Guichard. Petit-Pierre est la première version, encore plus humiliée et minimisée de Poil de Carotte. Honorine, elle, est déjà présente dans *Les Cloportes.*

Page 39.

  ★ *Places inamovibles :* exactement comme dans *Les Cloportes.* Plus haut, l'attitude de Félix rappelle celle de l'affreux Émile (Première partie, XIV) qui se laisse « cuire à l'étuvée » devant le feu et engage avec son père une « véritable partie de silence ». Le rapprochement de ces détails (et d'une quantité d'autres) montre bien que *Les Cloportes* sont la première version de *Poil de Carotte,* celle où Jules Renard a réglé sans ménagement ses comptes avec l'ensemble de sa famille. La violence du roman a permis les demi-teintes, l'amertume subtile, le dénouement presque tendre de *Poil de Carotte*. Cette volonté de faire moins noir, plus tendre, plus ému, s'accentuera dans la pièce.

Page 40.

   ★ *Les autres communient :* Poil de Carotte a donc douze ans (il paraît plus âgé à la fin du recueil et dans la pièce il a seize ans). Son incontinence est bien évidemment un moyen de protester contre les mauvais traitements (psychologiques) dont il est l'objet. Mais Jules Renard paraît se délecter à évoquer cette scène (et celle du « Pot ») dont les enfants gardent pourtant un souvenir particulièrement désagréable et humiliant.

Page 41.

   ★ Lors de sa publication dans *L'Écho de Paris* du 25 décembre 1896, « Le Pot » était dédié « A la mémoire du petit martyr de la rue Vaneau ». Jules Renard faisait allusion à un fait divers survenu peu auparavant : la découverte, derrière une porte cochère de la rue Vaneau, d'un enfant abandonné et couvert de plaies qui, transporté à l'hospice des Enfants-Malades, y mourut le lendemain. Les parents furent retrouvés et la mère déclara : « ... un jour il a fait sous lui; ça n'y a pas suffi, il a fallu qu'il trempe sa main dedans... c'est-il une chose que je pouvais supporter ? J'y ai pris la main et je l'ai collée contre le poêle pour la sécher, la peau est partie. » (Propos recueillis dans *L'Écho de Paris* du 20 décembre et cités par Léon Guichard.)

Page 42.

   ★ *Ragent dans les prés :* il fait rarement beau dans *Poil de Carotte.*

Page 46.

   ★ *Tapageurs :* comme de petits jeunes gens, de « pâles voyous » qui font du tapage pour se faire remarquer. Selon Littré, « casseur d'assiettes » (qui est devenu notre « casseur »), « tapageur » et « querelleur » ont le même sens.

Page 49.

   ★ *A la consigne de respecter :* ces culottes devenues solides comme des jambes de statue à force d'être boueuses sont visiblement pour Poil de Carotte (et pour Jules Renard) l'image par excellence de la majesté paternelle. Poil de Carotte y revient dans « Le Programme » qu'il établit pour Agathe, la nouvelle servante et il en sera encore question dans la pièce (scène III) : « ... il y a les pantalons de chasse de M. Lepic : par la pluie, il rapporte des kilos de boue... Il faut savonner et taper dessus à se démettre l'épaule. Annette, les pantalons de M. Lepic se tiennent droits dans la rivière comme de vraies jambes! » Poil de Carotte suggère d'ailleurs que c'est « pour contrarier Mme Lepic » que M. Lepic marche ainsi dans la « patouille » (synonyme plus expressif de gadoue).

Page 50.

* *Tu l'as beau :* l'avoir beau ou belle, c'est avoir, trouver l'occasion favorable (sens attesté par Littré avec une citation de Saint-Simon).

Page 52.

* *Ramonat,* ramoneur; on écrit aussi ramona, petit ramoneur.

Page 53.

* *Reviennent de vêpres :* François Renard était franc-maçon et anticlérical. Il apparaîtra et s'épanouira comme tel dans la pièce tirée de *Poil de Carotte* et dans *La Bigote.* Mais il avait fait baptiser ses enfants et Jules Renard, comme son frère, fut pensionnaire dans une institution religieuse de Nevers (la pension Rigal qui, à vrai dire, n'était qu'un internat dont les élèves suivaient les cours du lycée). C'est une des rares concessions de M. Lepic à sa femme qui « exige (voir plus loin « La Mèche ») que ses fils aillent à la messe. »

Page 55.

* *Cuscute :* mauvaise herbe qui parasite le trèfle, la luzerne et les céréales.

Page 58.

* *Les chandeliers :* Jules Renard a supprimé la phrase finale du manuscrit, *Et Poil de Carotte resta cinq ans sans boire.*

Page 60.

* *Bousilles :* bulles de salive (emploi très rare).

Page 62.

* *Comme un Jean Fillou :* comme un sot.

Page 70.

* *Il faudra donc crever :* de tous les épisodes du cycle de Poil de Carotte, l'histoire d'Honorine est le plus cruel, celui qui montre Mme Lepic (et toute la famille) sous un jour à peu près odieux. Dans *Les Cloportes,* Honorine est renvoyée de la même manière et pour les mêmes raisons (l'histoire de la marmite :

Première partie, III), mais moins développées. Elle y apparaît comme un tel modèle de résignation, de servitude presque animale, qu'elle propose de reprendre sa place chez les Lérin après le suicide de sa petite-fille Françoise, engrossée par l'affreux Émile. Dans *Poil de Carotte*, elle a au moins quelques velléités de révolte et, dans *La Bigote*, le ton est nettement plus détendu : elle tutoie M. Lepic, obtient de celui-ci une place de cantonnier pour son petit-fils et dit ses quatre vérités à Mme Lepic. Le personnage d'Honorine, qui annonce *Nos frères farouches,* est une des plus fortes créations de Jules Renard, que l'on peut égaler aux servantes de Flaubert.

Page 77.

* *Personne ne parle :* c'est le leitmotiv du livre et du cycle, le formidable silence des Lérin et des Lepic (Mme Lepic exceptée), surtout lorsqu'ils sont à table. Ainsi dans « La Mie de pain », Poil de Carotte et Félix rient à se rouler par terre des plaisanteries de M. Lepic. Mais, dès que le déjeuner est annoncé, « les voilà calmés. A chaque réunion de famille, les visages se renfrognent ». Dans les « Notes retrouvées », Jules Renard avait écrit : « Tous ces gens qui (*sic*) séparément étaient capables de donner des signes de vie. Mais réunis autour de la table, ils se faisaient froid les uns aux autres. Ils semblaient tout à coup morts. »

Page 81.

* Cet épisode est entièrement repris des *Cloportes* (Première partie, I), y compris les pinçures de Mme Lepic.

Page 91.

* « Les Joues rouges » sont le seul épisode un peu scabreux de *Poil de Carotte*. Jules Renard avait déjà évoqué dans le *Journal* (23 juin 1890) les amours d'internat, « la nuit d'orgie dans une pension ». A l'ange du mal qui crie victoire, l'ange du bien, « tranquille, assis au chevet d'un amant et sur une table de nuit » répond : « ... Cela les calme, les chers petits, et cela ne tire pas à conséquence. » Et Jules Renard conclut : « Le premier frottement d'une peau de femme enlèvera ce vice comme un papier de verre efface une moisissure. »

Page 102.

* *Bourraquins :* ni Pierre Nardin ni Léon Guichard ne connaissent le sens de ce mot, qui est peut-être d'usage villageois ou familial (d'où les guillemets).

Page 106.

⋆ *Comme Brutus :* On peut lire dans le *Journal* (4 décembre 1906) : « Antoine. *Jules César*. C'est peut-être la première fois que je sens Shakespeare. C'est peut-être aussi parce que j'ai toujours aimé Brutus. Oh! la mort d'un grand honnête homme qui n'a pas réussi! »

Page 118.

⋆ *Bâton de pêchette :* les pêchettes sont des balances à écrevisses (le mot est dans Littré).

Page 121.

⋆ *Berdin :* pou. A la fin du texte, la *limousine* est le grand manteau de laine à capuche que portent les bergers limousins.

Page 122.

⋆ *Son parrain :* le parrain de Jules Renard était le frère aîné de son père. « Mon parrain, Pierre Renard, avait le même âge que ma tante. Ils avaient vécu ensemble avant de se marier, et le pays le savait. Il détestait sa femme et les enfants de sa femme, entre autres une dame Desavennes qui avait deux enfants... Veuve à Chitry, elle habitait une chambre louée, et mon parrain refusait de la voir, même quand elle voulait lui souhaiter sa fête. » (*Journal*, 28 février 1902). Quelle famille!

Page 129.

⋆ *Cenelles :* fruits de l'aubépine. Plus loin, la *rouette* est une « branche fine et flexible, qui sert de lien pour attacher les fagots », dit le Robert, qui donne comme exemple la phrase de Jules Renard.

Page 135.

⋆ *Plats à barbe :* des oreilles au creux très profond, comme les anciens plats à barbe. S'éloigner *à la crapaudine,* c'est s'en aller en marchant lentement comme un crapaud. Rien à voir avec la manière d'accommoder les poulets ou les pigeons.

Page 139.

⋆ *Un seul :* après seul, on pouvait lire dans *Sourires pincés :* État d'âme à la M. Paul Bourget.

⋆ *Se cordellent :* se tordent comme des cordes (Littré). Plus bas, un *échalier* est une sorte d'échelle permettant de franchir une haie.

Page 163.

   ★ *Biquignon :* tertre.

Page 168.

   ★ *Battre le briquet :* se taper les chevilles en marchant (Littré).

Page 175.

   ★ *Il sert de trait d'union :* ce n'est pas une sinécure. Sur les silences de M. Lepic et le rôle de messager qu'il fait jouer à Poil de Carotte, voir notre préface. Voir aussi ce passage du *Journal* (10 décembre 1906) : « *Poil de Carotte.* Tout de même, je n'ai pas osé tout écrire. Je n'ai pas dit ceci : M. Lepic envoyant Poil de Carotte demander à Mme Lepic si elle voulait divorcer, et l'accueil de Mme Lepic. Quelle scène ! »

II

POIL DE CAROTTE, COMÉDIE EN UN ACTE

Notice

   La pièce fut représentée pour la première fois au Théâtre Antoine le 2 mars 1900. C'est peut-être, avec *La Bigote*, de toutes les œuvres de Jules Renard celle qui, malgré ou à cause de sa brièveté, lui a coûté le plus de peine. Avant même la publication du livre, il avait pensé à un *Poil de Carotte* en deux actes (voir le *Journal* du 15 octobre 1893). En août 1897, Antoine lui demandait « quelque chose » après le succès du *Plaisir de rompre* et, la première idée abandonnée, Jules Renard se remit au travail quelques mois plus tard, travail qui dura près de deux ans. Il vit d'abord grand : cinq actes puis, de suppression en suppression et sur les conseils de ses amis (Tristan Bernard, Lucien Guitry), il réduisit la pièce à quatre personnages et à un seul acte, centré autour de l'épisode du départ manqué pour la chasse qui déclenche la crise, la grande explication entre le père et le fils, et la foudroyante déconfiture de Mme Lepic.

Répétée dans des conditions invraisemblables, que Jules Renard a évoquées avec beaucoup d'humour dans la conférence de Nevers (p. 241-248), la pièce connut un succès très vif (voir notre bibliographie) et durable. Succès dû en grande partie à l'habileté avec laquelle Jules Renard sut gommer les aspérités du récit, éclaircir ses noirceurs, et attendrir le public. Comme l'écrit Léon Guichard : « Il hésita longtemps entre plusieurs dénouements pour s'arrêter à celui que le public attendait [et que lui avait conseillé Lucien Guitry] : le père et le fils dans les bras l'un de l'autre. Ainsi cette scène ou ce drame de famille se terminait relativement bien, et dans une sorte d'équilibre, M. Lepic ayant la loyauté de reconnaître que les torts n'étaient peut-être pas tous du côté de la mère. La famille est sauvée et reconstituée. » Par rapport au récit, la pièce introduit pourtant deux thèmes qui n'ont rien d'anodin : la « bigoterie » de Mme Lepic et l'inexistence de ses relations conjugales avec son époux après la naissance de Poil de Carotte.

Il existe quatre manuscrits de *Poil de Carotte*. Ils sont décrits dans l'édition de la Pléiade et nous avons cité quelques passages du second manuscrit, le manuscrit B, conservé à la Bibliothèque littéraire Jacques Doucet.

Notes

Page 181.

* Jules Renard avait donné lui-même le plan du décor, qui reproduisait exactement la maison de Chitry.

Page 185.

* *M. le curé :* Jules Renard introduit ici un personnage qui n'apparaissait pas dans le récit et dont la présence devient dans *La Bigote* une des raisons principales de la mésentente entre M. Lepic et sa femme. Les événements (l'affaire Dreyfus) expliquent sans doute cette intervention du thème anticlérical.

Page 191.

* *Des kilos de boue :* sur les culottes de chasse de M. Lepic, voir la note de la page 49. Une note du manuscrit B montre que Jules Renard avait pensé à « supprimer les pantalons ». Réflexion faite, et compte tenu de l'importance du symbole, il les a maintenus.

Page 193.

  ★ *Elle l'adore : Elle lècherait le derrière à grand frère Félix,* dit le manuscrit B.

Page 194.

  ★ *Malpropre :* Poil de Carotte se dit « malpropre », mais on ne voit rien de sa malpropreté, sur laquelle le récit nous donnait de nombreux détails. C'est un moyen de rendre le personnage plus sympathique (voir notre préface).

Page 206.

  ★ *Bourraquins :* voir la note de la page 102.

Page 208.

  ★ *Des enfants si malheureux :* dans le manuscrit B, Jules Renard faisait dire à Poil de Carotte : *Je suis comme Cosette chez les Thénardier.* Si l'on ne voit pas la malpropreté de Poil de Carotte, on voit très nettement ses tentatives de suicide. Jules Renard a suivi les conseils que lui donnait Lucien Guitry (voir notre préface).

Page 210.

  ★ *Le dos tourné à la fenêtre :* ce jeu de scène fut trouve par Antoine lors des répétitions (voir la conférence de Nevers p. 247).

Page 212.

  ★ *Elle menace de se jeter dans le puits :* c'est ce que Mᵐᵉ Renard finira par faire, sous les yeux de son fils. Voir dans le *Journal* (août 1909, Pléiade p. 1247-1249) la description de sa mort, par accident ou suicide, « par accident, je crois », écrit sans grande conviction Jules Renard dans une lettre à Edmond Sée (10 août 1909).

Page 215.

  ★ *Une honnête femme :* Jules Renard a plus d'une fois rêvé qu'il n'était pas le fils de M. Lepic. Sur ce curieux phantasme, voir notre préface.

Page 216.

  ★ *La fin entre ta mère et moi :* sur cette réplique, qui est un peu la clef de l'histoire, voir notre préface et sur le « divorce », la note de la page 175.

Page 224.

⋆ *Parce que je ne l'aime pas :* les pleurs de Poil de Carotte et les « interrogations » de M. Lepic sont évidemment une concession au public. Rien de tel dans le récit, qui finit presque comme il avait commencé, alors que la pièce se termine dans l'attendrissement général.

III

LA CONFÉRENCE DE NEVERS

Notice

Cette conférence a été prononcée à Nevers le 29 octobre 1904 devant les membres de l'*Amicale des Instituteurs de la Nièvre* et reprise le 10 décembre de la même année à l'intention des élèves et des maîtres de l'École normale d'enseignement primaire de Saint-Cloud. Elle a été publiée dans la revue *Vers et Prose* en 1928 et dans *Le Figaro littéraire* des 21 et 28 août 1948. Nous la reproduisons comme le meilleur (et le plus spirituel) commentaire que l'on puisse donner de la pièce, des méthodes de travail de Jules Renard et du terrible Antoine.

Notes

Page 229.

⋆ *Maurice Bouchor* (1855-1929) : il écrivit des mystères, des œuvres pour la jeunesse et pour les Universités populaires, ainsi qu'un « drame philosophique », *Il faut mourir* (1907). Le « noble poète » est passablement maltraité dans le *Journal* (2 novembre 1903) : « Bouchor. Mise en scène. Il lui faut des pianos, des petites filles en rond, quelques-unes en blond... Il tire sa montre, s'excuse. C'est comme un accordéon : ça peut s'allonger ou se rétrécir. Glacial avec moi. Barbe d'apôtre,... cravate noire d'apôtre ; mais quelques instituteurs disent déjà qu'il fait ça pour vendre ses livres. »

Page 240.

* *Les Deux Gosses* : drame de Pierre Decourcelle et Pierre Berton (créé le 9 février 1896). Marthe Mellot était la femme d'Alfred Athis, le cadet des frères Natanson, et la mère d'Annette Vaillant (voir de celle-ci *Le Pain polka*, Mercure de France, 1974). Elle créa le rôle d'Henriette dans *La Bigote* et celui du Rossignol dans *Chantecler*.

Page 241.

* *Jules Lemaître* : Jules Renard eut des rapports un peu compliqués avec Jules Lemaître. Celui-ci en effet était violemment anti-dreyfusard et fut un des trois premiers adhérents de la *Ligue de la Patrie française*, fondée en 1898. Mais dans le *Journal* (5 janvier 1909), Renard écrit : « Je ne me déciderai jamais à ne plus aimer Jules Lemaître. L'idée même qu'il me fera fusiller quelque jour ne modifie pas mes sentiments. Presque tous les hommes de ma génération furent ses obligés, je veux dire : de sa critique bienveillante... Lemaître nous tendait la main en pleine gloire... Je l'ai traité durement : je me le reproche... c'était un crime passionnel. La tête sous le couteau, je ne recommencerai pas. »

Page 246.

* *La Veine* : Jules Renard n'avait qu'une estime mesurée pour cette « triomphante » *Veine*. Il écrit dans le *Journal* (2 avril 1901) : « *La Veine*. Tout ce que disent Granier et Guitry, je l'écrirais peut-être avec moins d'esprit, mais avec plus de vérité, j'en suis sûr. Mais comment me déciderai-je à adopter des fantoches?... Voilà pourquoi je n'écrirai jamais une pièce en trois actes. Il y a un bon quart de la pièce de Capus que je n'écrirai pas et c'est ce quart qui le mènera à deux cents représentations. »

Page 251.

* *Le Retour de Jérusalem* : pièce de Maurice Donnay.

Page 255.

* *Maurice Pottecher* (1867-1960) : il monta également en août 1908 *L'Écrivain aux champs*, pièce tirée par Jules Princet des *Bucoliques*. Ami de Suarès, de Claudel, de Marcel Schwob, il publia en 1889 : *Le Théâtre du Peuple, Renaissance et destinée du théâtre populaire*. Dans le *Journal* (1901, p. 677), Jules Renard raconte son voyage à Bussang en compagnie d'Antoine qui « en homme de Balzac... engueule tous les chefs de gare... demande

partout le registre des réclamations, où il écrit des douzaines de pages ». Le théâtre de Bussang était en plein air et *Poil de Carotte* fut représenté sous « deux averses assourdissantes ».

* *Léon Frapié* (1863-1949) : auteur de *La Maternelle* qu'il écrivit à partir de l'expérience de sa femme, institutrice dans un quartier populaire de Paris. *La Maternelle* venait d'obtenir le prix Goncourt (le second à être décerné). Dans le *Journal* (janvier 1906) Jules Renard le dit « pauvre, appliqué et malheureux ».

* Jules Renard eut en effet des difficultés avec le curé de sa commune. Celui-ci invectivait ses paroissiens : Il « traite les gens de bestiaux, d'ânes, d'alcooliques dégénérés » (*Journal*, 2 septembre 1903), et il traita l'écrivain lui-même de menteur. Jules Renard lui répondit dans ses « Causeries » de *L'Écho de Clamecy*.

IV

LA BIGOTE

Notice

La gestation de *La Bigote* fut encore plus longue et laborieuse que celle de *Poil de Carotte*. Achevée, ou à peu près, au début de 1904 (voir le *Journal* du 15 janvier et du 5 mars), elle s'intitula d'abord *Sœur Ernestine* (son stock de personnages se limitant à son milieu familial, Jules Renard essaya de faire un sort à l'insignifiante Amélie), puis *Le Beau Dimanche*. La pièce lue à Lucien Guitry, dont l'accueil est pourtant favorable, Jules Renard l'abandonne, la reprend en septembre, l'abandonne encore et pour longtemps, puisque c'est seulement en février 1909 que, Guitry s'étant récusé (sans doute par prudence), il donne lecture du second acte à Antoine, avec lequel il s'était réconcilié l'année précédente. Antoine accepte aussitôt d'inscrire la pièce au programme de l'Odéon, dont il est directeur. Jules Renard relance Antoine en mai, Mme Lepic meurt le 5 août, au début de septembre les deux actes de *La Bigote* sont « recopiés », envoyés à Paris, puis remaniés au cours des répétitions. Jules Renard ne croit plus au succès de la pièce (4 octobre) et c'est pourtant, à la générale (puis à la première, 21 et 22 octobre), un « succès énorme », selon Antoine. Mais le succès fut éphémère, la pièce ayant provoqué de nombreux remous (voir notre bibliographie) et la presse n'ayant pas « suivi ». En 1934, *La Bigote* n'avait eu que cent six représentations : deux mille sept cent six pour *Poil de Carotte* à la même date, selon Léon Guichard.

Il y a deux sujets dans *La Bigote :* la demande en mariage d'Ernestine devenue Henriette (allusion possible à la charmante et raisonnable héroïne des *Femmes savantes*, *La Bigote* étant, d'une certaine manière, une « école des femmes ») et le « curé ». Le thème de la demande en mariage est un de ceux qui semblent avoir le plus amusé Jules Renard, peut-être parce qu'elle lui rappelait la manière dont François Renard avait demandé pour son fils la main de Marie Morneau (*Journal*, 28 août 1902) : « Il a bien mis des gants noirs. Il écoute Marinette jouer du piano... Il sourit sans rien dire... Et Mme Morneau, qui s'apprêtait à faire une réponse digne, attend. " On peut considérer, dis-je, la demande comme faite. N'est-ce pas, madame? — Mais oui! Mais oui! ", dit-elle, troublée, et riant aussi. Alors, tout le monde rit, et on s'embrasse. » Dans *Les Cloportes* (Première partie, XXXVI) et dans *Coquecigrue* (« Le Beau-père »), les choses ne se passent pas aussi bien et les prétendants, terrorisés par les propos de M. Lérin qui, on ne sait pourquoi, leur offre des radis noirs, prennent les uns après les autres leurs jambes à leur cou. On trouve dans les *Sourires pincés* une autre variante de « La Demande » : le prétendant, M. Gaillardon, est supposé courtiser l'aînée des filles Repin, malgré sa « taille effrayante », alors que c'est sur la cadette qu'il a jeté son dévolu. Tout s'arrange et Gaillardon promet de trouver un mari à l'aînée : « Mon cher papa, je suis votre homme. J'ai justement un ami qui en cherche une; elle va joliment bien faire son affaire! »

Le dénouement de l' « affaire » est encore plus heureux dans *La Bigote,* sans confusion des prétendues, puisque, après les efforts désespérés de « tante Bache », le prétendant est agréé par M. Lepic au cours d'une scène mémorable, une merveille, un régal, qui pourrait bien être le chef-d'œuvre de Jules Renard homme de théâtre et de tout le théâtre de 1900, même si, vers la fin, M. Lepic rattrape un peu trop longuement son silence de trente ans et se révèle presque aussi bavard que sa femme. Il se révèle aussi, à la satisfaction générale, mari volage, trompant sa femme à tour de bras et courant les « petites fortunes de village ».

Toute la pièce baigne dans un climat de bonne humeur, de gaieté presque juvénile, grâce en particulier à l'amie d'Henriette, la charmante Madeleine, confidente privilégiée de M. Lepic et future épouse de Félix, dont l'inertie, pour la première fois dans le cycle, se soulève jusqu'à une sorte d'existence. Deux actes (comme *Monsieur Vernet*, Jules Renard n'a jamais pu ou voulu aller jusqu'à trois), fort bien charpentés malgré quelques longueurs, où l'on voit apparaître des personnages nouveaux, la tante Bache, déjà citée, étonnante fofolle, et le gendre qui est ce qu'un gendre doit être. On retrouve aussi dans *La Bigote* de vieilles connaissances, ainsi la « vieille Honorine », en pleine forme, ressuscitée, beaucoup moins esclave qu'autrefois et ne se gênant pas pour dire ses quatre vérités à Mme Lepic (une pièce de plus et elle adhérait à la C.G.T.). Quant à Mme Lepic elle-même, elle est plus grotesque qu'odieuse, Poil de Carotte n'étant plus là et l'âge ayant sans doute calmé ses bouffées hystériques et ses chaleurs d'épouse frustrée.

Et le curé? Le thème anticlérical, absent des *Cloportes* et du récit de 1894, montrait le bout de l'oreille, nous l'avons dit, dans l'acte de 1900. Ici, il emplit la pièce, à ras bords, de façon un peu lourde, il faut le reconnaître et avec des mots qui faisaient trépigner le public (voir notre bibliographie) mais qui ont perdu aujourd'hui beaucoup de leur sel. Les circonstances expliquent cet aspect de la pièce, les circonstances étant M. Combes, l'interdiction faite aux congrégations d'enseigner, la loi de séparation, votée en 1905, des Églises et de l'État. Depuis 1902, comme conseiller municipal puis depuis 1904 comme maire de Chaumot, Jules Renard s'est engagé à fond (au grand désespoir de Marinette) dans la lutte contre la droite conservatrice, nationaliste et cléricale. Durement attaqué par ses adversaires, il leur répond sans ménagement dans ses articles de *L'Écho de Clamecy*. D'où les tirades de M. Lepic contre « le curé, cet individu sinistre et comique qui se mêle sournoisement de ce qui ne le regarde pas », et sa manière de régler ses rapports posthumes avec sa femme : « La foi de Mme Lepic, quelle plaisanterie!... Elle n'a même pas essayé de me convertir! Elle veut aller au paradis toute seule, sans moi! C'est une bigote égoïste, avare, qui me laissera griller en enfer! J'aime mieux ça! Au moins, je ne la retrouverai pas dans son paradis! »

Notes

Page 275.

    ★ *Tapiné :* caressé.

Page 315.

    ★ *Je ne sais pas ce que c'est :* François Renard, alias Lepic, le savait d'autant mieux qu'il l'était. Mais les francs-maçons sont des gens discrets.

Page 319.

    ★ *Le divorce :* voir la note de la page 175.

INDICATIONS BIBLIOGRAPHIQUES

I. ÉDITIONS

L'édition des *Œuvres complètes* de Jules Renard, en dix-sept volumes, a été publiée de 1925 à 1927 chez François Bernouard par Henri Bachelin avec la collaboration de Jean-Paul Hippeau et l'accord de Mme Jules Renard. On y trouvera une préface d'Henri Bachelin, une bibliographie, et, après chaque œuvre, des variantes et des extraits de presse.

Léon Guichard a donné dans la Bibliothèque de la Pléiade une édition excellente de l'essentiel de l'œuvre, en deux tomes (1970 et 1971), avec une préface, une chronologie et, pour chaque œuvre, une notice, des notes, un relevé des variantes, la description des manuscrits, une bibliographie abondante, des extraits de presse et la liste des pré- et postpublications.

La Pléiade propose également une édition du *Journal* (1960, 1965 et 1972) dont Léon Guichard a établi le texte, Gilbert Sigaux se chargeant de la préface, de la chronologie et d'un index extrêmement utile puisqu'il porte à la fois sur les œuvres de Jules Renard, sur les personnages et sur l'ensemble des textes (livres, journaux, périodiques, etc.), les lieux, les théâtres, les institutions, les cafés, etc. cités dans le *Journal*. L'édition courante du *Journal* (avec index des noms de personne) est toujours disponible chez Gallimard dans la collection blanche (première édition après celle de Bernouard : 1935).

A Gilbert Sigaux, on doit également l'édition, très soignée, du *Théâtre complet* de Jules Renard (Gallimard, 1959), avec une préface et des notes. Elle réunit toutes les pièces de Jules Renard et tout ce que Jules Renard a écrit à propos du théâtre, dont trois textes qui ne se trouvaient pas dans l'édition Bernouard.

La correspondance a été publiée par Henri Bachelin dans les deux derniers volumes de l'édition Bernouard. Léon Guichard en a donné une nouvelle édition chez Flammarion en 1954 avec de très nombreuses notes. C'est à Léon Guichard encore que revient la publication, annotée, de trois cent quatre-vingt-six *Lettres inédites 1883-1910* chez Gallimard en 1957.

Bien que certains titres soient épuisés, les éditions courantes des pièces et des recueils de Jules Renard sont facilement accessibles. Flammarion réédite toujours *Poil de Carotte* et les *Histoires naturelles* avec les illustrations respectives de Vallotton et de Toulouse-Lautrec, mais n'a pas repris l'édition des *Histoires naturelles* illustrée par Bonnard. *Poil de Carotte* est entré en 1977 dans la collection « 1 000 soleils » (Gallimard) et Garnier-Flammarion propose une édition de *Poil de Carotte* et une édition des *Histoires naturelles,* dues l'une et l'autre à Léon Guichard (1965 et 1967).

II. OUVRAGES GÉNÉRAUX

HENRI BACHELIN, *Jules Renard,* Éditions de la Nouvelle Critique, 1930.

LÉON GUICHARD, *L'Œuvre et l'âme de Jules Renard,* Nizet et Bastard, 1936.

L'Interprétation graphique, cinématographique et musicale des œuvres de Jules Renard, Nizet et Bastard, 1936.

PIERRE NARDIN, *La Langue et le style de Jules Renard,* Droz, 1942.

MARCEL POLITZER, *Jules Renard. Sa vie, son œuvre,* La Colombe, 1956.

PIERRE SCHNEIDER, *Jules Renard par lui-même,* Éditions du Seuil, 1956.

LÉON GUICHARD, *Renard.* La Bibliothèque idéale, Gallimard, 1961.

Dans la vigne de Jules Renard, P.U.F., 1966.

MICHEL AUTRAND, *L'Humour de Jules Renard* (avec une préface de Léon Guichard). Bibliothèque du XXe siècle, Klincksieck, 1978.

III. ÉTUDES, ARTICLES, ETC.

Du vivant de l'auteur, la bibliographie de Jules Renard est très fournie, chacun de ses romans et chacune de ses pièces ayant fait l'objet de nombreux comptes rendus (en général favorables).

L'édition de la Pléiade relève les principaux d'entre eux et les cite largement. A propos de *Poil de Carotte,* Jules Renard n'eut pas à se plaindre et, lors de sa parution, le livre attira l'attention bienveillante, parfois enthousiaste, d'hommes aussi divers que Lucien Descaves, Léon Daudet, Maurice Pottecher, Gustave Geffroy et... Charles Maurras. Dans le *Mercure de France* de juillet 1895, Léon Blum consacrait à la « manière » de l'écrivain, à son « amour de la décomposition », un texte, « M. Jules Renard », qui demeure d'une parfaite justesse : « Tous [ses livres] sont marqués d'une empreinte si personnelle de talent qu'on n'en pourrait distraire cinq lignes dont l'auteur ne se devinât aussitôt... il a une forme à lui, où personne désormais n'a plus le droit de se méprendre... Personne n'a heurté d'un pied si léger les moules séculaires. »

Lors de sa création en 1900 et de la reprise de 1912, la pièce fut elle aussi bien accueillie (par Catulle Mendès, Lucien Muhlfeld, Gustave Larroumet, etc.). Paul Souday, Henry Bordeaux firent quelques réserves, d'ordre littéraire ou moral, et le critique de *L'Écho de Paris* déclara (23 mai 1912) : « Une telle pièce est une insulte à l'âme nationale, une venimeuse et calomnieuse insulte... que des amis ingénieux s'entendront pour faire passer " chef-d'œuvre "... Où Jules Renard avait-il vu l'ignoble mégère que son fils appelle obstinément Mme Lepic ? »

Mais Romain Coolus fut enthousiaste (*La Revue blanche,* 1er avril 1900), comme Émile Faguet qui dans *Les Annales* du 11 mars 1900 écrit : « La vérité, la simplicité, l'amertume, la tristesse attendrie de ce petit tableau n'ont rien perdu au théâtre... Les traits comiques qui font qu'on est sur le point de pleurer y abondent, et c'est cela qui est, non pas du grand art, mais en vérité quelque chose de mieux, puisque c'est la nature même... *Poil de Carotte,* un peu abrégé vers la fin, deviendra une de ces petites pièces qu'on joue éternellement... »

Quant à *La Bigote,* les réactions qu'elle provoqua, on s'en doute, furent plus mitigées et correspondent à la couleur politique des journaux où elles s'expriment. *L'Aurore* défendit la pièce et Léon Blum écrivit, le 22 octobre 1909, dans *Comœdia* : « Faut-il dire que *La Bigote* se classe au-dessus de *Poil de Carotte* et de *Monsieur Vernet* ?... Jamais son pathétique, amer et bref n'avait abordé une question si périlleuse et si difficile. Aucune œuvre de ce poète n'avait encore pris, avec une vigueur si nette et si décisive, la valeur d'une action. » Les « frénétiques admirateurs » de Jules Renard « accablèrent » la pièce d'« ovations enthousiastes » (Adolphe Brisson, *Le Temps,* 25 octobre 1909). Mais la presse de droite fut très sévère et Paul Souday (*L'Éclair*, 22 octobre 1909) parle de « deux actes... dépourvus de mérite littéraire et divertissants comme une journée de pluie », et d'un « anticléricalisme pareil à celui de M. Combes et de M. Homais ».

Plus intéressante est la réaction de Gide. Grand admirateur de Jules Renard, il lui avait consacré un article enthousiaste dans *L'Ermitage* de décembre 1901 mais *La Bigote* le choqua, plus comme artiste sans doute que comme chrétien. Il note dans la *NRF* du 1er décembre 1909 : « A l'Odéon : *La Bigote* de Jules Renard. Je croyais jusqu'à ces derniers temps mon admiration pour Jules Renard sans bornes ; il me les a fait, ce soir, sentir assez durement.

« Trépignement du public à chaque flèche anticléricale. C'est à donner envie de se plonger dans de l'eau bénite...

« Avec quelles délices je relis ce matin *Poil de Carotte* et *Monsieur Vernet*. »

Jules Renard écrivit à Gide à la suite de cet article. On trouvera la lettre de Renard et la réponse de Gide dans les *Lettres inédites* (*op. cit.*, p. 234 et 304). La réconciliation (posthume) des deux écrivains eut lieu par les soins d'Albert Thibaudet qui, dans un article des *Nouvelles littéraires* du 27 août 1927 intitulé « Jules Renard et André Gide », écrivait : « Gide et Renard sont singulièrement intelligents... Cette intelligence qui n'est pas un instrument de technique, de découverte et d'exposition, mais une manière intime de vivre et de penser, ne se révélera pas par des exposés et des " idées ", mais par une sòrte de sécrétion quotidienne... par des Mémoires et un journal intime... Le *Journal inédit* et *Si le grain ne meurt* restent aujourd'hui, incontestablement, les deux chefs-d'œuvre de l'autobiographie au xxe siècle... »

Bien qu'il ait été encore beaucoup lu (et joué), la bibliographie de Jules Renard s'amenuise singulièrement entre les deux guerres, jusqu'à la publication en 1936 des deux thèses de Léon Guichard. Elle est plus abondante depuis une trentaine d'années, peut-être à la suite de l'article de Sartre publié dans *Les Temps modernes*, « L'Homme ligoté. Notes sur le *Journal* de Jules Renard », et repris dans *Situations, I* (1947) et aussi parce que la manière de Jules Renard a paru proche de certaines recherches contemporaines. Et surtout parce que Jules Renard, *Bigote* comprise, est un de ces écrivains, limités sans doute, mais singuliers et parfaits qui ne vieillissent pas.

IV. FILMS

Poil de Carotte a donné lieu à plusieurs films. Le plus célèbre est celui qui fut réalisé en 1932 par Julien Duvivier, avec Harry Baur, Catherine Fonteney jouant les Lepic et, dans le rôle de Poil de Carotte, un jeune garçon d'origine américaine (il avait onze ans), Robert Lynen qui, à la suite de ses activités dans la Résistance, devait mourir fusillé par les Allemands en 1944.

En 1952, un second film, qui n'eut pas l'écho du premier, fut tourné par Paul Mesnier, avec Raymond Souplex, Germaine Dermoz et Cricri Simon dans le rôle du héros. Un troisième film, qui date de 1973 et qui n'a pas laissé non plus de grands souvenirs, est dû à Henri Graziani : Philippe Noiret et Monique Chaumette y étaient le couple Lepic et François Cohn Poil de Carotte.

Dossier

COLLECTION FOLIO

Dernières parutions

Impression Bussière à Saint-Amand (Cher),
le 30 août 1985.
Dépôt légal : août 1985.
1er dépôt légal dans la collection : mars 1979.
Numéro d'imprimeur : 2268.
ISBN 2-07-037090-9./Imprimé en France.